Un cœur sous la neige

Au risque de t'aimer

MAUREEN CHILD

Un cœur sous la neige

Traduction française de
MARGAUX MONTROSE

Passions

HARLEQUIN

Collection : PASSIONS

Titre original :
THIRTY DAY AFFAIR

Ce roman a déjà été publié en 2008.

HARPERCOLLINS FRANCE
83-85, boulevard Vincent-Auriol, 75646 PARIS CEDEX 13
Service Lectrices — Tél. : 01 45 82 47 47

www.harlequin.fr

ISBN 978-2-2804-1671-9 — ISSN 1950-2761

- 1 -

Nathan Barrister avisa le gigantesque chalet de bois et pierre qui se dressait sur les berges du lac Tahoe.

— Hunter, si je te tenais, je te tuerais de me jouer un tour pareil, murmura-t-il.

Hunter Palmer n'avait rien à craindre. Nathan Barrister ne risquait pas de tuer l'homme qui avait été son premier et meilleur ami : Hunter était déjà mort.

A cette pensée, Nathan sentit une main glacée lui étreindre le cœur. Mais des années de pratique lui permirent d'ignorer cette sensation. Les regrets n'étaient qu'une perte de temps.

Une perte de temps comme le mois que je vais devoir passer ici, songea-t-il en sautant de sa voiture de location pour atterrir au beau milieu d'une flaque de gadoue neigeuse qu'il n'avait même pas remarquée.

Avec une moue de dégoût, il secoua le pied pour éjecter la neige sale du bout de sa chaussure bien cirée. Il aurait dû suivre les conseils de l'employée de l'agence de location, songea-t-il avec dépit. Elle avait tenté de le convaincre qu'un 4x4 lui serait plus utile qu'une voiture de sport — genre qu'il affectionnait.

Mais, pour l'amour du ciel, qui s'attendrait à voir tomber la neige en plein mois de mars ?

Un sourire ironique étira brièvement le coin de ses lèvres : lui, précisément, il aurait dû s'y attendre ! Il avait grandi dans l'Est et aurait dû se souvenir que la neige pouvait frapper n'importe où, n'importe quand. Spécialement à cette altitude dans la montagne. Mais il avait dépensé tellement d'énergie à oublier son passé qu'il n'était pas si surprenant qu'il ait gommé la météo aussi…

L'air était froid et vif, le ciel si bleu qu'il faisait mal aux yeux. Un brusque coup de vent secoua les pins alentour, faisant crisser les aiguilles ; des paquets de neiges s'écrasèrent au sol avec un bruit mat.

Nathan frissonna et resserra les pans de sa veste de cuir brun. Il n'avait pas la moindre envie de se trouver dans cet endroit, sans parler d'y demeurer un mois entier. Il ne restait jamais nulle part plus de quelques jours d'affilée. Et le fait d'être immobilisé là l'obligeait à penser à des choses qu'il se refusait à évoquer depuis des années.

Avec réticence, il se dirigea vers la porte d'entrée, laissant ses sacs dans la voiture pour le moment. On n'entendait que le crissement de ses pas sur le sol, comme si le monde retenait son souffle. Super. Seulement quinze minutes en ces lieux et, déjà, son esprit cherchait à s'évader.

Il n'aurait pas dû être là, mais encore à Tahiti, dans l'un des hôtels de la chaîne familiale, à examiner les comptes, régler les problèmes, étudier un éventuel agrandissement. Le mois prochain, il gagnerait la Barbade, puis la Jamaïque. En perpétuel mouvement, Nathan ne se donnait jamais le temps de s'installer. Il ne prenait jamais le risque de passer plusieurs jours au même endroit.

Jusqu'à maintenant.

S'il avait pu trouver un moyen d'échapper à la situation présente, Nathan l'aurait immédiatement saisi. Il n'avait pas manqué d'explorer toutes les failles possibles dans le testament de son ami ! A la recherche de la moindre clause qui lui aurait permis de ménager à la fois sa santé mentale et son sens du devoir. Mais les propres avocats de la famille Barrister lui avaient confirmé que le testament était établi dans les règles de l'art. Hunter Palmer s'était assuré que ses amis n'auraient pas d'autre choix que d'honorer ses dernières volontés.

— Tu t'amuses beaucoup en ce moment, non ? chuchota-t-il, comme si le fantôme de son ami de jeunesse se trouvait auprès de lui.

A ce moment, le vent fit bruisser les branches des pins et Nathan eut l'impression d'entendre un éclat de rire.

— Très bien, Hunter, tu as gagné. Je suis là. Je vais essayer de tenir un mois, grommela-t-il.

Une fois qu'il aurait accompli les dernières volontés d'Hunter, il espérait bien que son vieil ami cesserait de hanter ses cauchemars.

Nathan vit une grande enveloppe blanche, collée sur la porte d'entrée de bois massif, avec son nom inscrit sur toute la largeur. Il gravit les quelques marches poudrées de neige, avança sous le porche et libéra l'enveloppe. A l'intérieur, il découvrit une clé accrochée à une chaîne ouvragée et une simple feuille de papier.

« Salut ! C'est Meri, votre gouvernante. Etant très occupée, je n'ai pu vous accueillir, et il y a des chances que nous nous croisions très peu pendant votre séjour. Voici la clé de la maison. J'ai approvisionné la cuisine et si vous avez besoin de quoi que ce soit d'autre, la ville d'Hunter's Landing ne se trouve qu'à vingt minutes. J'espère que vous — ainsi que les autres qui vous succéderont — apprécierez votre séjour ici. »

Sans réfléchir, il froissa la missive dans sa main et serra le poing.

Les autres.

En un éclair, sa mémoire l'entraîna dix ans en arrière. A une époque où lui et ses amis s'étaient baptisés les Sept Samouraïs. Ridicule. En ce temps-là, ils terminaient leurs études à Harvard. Après quatre années de dur labeur, ils franchissaient une étape, plus soudés que des frères. La vie s'ouvrait devant eux, comme un sentier parsemé d'or qui les conduirait au succès. Il se souvint de cette soirée, un peu trop arrosée et animée, durant laquelle ils s'étaient juré de construire une maison ensemble et de s'y réunir, dans dix ans. Ils y passeraient un mois chacun puis, à la fin du septième, ils s'y retrouveraient pour fêter leur inévitable réussite.

Oui, c'était ainsi que les choses devaient se dérouler. Et puis…

Nathan secoua la tête et laissa le passé se dissoudre. Il introduisit la clé dans la serrure, ouvrit la porte et pénétra dans le vestibule. Depuis l'entrée, il aperçut une magnifique pièce aux murs de bois patiné, remplie de meubles qui respiraient le confort élégant. Un feu brûlait dans la très grande cheminée de pierre.

Comme cellule de prison, on pouvait imaginer pire, concéda Nathan. Il pensa à la gouvernante et à la ville toute proche, espérant qu'il ne serait pas importuné par tout un tas de gens. C'était déjà assez pénible de se retrouver bloqué là sans devoir supporter de la compagnie par-dessus le marché !

Il n'était pas ici pour se faire des amis, mais pour honorer la mémoire d'un ami qu'il avait perdu depuis longtemps.

Une heure plus tard, Keira Sanders arrivait au chalet. Elle attrapa un énorme panier sur le siège passager de sa camionnette, se laissa glisser à terre et claqua la portière. Ses bottines patinèrent sur le sol, mais elle se rétablit en enfonçant solidement les talons dans la neige. Elle allait faire la connaissance de l'invité d'Hunter Palmer, ce n'était pas le moment d'arriver avec de la boue neigeuse sur le derrière !

— Voilà qui ferait très forte impression…, murmura-t-elle en jetant un coup d'œil vers la maison.

Le chalet brillait comme un joyau dans le crépuscule. Les flots de lumière qui se déversaient des hautes fenêtres éclairaient le sol comme des lances dorées. Un nuage de fumée s'échappait de la cheminée de pierre et tourbillonnait dans le vent glacé qui soufflait du lac. De la neige s'accrochait au toit pentu, sur les pins et les trembles du jardin. L'hiver avait tendance à s'incruster à cette altitude, et Keira n'aurait changé cela pour rien au monde.

Dans le froid et le silence de la neige, il y avait quelque chose de magique, trouvait-elle. En fait, en cet instant, elle aurait aimé être de retour dans sa douillette maison à Hunter's Landing. Elle s'imaginait déjà près de sa cheminée avec un verre de vin blanc et un bon livre.

Au lieu de cela, elle devait accueillir l'un des six hommes qui devaient se succéder, pendant un mois chacun, dans le chalet du lac. Son estomac se contracta sous l'effet du trac, mais elle se reprit : cette affaire était très importante pour la ville d'Hunter's Landing et aussi pour elle, personnellement.

Deux semaines plus tôt, elle avait reçu une lettre officielle, envoyée par le notaire d'un certain Hunter Palmer. Dans ce courrier, le représentant légal du défunt monsieur Palmer détaillait le contenu d'un legs inhabituel.

Durant six mois, six hommes allaient venir à tour de rôle dans la ville d'Hunter's Landing et passeraient trente jours dans ce magnifique chalet. Si chacun d'eux y séjournait le temps prévu, une somme de vingt millions de dollars serait léguée à une œuvre de charité, dont l'essentiel reviendrait à Hunter's Landing. De plus, la ville deviendrait propriétaire du chalet, avec pour mission d'en faire un lieu de convalescence pour des malades du cancer.

Keira respira à fond, pour reprendre la maîtrise totale de ses nerfs. En tant que maire d'Hunter's Landing, c'était à elle de faire en sorte que les six hommes respectent les stipulations du testament d'Hunter Palmer. Elle ne pouvait se permettre de rater une telle manne pour sa petite ville qui allait pouvoir rénover sa clinique, s'offrir un nouveau tribunal, une prison et…

La tête lui tournait et elle sourit aux anges. Elle agrippa plus solidement encore la poignée de son panier, vérifiant que le couvercle était bien attaché. Resserrant les pans de sa veste noire, elle redressa les épaules, plaqua un sourire avenant sur son visage et se prépara à rencontrer le premier de ces hommes qui pouvaient tant pour Hunter's Landing.

Keira était généreuse avec les autres. Elle l'avait toujours été. A présent, avec un tel enjeu, elle était plus déterminée que jamais à faire en sorte que tout se déroule parfaitement. Elle allait non seulement s'assurer que chacun de ces invités resterait le temps imparti dans le chalet du lac, mais elle veillerait aussi à leur faire comprendre tout ce que cette histoire représentait pour sa ville natale.

Une fois ragaillardie par cette forte détermination, elle aspira une grande goulée d'air glacé et mit le cap sur la porte d'entrée. La neige crissait sous ses pas. Puis, tout à coup, elle glissa sur une plaque de verglas.

Ecarquillant les yeux, elle battit des bras pour tenter de rester debout, tout en agrippant plus fermement que jamais l'anse du panier. Mais ses bottines n'avaient plus prise au sol et elle continua à tanguer, sachant qu'elle allait perdre à la fois son équilibre et sa dignité.

— Oh ! cria-t-elle quand elle atterrit sur les fesses avec une telle dureté que sa mâchoire claqua.

Le panier roula sur le côté et elle gémit, espérant que le contenu était solidement arrimé.

— Eh bien, n'est-ce pas parfait ? râla-t-elle.

La porte d'entrée s'ouvrit brusquement et un flot de lumière se déversa sur Keira. Clignant des yeux, elle se tourna vers la silhouette masculine qui se découpait dans l'embrasure. Seigneur ! Ce scénario n'avait vraiment rien à voir avec la rencontre qu'elle avait imaginée avec Nathan Barrister.

— Qui êtes-vous ? demanda-t-il, sans esquisser le moindre mouvement pour descendre les marches et lui venir en aide.

— Tout va bien. Je vous remercie pour votre compassion, répliqua Keira.

Elle grimaça en sentant le froid humide traverser son jean. Voilà qui s'appelait produire une forte impression, d'emblée… Peut-être devrait-elle ramper jusqu'à son véhicule, puis tout reprendre depuis le début ?

— Si vous envisagez des poursuites judiciaires, je vous informe que je ne suis pas le propriétaire de cette maison, dit-il.

Pendant un moment, Keira en oublia de se relever. Sans parler de se souvenir que cet homme et les cinq qui allaient suivre représentaient une manne providentielle pour sa petite ville ! Elle resta assise dans la neige, sidérée.

— Vous êtes vraiment un pauvre type, n'est-ce pas ?

— Pardon ?

— J'ai parlé tout fort ?

— Oui.

— Désolée.

C'était vrai. D'une certaine manière. Pour l'amour du ciel, rien ne se déroulait comme prévu !

— Etes-vous blessée ? s'enquit-il.

— Juste ma fierté.

Pourtant, elle avait très mal aux fesses et le fait d'être assise dans la neige fondue n'arrangeait rien. Autant essayer de tirer le meilleur parti de la situation. Elle leva une main et l'agita :

— Un peu d'aide ?

Il grommela quelque chose que Keira ne comprit pas, et elle s'en félicita, compte tenu de l'attitude générale du personnage. Mais il descendit les marches avec précaution, lui attrapa la main et la remit sur ses pieds d'un geste rapide.

Elle apprécia le contact de ses doigts chauds, forts et… D'accord, elle ne s'attendait pas à ça. Il lui lâcha la main comme s'il s'était brûlé et Keira se demanda si, lui aussi, il avait ressenti cette sensation étrange et intéressante quand ils s'étaient touchés.

Elle brossa son pantalon de la main tout en l'observant. Sans savoir pourquoi, elle s'était attendue à quelqu'un de plus âgé. En fait, il était jeune. Grand, mince, avec de larges épaules, des hanches étroites, de longues jambes. Vu la manière dont il l'avait relevée d'un geste, il était fort aussi. Non qu'elle fût lourde. Mais elle ne ressemblait pas non plus à ces femmes brindilles tellement à la mode de nos jours.

Le cœur de Keira était capable de s'emballer pour un type comme celui-là, même moins séduisant. Mais elle était refroidie par cet air renfrogné qu'il affichait.

Elle l'observa avec plus d'attention. Il avait des cheveux bruns, élégamment coupés juste au-dessus du col. Mâchoire serrée, il la fixait de ses yeux bleus suspicieux. Une sorte de moue déformait sa bouche généreuse, traduisant sans la moindre ambiguïté son déplaisir de recevoir de la visite.

— Vous êtes vraiment de mauvaise humeur ou c'est juste moi ? demanda-t-elle.

Il soupira.

— Qui que vous soyez, je ne vous ai pas invitée. Cela ne m'intéresse pas de rencontrer mes voisins, dit-il d'une voix grave que Keira sentit résonner au plus profond d'elle-même et allumer un début d'incendie.

— C'est parfait parce que vous n'en avez aucun. La plus proche maison sur le lac est à plus de trois kilomètres, au nord, répondit-elle en souriant de l'irritation si évidente de Nathan.

Il fronça les sourcils.

— Alors, qui êtes-vous ?

— Keira Sanders, dit-elle en lui tendant la main jusqu'à ce qu'un rudiment de bonnes manières l'oblige à la saisir.

Une fois encore, ce contact produisit un déclic très agréable. Le ressentait-il ? Si tel était le cas, il n'en semblait pas particulièrement ravi.

Keira, elle, appréciait cette sensation. Cela faisait très longtemps qu'elle n'avait pas éprouvé la plus petite attirance pour quelqu'un. Délibérément, après plusieurs déceptions. Mais, elle devait l'admettre, c'était vraiment bon de ressentir cette vibration.

Tout en continuant à lui serrer la main, elle adressa un sourire à ce visage bougon. Magnifique mais grincheux.

Eh bien, ce n'était pas la première fois qu'elle avait affaire à une personne irritable. Il était hors de question de laisser la mauvaise humeur de Nathan Barrister compromettre les chances d'Hunter's Landing de récolter cet argent qui ressemblait à un don du ciel pour la petite ville.

— Je suis le maire d'Hunter's Landing et je suis là pour vous souhaiter la bienvenue.

— Ce n'est pas nécessaire, répondit-il en lui lâchant la main.

— C'est un plaisir, assura-t-elle, s'accrochant à sa bonne humeur avec la dernière des énergies.

Elle se retourna pour récupérer son panier dans la neige. Puis, dépassant Nathan, elle se dirigea vers la porte d'entrée.

— Et je vous ai apporté un panier de produits locaux, cadeau de la chambre de commerce d'Hunter's Landing, ajouta-t-elle.

Nathan se dépêcha de la suivre.

— Si cela ne vous dérange pas…, commença-t-il.

— Pas du tout, le coupa Keira en s'arrêtant dans le vestibule. Pour ne rien vous cacher, je meurs d'envie de visiter ce chalet depuis le jour où il a été mis en chantier, l'an dernier.

Cela prit un petit moment, mais elle finit par l'entendre entrer derrière elle et refermer la porte en poussant un soupir d'exaspération.

Pas seulement bougon, le jeune homme. Très grincheux, apparemment !

Peu importait. Elle en viendrait à bout. Elle n'avait pas le choix. Celui-là comme ceux qui allaient suivre devait absolument respecter les termes du testament si avantageux pour sa ville natale.

— Mademoiselle Sanders…

— Appelez-moi Keira, l'interrompit-elle en se retournant pour lui décocher un sourire.

— Très bien. Keira.

Il enfonça ses deux mains dans les poches de son pantalon et bascula sur ses talons.

Il n'avait vraiment pas envie de la voir là.

— Ne vous inquiétez pas, je ne resterai pas longtemps, le rassura-t-elle en franchissant le seuil de la pièce principale. Je voulais juste vous souhaiter un bon séjour et vous faire comprendre que vous n'êtes pas seul ici.

— Je préférerais être seul, répliqua-t-il.

Elle s'arrêta au milieu de la pièce et se retourna vers Nathan, resté dans le vestibule.

— Pourquoi cela ? se demanda-t-elle à voix haute.

Les traits de Nathan se durcirent encore ; son visage semblait taillé dans le marbre.

Décidément, songea Keira, il n'était pas du genre sociable. Après un haussement d'épaules, elle posa le panier sur une table basse sculptée à la main dont la valeur excédait probablement le montant des traites mensuelles de sa maison.

— Quoi qu'il en soit, je vous ai apporté quelques douceurs pour agrémenter votre séjour, ajouta-t-elle.

— Je suis sûr que ça ira.

Elle ignora la réflexion et plongea la main dans le panier d'où elle sortit divers produits, l'un après l'autre, avec un petit commentaire pour chacun.

— Voici un bon valable pour un café et des beignets frais, chaque matin, au bistrot de la ville. Un pot de confiture maison : Marie Fontenot, la veuve de l'ancien maire, fabrique les meilleures confitures de l'Etat. Une bouteille de vin de chez Stan. Du pain frais de la boulangerie. Des grains de café de Jamaïque…

Keira s'arrêta un moment pour humer le paquet et poussa un soupir de bien-être.

Puis, elle reprit :

— Ce bocal est rempli d'un succulent plat en sauce du restaurant Clearwater. Vous devriez aller dîner là-bas pendant votre séjour. La terrasse donne sur le lac et il n'y a pas de meilleur endroit pour apprécier les couchers de soleil magnifiques…

— Mademoiselle Sanders…

— Keira, rectifia-t-elle.

— Keira, donc. Si cela ne vous ennuie pas…

— Et, poursuivit-elle comme si de rien n'était, il y a encore plusieurs mets délicieux que je vous laisse découvrir par vous-même, au fond de ce panier.

— Merci.

— Maintenant, y a-t-il autre chose que je puisse faire pour rendre votre séjour plus agréable ? demanda-t-elle en se tournant vers lui.

— Partir ?

Keira hocha la tête, comme si elle était sincèrement désappointée. Elle déambula un peu dans le magnifique salon, fit courir son index le long des sculptures du manteau de la cheminée et, pendant une seconde ou deux, elle se laissa aller à la chaleur montant de l'âtre.

Son regard parcourut le reste de la pièce dont les portes-fenêtres donnaient sur le lac. La lune venait juste de se lever à l'horizon et la surface de l'eau scintillait comme dans l'attente du début d'un spectacle.

Elle s'accorda un instant, le temps de laisser passer une bouffée d'irritation. Ce n'était pas une bonne idée d'insulter l'homme qui pouvait beaucoup pour sa petite ville. D'un autre côté, elle se demandait ce qui pouvait bien le rendre si méchant.

Mais une fois calmée, quand elle se retourna vers lui, toujours planté dans le hall d'entrée comme pour la forcer à vider les lieux, Keira se demanda autre chose.

Pourquoi cet homme l'intriguait-il tellement alors que sa grossièreté aurait dû la décourager instantanément ?

Et comment allait-elle réussir à tisser un lien entre lui et Hunter's Landing ? Comment le faire tenir ses engagements alors qu'il affichait une telle indifférence pour elle et sa ville ?

- 2 -

Nathan était excédé.

A peine une heure après son arrivée dans le chalet, sur le bord du lac, une visiteuse venait déjà l'importuner.

De plus, cette Keira Sanders paraissait imperméable aux insultes et indifférente au fait que sa présence était manifestement jugée inopportune.

Il la détailla avec plus d'attention que de prime abord, lorsqu'il l'avait découverte assise dans la neige. Un jean délavé gainait ses longues jambes comme une seconde peau. Un pull noir à manches longues lui tombait sur les cuisses et, bizarrement, semblait davantage révéler que couvrir sa silhouette. Peut-être parce que le vêtement qui paraissait très doux épousait parfaitement ses courbes ? En tous les cas, Nathan appréciait cette vision, tout en souhaitant voir Keira disparaître de son paysage.

Elle avait des cheveux d'un bond vénitien qui tombaient en cascade sur ses épaules et dansaient autour de son visage expressif chaque fois qu'elle bougeait — autrement dit souvent. Il n'avait jamais vu une femme plus vive. C'était comme si elle ne supportait pas de rester immobile. Elle se promenait dans la grande pièce, effleurant, caressant les objets au passage. A sa grande surprise, Nathan ne put s'empêcher de se demander l'effet que produiraient ces effleurages sur lui.

Dès que cette pensée émergea de son cerveau visiblement enfiévré, Nathan sut qu'il devait se débarrasser de Keira au plus vite. Il n'était pas du tout intéressé par une aventure d'un mois. C'était plus qu'il n'avait donné à aucune femme de sa connaissance, au cours des dix dernières années.

Il fallait qu'elle s'en aille maintenant, quitte à ce qu'il se montre encore plus désagréable si c'était possible.

— Merci d'être venue, dit-il.

Il attendit qu'elle renonce à examiner les livres, sur les étagères, et qu'elle lève le regard vers lui.

— Mais si cela ne vous ennuie pas, j'aimerais que vous partiez, ajouta-t-il.

Difficile d'être plus explicite.

— Hum, fit doucement Keira dont les yeux verts brillaient à la lueur des flammes. Personne ne vous a jamais appris à vous comporter avec vos invités ?

Il déglutit et chassa une vision qui venait de surgir dans son esprit : sa grand-mère, horrifiée par la grossièreté éhontée de son petit-fils.

— Vous n'êtes pas une invitée, mais une intruse, rappela-t-il à Keira autant qu'à lui-même.

Elle finit par éclater de rire.

— Mais une intruse qui vous apporte des cadeaux !

Nathan se décida à quitter le vestibule puisque, apparemment, le fait de rester près de la porte ne suffisait pas à la convaincre de la franchir. Il n'avait jamais rencontré une femme pareille. Elle semblait imperméable à la grossièreté, capable de conserver une attitude cordiale qui devait agacer prodigieusement ses proches, supputa Nathan.

— Ecoutez, dit-il en foulant le parquet ciré en direction de Keira. J'ai essayé d'être poli.

Elle cligna des yeux et son sourire s'élargit encore.

— Vraiment ?

Il fronça les sourcils, mais ne releva pas.

— Merci pour les cadeaux. Merci d'avoir pris le temps de venir jusqu'ici. Mais j'aimerais vraiment rester seul.

— Oh, j'imagine que vous avez envie de vous installer, répondit Keira avec un petit geste de la main, ignorant superbement les tentatives de Nathan pour se débarrasser d'elle. Et je vous jure que je ne vais pas m'éterniser. Je voulais juste que vous sachiez que Hunter's Landing fera tout pour vous aider, vous et les autres hommes qui vont demeurer ici.

Elle s'avança vers l'écran de télé géant, attrapa la télécommande et l'examina pendant une seconde ou deux. Si elle activait cette satanée chose, songea Nathan, elle pourrait ne jamais repartir. Il s'approcha d'elle, lui prit la télécommande des mains et la déposa sur la table la plus proche.

Keira haussa les épaules, se dirigea vers la fenêtre et s'absorba dans la contemplation du lac, comme fascinée.

Nathan la regarda et ne put s'empêcher d'éprouver une certaine fascination, lui aussi. La vague de cheveux tombant sur les épaules, la chute de reins, le port altier. Elle se retourna vers lui, et Nathan refusa de voir cet éclair de pouvoir qu'il lut dans ces grands yeux brillants fixés sur lui.

— Vous n'êtes là que pour un mois, dit-elle doucement. Et peut-être que vous ne vous rendez pas compte de l'importance de votre séjour pour Hunter's Landing.

Nathan soupira et se résigna à quelques minutes supplémentaires de conversation. Il semblait clair que Keira Sanders ne lèverait pas le camp avant de l'avoir décidé.

— Je sais ce que votre ville attend de cet héritage.

— Mais vous ne savez probablement pas ce qu'il représente pour nous, insista-t-elle, en se retournant à demi, appuyant son épaule contre la vitre froide. Avec cet apport d'argent, nous pourrons construire un nouveau tribunal, agrandir notre clinique…

La voix de Keira faiblit et elle sourit comme si elle voyait déjà les changements programmés. Puis elle se redressa et s'avança vers Nathan en ajoutant très vite :

— En parlant de clinique, je tiens à vous inviter au dîner et à la tombola que nous organisons demain soir. Nous levons des fonds pour commencer les travaux d'agrandissement et…

— Mais pourquoi, puisque vous allez avoir l'héritage ? la coupa-t-il.

— Nous ne pouvons compter sur cet argent tant que nous ne le possédons pas, n'est-ce pas ? enchaîna-t-elle. Notre clinique est très bien, mais beaucoup trop petite. Certes, il y a un hôpital formidable à Lake Tahoe. Mais la route est longue, particulièrement en hiver quand il neige. Nous devons être en mesure de soigner nos concitoyens ici même et tout l'argent collecté lors de cette tombola ira directement…

Elle parlait si vite que les oreilles de Nathan bourdonnaient. Il n'avait pas du tout envie d'aller à ce dîner de collecte de fonds, et il soupçonnait qu'elle ne désirait pas tellement l'y voir non plus. Elle voulait juste un chèque de don. N'était-ce pas ce que tout le monde attendait de lui, en fin de compte ?

En tant qu'héritier de la fortune de la famille Barrister, Nathan s'était résigné depuis longtemps à être considéré comme un carnet de chèques avant d'être regardé comme un homme. Cela lui convenait parfaitement. Il ne voulait pas d'amis, ni d'amoureuse, ni de femme. Il voulait qu'on lui fiche la paix.

Tout à coup, il comprit quel était le moyen de faire filer Keira : lui donner ce qu'elle voulait, ce qu'elle était vraiment venue chercher. Tandis qu'elle continuait à débiter son discours en prenant à peine le temps de respirer, Nathan traversa la pièce à longues enjambées vers la chaise en cuir bordeaux où il avait jeté son porte-documents à son arrivée. Il l'ouvrit très vite, attrapa son chéquier et dégaina son stylo.

Il rédigea un chèque à l'ordre d'Hunter's Landing, le détacha du carnet et revint vers Keira qui souriait toujours en énumérant les projets qu'elle mûrissait pour sa petite ville.

— Alors, vous comprenez, ce serait une très bonne occasion pour faire connaissance avec tout le monde. Ce serait sympa de voir l'endroit où vous allez passer le prochain mois. Peut-être que cela vous aiderait à comprendre à quel point il est important pour nous que vous respectiez les termes du testament de M. Palmer.

Elle reprit son souffle avant de repartir de plus belle :

— Si cela vous convient, je pourrais passer vous chercher demain vers 18 heures et je vous conduirais moi-même à la soirée. Je peux vous emmener faire un tour du lac, si vous en avez envie et…

— S'il vous plaît, acceptez cette contribution pour votre clinique, l'interrompit Nathan quand il lui parut évident que ce serait le seul moyen de la faire taire.

— Oh, c'est très généreux de votre part, mais…

Elle se tut, jeta un coup d'œil sur le chèque. Nathan vit le sang se retirer du visage de Keira, littéralement. Elle devint toute pâle, la main qui tenait le chèque se mit à trembler.

— Je… je… vous…

Elle ouvrit la bouche, la referma. Puis, elle respira bruyamment et murmura :

— Oh ! mon Dieu.

— Est-ce que ça va ? s'enquit Nathan en lui touchant le bras.

Au contact de sa peau, il perçut les tremblements qui la secouaient tout entière.

Elle leva les yeux vers ceux de Nathan, agita le chèque entre ses doigts serrés, déglutit une fois ou deux avant d'essayer de répondre. Apparemment, il avait fini par trouver le moyen de la rendre muette.

— Est-ce une blague ? demanda-t-elle enfin.

— Le chèque ?

— Le montant, dit-elle d'un ton dur. Je dois m'asseoir.

Ce qu'elle fit illico, à même le sol, se dégageant de la poigne de Nathan. Elle s'entoura les genoux des deux bras, laissa aller sa nuque contre la chaise la plus proche, et leva vers lui un regard éberlué.

— Je ne peux pas croire que vous…

— C'est juste un don, dit-il.

— De cinq cent mille dollars !

— Si vous n'en voulez pas…

— Oh si !

Elle plia le chèque et tendit la jambe pour pouvoir le glisser dans la poche de son jean. Puis, elle tapota doucement la cachette. Elle sourit à Nathan.

— Nous le voulons et nous vous remercions. En fait, la ville entière va vouloir vous remercier. C'est tout simplement merveilleux. D'une telle générosité ! Je ne sais pas quoi dire, vraiment…

— Et pourtant vous persistez à essayer, constata Nathan, de plus en plus gêné par la longueur des remerciements pour un simple don.

— Ma tête tourne encore. D'une manière agréable, insista-t-elle avant de lui tendre la main. Un peu d'aide peut-être ?

Nathan soupira, saisit la main tendue et d'un geste rapide la remit debout. Elle décolla du sol et atterrit contre lui, en poussant un petit cri. Il la prit par la taille pour l'aider à se stabiliser et, pendant un court instant, il ressentit une terrible envie de l'embrasser.

Mais qu'est-ce qui lui arrivait ?

Keira Sanders n'était pas son type de femme habituel. D'une part, elle était beaucoup trop bavarde. Il aimait les femmes capables d'apprécier le silence. Elle était petite ; il aimait les grandes femmes. Et il préférait les brunes. Avec des yeux bleus.

Pourtant, les yeux verts de Keira posés sur lui agissaient comme un aimant, l'attirant insensiblement plus près qu'il ne voulait être.

*
* *

Les seins plaqués contre le torse puissant de Nathan, Keira ressentit comme un appel inattendu, quelque chose de chaud, un besoin irrépressible. Cet homme était aussi fermé qu'une impasse et, pourtant, il y avait quelque chose en lui qui lui donnait envie de se pendre à son cou, de l'attirer à elle pour un long baiser fougueux.

Et cela n'avait rien à voir avec le chèque enfoui dans sa poche, brûlant comme une braise.

— Vous êtes un homme très surprenant, dit-elle enfin, quand elle fut sûre de pouvoir parler sans que sa voix ne se brise.

Il la lâcha et recula d'un pas, si brusquement que Keira se retrouva encore en équilibre précaire et dut faire un effort pour se stabiliser de nouveau.

— Ce n'est qu'un chèque, fit-il d'une voix neutre.

— C'est bien davantage.

Keira brûlait d'impatience de montrer ce don au conseil municipal. Eva Callahan allait probablement en tomber dans les pommes.

— Vous ne vous rendez pas compte de ce qu'il signifie pour nous, insista-t-elle.

— C'est un plaisir, dit-il d'un ton sec. Maintenant, si cela ne vous dérange pas, j'ai un travail à terminer.

— Cela m'étonnerait, répliqua Keira en souriant.

— Pardon ?

— Vous n'avez aucun travail à terminer.

Elle pencha la tête sur le côté, pour mieux l'observer, comme si une perspective différente l'aiderait à comprendre pourquoi un homme aussi visiblement attaché à sa solitude lâchait une telle somme d'argent sans même s'arrêter une seconde pour y penser.

— Vous voulez juste vous débarrasser de moi.

— Oui, dit-il en fronçant les sourcils. Il me semble avoir déjà mentionné ce détail.

— C'est exact. Et je vais vous donner satisfaction, le rassura Keira en tapotant la poche de son jean où était rangé le chèque.

Elle rejeta ses cheveux en arrière et lui sourit. A cet instant, elle surprit dans le regard de Nathan l'éclat fugitif de quelque chose qui ressemblait à de l'acceptation. Mais presque aussitôt, le visage de Nathan reprit son aspect de masque de granit qu'aucune observation méticuleuse ne parviendrait à déchiffrer.

— D'accord, dit-elle en refluant vers la porte d'entrée.

Nathan ne fit aucun mouvement pour l'accompagner et elle en fut un peu surprise. Son désir de la voir déguerpir était si manifeste que Keira avait présumé qu'il sauterait sur la première occasion pour la reconduire à la porte. Mais quand elle se retourna, une fois arrivée dans l'entrée, il se tenait toujours à la place où elle l'avait laissé.

Seul, debout devant les larges baies vitrées surplombant le lac. L'eau scintillait sous la lune et le ciel étoilé, comme un arrière-plan tendu pour l'éternité. Du plus profond d'elle, Keira sentit l'envie de le rejoindre. Comme pour atténuer sa solitude.

Mais elle sut qu'elle serait mal accueillie.

Pour une raison ou une autre, Nathan Barrister s'était tellement habitué à la solitude qu'il ne désirait ni n'attendait rien d'autre.

Eh bien, Keira ne le laisserait pas s'en tirer ainsi, avec un don anonyme. Elle allait s'assurer que la ville entière le remercierait comme il se devait, pour l'aide qu'il leur apportait d'un trait de crayon.

Avec ou sans son consentement, Keira l'attirerait dans le cœur de la ville d'Hunter's Landing.

Le soir suivant, Keira fonctionnait à l'adrénaline. Elle n'avait quasiment pas pu fermer l'œil au cours de la nuit précédente. Le souvenir de Nathan Barrister et de ses mains sur elle l'avait tenue en éveil ; elle s'était tournée et retournée dans son lit, aux prises avec les fantasmes assez détaillés qui envahissaient son cerveau.

Ridicule, vraiment.

Elle n'ignorait pas que cet homme ne resterait qu'un mois dans la région. Elle savait qu'il n'était pas intéressé : il le lui avait bien fait comprendre, à chaque regard posé sur elle. Mais pour une raison inconnue, son corps n'avait pas enregistré le message.

Elle se sentait excitée, fiévreuse… et beaucoup plus en manque qu'elle n'aurait voulu l'admettre. Visiblement, cela faisait trop longtemps qu'elle n'avait pas eu un homme dans sa vie. Le dernier qui l'avait intéressée avait mis un tel bazar dans son monde qu'elle avait presque tiré un trait sur le chromosome Y.

Et voilà que le magnifique, riche et grincheux Nathan Barrister faisait irruption dans sa vie et l'obligeait, malgré elle, à reconsidérer les principes qui étaient les siens depuis lors. Mauvaise idée.

Elle agita la paille dans son verre de thé glacé, avec un regard vague pour les glaçons qui tintaient contre la paroi. C'était bon de s'asseoir. Elle avait couru toute la journée, commençant par convoquer un conseil municipal d'urgence pour informer ses conseillers de la donation de Nathan Barrister.

Keira sourit en repensant à Eva Callahan, qui avait réagi comme prévu : elle s'était effondrée sur une chaise et s'était éventée avec une feuille de papier pour éviter un malaise. Une fois le conseil terminé, Keira avait dû s'occuper de pas mal d'autres choses : déposer le fameux chèque, discuter avec le chef de chantier à propos des travaux de la clinique, régler un conflit de parking entre deux propriétaires de magasins et finalement venir assister à ce dîner.

Etre maire d'une petite ville était épuisant et pourtant guère plus considéré qu'une fonction honorifique. Son travail consistait essentiellement à présider le conseil une fois par mois, à jouer les arbitres entre des gens pourtant assez grands pour régler leurs conflits eux-mêmes, et à essayer de lever des fonds pour les projets communautaires.

En fait, elle n'arrêtait pas, du matin au soir. Mais comment diable les maires des grandes villes pouvaient-ils bien s'organiser pour consacrer un peu de temps à leur vie personnelle ? Mais au fond, elle savait que c'était peut-être ce qu'elle recherchait. Etre toujours débordée afin de n'avoir plus le temps de réfléchir à sa vie qui avait pris une tournure bien différente de ce qu'elle imaginait au départ.

Keira attrapa une frite dans son assiette et la mâchonna, tout en regardant le bistrot bondé, autour d'elle. Elle poussa un soupir. Au moins elle pourrait toujours trouver du réconfort ici, quoi qu'il se passe par ailleurs dans sa vie.

Le Lakeside Diner était un petit bar-restaurant, mais aussi un point de repère et un refuge dans la vie de Keira. Ses parents avaient tenu l'établissement avant elle, et elle avait commencé à y travailler, à desservir les tables, quand elle avait douze ans.

Alors, à la mort de ses parents, Keira avait repris le flambeau parce qu'il y avait encore sa jeune sœur, Kelly, à élever. Désormais la gestion quotidienne était assurée par un employé, mais lorsque Keira avait besoin d'un endroit pour s'asseoir et recharger les batteries, c'était là qu'elle venait.

Tout lui était familier dans ce lieu : les box rouges ; le comptoir de bois brillant ; les plats à quiches et à gâteaux recouverts de leur cloche de verre ; les disques du juke-box que son père aimait tant et qui n'avaient pas changé depuis vingt ans. C'était un endroit chargé de souvenirs. En fermant les yeux, elle pouvait presque revoir son père derrière l'évier, souriant à sa mère assise à la caisse.

Le restaurant, comme Hunter's Landing tout entière, c'était la maison.

— Eh Keira ! Est-ce que je peux le voir ?

Elle sursauta et revint à la réalité ; une femme d'un certain âge venait de s'asseoir sur la banquette, en face d'elle. Sallye Carberry lui souriait en tendant une main couverte de bagues en argent.

— Voir quoi ? l'interrogea Keira.

— Mais le chèque, évidemment ! Toute la ville ne parle que de lui. Margie Fontenot m'a dit qu'elle n'avait rien vu de plus joli que cet alignement de zéros. Je voulais juste le voir de mes propres yeux.

— Désolée, Sallye, répondit Keira après avoir avalé une gorgée de thé. Je l'ai déjà déposé.

— Zut !

La vieille femme se laissa aller contre le dossier de la banquette en poussant un soupir de désappointement.

— C'est pas de chance ! s'exclama-t-elle.

Keira pouffa de rire.

— C'est bon, finit par dire Sallye en agitant sa main couverte de bagues, je me contenterai de rencontrer le donateur. J'ai entendu dire qu'il était très beau. Il vient à la tombola, alors on pourra le regarder, enfin le remercier je veux dire, n'est-ce pas ?

C'était bien la question.

Keira savait pertinemment que Nathan ne voudrait être mêlé en aucune manière aux histoires de la ville et à leur tombola. Elle savait qu'il ne voulait pas de leurs remerciements. Elle se doutait qu'il ne tenait pas, non plus, à la revoir avant longtemps.

Dans ces conditions, toute personne sensée aurait gardé ses distances, non ?

La dernière chose à faire était de retourner au chalet du lac pour voir un homme qui ne voulait pas entendre parler d'elle.

Et pourtant…

Keira jeta un coup d'œil à sa montre en argent ; il était

16 heures. Elle sirota une dernière gorgée de thé. Se laissant glisser de la banquette, elle regarda la vieille dame qui avait été la meilleure amie de sa mère et hocha la tête.

— Oui, il sera là, assura-t-elle.

- 3 -

Nathan se sentait prisonnier.

Pourquoi, grands dieux !

Il *préférait* rester seul.

Mais ce genre de solitude était vraiment trop intense.

Il sortit sous la véranda dominant le lac Tahoe et laissa le vent froid lui fouetter le visage. Ses cheveux voletèrent dans la brise glacée ; il scruta l'horizon, au-delà du paysage enneigé. Le silence l'écrasa. Même le doux clapotis de l'eau contre les piliers de la véranda lui sembla assourdissant dans la pesanteur du calme ambiant.

Le problème, se dit Nathan, c'était qu'il n'était pas habitué à ce type de solitude. Les gens le prenaient pour un sauvage, mais même dans son monde de reclus, il existait davantage… d'échanges.

Il voyageait constamment, passant d'un établissement de sa chaîne hôtelière à un autre. Pendant ces tournées, il traitait avec les directeurs, employés, serveurs, femmes de chambre et autres invités occasionnels des hôtels. En dépit de tous ses efforts pour réduire les contacts au minimum, il était bien obligé de parler avec quelques personnes.

Jusqu'à présent.

La vérité, c'était qu'il détestait se retrouver dans un isolement complet. Il le détestait encore plus que d'être plongé dans une foule.

Il serra si fort la rambarde de bois vernis qu'il n'aurait pas été surpris de voir ses empreintes s'incruster dans le matériau. Il avait l'habitude de voir les gens se mettre quasiment au garde-à-vous quand il s'exprimait. Tout juste si ses employés ne faisaient pas des sauts périlleux arrières pour lui faire plaisir. Il aimait descendre dans son casino préféré à Monaco, sur un coup de tête, et y passer la nuit avec une blonde, brune ou rousse de son choix. Il appréciait le bruit des bouchons de champagne qui sautent, le tintement des verres de cristal, et le son étouffé des rires raffinés. Il avait l'habitude de décrocher son téléphone pour commander un repas, ou pour appeler le pilote de son jet privé, toujours prêt à décoller.

Or, en ce moment, il savait qu'il ne pouvait aller nulle part. Et il avait beaucoup de mal à s'y faire.

Depuis l'enfance, Nathan n'était jamais resté plus de trois ou quatre jours au même endroit. Ce mode de vie lui convenait parfaitement. Rien qu'à l'idée d'être coincé au sommet de cette satanée montagne pour un mois entier… l'envie d'appeler son pilote, dans l'instant, le démangeait.

Pourquoi ne le faisait-il pas ? Mystère. Lui-même ne le comprenait pas.

« Hunter, tu m'en demandes vraiment beaucoup ! », dit-il en levant les yeux au ciel, sans savoir s'il devait s'adresser à l'enfer ou au paradis.

Hunter Palmer avait toujours été un brave type, mais Nathan pensait qu'il méritait bien une place en enfer : revenir d'outre-tombe pour infliger à ses vieux amis une telle punition !

« Pourquoi ai-je même accepté de venir ici, pour commencer ? », murmura-t-il, tout en sachant pertinemment qu'il ne trouverait pas de réponse.

Il ne s'agissait pas seulement d'une histoire de vieille amitié.

Hunter était mort depuis dix ans. Nathan n'avait plus voulu repenser à ces temps anciens, à cet ami disparu trop jeune, ni aux cinq autres qui avaient tellement compté pour lui. Il avait foncé. Il avait construit sa vie comme il la voulait, sans se préoccuper de l'opinion des autres.

Ce serment qu'ils avaient prêté, à l'université ? Cela lui semblait appartenir à une autre vie.

Il repensa aux photos des Sept Samouraïs — le surnom qu'ils se donnaient à l'époque — accrochées sur les murs du couloir, à l'étage supérieur. Chaque fois qu'il passait à proximité, Nathan détournait le regard.

La tâche d'explorer le passé revenait aux archéologues. Pas aux avocats. Il n'avait aucune dette envers Hunter ou n'importe lequel des cinq autres. En avançant dans la vie, on laissait ses amitiés étudiantes derrière soi. C'était bien connu.

Alors, que diable fichait-il ici ?

Un oiseau rasa la surface de l'eau, les ailes largement déployées, son ombre se reflétant sur le lac comme animée d'une vie propre.

« Même un oiseau est plus libre que moi », grommela Nathan.

S'écartant de la rambarde, il tourna le dos au spectacle majestueux de la nature et rentra à l'intérieur de ce qu'il considérait déjà comme sa cellule. Ses yeux s'arrêtèrent sur le téléviseur, mais il rejeta l'idée de l'allumer. Il y avait plein de livres, et même un bureau aménagé à la dernière mode, sous les combles. Mais Nathan ne se sentait pas capable de rester assis suffisamment longtemps pour mener à bien un travail constructif.

Il se sentait juste d'humeur à errer. Il pourrait aller se promener en bas de la montagne, vers l'aéroport, là où l'attendait son avion privé, un Gulfstream.

— Je ne vais jamais tenir un mois entier, marmonna-t-il, en se passant une main dans les cheveux.

Il se dirigea vers la table où il avait posé son ordinateur portable. Il tira une chaise et s'assit, puis commença à tapoter sur le clavier pour établir la connexion et consulter sa messagerie.

Il avait reçu deux nouveaux messages : les directeurs des hôtels Barrister de Londres et Tokyo s'informaient de sa prochaine visite. Une fois qu'il leur eut répondu, il se sentit de nouveau désœuvré. Une foule de choses ne pouvaient se faire à distance. Présenter une mine renfrognée à ses employés, par exemple.

La sonnette de la porte d'entrée le fit sursauter. Il en était arrivé au point d'attendre une visite, n'importe laquelle, pourvu que cesse le silence qui l'enveloppait. Il ferma son ordinateur et traversa la vaste pièce pour gagner le hall.

— J'aurais dû me douter que c'était vous, dit-il en découvrant sa visiteuse.

Keira sourit, se faufila à l'intérieur et se tourna vers lui.

— Vous allez avoir besoin d'un manteau, dit-elle.

Nathan referma la porte, pas encore décidé à admettre — ne fût-ce que pour lui-même — qu'il était heureux de la voir. Même enquiquinante, Keira avait le mérite de faire entendre une autre voix humaine dans ce satané silence.

— J'ai suffisamment chaud, merci.

— Je fais allusion à la fête. Elle se tient à l'extérieur, alors vous aurez vraiment besoin d'un manteau.

Elle lui tourna le dos, le temps d'avancer dans la grande salle, comme si elle était chez elle. L'écho de sa voix et le martèlement de ses pas résonnèrent sous les hauts plafonds.

— Nous aurions pu organiser le dîner dans le tribunal, au risque d'être un peu à l'étroit, mais l'orchestre nous a conseillé de le faire dehors.

— L'orchestre ?

— Oui, confirma-t-elle tout en regardant autour d'elle comme si elle n'avait pas visité ce lieu le jour précédent. C'est un groupe local : Super Leo. Ils jouent essentiellement du rock, mais ils acceptent d'interpréter aussi des morceaux à la demande. Ce sont de gentils garçons. Ils ont tous grandi ici.

— Fascinant.

Nathan s'approcha de la cheminée, s'adossa au mur,

croisa une jambe sur l'autre et regarda Keira évoluer dans l'espace. Elle était vraiment pas mal…, songea-t-il.

Il mit aussitôt cette attirance sur le compte de la solitude. Il ne voyait pas d'autre explication à son intérêt pour une bavarde petite rousse qu'il n'aurait même pas remarquée en temps ordinaire. Le fait qu'il ne « goûtait » cette solitude que depuis une journée ne changeait rien à l'affaire.

— Cette année, babillait-elle, le conseil municipal a voté le financement de nouveaux lampadaires. Alors, la place est éclairée comme en plein jour et peut se transformer en grande piste de danse. Quand je suis partie, ils étaient déjà en train de disposer les plats sur les tables, et l'orchestre s'accordait. Alors, je pense qu'on devrait y aller si on ne veut rien rater.

Nathan hocha la tête.

— Ne rien rater ? Je vous ai déjà expliqué, hier, que cela ne m'intéressait absolument pas d'aller à votre fête ou ailleurs.

— Eh bien, j'ai cru que vous ne le pensiez pas vraiment.

— Pourquoi pas ?

— Qui refuserait une invitation à faire la fête ?

— Moi. Cela dit, si la fête se déroulait à Saint-Tropez ou à Gstaad, je m'y rendrais. Mais dans une petite ville américaine perdue au milieu de nulle part, non merci.

Keira le dévisagea comme s'il lui avait poussé une deuxième tête. Puis, elle haussa les épaules et poursuivit comme si de rien n'était.

— Le conseil municipal vous est infiniment reconnaissant pour votre don.

— Vous leur avez dit ?

Nathan ressentit comme une démangeaison désagréable, entre les omoplates.

Donner de l'argent lui importait peu. Cela faisait partie intégrante de son existence. Mais il préférait garder l'anonymat. Il ne voulait pas susciter de gratitude. Il ne désirait qu'une chose : avoir la paix.

Tout en ruminant cette pensée, il se souvint que, seulement une minute plus tôt, il se plaignait de sa solitude.

— Evidemment, je leur ai dit, répliqua Keira.

Elle empoigna l'un des coussins du canapé et le tapota avant de le remettre en place.

— Suis-je le père Noël ? reprit-elle. Je me vois mal déverser de l'argent dans les coffres de la ville sans la moindre explication. Ils veulent tous vous rencontrer, vous remercier pour votre générosité.

— Ce n'est pas la peine.

— Bien sûr que si ! se récria-t-elle en remettant d'aplomb la pile de magazines, sur la table basse. Si vous ne venez pas à la kermesse pour que tout le monde puisse vous rencontrer…

— Oui ?

Elle haussa les épaules.

— Eh bien, j'imagine que tout le monde devra venir à vous.

Nathan soupira.

Elle le faisait chanter pour qu'il assiste à cette satanée réception municipale. Elle s'y prenait fort bien, d'ailleurs ! S'il refusait de s'y rendre, elle lui amènerait ses concitoyens jusqu'au chalet. Aucun doute là-dessus. Il serait submergé avant d'avoir le temps de réagir.

— Chantage ?

— Disons plutôt négociation.

— Et si je me rends à cette fête, ensuite vous me laisserez tranquille ?

Keira leva la main comme un jeune scout.

— Je le jure solennellement.

— Je ne vous crois pas.

— Seigneur ! Attirant, grincheux *et* intelligent.

Un sourire se dessina sur les lèvres de Nathan, mais il le chassa très vite : inutile d'encourager cette fille d'une manière ou d'une autre.

— Très bien. Je vais venir.

— Super ! s'écria-t-elle. J'en suis tout excitée !

Ses yeux verts brillaient et un sourire retroussait ses lèvres pulpeuses. Sous sa veste de cuir noir, un pull gris soulignait la courbe de ses seins. Dans son jean délavé et ses bottes élimées, elle était beaucoup trop appétissante pour un homme condamné à vivre en reclus dans la montagne pendant un mois.

Alors, tentant de reprendre la maîtrise de son système hormonal, Nathan se dirigea vers le placard de l'entrée. Il l'ouvrit, attrapa sa veste en cuir brun et l'enfila sur son pull en cachemire vert foncé.

Quelques minutes plus tôt, il se plaignait d'être seul. Et à présent, il était en route vers une fête de quartier… On n'était jamais trop prudent, en matière de souhaits.

Tandis qu'ils redescendaient vers la ville, Keira lui lança des regards furtifs. De profil, Nathan était capable de la faire chavirer. Alors, quand il la regarda, elle faillit faire une embardée et atterrir contre un arbre.

Elle poussa un petit cri et donna un coup de volant trop brusque qui fit déraper légèrement les pneus neige sur une plaque de verglas.

— C'est un traquenard ? Il s'agit de m'entraîner dans un trajet assez long pour me tuer en chemin ?

— Tout va bien, l'assura-t-elle, en agrippant fermement le volant. Mais vous désirez peut-être visiter les alentours, avant de pénétrer dans la ville ?

— Non merci. Je peux seulement rester une heure ou deux, dit-il en consultant sa montre en or.

— Pourquoi ?

— Parce que.

— Ah ! C'est une bonne raison.

Keira sourit et se concentra sur les lacets de la route. Nathan regarda au-delà du talus de neige, vers le fond d'un précipice abrupt.

— Ecoutez, dit-il, je ne viens à cette fête que pour éviter que toute la ville ne défile au chalet dans les prochains jours.

— Ne vous inquiétez pas. Vous serez content d'être venu.

— Qu'est-ce que cela peut vous faire que j'assiste ou non à cette soirée ?

— Ce que cela me fait ?

Dès que la route le permit, Keira risqua un coup d'œil vers lui. Puis elle fixa de nouveau la route, droit devant elle, et reprit :

— Vous et ceux qui vont vous succéder au chalet, vous faites quelque chose d'incroyable pour notre ville. Pourquoi les habitants ne chercheraient-ils pas à vous en remercier ?

Nathan remua sur son siège, mal à l'aise.

— Je ne parle pas au nom des autres. Mais pour ma part, je ne fais pas cela pour vous ou votre ville.

— Alors pourquoi ?

Il pinça les lèvres.

— Ce n'est pas important.

— Ça l'est suffisamment pour que vous veniez jusqu'ici et que vous y restiez un mois entier ?

Toujours aussi renfrogné, il répondit :

— Je suis là. Quant à la durée… Je ne sais pas.

Un petit accès de panique saisit Keira à l'idée qu'il pourrait partir avant terme. Dans ce cas de figure, la ville d'Hunter's Landing ne recevrait rien et le chalet du lac serait vendu, si Keira se souvenait bien des termes du testament qu'elle avait eu entre les mains.

Elle ne pouvait accepter que ce scénario se réalise.

Elle devait convaincre Nathan Barrister de rester tout le mois. La meilleure façon d'y parvenir était peut-être de lui faire découvrir la ville que lui et ses amis allaient aider. De lui faire comprendre, concrètement, ce qu'un mois de son temps pouvait changer dans la vie des habitants de cette ville.

Mais s'il était vraiment décidé à partir, comment pourrait-elle le faire changer d'avis ?

— Vous avez pourtant accepté les conditions du testament ?

Elle le sentit plus qu'elle ne le vit hausser ses larges épaules.

— C'est exact, dit-il. Mais je me demande si c'est faisable. J'ai une entreprise à superviser. Il y a des endroits où ma présence est requise.

Mentalement, il élaborait déjà des excuses. Il cherchait une issue de secours, un moyen d'échapper aux termes du testament.

Keira sentit la panique revenir en force au creux de son estomac. Pensait-il que le chèque incroyablement généreux qu'il avait signé le dispensait de respecter les dispositions prévues par Hunter Palmer ?

— Vous n'allez pas vraiment partir bientôt, n'est-ce pas ?

Il remua sur son siège, faisant crisser le cuir.

— Si vous demandez des assurances, je ne peux pas vous les donner.

— Mais vous aviez accepté les conditions ?

— Oui.

— Vos paroles n'ont pas beaucoup de valeur, alors ?

Il fronça les sourcils.

— Votre botte secrète pour tenter de me faire coopérer c'est de m'insulter ? Si oui, c'est une mauvaise idée.

Keira poussa un soupir.

— Sans doute.

Elle amorça le dernier lacet de la route de montagne. Ils étaient à moins d'un kilomètre d'Hunter's Landing, où ses amis et voisins faisaient la fête en imaginant les changements à venir. Mais seraient-ils aussi heureux de rencontrer Nathan Barrister, sachant qu'il se préparait à ruiner leurs projets ?

Non, cela n'était pas possible. Sans réfléchir, Keira se

gara sur le bas-côté de la route, tira le frein à main et se tourna vers Nathan, l'affrontant du regard.

— Un problème ? s'enquit-il.

— On peut le dire comme ça.

Dans la lumière du crépuscule, les yeux bleu pâle de Nathan avaient l'éclat de la glace… et sa chaleur aussi.

— Cela ne signifie peut-être pas grand-chose pour vous, reprit Keira, mais pour les gens d'ici cela fait une grande différence que vous restiez ou non un mois entier au chalet.

— Je n'ai pas dit que je partais, fit-il observer.

— Vous n'avez pas dit que vous restiez non plus, le contra-t-elle.

— Je suis ici pour le moment.

— Pour le moment. C'est censé me réconforter ?

— C'est tout ce que je peux vous offrir.

Keira eut envie de le saisir par le col et de le secouer. Mais elle savait que cela n'arrangerait rien. Il était si barricadé de l'intérieur, si fermé à tout ce qui n'était pas ses propres sentiments, qu'elle aurait eu besoin d'un marteau pour le sensibiliser à ses arguments. C'était tentant, mais peut-être risqué.

— Vous n'avez passé qu'une seule journée ici. Essayez. Donnez-nous une chance.

Nathan la regarda dans la lumière déclinante et, pendant une seconde, Keira eut l'impression que ses yeux se réchauffaient un peu. Mais elle pensa s'être trompée car, un instant plus tard, ils étaient redevenus froids et distants.

— Si vous le faites, ajouta-t-elle, vous pourriez même vous plaire ici. Qui sait ?

Il leva un sourcil.

— Je ne suis pas supposé aimer cet endroit.

— Eh bien, la vie est pleine de surprises ! s'exclama-t-elle.

Elle sourit et amorça une manœuvre pour reprendre la route et gagner la ville.

— Que je reste ou que je parte, cela ne vous regarde pas, affirma enfin Nathan sur un ton qui n'admettait pas la réplique.

Keira ignorait quels étaient les interlocuteurs habituels de Nathan, mais elle n'était pas disposée à supporter ce genre de rapport de maître à valet.

— C'est là que vous avez tort, Nathan, dit-elle en lui décochant un sourire destiné soit à le mettre à l'aise, soit à l'inquiéter à mort. Cela ne vous ennuie pas que je vous appelle Nathan, n'est-ce pas ? Eh bien, Nathan, c'est mon affaire de m'assurer que vous restiez. En tant que maire, je ne peux vous laisser renoncer à quelque chose qui signifie tant pour nous.

Il l'observa pendant une longue minute. Keira sentit ce regard posé sur elle et se força à garder le sien rivé sur la chaussée, droit devant. Tandis qu'ils approchaient de la ville, elle entendit les échos encore distants de la musique. Elle se blinda dans l'attente de la réponse de Nathan.

— Il faut que vous sachiez, Keira, que si je décide de partir, vous ne pourrez rien faire pour m'en empêcher.

Après un dernier virage, elle aperçut les lumières d'Hunter's Landing. Des guirlandes brillaient de mille feux dans la pénombre grandissante. La place était noire de monde, et quelques couples dansaient déjà.

Keira se sentit fondre de tendresse pour cette ville et ces gens auprès desquels elle avait grandi. Plus déterminée que jamais, elle se tourna vers l'homme assis à ses côtés.

— Nathan, ne me lancez jamais un défi de ce genre. Vous seriez sûr de perdre.

Ils furent plongés dans la fête dès l'instant où Keira gara la camionnette. Avec un certain amusement, elle regarda Nathan se faire entraîner, contre son gré, au centre des opérations. Il était tellement raide et distant qu'il émergeait de la foule comme une autruche au milieu d'une bande de poulets.

La musique se déversait sur eux, par vagues continues. Keira, qui s'était mise un peu en retrait, vit les traits de Nathan se contracter : quelques hommes, parmi les plus anciens de la ville, s'étaient approchés de lui et lui prodiguaient déjà des conseils pour la pêche à la mouche.

Keira entendit un petit démon intérieur lui souffler d'abandonner Nathan au milieu de ces habitants qu'elle avait tellement voulu lui faire rencontrer. Mais une autre voix, plus raisonnable, s'imposa : si Nathan détestait ce bain de foule, il n'aurait aucune raison de rester pendant un mois pour que la ville reçoive son legs.

Aussi s'avança-t-elle vers le groupe d'hommes en souriant et annonça :

— Désolée, messieurs, mais je vais vous enlever Nathan le temps d'une danse.

— On était juste en train de lui indiquer les meilleurs endroits pour pêcher dans la rivière Truckee, expliqua l'un d'eux.

— Et c'était fascinant, déclara Nathan. Mais vous m'excuserez, messieurs, j'ai effectivement promis une danse à cette jeune femme.

Il passa un bras autour des épaules de Keira et il l'attira à lui, comme s'il craignait qu'elle ne change d'avis et l'abandonne aux pêcheurs, pour quelques conseils supplémentaires.

Keira réprima un sourire. Non, la chaleur du bras de Nathan n'était pas sexuelle mais purement physiologique. Pourtant, elle n'en fut pas totalement convaincue, car c'était comme si certaines parties de son corps sortaient soudain d'un très long sommeil.

Tandis qu'ils s'éloignaient de la foule pour rejoindre la piste de danse, Nathan se pencha vers elle et murmura :

— Je ne sais pas si je dois vous remercier d'avoir volé

à mon secours, ou vous étrangler pour m'avoir entraîné dans cette soirée.

Sa voix faillit se perdre dans la musique. Aussi, pour s'assurer qu'il entendrait sa réponse, Keira se rapprocha de lui.

— Mais vous aviez l'air de tellement bien vous amuser !

— Je ne pêche pas, grogna-t-il.

— Jusqu'à présent. Mais maintenant, grâce à Sam Dover et ses copains, vous le pourriez si vous le vouliez.

Nathan s'arrêta brusquement et, comme il l'entourait toujours de son bras, Keira buta contre lui.

— Tout cela vous amuse, n'est-ce pas ? demanda-t-il.

— Est-ce que ce serait mal de répondre oui ?

Il fronça les sourcils.

— Je n'ai jamais rencontré quelqu'un comme vous.

— C'est un compliment ?

— Ce n'était pas forcément mon intention.

Elle sourit.

— Je le prends comme ça.

A cet instant, Keira remarqua une petite crispation au coin des lèvres, beaucoup trop tentantes, de Nathan, indiquant qu'il luttait contre l'envie de sourire. Depuis leur rencontre, il s'était souvent empêché de sourire. Elle ne comprenait pas pourquoi.

— Alors, vous allez vraiment danser avec moi ? demanda-t-elle.

Il soupira.

— Si je ne le fais pas, vous allez encore me livrer aux pêcheurs ?

Elle leva les bras, en position de danseuse.

— Une bonne menace n'a jamais fait de mal à personne !

- 4 -

Le rythme de la musique ralentit et se mua en ballade romantique, du moins autant que possible pour un orchestre de rock.

Nathan enlaça Keira. Mais dès que son bras lui enroba la taille, il sentit comme une décharge d'électricité le parcourir des pieds à la tête. Et quand elle lui sourit, il comprit qu'elle avait éprouvé la même sensation.

La main droite de Keira semblait si petite dans la sienne, et sa main gauche avait la légèreté d'une plume, posée sur son épaule comme une marque de fabrique.

L'air était glacé et la rue bondée. Pourtant, il lui semblait être seul sous les tropiques avec Keira, dans une chaleur de brasier.

— A quoi pensez-vous ? demanda-t-elle, tandis qu'il la guidait vers la piste de danse improvisée au milieu de la place.

— Je ne vais pas vous le dire, parce que j'ai l'impression que vous pourriez trouver le moyen d'utiliser la réponse contre moi, répondit-il, en détachant son regard des magnifiques yeux verts pétillants de Keira.

— Oh, vous êtes un homme d'affaires avisé, n'est-ce pas ?

Un soupçon de moquerie teintait sa voix.

Nathan se risqua de nouveau à croiser les yeux verts, constatant que leur pouvoir n'avait pas diminué d'un iota.

— Vous m'avez déjà fait chanter une fois, lui rappela-t-il.

— Pour une bonne cause.

— Je ne pense pas que ce genre d'argument attendrirait un tribunal.

— Eh, je suis le maire ! Est-ce que je me permettrais de déroger à la loi ?

Elle lui sourit de nouveau, et Nathan ne put réprimer un petit sursaut. Il resserra l'emprise de son bras autour de la taille de Keira et, quand elle se mit à bouger au rythme de la danse, il éprouva des sensations auxquelles il ne voulait même pas songer.

Il s'y appliqua avec succès.

Pour se distraire, il balaya la ville du regard et se rendit à l'évidence : il pouvait l'évaluer en quelques secondes.

Les bâtiments étaient vieux, mais bien entretenus. La peinture fraîche brillait sous l'éclairage et les trottoirs étaient impeccablement balayés. Aux façades des maisons s'accrochaient des jardinières. Nathan présuma que, si le printemps finissait par arriver dans la montagne, des fleurs aux couleurs éclatantes jailliraient de tous ces pots.

Quelque deux cents personnes envahissaient les rues adjacentes, interdites à la circulation. Des gens de tous âges, depuis les couples de vieillards se tenant tranquillement par la main, assis sur un banc, jusqu'aux adolescents amoureux, se dévorant des yeux avec une telle intensité que Nathan s'attendait presque à voir des petits cœurs voleter au-dessus de leurs têtes, comme dans les bandes dessinées.

Keira cadrait parfaitement dans ce décor. Elle était accueillie par des accolades, des baisers, des cris, des blagues, et Nathan ne put s'empêcher de se demander quel effet cela faisait d'appartenir à ce point-là à un lieu. Pour sa part, il n'avait rien connu de comparable depuis l'enfance. Il s'était même évertué, au fil des ans, à ne s'attacher à aucun endroit en particulier. Mais Keira, à l'évidence, s'épanouissait dans le genre de vie qu'il avait évitée.

Au-dessus d'eux, la lune était parvenue à percer les

nuages. Elle baignait la ville d'une lumière argentée, créant une ambiance quasi magique. Mais aussitôt, Nathan chassa cette pensée ridicule. Hunter's Landing n'était rien d'autre qu'une minuscule ville, perdue entre quelques autres, plus importantes.

Si Hunter Palmer n'avait pas choisi cette ville — sans aucun doute pour le plaisir de bâtir une propriété dans un endroit qui portait son nom —, Nathan n'aurait jamais entendu parler de son existence. Il n'était pas homme à flâner sur les chemins non balisés.

Il préférait les grandes villes, l'anonymat des chambres d'hôtels et un environnement de visages sans cesse renouvelés. Il n'avait pas la moindre envie de nouer des liens avec cette ville et des gens qu'il ne reverrait plus, une fois quittée cette montagne.

Et pourtant…

Keira lui serra un peu plus la main, comme si elle pouvait lire dans ses pensées et essayait, subtilement, de l'arrimer ici, dans cet endroit.

Nathan aimait la sentir dans ses bras, le contact de son corps tout en courbes contre le sien.

Il admit, au moins pour lui-même, qu'il la désirait. Il n'avait pas la moindre intention de créer des liens, d'aucune sorte, avec les gens de cette ville. Mais elle s'était imposée. Et il n'y pouvait rien si son corps réagissait au contact de celui de Keira.

C'était purement et simplement chimique.

Il était resté trop longtemps sans femme dans son lit, alors il réagissait à la première qui s'approchait un peu près de lui.

Non qu'elle fût proche.

Mais la simple pensée de Keira dans son lit suffit à lui enflammer les sens.

A cet instant, Keira rejeta un peu la tête en arrière pour lever les yeux vers lui, et s'exclama :

— J'aimerais vraiment savoir ce que vous pensez, parce que votre visage s'est crispé et vos yeux se sont plissurés.

— Plissurés ?

— C'est un mot, assura-t-elle.

— A peine.

— Vous essayez de changer de sujet.

— Sans succès, apparemment.

Nathan n'était guère surpris de constater qu'elle ne lâchait pas son idée.

— Quand vous me connaîtrez, vous saurez que je n'abandonne pas facilement.

— Croyez-moi, répliqua Nathan, cela je l'ai déjà appris.

Les yeux de Keira pétillèrent à la lumière des lampadaires.

— Génial ! Nous sommes sur le chemin du progrès n'est-ce pas ?

— Progrès ?

— Bien sûr. J'ai compris que vous vous raidissez quand vous ne voulez pas aborder un sujet, et vous savez que je suis un peu entêtée.

— Un peu ?

— Nous sommes quasiment amis, à présent.

— Amis ?

— Quel mal y aurait-il à cela ? Avez-vous tellement d'amis que vous ne puissiez en accepter un de plus ? demanda-t-elle.

Ils s'arrêtèrent car la ballade sentimentale venait de céder la place à un rythme beaucoup plus endiablé. Non, se dit Nathan, il n'avait pas trop d'amis. Il n'en avait pas. A dessein. Ce besoin avait été satisfait puis effacé, dix ans plus tôt. Maintenant sa vie était débarrassée de tout affect. Comme il la voulait.

Keira s'écarta.

Nathan lui en fut reconnaissant, tout en ne pouvant s'empêcher de constater que ses bras lui semblaient vides, sans elle à l'intérieur. Un vrai signal d'alarme ou il ne s'y connaissait pas ! Garder une distance de sécurité entre eux, voilà qui semblait s'imposer comme décision intelligente, en l'occurrence. Et il avait toujours été suffisamment intelligent pour savoir se protéger.

— Nous ne sommes pas amis, Keira. Les amis n'utilisent pas le chantage pour parvenir à leurs fins.

— Vraiment ? N'est-ce pas ce que votre ami Hunter Palmer a fait ? s'enquit-elle en inclinant la tête sur le côté, déclenchant une vague dans ses cheveux blond vénitien.

Nathan fut ému de nouveau, et incapable de l'ignorer.

— Que voulez-vous dire ?

Elle passa son bras sous le sien et l'entraîna à l'écart de la piste où les danseurs se trémoussaient sur un rythme endiablé.

— Eh bien, dit-elle, vous n'avez visiblement aucune envie de rester ici, mais vous allez y passer un mois parce que votre vieil ami vous en a fait la demande dans son testament. N'est-ce pas une sorte de chantage ?

Nathan dut admettre que cela y ressemblait. N'avait-il pas lui-même brodé autour de ce thème, plus tôt dans la journée ?

— Vous pouvez vous montrer très enquiquinante, vous savez, maugréa-t-il pour toute réponse.

— On me l'a déjà dit.

— Cela ne me surprend pas.

Keira le tira par le bras.

— Allez, venez Nathan ! Je pense qu'il est temps que je vous nourrisse. Peut-être que vous serez dans de meilleures dispositions, une fois que vous aurez goûté les lasagnes du Clearwater.

Il ne voulait pas rester plus longtemps en sa compagnie. Elle avait une manière de lui envahir l'esprit qui le mettait un peu mal à l'aise.

Aussi s'arrêta-t-il tout net. Et Keira buta contre lui.

— Eh ! Un petit signal d'avertissement avant tout arrêt inopiné ne serait pas une mauvaise chose.

— Désolé, mais je crois que j'en ai vu assez. J'ai participé à la soirée. Maintenant j'aimerais rentrer au chalet si vous n'y voyez pas d'inconvénient.

— Vous n'avez même pas mangé !

— Je n'ai pas faim.

— Menteur.

Il enfonça les mains dans les poches de sa veste et lui lança un regard qui signifiait « tous aux abris » dans le langage des gérants de ses hôtels.

— Est-ce que vous allez me ramener ou pas ?

— Bien sûr. Dès que nous aurons dîné.

— Bon sang, Keira…

— Vous n'avez pas mangé, Nathan. Pourquoi ne pas le faire ici ?

Comme il ne bougeait pas, elle ajouta :

— Vous n'avez pas peur de nous, n'est-ce pas ?

— Nous ?

— La ville, expliqua-t-elle en ouvrant les bras comme pour étreindre tout le monde. Hunter's Landing. Vous avez l'air de craindre, si vous vous attardez un peu trop longtemps parmi nous, de finir par nous aimer.

Nathan se sentit soudain envahi par une grande lassitude. Allait-elle continuer longtemps à faire de la psychologie de comptoir ? Il ne pouvait pas en entendre plus. Mais s'il ne se montrait pas brutal, jamais elle ne l'écouterait.

— Est-ce que vous ne comprenez vraiment pas ? demanda-t-il en élevant la voix. Je ne suis pas ici pour me faire des amis, mais parce que je n'ai pas le choix. C'est un devoir.

Il s'arrêta avant de lui donner plus d'informations qu'il ne le souhaitait. Puis, il reprit :

— Mon propos n'est pas d'aimer ou de détester votre ville, mais d'y faire mon temps avant de retourner à ma vie.

Elle cligna des yeux.

— Ça y est, vous recommencez.

Nathan soupira et posa la question, tout en sachant qu'il commettait une erreur.

— A quoi faire ?

— A vous montrer grossier. C'est vraiment impressionnant de voir à quel point c'est facile, pour vous, de devenir grincheux et méchant.

— Sinon vous ne m'écoutez pas ! s'exclama-t-il.

Keira sourit de nouveau, comme si tout allait bien.

— Oh, je vous écoute, mais je ne vous crois pas. C'est différent. Que vous vouliez l'admettre ou non, Nathan Barrister, vous avez faim. Vous n'avez pas envie d'être ici, mais puisque vous y êtes, pourquoi ne pas dîner ?

Comment argumenter face à ce genre de logique tordue ?

Keira l'attrapa par le bras et l'entraîna près d'un alignement de tables couvertes de toutes les nourritures imaginables.

Nathan avait l'impression d'être un enfant de mauvaise humeur et il n'aimait pas cela.

Inutile de s'entêter de toute façon : il n'y avait pas de solution de secours. Il ne pouvait rentrer à pied en grimpant dans la montagne. Il n'allait pas non plus demander au premier venu de le reconduire au chalet.

Alors il allait attendre. Il allait manger. Et une fois remonté là-haut, il appellerait son pilote et il lui demanderait de faire chauffer les moteurs.

Pas question de passer un mois entier dans cet endroit. Deux jours en compagnie de Keira Sanders suffisaient à le convaincre de partir tant qu'il le pouvait encore.

Pendant l'heure suivante, Keira l'observa avec un certain amusement. Nathan ne serait sans doute pas ravi de l'apprendre, mais ses efforts pour esquiver les marques de gratitude de la ville amusaient Keira. Chaque fois que quelqu'un venait le remercier, Nathan se transformait en statue de pierre. Après un petit signe de tête, son visage se fermait et il se détournait… pour tomber sur un autre habitant plein de reconnaissance.

Qu'y avait-il de si fascinant dans cet homme ? Elle ne parvenait pas à le déterminer. Mais le voir aussi mal à l'aise au milieu de ses amis et voisins l'intriguait. Elle avait envie de le connaître mieux. De se faufiler derrière les murailles qu'il avait érigées autour de lui. De percer l'arrogance et la condescendance apparente pour découvrir l'homme véritable qui se cachait derrière.

S'aveuglait-elle toute seule ?

Peut-être qu'il n'y avait pas d'autre Nathan sous les apparences. Peut-être était-il tel qu'il apparaissait au premier abord : riche, hautain, indifférent.

Pourtant, Keira ne le pensait pas. Elle avait surpris des éclairs d'humour dans son regard, avant qu'il ne les efface. Elle voulait prendre le temps d'aller chercher sous l'armure.

Pourquoi ?

Elle n'en savait rien pour l'instant.

Oh, bien sûr, elle se mettait en quatre pour qu'il ne quitte pas la ville avant le mois écoulé. Mais il s'y mêlait quelque chose de personnel. Il ne s'agissait pas seulement de s'assurer que la ville qu'elle aimait recevrait le legs.

En fait, songea-t-elle avec un nouveau sourire, l'expérience promettait d'être… intéressante.

A cet instant, le téléphone mobile de Keira se mit à sonner, la tirant de ses pensées. Elle vérifia l'identité de l'appelant sur l'écran, puis s'éloigna de quelques pas pour y répondre, tout en faisant un petit signe de la main à Nathan pour lui faire comprendre qu'elle en avait pour une minute.

Elle dut alors réprimer un sourire à la vue de son air atterré. D'une certaine manière, elle comprenait sa panique : Sallye et Margie, les deux plus grandes bavardes de la ville, venaient de prendre position de part et d'autre de lui. Elle l'abandonna à son sort et s'installa dans l'embrasure de la porte du fleuriste.

— Salut Kelly ! dit-elle dans le téléphone.

— Alors grande sœur, comment vas-tu ?

Kelly Sanders semblait toute proche alors qu'elle appelait depuis Londres où elle vivait.

— Tout va bien, hurla-t-elle dans l'appareil, essayant de couvrir le son de l'orchestre qui continuait à cracher les décibels à en percer les tympans.

— Qu'est-ce qui se passe ? s'enquit Kelly avant de gémir : c'est une fête de quartier, n'est-ce pas ? Vous vous amusez tous comme des fous et je ne suis pas là !

— Oui, mais tu es en Europe. Et tu y passes des moments formidables, non ?

— C'est vrai, je me plais ici, admit Kelly avec un soupçon de nostalgie dans la voix. Mais je déteste savoir que la vie continue à la maison, sans moi.

C'était du Kelly tout craché. Elle voulait toujours être au centre des choses. Même toute petite, elle ne supportait pas de rester à l'arrière-plan. Leur mère disait toujours que Kelly avait été pressée de venir au monde, et qu'elle n'avait jamais cessé de courir depuis.

Elle manquait beaucoup à Keira depuis qu'elle s'était installée à Londres, un an plus tôt. Keira avait du mal à supporter son absence. Chacune était désormais la seule famille de l'autre.

— Je vais saluer tout le monde de ta part, proposa Keira.

Elle jeta un coup d'œil vers le bas de la rue pour s'assurer que Nathan n'avait pas pris la poudre d'escampette. Non. Il était toujours là, pris en sandwich entre deux vieilles dames charmantes et bavardes.

Keira sourit, s'adossa au mur en pierre du magasin de fleurs et ajouta :

— Alors, quoi de neuf ?

— Tony m'emmène à Paris ce week-end ! Je voulais te prévenir que je ne serai pas à la maison pour notre coup de fil du samedi soir.

Tony, alias Stewart Anthony Brookhurst, était le P.-D.-G. d'une grosse société quelconque basée en Angleterre, et le principal sujet de conversation de Kelly depuis six mois.

— Paris, c'est super ! commenta Keira, en tentant d'étouffer un soupir d'envie.

Elle avait élaboré des projets elle aussi, quelques années plus tôt : finir ses études universitaires, voyager, voir le monde… Mais en un éclair, tout avait changé.

Pourtant, elle ne regrettait pas de s'être occupée de Kelly, d'avoir mis ses projets personnels de côté pour que sa petite sœur puisse faire des études. Certes, pendant qu'elle-même restait là, dans la ville qu'elle aimait, sa sœur vivait des aventures dont elle avait naguère rêvé. Mais elle n'en éprouvait aucune amertume. Et s'il lui arrivait parfois de ressentir une pointe d'envie, elle était toujours parvenue à le cacher à sa petite sœur adorée.

— Je sais, répliqua Kelly dans un éclat de rire. Qui aurait imaginé m'entendre dire des choses comme : je vais passer le week-end à Paris ? Mais tu sais, j'aime vraiment vivre ici. Certes, la maison et tous les gens — toi particulièrement — me manquent. Mais j'aime Londres. J'en viens à apprécier la pluie !

— Je sais.

Elle entendait ce bonheur dans la voix de Kelly, à chaque coup de téléphone.

Kelly avait été engagée par une banque internationale dès la sortie de l'université et envoyée à Londres pour un séjour d'une année qui touchait à son terme. Mais depuis des mois déjà, Keira se préparait à affronter le moment où Kelly lui annoncerait son intention de rester en Europe.

Kelly aimait tout en Angleterre. Alors maintenant qu'elle sortait avec un homme qui était né et avait grandi dans ce pays, les chances de la voir revenir à Hunter's Landing étaient plus minces que jamais.

— Que se passe-t-il à la maison, mis à part cette fête où je ne suis pas ? demanda-t-elle.

Keira chassa les pensées sinistres qui l'enveloppaient comme une sorte de linceul et elle se força à prendre un ton enjoué.

— Nous venons de recevoir notre invité dans le chalet du lac.

— Non ! C'est vrai ? A quoi ressemble-t-il ? Est-ce que tu as visité l'intérieur de la propriété ? Ce doit être magnifique, non ?

Keira éclata de rire. Dieu que sa sœur lui manquait !

— C'est vrai. Il a l'air sympa. J'ai vu la maison. Elle est inouïe.

— Allons ! protesta Kelly. Il doit y avoir autre chose à en dire. Tu me parles de cette maison depuis un an. Décris-la-moi.

— C'est une splendeur, tu n'en croirais pas tes yeux. Un mélange de pierre, de bois et de verre. Les vues sur le lac coupent le souffle. Et on tient debout dans la cheminée du salon, tant elle est vaste.

— Ça a l'air génial ! Et le type ?

— Que veux-tu savoir ?

— Tout ! Je veux tout savoir !

Tout ? Quoi dire ? Qu'il était arrogant, énervant et en même temps beaucoup trop attirant ? Qu'elle perdait beaucoup trop de temps à penser à lui, alors qu'elle aurait dû se concentrer sur les moyens de le garder au chalet pendant la durée prévue pour que la ville touche le legs ?

— Dis-moi au moins son nom, reprit Kelly.

— Nathan. Nathan Barrister, répondit Keira avec soulagement.

Voilà au moins une information peu compromettante.

— Barrister ? Comme les hôtels ?

— Je ne sais pas, répliqua Keira avec un haussement d'épaules que sa sœur ne pouvait voir. Je… peut-être.

— Nathan Barrister était à Londres, il y a un ou deux mois. Il avait un rendez-vous à ma banque. Décris-moi à quoi ressemble le tien, je te dirai si c'est le même.

— Grand, brun, des yeux bleu pâle.

— Avec une petite moue snob au coin des lèvres ?

— Pas vraiment snob, contesta Keira.

— Oh, oh… C'est *lui*. Et tu l'aimes bien !

— Détrompe-toi, Kel, répliqua Keira.

Mais elle savait qu'il était trop tard pour esquiver le sujet. Kelly s'amusait déjà comme une folle.

— Je n'y crois pas ! Nathan Barrister à Hunter's Landing ? C'est trop drôle !

— Qu'est-ce qu'il y a de drôle ?

Au ton moqueur de la voix de sa sœur, Keira se raidit et se sentit comme le devoir de défendre Nathan, sans trop savoir pourquoi.

— Eh bien, ce type est tellement coincé ! Il n'a aucun sens de l'humour et il peut quasiment vous congeler sur pied d'un seul regard de ses yeux bleus. J'ai vu la tête de mon patron après son rendez-vous avec Nathan Barrister. Tu te souviens, je t'ai raconté que mon patron était assez méchant pour donner des cauchemars au père Fouettard ?

— Oui.

— Quand Barrister a quitté son bureau, mon patron était pâle et tremblant.

— Non !

Baissant la voix au point d'être à peine audible dans cette ambiance de fête où se mêlaient la musique et les conversations pleines de rires, Kelly poursuivit :

— Sérieusement, si tu envisages de tomber amoureuse de ce type, ne le fais pas.

Keira poussa un soupir et rejeta ses cheveux en arrière.

— S'il te plaît ! Il fait juste partie de ce contrat dont je t'ai parlé. S'il reste un mois entier et si les autres font de même, la ville va récolter une très grosse somme d'argent dont elle a bien besoin. Voilà toute l'affaire. J'ai dit qu'il était séduisant, pas que je lui courais après.

— Tu n'as pas dit qu'il était séduisant !

La voix de Kelly avait tellement grimpé dans les aigus que Keira éloigna le téléphone de son oreille.

— Ah bon ?

— Eh non, sœurette. Mais ne fais pas cela, ne te laisse

pas séduire par ce type. Souviens-toi de ce qui s'est passé avec…

— Ne continue pas sur ce terrain, d'accord ? la coupa vivement Keira, peu désireuse de remonter le temps contre son gré. Et laisse-moi te rappeler qui de nous deux est la grande sœur.

— Je sais. C'est juste que tu es si…

— Si quoi, exactement ?

— Je ne sais pas. Peu importe. Fais seulement attention, d'accord ?

— Je fais toujours attention, Kelly. Crois-moi. Il ne va rien se passer.

De toute façon, même si elle avait voulu que quelque chose survienne, Nathan avait clairement signifié qu'il n'en serait rien. Alors quel risque pouvait-elle bien courir ?

Keira jeta un coup d'œil furtif vers le bas de la rue, à l'endroit où elle avait laissé Nathan.

Grave erreur.

Il la cherchait du regard. Même à cette distance, l'échange visuel fut d'une telle force qu'il en devint presque physique. Le souffle coupé, Keira tâtonna à la recherche du mur où elle s'appuya pour tenter de garder l'équilibre. Cela ne changea pas grand-chose.

Une intense chaleur naquit au creux de son ventre et se répandit dans tout son corps, comme une vague déferlant sur la plage, en pleine tempête.

Elle se sentit vaciller de nouveau.

— Keira ? Est-ce que ça va ? demanda la voix de Kelly dans son oreille.

— Oui, mentit-elle.

Elle déglutit avec peine pour se débarrasser du nœud qui lui serrait la gorge. Elle ne pouvait détacher son regard de celui de Nathan.

— Tout va bien. Ne te fais de souci pour rien, ajouta-t-elle.

— Mais…

— Ecoute, envoie-moi une carte postale de Paris, d'accord ?

— Bien sûr, mais…

— A bientôt ma chérie. Prends soin de toi.

Keira coupa la communication et se redressa, juste au moment où Nathan s'avançait vers elle.

- 5 -

Nathan n'en pouvait plus.

Ses oreilles bourdonnaient et il était à bout de patience. Bientôt, le vernis de bonnes manières inculquées par sa grand-mère allait craquer.

Il prit donc congé des deux dames qui semblaient vouloir le garder prisonnier sur Main Street pour l'éternité. Puis, il se dirigea vers Keira, bien décidé à se faire reconduire au chalet.

Il aurait dû venir par ses propres moyens. A l'heure qu'il était, il n'en serait pas à attendre le bon vouloir de quelqu'un d'autre. Il n'était pas le genre à aimer dépendre de qui ou de quoi que ce fût.

Croisant un groupe de personnes qui discutaient, riaient et dansaient, il se raidit. Il ne faisait pas partie de leur monde.

N'en ferait jamais partie.

N'en avait pas le désir.

Plus il passait de temps au milieu d'eux, plus il en était convaincu.

Mais pourquoi diable n'avait-il pas déjà pris la tangente ? Il n'avait pas à honorer une promesse d'étudiant faite à un homme mort depuis longtemps. Il pouvait aussi bien donner les vingt millions lui-même et se tirer de ce bourbier immédiatement.

Cette idée bien ancrée en lui, Nathan accéléra l'allure vers Keira. Quand leurs regards se croisèrent, il s'ordonna de ne prêter aucune attention à l'éclat de ses yeux verts ou à la moue inquiète de sa bouche. Il refusa de noter les cheveux blonds vénitiens qui formaient une sorte de doux halo autour de son visage, car la lumière dorait leurs pointes. Il était hors de question qu'il se souvienne du corps de Keira pressé contre le sien.

Tandis qu'il s'approchait, il la vit ranger son téléphone dans la poche avant de son jean, et prendre une profonde inspiration qui fit gonfler sa poitrine.

Si le corps de Nathan se tendit soudain, il s'appliqua à ne pas le remarquer.

— Alors ? demanda-t-elle, sa voix faisant passer au second plan les autres sons de la rue. Vous vous amusez ?

Il fronça les sourcils.

— Oui, j'ai passé un moment formidable. J'ai mangé, dansé, entendu assez de mercis pour le reste de mes jours. Alors, si cela ne vous dérange pas, j'aimerais que vous me reconduisiez au chalet.

— Bien sûr.

— Vous êtes d'accord ?

Il s'était attendu à de nouvelles palabres, Keira insistant pour qu'il reste plus longtemps.

— Pourquoi pas ?

Keira regarda au loin, vers la place. Elle soupira de nouveau et sa voix se fit si douce que Nathan faillit ne pas entendre la suite :

— Je voulais juste que vous voyiez Hunter's Landing et les gens que vous et vos amis allez aider.

— Merci.

Il ne fit aucun effort pour masquer la pointe de sarcasme contenue dans sa voix.

— Je peux passer par la clinique, sur le chemin du retour, pour vous donner une idée des projets que nous avons.

— Ce n'est pas nécessaire.

Nathan poussa un soupir d'impatience. Tout en lui clamait sa volonté de quitter cet endroit. Le désir de renouer avec les fils de son existence habituelle, dans laquelle il se sentait à l'aise. Il ne savait pas s'y prendre avec les gens. Cela lui était égal. Et pourtant…

Il balaya ce doute.

— Alors, vous me reconduisez ?

L'air contrarié, Keira lâcha :

— Vous êtes absolument déterminé à ne prendre aucun plaisir, n'est-ce pas ?

— C'était une obligation écrite ?

— Kelly a raison. Vous êtes vraiment effrayant, murmura-t-elle.

— Comment ?

A regret, Keira haussa les épaules et répondit :

— Rien. Allons-y.

Tandis qu'il la suivait jusqu'à sa camionnette, Keira trébucha dans un nid-de-poule. Nathan tendit aussitôt le bras et la rattrapa avant qu'elle ne tombe. Il affermit sa prise et l'attira contre lui.

Keira éclata de rire, à la grande surprise de Nathan. Elle était si changeante qu'il avait du mal à suivre.

— Merci. Je n'avais pas vu le trou, dit-elle.

— Dites plutôt que vous ne regardiez pas.

Même à travers le cuir de sa veste, Nathan sentait la chaleur de la main de Keira, posée sur son bras.

Et il désirait davantage. Il avait envie qu'elle touche sa peau nue. Il voulait la caresser, suivre toutes les courbes de son corps, l'entendre gémir quand il trouverait refuge en elle.

Les images qui s'imposaient à lui étaient si claires, si fortes tout à coup, qu'il en eut le souffle coupé. C'était comme si une main puissante lui étreignait les poumons.

Il se força à parler.

— C'est étonnant que vous ne soyez pas couverte de bleus, vu la manière dont vous trébuchez partout.

— Qu'est-ce qui vous fait croire que ce n'est pas le cas ? s'enquit-elle, sans cesser de sourire.

Il aspira une nouvelle bouffée d'air froid de la montagne, espérant calmer l'incendie qui se propageait en lui.

— A quoi jouez-vous avec moi ? demanda-t-il.

— Cela dépend, Nathan.

Le sourire de Keira s'évanouit ; le vert de ses yeux s'assombrit et refléta un désir que Nathan reconnut. Elle continua :

— A quoi voulez-vous jouer ?

— Une aventure en passant, ça ne m'intéresse pas, dit-il d'un ton un peu brusque, alors que tout son corps clamait le contraire.

— Qui vous le demande ?

Elle s'écarta de lui, se redressa et fit valser ses cheveux en arrière.

— Seigneur ! On empêche une fille de tomber pour ensuite l'accuser de tenter de vous séduire ! Elégant. Très élégant.

Nathan se passa une main dans les cheveux. Pourquoi tentait-il d'avoir une conversation avec elle ? Ça ne menait à rien, il aurait dû le savoir.

— Est-ce qu'on peut juste monter dans ce satané véhicule ?

Elle sortit un trousseau de clés de sa poche et le fit sauter dans la paume de sa main.

— Vous savez, c'est vous qui me regardiez comme si vous vouliez me dévorer toute crue.

Il poussa un autre soupir et lui lança un regard furieux.

— Mettez ça sur le compte d'une démence passagère.

— Oh ! Un compliment après l'autre, dit-elle en se tournant vers la camionnette. Vous avez vraiment de l'inspiration, Barrister.

Il ne bougea pas, la regardant ouvrir la portière côté conducteur et grimper dans la cabine.

— Vous êtes une femme exaspérante, vous savez cela ?

Elle lui lança un regard par-dessus son épaule et répliqua :

— Figurez-vous qu'on me l'a déjà dit.

— Toute ma compassion va à ce pauvre garçon.

Le visage de Keira se figea et ses yeux devinrent aussi impénétrables que si elle venait de chausser des lunettes noires.

— Il n'a pas besoin de votre compassion, Nathan. Et moi non plus. Alors, vous grimpez dans ce camion ou vous rentrez à pied ?

Pendant les jours suivants, chaque fois qu'elle remontait au chalet, Keira craignait de constater le départ de Nathan. Après la fête, le trajet du retour avait été *vraiment* calme. Puis elle l'avait déposé au chalet, lui laissant à peine le temps de poser le pied dans la boue avant de faire vrombir le moteur et de redémarrer vers la ville.

En repensant à ce départ précipité, sous l'effet de la vexation, Keira se sentait mal à l'aise. Elle n'aurait jamais dû se laisser atteindre par la remarque de Nathan. Mais l'entendre manifester sa compassion pour n'importe quel homme ayant pu croiser sa route ces derniers temps, juste après les allusions de Kelly, c'était le coup de trop.

Keira avait digéré sa dernière histoire sentimentale, mais elle n'aimait pas trop revenir sur le sujet. Quelle idiote elle avait pu être…

Mais tout cela était du passé. A présent, ce qui importait, c'était de s'assurer que Nathan ne quitterait pas la ville avant le terme fixé.

Elle se doutait bien qu'il en avait assez de la voir sonner à sa porte tous les jours. Mais elle ne cessait pas ses visites pour autant, car l'envie de partir de Nathan était si forte que Keira pouvait quasiment la voir vibrer dans l'air autour de lui. Or, il n'était pas question de la laisser se concrétiser.

Elle gara la camionnette dans l'allée, sauta à terre, claqua la porte et se dirigea vers la porte d'entrée. De gros nuages flottaient au-dessus de la montagne et l'air était épais, chargé de la promesse de nouvelles tempêtes de neige.

Keira avait beau adorer l'hiver à la montagne, à ce moment de l'année elle se sentait fin prête pour le printemps. Hélas, il semblait que la nature n'était pas dans les mêmes dispositions.

Elle frissonna, enfonça les mains dans les poches de sa veste et accéléra l'allure. Mais elle s'arrêta soudain, entendant la voix de Nathan l'interpeller.

— Par ici, en bas !

Etonnée de le voir dehors et loin de l'ordinateur portable auquel il semblait d'ordinaire s'accrocher comme à un dernier lien avec la civilisation, Keira descendit l'allée. Elle le découvrit au bord du lac et admit sans honte — au moins pour elle-même — que cet homme valait le coup d'œil.

Il portait de nouveau ce cachemire vert bouteille sur un jean qui semblait élimé et confortable. Sa veste en cuir brun lui donnait un air de pirate, et le vent qui balayait ses cheveux ajoutait une touche de liberté qu'elle ne lui avait jamais vue.

Keira sentit son cœur faire un petit bond, et sa bouche s'assécha.

Elle risquait de se retrouver dans une situation périlleuse. Surtout s'il se mettait à la regarder comme le soir de la fête.

— Qu'est-ce que vous faites ? lui cria-t-elle en avançant sur le gravier qui crissait sous ses bottes.

Il la regarda brièvement puis se remit à contempler l'étendue gris acier du lac.

— Rien de spécial. J'avais besoin d'air.

— Vraiment ? le taquina-t-elle, en s'arrêtant tout près de lui. Je croyais que vous préfériez respirer l'air en conserve et regarder la nature à travers de belles vitres bien nettoyées.

Il grogna.

— Disons que j'ai fait un petit accès de claustrophobie.

Il remettait ça. Keira se rendait compte à quel point il était prêt à fuir cette corvée et ce qu'il considérait, sans aucun doute, comme une captivité. Elle devait absolument lui enlever cette idée de l'esprit.

— Je peux soigner ça.

— Comment ?

— Venez faire une balade avec moi, dit-elle en passant son bras sous celui de Nathan et en levant vers lui son visage souriant.

— Il gèle, lui rappela-t-il.

— Si nous marchons, nous ne le sentirons pas. Allons ! C'était quand, la dernière fois que vous vous êtes promené autour d'un lac aussi beau que celui-ci ? demanda-t-elle en le tirant par le bras.

Nathan balaya du regard l'immense étendue d'eau et le rivage bordé de pins. Puis, il se tourna vers elle.

— Jamais, dit-il.

— C'est beaucoup trop, commenta-t-elle, tout en se mettant en marche.

Mais avec ses longues jambes, Nathan progressait bien plus vite qu'elle. Pour rester à sa hauteur, Keira se retrouva pratiquement au pas de course, avant de le tirer en arrière et de s'exclamer :

— Ce n'est pas une course, vous savez. Vous n'allez pas recevoir un prix si vous parvenez de l'autre côté.

Il s'arrêta, un petit sourire narquois aux lèvres, puis haussa les épaules.

— Bien vu. Mais je n'ai pas l'habitude de marcher juste pour me promener.

— Ce n'est pas grave. Vous pouvez apprendre, répondit Keira, notant avec plaisir un éclat de chaleur dans les yeux d'un bleu trop froid de Nathan.

Ils cheminèrent d'un même pas, en silence, pendant quelques minutes. Puis, Keira fit remarquer :

— Les ours vont se réveiller bientôt.

— Les ours ?

— Oh oui. Des noirs et des bruns ; des mères et des bébés. Ils vont déambuler dans les jardins, renverser les poubelles à la recherche de nourriture ou d'ennuis.

— Des ours, répéta Nathan en hochant la tête. Je n'arrive pas à imaginer vivre dans un endroit où je dois m'attendre à buter contre un ours.

— C'est marrant, non ? demanda Keira en levant la tête vers le ciel menaçant. Moi, je ne peux pas imaginer vivre ailleurs.

— Vous avez grandi ici ?

— Oui. Je suis née et j'ai grandi près du lac Tahoe. Il n'y avait pas de clinique à l'époque. Maintenant, les nouvelles mamans n'ont plus besoin de parcourir tout ce chemin à travers la montagne pour trouver une assistance médicale.

Elle sourit et lui tapota le bras de sa main libre avant d'ajouter :

— Et grâce à vous, notre clinique va devenir encore plus performante qu'aujourd'hui.

— Vous m'avez suffisamment remercié.

— Pas vraiment, mais je ne vais pas insister.

— Merci.

— Pour l'instant.

Il grogna.

— Et vous, s'enquit Keira. D'où venez-vous ?

— De partout, répondit Nathan en reportant son regard sur la surface du lac, ridée par le vent.

— Ce n'est pas une réponse, comme vous le savez.

— Je suis né dans le Massachusetts et j'ai grandi sur la côte Est.

C'était incroyable la manière qu'avait cet homme de distiller des informations à petite dose. Mais Keira n'était pas femme à se laisser décourager facilement. Elle creusa un peu plus profond.

— Votre famille vit toujours là-bas ?

— Pas de famille, lâcha-t-il, et ses magnifiques yeux bleus se plissèrent dans le vent qui les assaillait.

— Désolée.

— Il n'y a pas de raison. Vous ne pouviez pas savoir.

— Eh bien je le suis quand même, dit-elle en exerçant une pression amicale sur le bras de Nathan. Mes parents sont morts quand j'étais étudiante, poursuivit-elle, pensant que la confidence l'inciterait peut-être à s'ouvrir un petit peu. Ils étaient partis skier. Ils ont été pris dans une avalanche.

Nathan se tourna vers elle.

— Maintenant c'est moi qui suis désolé.

Elle leva le visage vers lui et sourit.

— Merci. Ce fut vraiment dur. Ils me manquent toujours tellement.

— J'avais dix ans, dit Nathan. Un accident de voiture.

Peu de mots, mais prononcés sur un ton si tendu que Keira sentit que cette plaie ancienne saignait toujours. Au moins, elle avait eu la chance d'être adulte au moment de la mort de ses propres parents. Elle ne voulait même pas imaginer la solitude et la terreur que devait ressentir un enfant à la perte de son petit monde sécurisant.

— Mon Dieu, Nathan. C'est terrible.

— C'était il y a longtemps, lui rappela-t-il. Il y avait ma grand-mère. La mère de mon père. Elle m'a pris avec elle.

— Cela n'a pas dû être facile pour elle, dit Keira, juste avant de trébucher sur un morceau de bois qui dépassait sur le sentier rocailleux.

Nathan raffermit son emprise sur le bras de Keira et la remit d'aplomb.

— Ce ne fut pas une telle épreuve. Elle m'envoya en pension. Je ne passais qu'un mois d'été chez elle.

— Quoi ?

Il plissa les yeux, visiblement surpris par la réaction de Keira qui n'en revenait pas.

Quel genre de personnes expédient un enfant de dix ans en pension ? Quelle sorte de grands-parents ne peuvent voir qu'un enfant en souffrance dont ils ont la charge nécessite autre chose que l'attention neutre de personnes payées pour le surveiller ?

Keira ressentit une bouffée de colère au nom d'un enfant qui n'existait plus.

— C'était une très bonne école, précisa Nathan.

— Oh, je n'en doute pas. Vous n'avez pas de frères et sœurs ?

— Non. Et vous ?

Seigneur ! Il avait été seul avec une grand-mère trop occupée pour lui donner ce dont il devait avoir besoin à mourir : un sentiment d'appartenance, de sécurité.

Keira ne pouvait imaginer l'enfance de Nathan et elle s'expliquait un peu mieux la froideur de sa nature. Après tout, il avait été si solitaire dans l'enfance, comment pouvait-elle s'attendre à ce qu'il soit ouvert à toute proposition une fois adulte ?

Il la regardait, attendant une réponse. Alors elle lui sourit pour ne rien laisser paraître de la compassion qu'elle éprouvait pour le petit garçon qu'il avait été.

— J'ai une sœur. Kelly. Elle est plus jeune et elle était encore au lycée quand nos parents sont décédés. Alors, je suis rentrée à la maison pour veiller sur elle, et m'occuper du bar-restaurant.

Il fronça les sourcils.

— Celui de la ville ?

— Oui. Vous l'avez remarqué ? Le Lakeside était le bébé de mon père. Il est petit, mais il nous a été d'un grand secours. Grâce à lui, j'ai pu financer les études de Kelly. Enfin… en ajoutant quelques emprunts.

— Et vous ? Vous n'êtes pas retournée à l'université ?

Sans savoir pourquoi, Keira ne réussissait pas à se départir de son énervement envers la grand-mère de Nathan. Elle se força à revenir à la conversation.

— Non, répondit-elle. J'en avais l'intention. Vraiment. Mais on n'avait pas les moyens de financer les études de Kelly et les miennes en même temps. Après, quand Kelly a été diplômée, j'avais déjà engagé un gérant pour le restaurant et je me présentais aux élections municipales. Alors…

Elle haussa les épaules.

— Votre sœur aurait dû prendre son tour, au restaurant, pour vous donner une chance de finir vos études.

Keira secoua la tête.

— Non. On lui a proposé un emploi formidable dès sa sortie de l'université. C'était impensable qu'elle ne le prenne pas.

Il se tut, mais son silence était lourd de désapprobation.

— Vous pourriez retourner à l'université maintenant, fit-il remarquer.

Keira laissa échapper un petit rire.

— Oh oui ! s'exclama-t-elle. C'est tout ce dont j'ai envie. Retourner en cours en compagnie d'une bande de gamins. Cela me paraît très alléchant !

— Que fait votre sœur, à présent ?

Keira se sentait sur la défensive à propos de sa petite sœur qui n'avait pourtant pas besoin d'avocat.

— Elle vit à Londres. Elle adore l'Angleterre, expliqua Keira en soupirant. Elle m'envoie des cartes postales qui me donnent envie de faire mes valises et d'aller la rejoindre.

— Pourquoi ne le faites-vous pas ?

— Je ne peux pas partir juste parce que j'en ai envie. J'ai des responsabilités dans cette ville.

Il soupira, fronça les sourcils et posa sur elle un regard scrutateur.

— Est-ce une allusion peu subtile ?

— Je me moque de la subtilité, admit-elle, quand il s'agit de vous rappeler la responsabilité que vous portez, vous et les autres, à l'égard de Hunter's Landing.

Elle lui sourit, contrant le regard noir qu'il lui lançait.

— Il y a un mois, je n'avais jamais entendu parler

de cette ville. Et dans un mois, je l'aurai complètement oubliée, lui rappela-t-il.

— C'est vrai, nous n'avons rien d'extraordinaire, dit-elle d'un ton songeur.

— Il n'y a rien de personnel dans ma remarque. C'est juste que…

— Tout cela n'a aucune importance, n'est-ce pas ? Vous avez accepté les conditions du testament et…

Elle buta sur une racine et se serait affalée par terre si Nathan ne l'avait rattrapée, une fois de plus.

— Vous êtes un vrai danger public ! Pourquoi ne faites-vous pas plus attention à l'endroit où vous mettez les pieds ?

— Eh bien, parce que vous êtes là pour me rattraper.

— Ne comptez pas là-dessus.

— C'est ce que je fais, pourtant.

Elle se mit en travers de son chemin et s'arrêta net. Puis elle lui lança :

— Nous comptons tous sur vous. Sur vous et vos amis.

Un vent glacé déboula du lac et, tel un couteau sortant du congélateur, les coupa en deux. Les cheveux de Keira voletèrent ; elle se dégagea les yeux pour regarder Nathan. Il n'avait pas l'air content, mais qu'y avait-il de nouveau à cela ? Il la regardait droit dans les yeux, et ses lèvres étaient serrées en un pli sinistre qui dévoilait le fond de sa pensée.

— Je sais que vous n'avez pas envie de l'entendre, reprit Keira, posant ses deux mains sur les avant-bras de Nathan.

Malgré l'épaisseur du cuir de la veste, elle sentit sa force contenue.

— Mais c'est la réalité, continua-t-elle. Je ne peux même pas vous dire à quel point c'est important pour nous que vous restiez tous durant un mois.

— Keira…

— Je sais, je sais, le coupa-t-elle, levant les bras en un

geste de feinte reddition. Vous ne voulez plus entendre parler de ça.

— Le soir de la fête, reconnut-il, j'avais la ferme intention d'appeler mon pilote et de m'envoler d'ici.

— Mais vous y avez renoncé, dit-elle avec légèreté, alors que son estomac s'était instantanément noué.

— Cela ne signifie pas que je ne le ferai pas, souligna-t-il. Je ne veux pas que l'on compte sur moi. Ni vous, ni personne d'autre. Pour rien.

— C'est une rude manière de vivre.

— C'est la mienne.

— Ce n'est pas obligé, murmura Keira.

Sa voix n'était qu'un souffle qui s'était perdu dans les tourbillons du vent. Pourquoi se mêlait-elle de cela ? Pourquoi s'inquiétait-elle de la façon dont Nathan Barrister menait sa vie ?

Il eut un petit rire si étrange que Keira le dévisagea.

— J'aime ma vie comme elle est, affirma-t-il. Je n'ai pas du tout envie de la changer.

— Comme vous n'êtes pas intéressé par une aventure d'un mois.

Elle vit la mâchoire de Nathan se contracter, et elle regretta aussitôt ses paroles. Elle ne savait pas pourquoi elle avait sorti ça. Mais maintenant que la phrase était là, entre eux, elle ne savait pas non plus comment la reprendre.

— Keira…

Quelque chose de blanc dansa dans le vent et passa entre eux, comme pour essayer d'interrompre la conversation.

— Qu'est-ce que c'était ? demanda Nathan.

— De la neige.

Et en quelques secondes, les flocons se multiplièrent, portés par le vent qui agitait et faisait craquer les branches des pins. La température chuta d'un coup très au-dessous de zéro. Et les nuages bas semblaient noirs et menaçants.

— Bien sûr, c'est de la neige ! Pour l'amour du ciel, est-ce que le printemps arrive jusqu'ici parfois ?

Nathan inspira vivement, profondémen, et regarda Keira comme s'il voulait ajouter quelque chose.

Il y avait presque de l'électricité dans ses yeux. Malgré la neige qui commençait à tomber en rafale autour d'eux, Keira sentit un arc de chaleur les unir.

Son cœur battait la chamade et son sang bouillonnait dans ses veines. Elle devait lutter de toutes ses forces pour se retenir de tendre la main pour relever la mèche de cheveux égarée sur le front de Nathan.

Pour ne pas céder à la tentation, elle serra fermement les poings et respira à fond.

— La neige redouble. On devrait rentrer.

- 6 -

Le temps d'atteindre le chalet, ils étaient couverts de neige ; elle tombait si dru qu'ils avaient la sensation d'inhaler de la glace à chaque inspiration.

Keira fit un mouvement vers l'allée pour rejoindre sa camionnette, mais Nathan la prit par l'épaule et l'entraîna vers l'escalier à l'arrière de la maison.

— Nathan…

Il s'arrêta en haut des marches, plongea le regard dans le doux vert des yeux de Keira.

— Vous feriez mieux d'attendre la fin de la tempête ici.

Elle s'engonça un peu plus dans sa veste, secoua ses cheveux enneigés et le prévint :

— Cela peut durer des heures.

Ravi de le savoir, songea Nathan presque à haute voix, mais soulagé d'avoir réussi à garder cette réflexion pour lui.

En réalité, il n'avait pas envie de rentrer dans ce chalet trop tranquille. C'était déjà difficile de rester enfermé dans le silence, par beau temps. S'il demeurait seul dans ce paysage — ciel bas et tempête de neige —, il aurait l'impression d'être enterré vivant dans une cave sombre.

— Et cela peut s'arrêter dans quelques minutes, dit-il.

Comme pour lui prouver qu'il avait tort, le vent redoubla, faisant tourbillonner la neige de plus belle.

— Si j'étais à la maison en ce moment, je me ferais un grand chocolat, dit Keira.

— Je peux en faire autant. Ou vous proposer un excellent cognac.

Elle monta une marche supplémentaire, s'approchant plus près de lui, quelque chose d'intense dans ses yeux verts l'appelant, l'attirant à elle.

— Je n'ai rien contre le cognac non plus. Vous avez quelque chose à manger ?

Il lui tendit la main et attendit qu'elle la prenne. Quand elle s'exécuta, il emprisonna ses doigts dans les siens.

— Il y a plein de choses dans le frigo.

Elle franchit la dernière marche qui la séparait de Nathan et lui adressa un sourire qui le réchauffa tout entier, malgré le vent glacé et la neige qui s'infiltrait dans le col de sa veste.

— Alors, pourquoi est-ce qu'on reste plantés dans la tempête ?

Ils traversèrent la véranda et passèrent au vestiaire pour se débarrasser de leurs bottes et de leurs vêtements mouillés. Puis, ensemble, ils gagnèrent la cuisine.

C'était une grande pièce, avec des étagères creusées dans les murs où s'alignaient des appareils électroménagers en inox, et un très long comptoir en granit. Les murs étaient peints à l'ancienne dans des tons chauds de crème et de brun, ce qui créait une atmosphère douillette, même en pleine tempête.

— Prenons ce cognac d'abord. On s'occupera de la nourriture plus tard, suggéra Nathan en entraînant Keira vers la salle de séjour.

— Bonne idée, approuva-t-elle.

Tout en le suivant dans le hall, elle frissonna.

Un feu flambait dans la cheminée et elle s'y dirigea tout droit, tandis que Nathan ouvrait le bar.

Il servit deux verres et revint vers elle, près du foyer. Il lui tendit l'un des verres de cristal. Puis, il s'absorba dans la contemplation du liquide ambré qu'il fit tournoyer au fond du sien.

Après un long moment, il but une gorgée. Il avala et sentit l'alcool se répandre comme un incendie dans ses veines au moment où il relevait le regard vers Keira.

La lumière des flammes jouait sur sa peau et dansait dans ses yeux. La pointe de ses cheveux brillait d'une manière quasi incandescente, et quand elle porta le verre à ses lèvres, Nathan en fut bouleversé.

Keira avala une gorgée d'alcool et poussa un soupir. Elle le regarda en souriant.

— C'est le genre de chose qui réchauffe très vite, n'est-ce pas ?

Nathan se ressaisit et sirota un peu de son propre cognac. L'effet de l'alcool n'était rien comparé à cette autre sorte de chaleur qui le terrassait. Le simple fait de regarder Keira suffisait à l'enflammer.

Pendant plus d'une semaine, il avait tenté de ne pas penser à elle, d'ignorer cette attirance insensée. Sans y parvenir. Quand il fermait les yeux, il la voyait. Dans ses rêves, il la touchait. Quand il pensait devenir fou à force de silence, elle arrivait. Alors, il avait l'impression de devenir fou pour des raisons totalement différentes.

Keira s'assit sur la pierre de la cheminée, le dos vers le feu et le regarda tout en roulant son verre de cognac entre ses mains.

— Nathan, est-ce que vous êtes le Barrister des hôtels ?

Il leva un sourcil et avala un peu de cognac, accueillant avec reconnaissance cette fiable source de chaleur.

— Le type des hôtels ? Oui. Je suppose. Comment le savez-vous ?

Elle sourit.

— C'était une simple supposition. Hunter's Landing n'est pas tout à fait sur la lune. Les journaux et les magazines parviennent jusqu'à nous. Quel est votre hôtel préféré ?

Il haussa les épaules.

— Je n'ai pas vraiment de préféré. Ce sont tous des

établissements haut de gamme, avec chacun leurs points forts et leurs faiblesses.

— Quel enthousiasme !

— Pardon ?

— Nathan ! Vous possédez des hôtels quatre étoiles et…

— Cinq étoiles, corrigea-t-il instantanément.

— Exact. Dans des endroits exotiques, magnifiques partout dans le monde. Et vous parlez d'eux comme s'ils n'avaient rien de spécial. Comme s'ils étaient identiques à ceux de n'importe quelle chaîne sélecte. C'est vraiment ce que vous pensez ?

Nathan fronça les sourcils.

Il s'assit près d'elle et sentit avec bonheur le feu lui réchauffer le dos.

— C'est une entreprise familiale, Keira. Ce sont des propriétés de valeur, dotées d'une excellente réputation que je fais de mon mieux pour maintenir.

— De mieux en mieux, fit-elle en le poussant du coude. Et est-ce qu'il vous arrive de descendre dans l'un d'eux, disons à Paris ou Dublin, juste pour le plaisir ?

— Non, dit-il, se demandant pourquoi l'air déçu de Keira lui importait. J'ai un emploi du temps rigoureux et je m'y tiens. Les gérants des hôtels savent exactement quand je viens et ils préparent tout ce qu'il faut pour mon inspection et…

Keira poussa un soupir.

— Quoi ?

— Est-ce qu'ils se mettent au garde-à-vous et claquent des talons quand vous pénétrez dans une pièce ?

Il lui jeta un regard furieux.

— Je ne suis pas un général ou quelque chose comme ça, si c'est ce que vous voulez dire.

— J'aurais pu le croire, grommela-t-elle avant de prendre une autre gorgée de cognac. Sérieusement, est-ce que vous effrayez tous les gens qui travaillent pour vous ? Je parie que oui.

— Certainement pas ! répliqua Nathan, se demandant pourquoi son ton lui semblait si pompeux tout à coup.

— Vous savez, dit Keira en levant son verre pour observer la pièce à travers le liquide ambré, si vous changiez votre programme, de temps en temps, vous pourriez prendre les gens par surprise. Et vous verriez comment se passe réellement la vie dans vos hôtels.

Il la dévisagea, pendant qu'elle continuait à scruter la salle.

Les mots qu'elle venait de prononcer le frappaient comme s'ils avaient été écrits au néon. Curieusement, il n'avait jamais pensé à faire ça. Il aimait gérer son existence de manière efficace ; il était donc attaché au respect des programmes. Mais…

— Vous voulez dire que je devrais débarquer quand ils ne s'y attendent pas ?

— Pourquoi pas, dit-elle d'un ton songeur. Ce sont vos hôtels, non ?

— Certes. Mais il faut une organisation si on veut maintenir un certain ordre.

— Quand les enfants savent à quelle heure papa rentre à la maison, ils se présentent sous leur meilleur jour à ce moment-là.

Le front plissé, Nathan la fixa jusqu'à ce qu'elle finisse par se tourner vers lui, avec de grands yeux.

— Quoi ? s'enquit-elle.

— Je n'ai jamais pensé à ça. Je n'en reviens pas.

— Moi non plus, dit-elle en souriant. Pour l'amour du ciel, Nathan, est-ce qu'il vous arrive de faire quelque chose que vous n'aviez pas planifié ? Est-ce que vous prenez parfois un peu de temps pour vous ? Vous êtes tellement replié sur vous-même que ça me donne la migraine !

Il soupira, haussa les épaules.

— Dans mon monde, il n'y a pas de temps pour la détente.

— Vous devriez en trouver.

Elle se tourna vers lui et posa une main sur son avant-bras avant d'insister :

— Par exemple, quand vous vous trouvez dans l'un de vos hôtels si chic et si fabuleux, est-ce que vous allez nager ? Vous faire masser ? Puis vous promener en ville ?

— Non. Je ne suis pas là pour le plaisir…

— Pourquoi pas ?

— Parce que…

— Des gens du monde entier rêvent d'aller dans vos hôtels pour vivre des moments d'exception. J'ai vu quelques-uns de ces endroits à la télé et dans les magazines. Celui de Londres, je serais capable de tuer pour y séjourner !

Il sourit en songeant à l'entrée monumentale du Barrister de Londres. La pierre, les sols de marbre et les chandeliers du hall…

— Il est beau, admit-il d'un ton songeur, surpris de ne pas vraiment l'avoir remarqué jusqu'à ce que Keira l'évoque.

— Il est extraordinaire, corrigea-t-elle en soupirant. Je ne me souviens plus quelle rock star avait donné une interview dans la suite du dernier étage, avec cette vue inouïe sur Londres.

— La vue depuis l'appartement du propriétaire est encore plus impressionnante, dit-il, l'ayant parfaitement à la mémoire à présent. On peut voir Big Ben et la grande roue du millénaire.

— La grande roue Ferris ! s'écria Keira en lui serrant le bras de toutes ses forces. Est-ce que vous l'avez déjà essayée ?

Elle s'arrêta un instant et répondit elle-même :

— Non, bien sûr. Honnêtement, Nathan, est-ce que cela vous est déjà arrivé de vous amuser ?

Un peu vexé, il rétorqua :

— Evidemment.

— Prouvez-le. Racontez-moi une chose que vous avez

faite, juste pour le plaisir, au cours du mois écoulé ! le défia-t-elle.

— Je me suis assis sur la pierre d'une cheminée et j'ai laissé une belle femme m'insulter.

Elle inclina le visage sur le côté, lui adressa un sourire qui fit bondir son cœur dans sa poitrine, et répéta.

— Belle ?

— Je me doutais que vous retiendriez ce passage.

Le sourire de Keira s'élargit.

— Eh bien !

Nathan adora l'éclair moqueur qui passa dans les yeux de Keira. Et pour la première fois depuis longtemps, il se sentait léger, sans armure, sans pression. Il n'éprouvait pas le besoin de finir quelque tâche urgente, de consulter sa messagerie, de quitter le chalet.

Parce que, tout à coup, il réalisait simplement qu'il n'y avait pas un autre endroit au monde où il aurait préféré être.

Le silence s'étira entre eux pendant une minute ou deux supplémentaires. Ils n'entendaient que les craquements et les sifflements des bûches, dans l'âtre, derrière eux. La pénombre gagnait la pièce et, dehors, les flocons de neige dessinaient des figures variées, au gré du vent.

Keira rompit le silence.

— Je vous envie. Vous avez visité tant d'endroits.

— Vous aimez voyager ?

— Je ne l'ai pas vraiment fait. Mais j'imagine que oui, j'aimerais beaucoup.

Elle se mit en tailleur sur la pierre, ses chaussettes blanches se détachant sur le jean plus sombre.

— J'avais de grands projets, avoua-t-elle. Quand j'étais adolescente, je courais les librairies à la recherche des cartes de villes étrangères. Si on m'avait lâchée au milieu de Paris, j'aurais pu m'orienter sans aucun souci. J'avais étudié ces cartes si souvent ! Londres, Dublin, Barcelone, Rome… *Venise*.

La voix de Keira avait pris une tonalité si rêveuse que Nathan en fut retourné.

— Je voulais boire du vin blanc en me promenant en gondole, voir les moulins à vent de Hollande et les montagnes suisses…

— Mais…

— Mais, répondit-elle en lui adressant l'un de ses éblouissants sourires et levant son verre pour une nouvelle gorgée de cognac, la vie en a décidé autrement. Je devais prendre soin de Kelly, puis j'ai été accaparée par la ville, et…

— Vous avez cessé de lire les cartes ?

— Oh non ! Je les ai toujours et je m'y plonge régulièrement, j'étudie des itinéraires de balades. Un de ces jours, je partirai.

Elle regarda au fond de son verre et reprit :

— Et vous ? Où irez-vous, une fois que vous aurez passé votre mois ici ?

— A la Barbade pour une quinzaine de jours, et ensuite à Madrid.

Keira soupira.

— C'est merveilleux.

— La Barbade ou Madrid ?

— Les deux. Mais la Barbade encore plus. Une île tropicale.

Elle poussa encore un soupir.

— Et une île magnifique, acquiesça-t-il.

Elle posa la tête sur l'épaule de Nathan et lui demanda :

— Montrez-moi.

— Je ne peux pas. Je n'ai aucune photo.

— Non, répondit-elle doucement. Dessinez-la-moi avec des mots. Faites-moi découvrir cet endroit par les souvenirs que vous en avez conservés.

Nathan regarda le sommet du crâne de Keira, réfléchissant au moyen de lui donner satisfaction.

Il pensa au Barrister de la Barbade pendant un long

moment, faisant remonter les images de sa mémoire. Puis, il se lança :

— C'est notre hôtel le plus récent. Il est ouvert depuis quelques mois seulement. Il est situé sur la plage et s'étend sur une centaine de mètres. Les chambres des clients se répartissent sur cinq étages, le sixième est réservé à la suite du propriétaire.

Sa voix se réchauffait au fur et à mesure que les souvenirs lui revenaient et qu'il éprouvait moins de gêne à les partager.

— Rien n'arrête le regard, et l'océan est si bleu qu'il se confond avec le ciel.

— Continuez, l'implora-t-elle.

Nathan sourit.

— Des palmiers bordent la plage au sable si blanc que le regarder fait mal aux yeux. Les clients peuvent se prélasser près de l'immense piscine, sous des parasols à rayures blanches et vertes, et commander des boissons aux serveurs vêtus de pantalons blancs et de chemises vertes.

— Encore, supplia-t-elle, en se serrant plus près de lui.

Le contact de Keira alanguie contre lui, la chaleur du feu dans leur dos et la quiétude de la maison, tout cela créait chez Nathan une sensation d'intimité qu'il ne s'était pas autorisé à éprouver depuis des années.

— A l'intérieur de l'hôtel, continua-t-il, le bois est clair, presque doré. Les fenêtres sont toujours ouvertes et la brise de l'océan rafraîchit le hall où les plantes grimpantes et les fleurs ressemblent à une jungle.

Nathan inclina la tête vers celle de Keira.

— Des chaises longues sont disposées sur une large véranda blanche qui longe tout le premier étage. Certains s'assoient là, parfois toute la journée, à contempler l'océan. Le restaurant possède aussi une grande terrasse où les gens peuvent dîner en regardant le soleil se coucher.

— Cela paraît merveilleux.

— En fait, cela l'est vraiment, répondit Nathan, se surprenant lui-même.

Elle leva le visage vers lui en souriant.

— Je vais acheter une carte de la Barbade et ajouter cet hôtel à ma liste, dit-elle.

Il dégagea le visage de Keira de quelques mèches de cheveux ; le bout de ses doigts effleura la peau douce. Elle ferma les yeux à ce contact, et frissonna un peu quand les doigts de Nathan glissèrent vers sa mâchoire.

— Je vous mets sur la liste des VIP, murmura-t-il, en touchant de nouveau les cheveux soyeux de Keira, juste pour le plaisir.

— Nathan ?

— Keira…

— La tempête souffle toujours, dit-elle en plongeant les yeux dans les siens. Qu'est-ce que nous allons faire en attendant qu'elle s'apaise ?

— On pourrait manger, proposa-t-il.

— Exact. Ou vous pourriez me décrire un autre de vos hôtels.

— Ou jouer aux échecs…

— Regarder un film…

— Lire…

Elle hocha la tête, attrapa la main de Nathan, la serra dans la sienne avant de la porter contre son cœur.

— Ce sont de bonnes idées, mais j'en ai une meilleure.

Nathan retint un grognement quand elle se lova contre lui ; il sentit son corps se tendre et sa respiration devenir difficile.

S'il ne la possédait pas dans les prochaines minutes, il allait exploser.

— Oui ? Laquelle ?

— Je pense que vous savez, dit-elle avant de boire un peu de cognac et de reposer son verre sur la pierre du foyer.

— C'est possible, dit-il.

Une voix intérieure lui souffla de s'arrêter tout de suite, avant qu'il ne soit trop tard.

Mais il la désirait trop.

Keira le hantait depuis des jours ; jamais une femme ne l'avait autant obsédé. Il n'était pas habitué à attendre ce qu'il voulait. D'habitude, il prenait tout simplement ce que la plupart des femmes étaient plus que disposées à lui offrir.

Keira était différente.

— Expliquez-moi à quoi vous pensez et je vous dirai si nous sommes sur la même longueur d'onde, dit-il.

— Et si je vous montrais ? murmura-t-elle en posant ses lèvres sur celle de Nathan.

De l'oxygène.

Il devait en manquer, car sa vision se troublait et son cerveau semblait débranché.

Mais respirer était moins vital qu'embrasser Keira.

Il la serra contre lui et s'empara de sa bouche, la goûta, la dévora. Leurs langues se cherchèrent en une danse érotique pleine de promesses.

Nathan sentit les mains de Keira s'agripper à ses épaules, ses doigts s'enfonçant dans la laine douce de son pull. Il se laissa aller, débordé par la puissance des sensations.

Il la voulait.

Maintenant.

Il la souleva dans ses bras, l'installa sur ses genoux, caressa son dos à travers le pull, redessinant ses courbes.

Le souffle court, Keira se souda à lui, et Nathan prolongea le baiser.

Il aspira le souffle de Keira comme si sa vie en dépendait. Il s'enivra de son goût, ravi de la sentir réagir avec la même fougue. Puis il releva le bord du pull, glissa ses paumes sur le dos nu de Keira, effleurant la peau satinée du bout de ses doigts.

Elle s'arracha à son baiser, rejeta la tête en arrière tout en laissant échapper un soupir.

— Nathan…

Il posa la bouche sur la gorge de Keira ; il traça un chemin vers sa poitrine, du bout des lèvres, des dents, de la langue. Il la sentit frissonner dans ses bras, faisant croître encore le désir qui le tendait.

Relevant le visage, Nathan la regarda.

Puis, il glissa les mains vers son ventre, remonta entre ses seins, jusqu'à l'attache du soutien-gorge qu'il dégrafa avec habileté. Il enroba les seins libérés de leur armure de dentelle dans ses paumes, et caressa de ses pouces les mamelons dressés.

Keira se cramponna à ses épaules quand il la serra un peu plus fort contre ses cuisses, lui laissant sentir la force de son désir.

Nathan ne se souvenait pas d'avoir éprouvé une telle exigence de tout son corps ; il ne se souvenait pas d'avoir autant désiré une femme ; il ne se souvenait pas de quelqu'un l'ayant poussé à ce point aux frontières de la rationalité. Il ne pouvait penser qu'à Keira.

Il ne voulait qu'elle.

Ce que cela pouvait signifier, il n'en avait cure. Peu importaient les conséquences. Il n'avait pas envie d'examiner chaque sentiment, chaque blessure. Il voulait seulement se perdre en elle. Pour l'instant présent, il ne souhaitait rien d'autre que sentir Keira sous ses mains et s'enfoncer dans sa chaleur.

— Je n'en peux plus, murmura-t-il, une vibration rauque dans la voix.

— Moi non plus, haleta Keira en ouvrant les yeux et en se redressant. Oh Nathan, moi non plus. Viens maintenant.

— Oui, ma chérie.

Il la lâcha, sans s'attarder sur la sensation de vide ainsi créée. Il la remit sur ses pieds et l'entraîna vers le magnifique escalier qui conduisait à l'étage supérieur et sa chambre.

Leur ruée silencieuse fut interrompue par un choc :

Keira heurta la table basse, lâcha la main de Nathan et chancela une seconde en gémissant. Aussitôt, Nathan se retourna et la prit dans ses bras.

— Très bien. Je vais te porter. Je ne vais pas prendre le risque d'une chute dans l'escalier.

— D'accord, approuva Keira en s'accrochant au cou de Nathan tandis qu'il escaladait les marches deux par deux.

En haut de l'escalier, il vira vers l'unique chambre qui avait été meublée.

Keira jeta un coup d'œil autour d'elle quand Nathan pénétra dans la pièce.

Les murs lambrissés étaient peints de couleur pâle, tandis que les lattes de parquet, dans les tons miel, luisaient d'encaustique.

Dans la cheminée de pierre, semblable à celle de la salle de séjour, un feu crépitait et donnait un côté douillet à la pièce, malgré sa taille. Par la baie vitrée qui ouvrait sur le lac et la forêt, Keira vit que la neige tombait toujours dru.

Mais elle se fichait de la tempête et du décor. Tout ce qui lui importait, c'était de sentir la chaleur des bras de Nathan, autour d'elle, tandis qu'il la portait vers l'immense lit de bois brun adossé contre le mur du fond.

Le cœur battant, elle se laissa déposer au sol.

Nathan attrapa le coin du couvre-lit ancien et le tira vers le bas du lit. Puis il la prit de nouveau dans ses bras, et Keira cessa de penser pour se contenter de ressentir.

La bouche de Nathan s'empara de la sienne, impérieuse, éveillant la moindre terminaison nerveuse de son corps. Elle n'avait rien éprouvé de tel auparavant. En gémissant, elle s'accrocha aux épaules de Nathan pour se plaquer contre lui, cherchant l'apaisement au contact de son torse musclé.

Elle avait besoin de lui.

Pendant une fraction de seconde, sa raison tenta de reprendre le dessus. Elle savait qu'elle aurait dû s'arrêter et réfléchir à ce qu'elle était en train de faire. Mais Nathan commença à la déshabiller, faisant passer son T-shirt au-dessus de sa tête. Puis, il prit dans sa bouche la pointe de ses seins douloureux de désir, et Keira fit taire la voix de la raison.

- 7-

Keira gémit sous la caresse. Les lèvres, les dents, la langue de Nathan s'attardèrent sur un sein, puis sur l'autre, envoyant des ondes dans tout son corps.

Chaque cellule de son corps était en alerte, réagissait au toucher de Nathan. Elle sentait le désir se répandre dans ses veines, chaud comme la lave. Et quand elle ferma les yeux et rejeta la tête en arrière, elle aurait juré qu'elle voyait des étincelles de couleur éclater comme un feu d'artifice.

Elle prit la tête de Nathan entre ses mains, de peur qu'il n'arrête. Elle passa ses doigts dans l'épaisse chevelure noire et douce. Quand il soupira contre sa peau, elle sentit son souffle chaud sur elle, comme une sublime caresse.

Nathan baissa les mains vers la ceinture du jean de Keira. En une seconde, il défit le bouton et la fermeture éclair. Il fit glisser la culotte de dentelle ivoire avec le pantalon le long des jambes de Keira, et elle se retrouva nue devant lui.

L'air de la pièce lui sembla frais sur sa peau, malgré le feu qui brûlait dans l'âtre. Elle écouta les craquements et les sifflements des bûches, laissant les sons envahir son esprit, jusqu'à être totalement captivée par cette musique du feu dans la cheminée et du souffle de Nathan sur sa peau.

Elle leva les yeux vers lui en souriant. Puis, elle attrapa les bords du pull de Nathan :

— Il y a quelqu'un de beaucoup trop habillé, ici.

— Pas pour très longtemps, dit-il, en se débarrassant

prestement de ses vêtements, avant d'allonger Keira sur les draps frais.

Il la regarda pendant un long moment et Keira creusa les reins, releva un bras après l'autre au-dessus de sa tête, s'offrant avec bonheur à la puissance de ce regard.

La passion qu'elle lut dans les yeux de Nathan lui donna envie de pousser le jeu de la séduction : elle abaissa les mains et les fit remonter de son ventre vers sa poitrine, s'effleura le bout des seins.

Les yeux de Nathan s'assombrirent, sa mâchoire se crispa. Quand elle leva les deux mains vers lui, comme une invite, il se pencha sur elle.

— Aucun bleu, murmura-t-il.

Elle sourit et lui caressa le menton, du bout des doigts.

— La semaine s'est bien passée pour moi. Tu as toujours été là pour m'empêcher de tomber.

— Tu me rends dingue. Tu le sais, n'est-ce pas ?

Elle prit le visage de Nathan dans le creux de ses mains et l'attira à elle pour le couvrir de petits baisers.

— Bien sûr que je le sais. La question, c'est : comment est-ce que tu vas réagir à cet état de fait ?

— Te rendre la pareille, lui assura-t-il.

Il l'embrassa longuement, lentement, profondément, jusqu'à ce qu'elle en perde le souffle, tout le corps parcouru de frissons.

Elle essaya de l'attirer à elle, plus près.

Mais il échappa à son étreinte. Elle le regarda glisser contre elle, peau contre peau, la couvrant de petits baisers. Haletante, elle se mordit la lèvre pour ne pas crier, et se cambra vers lui, cherchant à épouser ses mouvements pour que leurs corps brûlants restent connectés.

Mais Nathan se voulait maître du jeu.

Il poursuivit son lent et torturant assaut, éveillant chacun de ses sens, langoureusement. Sa langue lui caressa le ventre, s'y attarda jusqu'à ce qu'elle gémisse son nom. Il sourit contre sa peau et continua sa progression vers les cuisses et les jambes, pour se retrouver finalement hors du matelas.

Brûlante de désir, Keira le regarda alors qu'il souriait d'un air entendu, puis elle crut perdre la tête, tandis qu'il l'attirait vers sa bouche exigeante.

Elle cessa de respirer, hypnotisée par la vision de Nathan qui la prenait d'une manière si intime, plus qu'aucun autre homme avant lui.

De cette image de Nathan ou des incroyables sensations qu'elle éprouvait sous sa bouche, Keira ne savait plus ce qui l'excitait le plus.

Elle n'avait jamais rien connu d'approchant. La langue de Nathan lui faisait perdre toute notion du temps et de l'espace ; il n'existait plus que cet homme et les réactions inouïes qu'il tirait de son corps.

Il la caressa encore et encore.

— Nathan !

Mais il continua.

Keira sentit une intense chaleur au creux de son ventre, puis dans tout son corps. Elle se cambra.

Quand il la pénétra de ses doigts, augmentant encore l'intensité des sensations, Keira renonça à comprendre et se laissa aller à la montée du plaisir.

— Nathan, si tu arrêtes, je te tue, murmura-t-elle.

Il intensifia le rythme de sa délicieuse caresse, et elle cria son nom, le corps secoué de spasmes de plaisir. Elle s'agrippa à lui, comme au seul point stable de l'univers, jusqu'à ce que les contractions s'apaisent, comme les ondulations les plus lointaines sur la surface d'un lac.

Après quelques instants, Nathan se dégagea et installa Keira un peu plus haut dans le lit, avant de la recouvrir de son corps.

Keira poussa un soupir.

— Je ne peux plus… Je crois que je suis paralysée, dit-elle.

— Non, ne crains rien, murmura Nathan en abaissant le visage vers les mamelons rose pâle de ses seins gonflés.

Instantanément, elle sentit le désir renaître, au contact du corps de Nathan pressé contre le sien.

Elle caressa son dos, l'embrassa dans le cou.

— C'était…

— Juste un début, termina-t-il.

Il l'embrassa ; il lui vola son souffle, puis lui offrit le sien.

De nouveau, Keira eut envie de lui. Elle enroula les jambes autour de la taille de Nathan.

— Viens en moi, Nathan.

— C'est exactement où je veux être, Keira, murmura-t-il.

Alors, sans cesser de la regarder dans les yeux, il la pénétra.

Elle reposa la tête en arrière, sur le matelas, mais sans lâcher son regard. Quand il s'enfonça en elle d'un long et lent mouvement du bassin, elle haleta, puis tendit les hanches, pour le sentir encore plus fort.

Dehors, la tempête faisait rage.

A l'intérieur, une autre forme d'ouragan les emportait tous les deux dans un monde de passion où ne comptait que le prochain toucher, le prochain baiser, la prochaine caresse.

Leurs corps bougeaient sur un rythme qui semblait aussi vieux que le monde, et aussi nouveau que le prochain souffle.

Le corps de Nathan imprimait sa cadence à celui de Keira, l'envahissait, le revendiquait.

Et Keira lui donnait tout.

De ses mains, elle parcourut le dos de Nathan, puis son torse. De l'ongle de son pouce, elle agaça ses mamelons plats et bruns, jusqu'à ce qu'il serre les dents pour retenir un gémissement.

Elle aimait le savoir aussi perdu qu'elle au milieu de trop de sensations. Elle voulait le sentir, comme elle, au bord de la jouissance. Elle était heureuse de constater qu'elle pouvait faire voler en éclats l'autocontrôle si puissant de Nathan.

Il la prit plus loin, plus vite, plus fort. Tendue vers lui, ses ongles griffant son dos, elle en avait mal de le désirer.

— Maintenant, Nathan. S'il te plaît, gémit-elle.

Plongeant le regard dans celui de Keira, il murmura :

— Viens Keira, et je te suivrai.

Il glissa une main entre eux, là où leurs deux corps se joignaient. Il la caressa tout en continuant à aller et venir en elle.

— Nathan !

Elle avait hurlé son nom.

Accrochée à ses épaules, arquée sous lui, elle se laissa balayer par la vague de plaisir, bouleversée au-delà des mots par les vibrations qui la parcouraient tout entière.

Nathan poussa un grognement et son corps se mit à trembler. Il s'abandonna à son tour à la vague puissante qui avait emporté Keira.

Une heure plus tard — pour Keira cela aurait aussi bien pu être une semaine —, elle se força à ouvrir les paupières et regarda le plafond. Les flammes qui dansaient dans la cheminée projetaient sur les poutres des ombres mouvantes et dansantes, à l'effet hypnotique.

— Tu vas bien ? murmura Nathan à son oreille.

— Je n'en suis pas encore sûre, admit-elle, en tournant la tête sur l'oreiller pour lui sourire.

Avançant la main, elle effleura le front de Nathan du bout des doigts, pour écarter une mèche de cheveux.

— Oh, mais je peux bouger ma main. C'est bon signe ! ironisa-t-elle.

Se soulevant sur un coude, Nathan l'observa pendant une minute ou deux, le regard indéchiffrable.

Keira ressentit une petite pointe de malaise, tandis qu'elle scrutait son visage, cherchant en vain la trace de l'homme passionné qui s'était révélé quelques moments plus tôt. Mais le Nathan qui la dévisageait maintenant ressemblait davantage à l'homme renfermé qu'elle avait rencontré le premier jour, à son arrivée au chalet.

— Quoi ? demanda-t-elle finalement, incapable de supporter le silence plus longtemps.

— Je pensais.

— A quoi ?

Il eut l'air de vouloir dire quelque chose, mais se ravisa, hocha la tête et répondit :

— A rien. Rien d'important.

Il roula hors du lit et traversa la pièce, nu, vers une porte qu'il ouvrit, découvrant un immense placard. Il était presque vide, d'après ce que Keira pouvait voir, Nathan n'ayant apporté des vêtements que pour un mois.

Il y pénétra et en ressortit vêtu d'un épais peignoir noir ; il en portait un deuxième, vert foncé, qu'il déposa au bas du lit.

— J'ai apporté mon propre peignoir, mais celui-là était accroché dans la penderie quand je suis arrivé.

— Merci, dit Keira.

Elle attrapa le vêtement et enfila les deux manches avant de glisser hors du lit et d'ajuster la ceinture autour de sa taille, tout en l'observant du coin de l'œil.

Nathan avait le visage fermé comme s'il s'efforçait de masquer ses pensées, constata-t-elle avec une irritation croissante. Quelques minutes plus tôt, ils avaient partagé des moments éblouissants. Ils avaient été aussi proches que deux êtres humains pouvaient l'être. Et à présent… il se comportait comme si elle était une étrangère.

Et une étrangère particulièrement indésirable.

— Nathan, que se passe-t-il ?

— Rien du tout, répondit-il en se dirigeant vers la porte de la chambre. Mais je t'ai promis un repas, non ? Je vais aller faire un tour dans la cuisine, voir ce que je peux trouver.

Trop aimable, songea Keira.

Il lui avait cloué le bec sans bavure, si poliment qu'elle se demanda si c'était son atroce grand-mère — celle qui l'avait expédié dans un pensionnat avec à peine un petit signe de la main — qui lui avait enseigné cela.

Comment se débarrasser de quelqu'un sans peine.

Eh bien, elle n'irait nulle part.

Pas tant que la tempête faisait rage. Et pour être honnête, même si les intempéries cessaient dans la minute, elle ne partirait pas non plus. Pas avant d'avoir compris pourquoi Nathan était passé instantanément de l'extase orgasmique à la plus grande froideur.

Elle le suivit dans l'escalier, se tenant à la rampe pour être sûre de ne pas se rompre le cou dans une mauvaise chute avant d'avoir au moins une réponse. Juste avant d'entamer la descente, elle eut le temps de voir disparaître le peignoir noir dans la cuisine.

Eh bien, s'il s'imaginait se débarrasser d'elle aussi facilement, il la connaissait très mal. A pas rapides et silencieux, ses pieds nus foulant les tapis qui recouvraient le parquet bien ciré, Keira atteignit les portes battantes de la cuisine et les ouvrit à la volée. Nathan était devant le frigo et il se tourna vers elle quand elle pénétra dans la pièce. Puis, l'ignorant froidement, il sortit du réfrigérateur une longue barquette en aluminium.

— La femme de ménage remplit le frigo une fois par semaine. Je pense que ceci est…

Il lut l'étiquette et poursuivit :

— Des fettucine avec du poulet grillé à l'ail. Ça vient de Clearwater, ce restaurant auquel tu sembles si attachée.

— Leurs fettucine sont délicieuses, commenta Keira.

Elle s'avança vers le comptoir de granit et tira l'un des tabourets. Elle s'y installa et releva ses pieds nus pour ne pas rester au contact du sol froid.

— Content que tu aimes.

Il ôta rapidement le couvercle et enfourna la barquette.

— Cela ne devrait pas être long, assura-t-il en se dirigeant vers l'armoire à vin, près du mur. Tu voudras un verre de vin ?

— Bien sûr, approuva Keira, tout en essayant de trouver un moyen de franchir le mur qu'il avait érigé si vite et si parfaitement autour de lui. Nathan, est-ce que tout va bien ?

— Pourquoi en serait-il autrement ?

— Tu agis de manière un peu… étrange.

Il lui lança un regard étonné tout en posant une bouteille de vin blanc sur le comptoir. Puis, tirant un ouvre-bouteille d'un tiroir, il ôta le bouchon. Devant tant d'indifférence, Keira ne put réprimer un léger frisson.

— Tu as froid ? demanda-t-il.

— Oui, un peu.

Il y avait une autre cheminée dans la cuisine, mais elle était sombre et froide.

Derrière la fenêtre qui donnait sur une véranda couverte, le monde n'était qu'un tourbillon de blancheur. La lumière du jour faiblissait, les lourds nuages étaient très bas, et les flocons de neige si épais qu'on aurait pu croire qu'un drap avait été tendu au bord de la toiture.

— Il y a une réserve de bois sous la véranda. Je vais aller en chercher, dit Nathan.

— Très bien, approuva Keira, tandis qu'il se dirigeait vers la porte arrière. Mais avant, dis-moi ce que tu as failli répondre tout à l'heure. Quand tu me regardais d'un air si bizarre. Quand tu m'as dit que tu ne pensais à rien. « Rien d'important. »

— Keira, laisse tomber, répondit-il en soupirant.

— Ah non ! l'assura-t-elle, secouant la tête. Cela ne va pas être possible. Alors il vaut mieux que tu craches le morceau le plus vite possible. Ce sera plus simple et facile pour tous les deux.

— Ce n'est rien.

— Alors dis-le, insista-t-elle.

Une main sur la poignée de porte, il la dévisagea longuement comme s'il se demandait s'il devait parler ou non.

Finalement, il hocha la tête et dit :

— Très bien. Je pensais à notre partie de jambes en l'air. Je me demandais jusqu'où tu étais capable d'aller pour que je reste un mois entier ici.

Keira reçut les mots comme une gifle. Assommée, humiliée et furieuse, elle le fixa avec une telle intensité qu'il aurait dû être foudroyé sur place.

— Tu es sérieux ?

— Tu m'a demandé à quoi je pensais tout à l'heure, je t'ai répondu.

— Je n'imaginais pas que tu répondrais cela.

— Ne sois pas si vexée.

Nathan la regarda pendant un long moment, avant d'ajouter :

— Ce n'est pas comme si j'étais surpris.

— Vraiment ?

— Pour l'amour du ciel, Keira ! Tu penses être la première femme à utiliser son corps pour tenter de tirer quelque chose de moi ? Nous sommes des adultes. Tu veux quelque chose de moi et tu te sers du sexe pour l'obtenir.

Keira fut submergée par la colère.

— Tu… tu…

Nathan haussa les épaules et repartit vers la porte arrière.

— C'était bon pour nous deux. On a eu chacun ce qu'on voulait. C'est inutile d'essayer de faire passer ce moment pour ce qu'il n'était pas.

Il ouvrit la porte, laissant entrer un courant d'air glacé et ajouta :

— Ecoute, on n'en parle plus, d'accord ?

— Bien sûr, murmura-t-elle, en le voyant se diriger vers la pile de bois sec et bien rangée.

Puis, tandis qu'il s'affairait autour des rondins et du petit bois d'allumage, Keira sauta au bas de son tabouret et alla vers la porte qu'elle referma à clé.

Instantanément, Nathan se redressa, fit un tour sur lui-même et, interloqué, la regarda à travers la vitre. Il revint à la porte, tourna et secoua la poignée.

— Keira, ouvre cette satanée porte.

— Je ne pense pas, répondit-elle, en se croisant les bras sur la poitrine.

Elle n'avait jamais éprouvé une telle colère de sa vie, ni une telle humiliation. Pour l'amour du ciel ! Si elle l'avait laissé lui faire des choses qu'aucun autre homme ne lui avait faites, c'était seulement parce qu'elle se sentait liée à lui par une étrange connexion.

Un *sentiment* minuscule et, apparemment, non partagé. Comment pouvait-il croire qu'elle aurait couché avec lui juste pour qu'il n'interrompe pas son séjour ?

Est-ce qu'elle donnait vraiment l'impression d'être ce type de femme ?

Et quel genre de personnes avait-il donc l'habitude de fréquenter pour présumer qu'elle était si insensible ?

Nathan frissonna, serra les bûches un peu plus fort contre sa poitrine, et lui adressa ce genre de regard qui devait liquéfier les employés de ses hôtels.

Keira, elle, ne broncha pas.

— Bon sang ! Keira ! Il neige ici !

— Tu es à l'abri de l'auvent de la véranda.

— Il gèle !

— Allume un feu.

— Sur la véranda ?

— Franchement, cela m'est égal que tu gèles sur pied. J'apposerai une plaque commémorative, petite mais de bon goût, qui dirait par exemple : « Ici la statue d'un Américain débile. »

— Ce n'est pas drôle ! cria-t-il en s'engonçant un peu plus dans son peignoir trop fin.

— Je ne plaisante pas ! répliqua Keira en approchant son visage de la vitre pour le fusiller du regard. Je ne peux pas y croire. Tu as vraiment pensé que je me prostituais pour que tu restes ici ?

— Je n'ai pas dit ça.

— Oh que si ! Espèce de sale type minable, prétentieux, pompeux.

— J'ai eu tort, d'accord ?

— Tu dis ça seulement pour que je t'ouvre la porte !

— Très juste.

— Eh bien, tu peux attendre. Tu mérites de geler, mais c'est impossible. Tu es déjà tellement froid que je ne vois pas comment tu pourrais le devenir davantage !

— Est-ce que tu peux d'abord me laisser entrer ? Tu pourras me crier dessus ensuite.

— Pourquoi devrais-je te laisser entrer ?

Elle était tellement en colère qu'elle voyait une sorte de couleur rouge au bord de ses paupières. Incroyable. Jamais elle n'aurait imaginé se mettre hors d'elle au point de *voir rouge*.

— Parce que… parce que…

— Tu vois ! Même toi, tu ne parviens pas à trouver une bonne raison ! cria Keira.

Nathan leva une main, perdant quelques brindilles qui tombèrent sur ses pieds, et il sautilla en l'air en répondant :

— Parce que si je meurs, je ne pourrais pas rester un mois entier et tu n'auras pas l'argent qui te fait tellement envie.

— C'est curieux, dit-elle en se tapotant le menton d'un air pensif, mais je ne me souviens pas avoir vu écrit, quelque part dans le testament, que tu devais être présent et *en vie* ici pendant un mois. Je pense que cela devrait faire l'affaire si on te maintenait sous la véranda pendant cette durée.

— Je n'ai jamais vu une femme aussi susceptible !

— Tu ne manques pas d'air, Nathan Barrister ! Tu me traites de prostituée, et c'est moi qui suis susceptible ?

Nathan jeta un coup d'œil derrière lui, alors que le

vent tournait et soufflait du lac, lui envoyant des paquets de neige. Faisant de nouveau face à Keira, il dit d'une voix sèche :

— Keira, ouvre cette satanée porte et laisse-moi entrer.

— Sinon ?

— Sinon, je brise la vitre avec l'un de ces morceaux de bois et on va se geler tous les deux.

Hum. Bon argument. En fait, elle n'avait pas vraiment prévu de le laisser se transformer en sculpture de glace sous la véranda. Même si l'idée ne manquait pas d'attrait sur l'instant.

— Très bien.

Elle poussa le verrou et recula dans la pièce pour rester aussi éloignée que possible de Nathan tout en pouvant continuer à le bombarder de regards noirs.

Il se précipita à l'intérieur, laissa tomber le bois dans la cheminée et se mit à trépigner sur le sol tout en se frappant les mains contre les bras pour accélérer la circulation.

— Froid ? demanda-t-elle d'une voix douce.

— Très drôle, grinça-t-il avec hargne.

— Autant que ce petit morceau de marbre dans ta poitrine ? Tu sais, cette chose que tu appelles ton cœur ?

Toujours tremblant de froid, Nathan lui tourna le dos et commença à allumer le feu. Il se blottit tout près des flammes quand elles se mirent à crépiter et à lécher le bois sec. Finalement, il jeta un regard vers Keira.

— Mon cœur n'a rien à voir avec tout cela, dit-il.

— Comme il ne doit pas servir souvent, je suis prête à te croire sur ce point, siffla-t-elle.

— Tu as essayé de me faire mourir de froid !

La voix de Nathan ricocha sur le haut plafond ; Keira ne cilla pas.

— Ne fais pas le bébé.

— Le bébé ! s'écria Nathan, ahuri.

Keira lui adressa un petit signe méprisant de la main.

— Tu as de la chance que je t'aie laissé rentrer.

Après un long silence, Nathan répondit finalement :

— Oui. Tu es bien assez folle pour être capable de me laisser dehors. Alors, j'imagine que j'ai de la chance d'être seulement gelé.

— C'était dégoûtant de penser ça de moi, dit Keira, ignorant ses récriminations. Et encore plus dégoûtant de le dire.

— Tu ne m'aurais jamais laissé tranquille. Tu voulais absolument savoir ce que je pensais, expliqua-t-il, levant les mains très haut. Les femmes sont toujours comme ça, de toute façon. Elles poussent et insistent pour savoir ce qu'un homme pense, mais s'il répond, elles l'enferment dehors dans une tempête de neige !

— Est-ce notre faute si nous ne sommes pas préparées à entendre des insultes ?

Keira frappa sur le comptoir de granit, et continua :

— Nous voulons savoir ce que vous pensez parce que, idiotes que nous sommes, nous ne savons pas que votre esprit tordu ressemble à un trou noir.

Nathan frappait toujours des pieds contre le sol pour activer la circulation et arborait la même mine renfrognée. Il répliqua sèchement :

— Non. Parce que vous espérez que nous sommes comme vous : doux et moutonneux, voulant des enfants, un chien et une maison avec un jardin et une barrière de bois blanc…

— Est-ce que tu délires ? l'interrompit-elle en pleine diatribe. Qui a parlé de barrière de bois ?

— Tu n'as même pas besoin de le dire, la défia-t-il, pointant un index accusateur vers elle. C'est totalement toi : madame Racines en personne. Eh bien, moi, je n'ai pas de racines. Je n'en veux pas et si j'en trouve, je les arrache du sol.

Keira traversa la pièce pour se planter en face de lui. Les yeux bleus de Nathan lançaient des éclairs et la crispation de sa mâchoire indiquait qu'il était au moins aussi furieux qu'elle.

Parfait.

Ce n'était guère intéressant d'être tout seul en colère. Sans compter qu'il ne s'était peut-être jamais mis hors de lui. Pas le très poli et distant Nathan Barrister.

Aussi, le laissa-t-elle tempêter et fulminer. Peut-être cela lui ferait-il le plus grand bien ? Sur elle, en tous cas, cela produisait parfois des merveilles.

— Ta parfaite petite ville ne possède rien que je voudrais ou dont j'aurais besoin ! continua-t-il. Dès que possible, je remonterai dans mon jet pour filer à l'autre bout de la planète.

— Parfait. Personne ne te demande de t'installer à Hunter's Landing, monsieur Merveilleux !

Keira pointa son index sur la poitrine de Nathan et le frappa à plusieurs reprises, jusqu'à ce qu'il lui attrape le doigt.

Elle se libéra en une seconde.

— Je ne suis certainement pas en train de te tendre des pièges…

— Ah non ? la coupa-t-il aussitôt. Pas de pièges, hein ? Est-ce que, par hasard, il t'aurait échappé que nous n'avons utilisé aucune protection ?

Keira pâlit.

Bon sang ! Ce détail lui avait complètement échappé. Tout à coup, les mots de Nathan atteignirent leur cible. *Un piège ?*

— D'abord je suis une putain et ensuite j'essaie de vous piéger, toi et ton sperme en or. Quelle petite abeille besogneuse je fais !

— Tu dévies la conversation. Nous n'avons rien utilisé et…

— Seigneur ! le coupa-t-elle tout net pour la énième fois. Je ne suis qu'un être humain. Je n'ai pas l'habitude de me promener avec des préservatifs dans la poche de mon jean pour le cas où un gosse de riche snob et gâté voudrait coucher avec moi pour pouvoir m'insulter ensuite !

Nathan se prit la tête à deux mains, puis sa voix retentit dans la cuisine, juste un niveau en dessous du hurlement.

— Pour l'amour du ciel ! Je suis juste en train de te dire que je t'ai peut-être mise enceinte et tu prends cela pour une insulte aussi ?

— Je ne suis pas enceinte, dit-elle d'un ton cassant. Sache que je prends la pilule. Alors, rassure-toi, monsieur Barrister. Ta fortune personnelle est à l'abri de l'aventurière présente.

— Je n'ai jamais dit que…

— Mais tant que nous sommes sur le sujet, qu'en est-il de toi ? demanda-t-elle en couvrant la voix de Nathan.

Il grimaça.

— Je ne prends pas la pilule.

— Ce n'est pas le meilleur moment pour s'essayer à l'humour, si tu veux mon avis.

Il leva les mains en signe de feinte reddition.

— Bien, bien. Je suis en bonne santé. Ne t'inquiète pas. Et toi ?

— Contrairement à ce que pensent certains, je ne suis pas une prostituée, donc pas particulièrement exposée.

Croisant les doigts à hauteur de son cœur, elle ajouta :

— Je suis en parfaite santé. Bien sûr, je pourrai te faire parvenir une lettre de mon médecin pour dissiper toute possible inquiétude.

— Bon sang, Keira ! Je ne t'ai pas traitée de prostituée pour avoir employé un moyen ou un autre pour parvenir à tes fins. C'est ainsi que fonctionne le monde. Le vrai monde, disons, pas ton petit Xanadu personnel.

— Crois-le ou non, je n'ai pas couché avec toi pour que tu restes ici pendant un mois ! cria-t-elle.

— C'est ce dont tu veux te persuader, répliqua-t-il, sèchement.

— Seigneur, murmura Keira, en secouant la tête. Est-ce

que tu es vraiment à ce point éloigné de l'humanité ? Est-ce que tout porte une étiquette de prix dans ton univers ?

— Il y a des étiquettes partout dans ce monde. Réveille-toi et peut-être que tu les verras.

— Tu mènes une vie bien moche, chuchota-t-elle.

— Au moins, je vis les yeux ouverts, répliqua-t-il. Je sais que les gens sont principalement préoccupés d'eux-mêmes et agissent en fonction de leur propre intérêt.

— Alors, j'ai couché avec toi par intérêt ?

— Tu ne serais pas la première.

Keira tressaillit sous la froideur du regard de Nathan. Il croyait vraiment que tous ceux qui l'approchaient d'assez près n'en voulaient qu'à son argent, son mode de vie.

Quelle tristesse !

Que son monde devait être insupportablement vide !

Et le plus triste, c'était qu'il ne s'en rendait même pas compte.

— Ainsi, comme tu t'es entouré de profiteurs et de flagorneurs, tu as tout naturellement présumé que j'en étais une.

Il serra les dents et un muscle de sa mâchoire tressauta.

— Tu m'affirmes que tu n'es pas comme ça ?

— Oui, exactement, assura Keira. D'ailleurs tu le sais. Quelque part, dans cette caverne vide que tu appelles un cœur, tu le sais. Et tu m'as insultée à dessein.

Il lui lança un regard furieux.

— Tu es la plus…

Il s'arrêta soudain, inspira une bouffée d'air, puis plongea les yeux dans ceux de Keira.

— D'accord. Oui. C'est vrai, avoua-t-il.

— Enfin ! s'écria Keira, en poussant Nathan du coude pour se rapprocher du feu. La question, maintenant, c'est : pourquoi ?

— Pourquoi ?

— Pourquoi voulais-tu m'insulter, Nathan ?

Elle inclina la tête sur le côté, le regarda intensément et insista :

— Si tu voulais que je parte, il te suffisait de me le dire.

— Je n'avais pas envie que tu partes, confessa-t-il, au prix d'un effort visible.

— Alors pourquoi ?

— Honnêtement, je n'en sais rien, avoua-t-il en l'attirant à lui.

Keira essaya de se libérer, mais il resserra son étreinte, la plaqua contre lui jusqu'à ce qu'elle sente le désir renaître en lui.

Etait-ce si étrange pour lui que des gens désirent rester avec lui juste pour le plaisir de sa compagnie ? Etait-il solitaire au point de ne fréquenter que des employés ou des profiteurs ?

Un peu apaisée, Keira leva le visage vers lui et lut des questions non résolues dans les profondeurs de ses pâles yeux bleus.

Cet homme lui faisait des choses inédites et inattendues.

Il avait une façon de toucher son cœur aux moments les plus improbables, et elle se sentait troublée par tout ça.

Elle aurait pu continuer le combat. Elle y prenait d'ailleurs un certain plaisir, il lui fallait bien le reconnaître. Elle aurait pu apporter des réponses à ses questions. Elle aurait même pu le faire réfléchir à beaucoup d'autre choses.

Ou elle pouvait faire ce dont elle avait le plus envie.

Ecartant les pans de l'épaisse robe de chambre de Nathan, Keira caressa son torse nu de la paume des mains. Elle le vit plisser les yeux, serrer la mâchoire et laisser échapper un soupir long et lent.

D'un geste décidé, elle repoussa le vêtement, sur les épaules de Nathan. Sous son toucher, elle sentit la peau retrouver sa chaleur. Alors, elle dénoua la ceinture et fit glisser sa main en bas du ventre de Nathan, capturant son sexe dur avec une ferme douceur.

— Tu sais Nathan, dit-elle en le caressant lentement,

la simple vérité c'est que j'ai eu envie de toi au premier regard. C'est pour ça que je suis restée. C'est pour ça que je te veux encore, maintenant.

Nathan poussa un grognement.

— Je n'y vois pas d'inconvénient.

- 8 -

Une odeur alléchante de sauce Alfredo commençait à embaumer la cuisine, mais Keira avait faim d'autre chose que de nourriture.

Curieusement, même les disputes avec Nathan avaient quelque chose de stimulant.

Son corps frissonna d'excitation quand les mains de Nathan ouvrirent les pans de son peignoir et le firent tomber à terre.

Le vent glacé qui s'était engouffré dans la cuisine, au moment où la porte était ouverte, avait sérieusement rafraîchi l'atmosphère de la pièce. Mais Keira s'en moquait. Au contraire, cette sensation se mêlait aux autres en une sorte de réaction en chaîne qui la bouleversait totalement.

Elle sentit les mains de Nathan glisser sur elle et ses doigts experts explorer chacune de ses courbes. Elle le caressa à son tour. Avec son torse large, puissant, aux muscles bien dessinés et bronzés, il donnait l'impression d'être taillé dans le même bois aux tons de miel qui décorait le chalet.

Mais sa peau était chaude ; son corps dur se pressait contre elle, ne lui laissant rien ignorer de son trouble.

— Pourquoi est-ce que je te désire à ce point ? demanda-t-il dans un murmure, tandis que ses doigts caressants descendaient et s'égaraient entre les cuisses de Keira.

Elle gémit et vacilla, tandis qu'une sensation délicieuse grandissait au creux de son ventre.

— Pourquoi poses-tu tellement de questions ? répondit-elle.

Il sourit. Keira sentit son cœur bondir dans sa poitrine, étrange mais exquise impression.

— C'est toi l'interrogatrice en chef, murmura-t-il.

Il inclina la tête et l'embrassa dans le cou, lui mordillant la peau.

Keira le prit par les épaules et s'accrocha très fort à lui, tandis qu'il continuait à faire glisser ses doigts dans la chaleur moite de sa chair, tout en haut de ses cuisses.

Puis il s'arrêta sur l'endroit le plus sensible, le massa, le caressa jusqu'à ce que Keira sente son sang bouillonner en elle.

— Non. Aucune question. Pas maintenant, balbutia-t-elle en passant sa langue sur ses lèvres sèches.

Nathan lui glissa une main sous la nuque, tout en continuant à l'exciter jusqu'aux limites de la jouissance. Puis il plongea son regard dans les yeux de Keira. Elle aurait voulu pouvoir déchiffrer ses pensées, en cet instant où le désir obscurcissait le bleu d'ordinaire si pâle.

Elle voulait lui rendre le plaisir qu'il lui donnait. Elle abaissa la main et prit le sexe de Nathan entre ses doigts, et commença à le caresser, d'abord lentement, avant d'accélérer le rythme. A la manière dont il respirait, elle savait qu'il aimait ce qu'elle lui faisait. Plus que ça, même. Il paraissait sur le point de perdre la tête et, plus il gémissait, plus elle intensifiait ses caresses. Jusqu'à ce qu'il n'y tienne plus.

A cet instant, inclinant le visage, il s'empara de la bouche de Keira ; il l'embrassa avec fougue, d'une manière impérieuse, comme s'il ne pouvait attendre une seconde de plus avant de s'enivrer d'elle.

Portée par un désir aussi fort que celui de Nathan, Keira changea de position, lui entourant la taille de ses deux bras noués. Elle sentit leurs deux cœurs battre au même rythme effréné. Nathan accentua sa caresse, mais ce n'était pas assez pour elle. Elle le voulait plus profondément. Sur elle. En elle.

Quand il se résolut à abandonner la bouche de Keira, il murmura contre son oreille :

— On n'arrivera jamais à remonter dans la chambre.

— Impossible, approuva-t-elle, tremblante de désir.

— Ici, alors.

D'un mouvement rapide, il la souleva et la déposa sur le comptoir de la cuisine.

Le froid granit mordit la peau brûlante de Keira et elle frissonna de la tête aux pieds.

Nathan arbora un sourire malicieux.

— Froid ?

— C'est une vengeance pour tout à l'heure, quand je te regardais dehors ?

— Juste un peu, admit-il.

Puis, il se pencha vers elle et lui mordilla la lèvre.

— Mais j'ai envie de te réchauffer, aussi, ajouta-t-il.

Elle lui passa les bras autour du cou et l'attira plus près d'elle.

— Quel homme généreux, dit-elle, en laissant échapper un soupir quand les lèvres de Nathan se posèrent sur les siennes.

Tout en l'embrassant, il écarta les cuisses de Keira, se rapprocha.

Enfin, il la pénétra.

Tous les deux furent unis dans un même flot de sensations, d'une nature différente de tout ce qu'ils avaient pu expérimenter ou espérer.

Enivrée, Keira se mit à onduler sur la pierre dure du comptoir, se cambrant, avançant les hanches, poussée par le désir de sentir Nathan le plus loin possible en elle.

Puis elle ferma les yeux.

Des volutes aux couleurs éclatantes dansèrent sous ses paupières, tandis que son corps renaissait à la vie. Elle eut soudain la sensation de flotter, bouleversée par un sentiment étrange qui s'éveillait tout à coup en elle. Elle rouvrit les yeux, toujours vibrante de cette émotion. Elle regarda Nathan et laissa d'autres émotions affluer. C'était comme si de nouveaux et fragiles liens se tissaient entre eux.

A cet instant, Nathan la prit par les hanches, l'immobilisa dans une étreinte d'acier tandis qu'il plongeait en elle, avant d'entraîner leurs deux corps dans un rythme rapide, destiné à les faire basculer au plus vite dans la jouissance.

Et le monde s'effaça autour d'eux.

Il ne restait plus rien que ces deux êtres enflammés par la passion et enveloppés dans une toile de sensations partagées. Keira s'accrocha à Nathan ; elle s'abandonna totalement à sa force, à la puissance du désir qui montait en elle. Elle se raidit, enroula ses jambes autour de la taille de Nathan tandis que leurs bouches se dévoraient.

Nathan l'envahissait corps et âme.

Et soudain, Keira sut que ce ne serait jamais trop pour elle. Cet homme qui la bouleversait physiquement avait aussi pris une partie de son cœur. Que cela lui plût ou non, elle s'était attachée à lui. Plus qu'elle n'était capable de le reconnaître. Elle ne voulait même pas penser à quel point.

Elle s'arracha à son baiser pour le regarder.

Les yeux magnifiques de Nathan se rivèrent aux siens comme s'il comprenait sa prière muette et partageait le même désir.

Alors, Keira sentit le plaisir exploser en elle, avec une intensité qu'elle n'avait encore jamais éprouvée. Un flot de couleurs et de sensations se répandit dans ses veines et dans la moindre parcelle de son corps.

Les yeux toujours plongés dans ceux de Keira, Nathan l'entendit crier son nom. Puis, il renonça à tout contrôle, s'abandonnant à son tour pour la rejoindre dans le plaisir.

*
* *

Au petit matin, Nathan se mit à réfléchir à toute la situation.

La nuit précédente, cela lui avait semblé une bonne idée de garder Keira au chalet. Ils avaient fait l'amour plusieurs fois, au cours de la nuit. Chaque fois, c'était mieux, plus incroyable. Il lui semblait ressentir quelque chose de plus, de différent. Il s'était délecté de ce temps passé ensemble, sachant qu'au matin, elle partirait.

Du moins, c'était ce qu'il avait imaginé.

Serrant les dents, il regarda par la fenêtre de la cuisine. Dehors, le monde n'était qu'une étendue blanche. La neige s'amoncelait de tous côtés. Une couche d'au moins trente centimètres envahissait le plancher de la véranda. Et cela, c'était dans une partie protégée par l'auvent ! La couverture était bien plus épaisse à l'extérieur, et la neige continuait à tomber…

Il n'avait jamais vu une chose pareille.

— Nous sommes mi-mars et on se croirait en Sibérie en plein mois de décembre, ronchonna-t-il.

Keira vint derrière lui, noua ses bras autour de sa taille et posa la tête contre son dos.

— Bienvenue sur les hauteurs.

— J'ai essayé le téléphone, mais il n'y a pas de tonalité, dit-il.

— Oh, oh…

Il tourna la tête vers elle.

— Ce qui veut dire ?

— Si les lignes téléphoniques sont coupées si tôt, cela signifie que cela va être une grosse tempête.

Nathan lui lança un regard noir.

— En d'autres termes ?

Keira haussa les épaules.

— Si les routes ne sont pas complètement bloquées dès à présent, cela ne va pas tarder.

— Vous devez bien avoir des équipes de déneigement ?

— Evidemment, répondit-elle en levant vers lui un

visage souriant. Mais elles ne peuvent intervenir que lorsque le plus gros de la tempête est passé. Et une fois qu'elles entrent en action…

Nathan n'aimait pas ce qu'il lisait sur le visage de Keira, une expression qui signifiait : « Il ne va pas aimer ce que je vais lui dire. »

— Eh bien ?

— Elles s'occupent de la ville d'abord et des principales autoroutes. Pour des raisons évidentes, ce sont leurs priorités.

— Et ?

Elle haussa de nouveau les épaules.

— Alors, les routes qui montent vers ici ne seront probablement pas dégagées avant quelques jours.

— Quelques jours ?

— Peut-être plus tôt.

Nathan se dit qu'elle cherchait juste à le calmer.

— Les chemins privés et les routes qui y conduisent sont les moins prioritaires. Sauf en cas d'urgence, bien sûr. Si les services de la voirie reçoivent un appel de ce genre, ils interviennent immédiatement, compléta-t-elle.

— La ligne est coupée, répliqua Nathan.

Après un instant de réflexion, il ajouta :

— Mais j'y pense, j'ai mon téléphone satellite.

— Sauf que personne ici n'en a un.

— Exact, répondit Nathan en hochant la tête.

Elle s'écarta de lui, et glissa les mains dans les poches de son peignoir.

— Tu sais, dit-elle, on essaie de faire au mieux. Et les gens qui ont des routes privées s'assurent de leur côté pour le déneigement, ce qui résout beaucoup de problèmes.

— Est-ce que le chalet possède ce genre de contrat privé ?

— Je n'en sais rien.

— Parfait.

Nathan soupira. Ce mois s'annonçait comme un vrai parcours du combattant.

— Combien de temps est-ce que cela va durer ? demanda-t-il en regardant vers le lac, d'où soufflait un vent qui plaquait la neige contre les vitres de la cuisine.

— Un certain temps, répondit Keira avec un sourire lumineux.

— Très drôle.

Elle s'avança devant lui, se campa devant la fenêtre, appuyant ses deux paumes sur la vitre glacée pour avoir la meilleure vue possible de la tempête qui faisait rage au-dehors.

— Cela me faisait toujours rire quand mon père répondait ça.

Elle lui jeta un coup d'œil par-dessus l'épaule avant d'ajouter :

— Evidemment, j'avais dix ans.

Nathan réprima la réplique qu'il avait sur les lèvres. Il n'était ni amusé ni charmé. Il l'avait voulue, la nuit dernière, et il avait adoré chaque minute passée avec elle. Mais cela ne signifiait pas qu'il avait envie qu'elle reste au chalet indéfiniment. Jetant un regard maussade vers la fenêtre où cognaient des rafales de neige, il sut pourtant qu'elle n'irait nulle part.

En tout cas, pas aujourd'hui.

Comme si elle lisait dans ses pensées, Keira se retourna, s'adossa à la baie vitrée et inclina la tête sur le côté, les yeux fixés sur lui.

— Alors, que va-t-on faire pendant qu'on sera coincés ici ?

Il reconnaissait cette lueur, dans les yeux de Keira. Bon sang, il l'avait vue pendant la majeure partie de la nuit ! Il aurait parié qu'ils n'avaient pas dormi plus de deux heures. Et pourtant, le simple fait de repenser à elle tandis qu'il la touchait, la tenait dans ses bras, la pénétrait… Son corps réagit instantanément ; il la désirait encore.

Mais pas question de céder à la tentation. Il n'était pas homme à se laisser gouverner par son sexe. Il n'allait sûrement pas se retrouver ligoté à Keira davantage qu'il ne l'était déjà.

Ce n'était pas parce qu'elle était là qu'elle devait être *avec* lui.

— Il fait froid tout à coup dans cette pièce ! fit-elle en rabattant fermement les deux pans de son peignoir sur sa poitrine.

— Je vais monter le thermostat, répliqua-t-il aussitôt.

— Ce n'est pas ce que je voulais dire.

— Ah non ? Et de quoi parlais-tu ? demanda-t-il en se dirigeant vers le pot de café posé sur le comptoir.

Seigneur !

Le comptoir.

Comment pourrait-il désormais traverser cette cuisine sans revoir Keira nue sur ce comptoir ? Sans repenser au moment où il était en elle, si profondément qu'il croyait ne jamais pouvoir quitter son corps ?

Balivernes !

Sentant la migraine l'assaillir, il se frotta les tempes et demanda :

— Du café ?

— Bien sûr. Je prendrai une tasse de café noir et des réponses.

— Pardon ?

Il se retourna à demi et la regarda traverser lentement la cuisine. Est-ce que ses hanches se balançaient toujours de cette manière ou le faisait-elle exprès pour l'occasion ? se demanda-t-il.

— J'ai dit que j'aimerais bien avoir des réponses.

— A quoi ?

Il atermoyait. Il le savait. Il versa deux tasses de café, en tendit une à Keira et temporisa encore un peu en buvant une longue gorgée de la sienne.

— J'aimerais bien savoir, par exemple, pourquoi tes

yeux sont devenus plus glacés que la tempête qui fait rage dehors.

— Keira, tu fais une montagne d'une taupinière, répondit Nathan, tendu.

— Alors tu es heureux que je sois là, répliqua-t-elle d'un ton mielleux.

Elle but un peu de café et s'avança vers lui.

— J'en suis fou de bonheur, lui assura-t-il.

— Menteur.

— Pourquoi fais-tu cela ? M'accuser de mentir à chaque occasion ?

— La bonne question est plutôt : pourquoi est-ce que j'ai toujours raison ?

Il reposa sa tasse de café, resserra la ceinture de son peignoir et rectifia :

— Tu n'as pas raison. Les femmes brandissent toujours cet argument pour avoir le dernier mot. Mais elles ont tort.

— Bien sûr que non ! Les femmes ont raison parce qu'elles voient tout et se souviennent de tout, assena-t-elle avant de reprendre une gorgée de café. Exactement comme je vois que tu essaies de lancer une dispute pour ne pas avoir à répondre à ma question.

Il soupira.

Cette femme parvenait à le toucher comme personne. Il était forcé d'admettre que c'était, en partie, parce qu'elle ne croyait pas à ses salades. Elle ne laissait rien passer.

— Très bien, dit-il avec raideur et en lui adressant un regard dur destiné à mettre de la distance entre eux. J'aurais préféré que tu puisses rentrer chez toi ce matin. Contente ?

— Follement, répliqua-t-elle d'un ton aussi rude.

Keira se dirigea vers la table de la cuisine et tira une chaise pour s'y installer. Puis, après une autre gorgée de café, elle s'enquit :

— C'était si dur ?

Nathan plissa les yeux, incrédule. N'importe quelle

autre femme se serait sentie insultée et le lui aurait aussitôt démontré par une attitude glacée. Mais Keira réagit différemment, comme d'habitude.

— Tu n'es pas fâchée ?

— Non, désolée de te décevoir.

Elle termina sa tasse de café et la reposa. Puis, elle reprit :

— Nathan, je sais que tu n'as pas vraiment envie que je sois là, et je ne t'en veux pas. Tu sais, je n'ai pas prévu de rester indéfiniment.

— Oui, je sais.

— Mais la météo est vraiment mauvaise. Alors je suis coincée ici, et tu es coincé avec moi. On devrait peut-être tirer le meilleur parti possible de la situation, tu ne penses pas ?

Etonnement garanti : Keira Sanders ne manquait jamais de le surprendre par ses réactions. Il ne savait jamais à quoi s'attendre avec elle, car elle ne se comportait jamais comme il l'avait prévu. Comment un homme pouvait-il trouver ses marques face à une femme en perpétuel changement ?

— C'est logique, en effet.

— Parfait, dit-elle. Aussi ai-je quelques idées sur le programme du jour.

Elle se leva d'un bond de sa chaise et se précipita contre la poitrine de Nathan. Sous l'effet de la surprise, il répandit du café sur sa robe de chambre. En souriant, elle lui suggéra :

— On pourrait peut-être commencer par un peu de lessive ?

Après les pâtes froides à la sauce Alfredo du petit déjeuner, une lessive faite et enfournée dans le sèche-linge, il neigeait toujours.

Keira erra dans le chalet, ouvrant les placards et explorant les pièces encore vides dans l'attente d'un décorateur.

De chaque pièce, la vue était magnifique et montrait la tempête dans toute sa splendeur.

Elle se mordit la lèvre, se demandant comment ils s'en sortaient en ville. Allons, se rassura-t-elle, les habitants de Hunter's Landing géraient des tempêtes de neiges tous les ans. La seule différence, c'était qu'elle n'était pas à leurs côtés cette fois-ci. Et elle ne pouvait s'assurer par elle-même que tout le monde allait bien et était à l'abri pour attendre la fin des intempéries. Elle ne pouvait même pas appeler pour vérifier que tout se passait bien. Les lignes téléphoniques n'étaient pas rétablies.

Au souvenir de l'air contrarié de Nathan quand il avait testé la ligne, une heure plus tôt, elle sourit.

Quittant l'une des chambres, elle déambula dans le couloir de l'étage. En passant près de la chambre de maître, elle s'arrêta un instant, se remémorant tout ce que Nathan et elle y avaient vécu la nuit précédente. Son cœur se gonfla et elle sentit dans son corps une fatigue bienheureuse. Mais son sourire s'évanouit peu à peu : elle savait qu'aujourd'hui Nathan regrettait le temps qu'ils avaient passé ensemble.

A l'évidence, il n'avait pas l'habitude d'affronter sa partenaire de la nuit, le lendemain. Eh bien, cette situation était assez inédite pour elle aussi. Mais, au moins, elle essayait d'en tirer le meilleur parti. A l'inverse de Nathan qui s'absorbait dans le travail sur son ordinateur.

Il avait évité de lui adresser la parole depuis des heures, maintenant. Et le silence — total à l'exception des doigts de Nathan tapant sur les touches du clavier — commençait à vraiment l'ennuyer.

Le vent mugissait aux quatre coins de la maison, comme s'il cherchait un moyen d'y pénétrer. Frissonnant, Keira gagna l'escalier. Elle s'appuya à la balustrade et descendit, ses pieds nus ne faisant aucun bruit en foulant le tapis sombre qui courait le long des marches.

Traversant la pièce principale, elle se dirigea vers la

cheminée et, tournant le dos aux flammes, elle regarda Nathan, à quelques pas de là. Il n'avait même pas relevé la tête quand elle était entrée dans la pièce.

— Le fait de m'ignorer ne me rend pas invisible pour autant, dit-elle brusquement.

— Pardon ?

Il leva la tête, se tourna vers elle et questionna :

— Qu'est-ce que tu as dit ?

— Je t'ai demandé si tu avais l'intention de rester devant ton ordinateur toute la journée.

— J'ai du travail.

— Que tu ne peux envoyer nulle part, car toutes les lignes téléphoniques sont coupées.

— Ce ne sont pas des messages, mais du travail.

— Très bien.

Elle poussa un soupir, s'avança vers lui et resta plantée là jusqu'à ce que leurs regards se croisent.

Elle reprit :

— Ce que je veux dire c'est : est-ce que tout ce travail doit absolument être fait aujourd'hui ?

— Keira…

Elle s'éloigna, se laissa tomber dans le canapé, derrière lui, et s'y allongea, le regard tourné vers l'écran de l'ordinateur.

— O.K. Tu as du travail. Alors explique-moi ce que c'est. Parle-moi.

Il poussa un soupir de résignation et Keira se retint de sourire.

— J'élabore un nouveau programme avec des visites impromptues dans mes hôtels.

Elle le regarda, stupéfaite, pendant un quart de seconde. Puis, elle partit d'un grand rire.

— Qu'y a-t-il de si drôle ?

Elle agita la main, secoua la tête et tenta de reprendre son souffle. Des cascades de rire sortaient de sa gorge, inondaient la pièce et les enveloppaient tous les deux.

C'était comme si elle avait donné à Nathan une chaleureuse accolade.

— Nathan, tu es vraiment quelqu'un de pas ordinaire ! s'exclama-t-elle dès qu'elle eut un peu repris sa respiration.

— Ravi de te divertir.

— Tu ne comprends pas ? demanda-t-elle en souriant. Tu établis un programme de visites impromptues. L'essence même des choses inopinées, c'est qu'on ne les prévoit pas !

Nathan jeta un regard noir vers Keira, puis vers l'écran d'ordinateur.

Il se sentait idiot.

Mais, à sa décharge, il savait qu'il avait seulement cherché à s'occuper l'esprit d'une manière ou d'une autre. Pour ne pas penser que Keira était dans les parages, beaucoup trop accessible.

Il n'avait pas l'intention d'aller plus loin avec elle. Et le meilleur moyen d'y parvenir était de ne pas la toucher. Et pourtant… Chaque fois qu'il l'entendait respirer ou qu'il captait un effluve de son parfum, tout ce qu'il désirait c'était la prendre, l'emmener à l'étage et se fondre en elle.

Il voulait éprouver encore cette incroyable sensation de chaleur qu'il avait découverte avec elle. Mais ce ne serait pas correct. Il voulait profiter de ces moments intenses avec elle, jouir d'elle, tout en sachant qu'il allait partir.

Car il partirait.

Personne ne pourrait l'en empêcher.

Elle se leva soudain, le tirant de ses pensées, et, avant qu'il ait pu réagir, elle ferma l'ordinateur et sauta sur ses genoux. Puis, passant les bras autour de son cou, elle le regarda dans les yeux et s'enquit :

— Que fais-tu quand tu ne travailles pas ?

Nathan n'avait pas de réponse. C'était bizarre, mais il n'y avait jamais réfléchi.

— Je travaille tout le temps.

— Eh bien, voyons voir ce qu'on peut faire à ce sujet.

- 9 -

Une heure plus tard, Nathan roula hors du lit, le corps repu et l'esprit en alerte. Il jeta un coup d'œil vers Keira, langoureusement étendue sur le matelas, et dut combattre une envie intense de se rallonger auprès d'elle et de la serrer dans ses bras.

Comme cette pensée dominait toutes les autres, il s'écarta du lit de deux ou trois pas, pour faire bonne mesure.

— Alors ? Est-ce que ce n'était pas plus drôle que de dresser des emplois du temps ? demanda-t-elle en dégageant ses cheveux qui s'étalèrent comme une bannière rousse sur l'oreiller.

Nathan enfila son peignoir en bas du lit et se tourna vers elle.

— Si nous passons les prochains jours de cette manière, à la fin de la tempête, nous serons morts, commenta-t-il sans pouvoir s'empêcher de sourire.

— Je peux imaginer de pires manières de quitter ce monde.

Lui aussi.

C'était bien là le problème.

Jusqu'alors, ses relations avec les femmes avaient été simples et directes. Avant de coucher avec une nouvelle partenaire, il s'assurait qu'elle cherchait le même genre d'aventure que lui : aucun engagement, pas de sentiments profonds, pas de promesses donc pas de déceptions.

En temps normal, il n'aurait jamais entamé une relation

avec quelqu'un comme Keira. Elle portait sur le front un panneau lumineux : « complications en vue ». Et pourtant, en cet instant, il ne parvenait pas à regretter ce qu'il avait découvert avec elle.

Les regrets viendraient plus tard. Quand il serait parti et de nouveau enveloppé dans la sécurité de son monde habituel. Quand il serait suffisamment loin des yeux de Keira, pour qu'ils ne viennent plus le hanter toutes les minutes.

— Tu es une drôle de femme.

Elle s'assit, parfaitement à l'aise dans sa nudité, et rejeta les cheveux en arrière.

— Merci, dit-elle.

— Je t'en prie.

Le regard de Nathan plongea sur la courbe des seins de Keira, puis remonta vers ses insondables yeux verts.

Elle était tentante.

Plus que toutes les femmes qu'il avait connues. Il naviguait en territoire inconnu, et il avait la sensation de chercher sa route dans des sables mouvants.

Il avait besoin d'un peu d'espace. D'un peu de temps personnel pour reconstruire ses défenses et étayer les murs de protection interne qu'elle semblait si déterminée à démolir.

Bien décidé, il annonça :

— Je vais descendre pour travailler un peu.

Elle le dévisagea pendant une ou deux secondes, secoua la tête, puis se laissa retomber sur les oreillers. Tirant le couvre-lit sur elle, elle murmura :

— Bien sûr.

Quelques heures plus tard, Nathan était toujours courbé sur son ordinateur, feignant à la perfection d'ignorer la présence de Keira dans la pièce.

Rejetant sur le coussin du sofa, près d'elle, le livre qu'elle avait essayé de lire pendant la dernière demi-heure, Keira fixa la nuque de Nathan en fronçant les sourcils et lança d'un ton plein de sous-entendus :

— Que fais-tu ?

— Je travaille.

— Encore ! Je peux voir ça, monsieur Bavard. Tu travailles sur quoi ? Tu tentes toujours de trouver un moyen de planifier la spontanéité ?

— Non.

Sans se retourner, il hocha la tête et continua à tapoter sur son clavier.

— Alors quoi ? insista-t-elle.

— Tu ne vas pas me laisser un moment de paix, n'est-ce pas ?

— Probablement pas.

— Parfait.

Il se pencha vers le canapé, grimaça et attrapa le livre qu'elle avait délaissé et le posa sur la table basse. Quand il fut revenu dans sa position initiale, il la regarda et dit :

— Je prends quelques notes sur la manière d'affronter le manager de l'hôtel Barrister de Gstaad.

— La Suisse, soupira Keira.

Puis elle s'enquit :

— L'affronter ? A quel sujet ?

— Je lui avais donné des instructions, lors de mon dernier passage, sur la manière dont je voulais qu'il gère l'équipe de femmes de chambre. Et elles n'ont pas été appliquées.

— Pourquoi ?

Nathan la regarda :

— Comment veux-tu que je le sache ?

Keira replia les jambes, appuya l'épaule contre le dossier du canapé et s'y cala.

— Qu'est-ce qui ne va pas, alors, dans sa manière de diriger ?

Nathan soupira.

— Il est très… relax pour un dirigeant. Il laisse beaucoup trop de latitude à ses employés dans la manière d'organiser leur travail.

— Est-ce que le travail est fait ?

— Oui, mais…

— Peut-être qu'il connaît son personnel mieux que toi, suggéra Keira.

— Peut-être, mais…

Elle sourit.

— Si tu ne trépignais pas en vociférant des ordres comme un tyran, peut-être qu'il se montrerait plus coopératif.

— Je ne vocifère pas ! protesta Nathan en se redressant sur son siège.

— Si, tu vocifères.

Il poussa un soupir d'agacement.

— Tu ne comprends pas. Il y a une bonne et une mauvaise façon de diriger une entreprise, Keira.

— Oh, si je comprends !

Elle se pencha pour lui tapoter l'épaule et y laissa ses doigts pendant un court instant.

— Crois-moi, reprit-elle, en tant que maire, j'ai affaire à beaucoup de gens tout le temps. Et ce n'est pas logique de présumer que tu peux utiliser la même stratégie avec des personnes différentes.

— Cela a toujours fonctionné jusqu'à présent, rétorqua-t-il, en lui jetant un regard courroucé.

Keira se rapprocha de lui et le regarda droit dans les yeux. Dans ce domaine, elle était sûre d'elle : il pouvait bien posséder les plus somptueux hôtels du monde, Nathan Barrister était nul en relations humaines.

— Mais la vérité, Nathan, c'est que tu ignores si cela fonctionnerait mieux en faisant les choses autrement.

— Les règles de l'entreprise n'ont pas changé depuis que mon grand-père a ouvert son premier hôtel.

— Seigneur ! murmura Keira. Pas étonnant que ce soit démodé.

— Je n'ai pas dit que c'était démodé.

— Non. C'est moi qui le dis.

Elle s'assit à côté de Nathan, passa un bras sous le sien et se laissa aller sur son épaule.

— Quand Donna, celle qui tient une boutique de poteries à la sortie de la ville, a voulu augmenter le nombre de places de parking devant son commerce, j'ai défendu son cas devant le conseil municipal, lui raconta-t-elle. Après tout, son magasin était à l'écart et l'extension ne gênerait personne. Pourquoi refuser ?

— OK…

— Mais quand Clearwater a voulu le même genre d'accord, j'ai dû m'y opposer. Parce qu'ils sont au beau milieu de la ville, côté lac, et on ne peut se permettre de perdre des emplacements de parking pour les touristes juste pour les donner à leurs clients. A situations différentes, règles différentes.

— Ah ! intervint Nathan en souriant. Mais tous mes hôtels sont dans une situation identique. Chacun est un Barrister. Alors les mêmes règles doivent s'appliquer.

Elle se nicha contre l'épaule de Nathan et lâcha un petit rire.

— Les hôtels sont situés dans des endroits différents, avec des traditions différentes, des employés différents.

— Mais…

— Est-ce que tu décorerais ton hôtel de la Barbade de la même manière que celui situé, disons, à Washington ?

— Non.

— Alors, les mêmes règles s'appliquent ? Donne un peu de liberté à tes gérants, Nathan. Aies confiance en leur capacité à connaître leurs employés et leur hôtel. Sois un peu plus léger et tu pourrais être surpris du résultat.

Nathan fronça les sourcils, songeur. Puis, il se tourna vers l'écran de l'ordinateur où ses notes soigneuses apparaissaient, bien rangées en points essentiels.

— Tu n'aurais pas pu me dire ça une heure plus tôt, avant que je ne commence à travailler sur cette liste stupide ?

Keira pouffa de rire et Nathan mit un quart de seconde à se laisser aller au plaisir d'entendre ce son résonner et s'enrouler autour de lui.

Elle était lovée tout contre lui et il adorait la sentir ainsi. Il aimait la savoir sur le canapé, en train de lire. Ou bien dans la cuisine, confectionnant des sandwichs au fromage. Ou bien descendant l'escalier, pieds nus sur le tapis.

Il aimait la savoir là.

Au-dehors, la tempête faisait toujours rage. Nathan voulait bien s'avouer à lui-même que, s'il était resté coincé tout seul dans cet endroit, il serait à moitié fou à présent.

Mais la présence de Keira l'entraînait dans une autre sorte de folie. Keira commençait à faire partie de son monde.

Beaucoup trop.

Il guettait le bruit de ses mouvements à travers le chalet ; il attendait avec impatience leur prochaine dispute ; en fait, il désirait la jeune femme de manière insensée, même plus maintenant que la première fois qu'ils avaient fait l'amour.

Et cela ne lui plaisait pas du tout.

C'était comme si elle avait réussi à s'insinuer jusqu'au fond de son cœur. Il ne savait plus comment la tenir à distance, ni même s'il le voulait encore, et cela l'inquiétait au plus haut point.

Il n'avait pensé qu'au travail, pendant des années. Et voilà qu'à présent, sa vie était comme en suspens. Dans cette situation nouvelle, il sentait tous ses repères internes changer. Il se trouvait dans un endroit où le manque de travail et de distractions laissait trop de temps pour penser.

Pour réfléchir.

Pour se poser quelques questions fondamentales. Par exemple : qu'aurait pu être sa vie s'il avait pris un chemin différent ? Certes, la plupart des hommes devaient se demander cela, de temps à autre, mais lui, cela ne lui était jamais arrivé. Il n'avait jamais eu de doutes sur sa vie et la manière de la mener.

Jusqu'à présent.

Jusqu'à Keira.

— A quoi penses-tu ? demanda-t-elle.

— Pas question ! s'écria-t-il. Je ne joue plus à ce jeu. Je ne suis pas d'humeur à attraper de nouvelles engelures. Merci bien !

Keira éclata de rire et s'exclama :

— Quel peureux ! Très bien. Est-ce que je peux utiliser ton téléphone par satellite ?

Il se tourna vers elle, la curiosité prenant le pas sur l'agacement.

— Qui vas-tu appeler ? Toutes les lignes sont coupées, tu te souviens ?

— Ma sœur, répondit Keira. Je sais que c'est une communication très longue distance, mais je ne resterai pas longtemps et je te paierai l'appel.

Quelque chose en lui se détendit et il n'eut pas envie de savoir pourquoi. Au lieu de cela, il fourragea dans la mallette qui se trouvait à ses pieds, en sortit le téléphone et le tendit à Keira.

— Parle autant que tu veux. C'est cadeau.

— Tu ferais n'importe quoi pour que je te laisse seul, n'est-ce pas ? fit-elle en riant.

La réponse aurait dû être oui. Mais il n'en était plus si sûr désormais. Alors, il se tut, se retourna vers son ordinateur et commença à effacer cette lettre aux termes si longuement mûris.

Keira composa le numéro de sa sœur en se dirigeant vers la cuisine où elle se servit une tasse de café. En attendant que Kelly décroche, elle but un peu de café et s'adossa au comptoir.

— Allo ?

— Salut Kel ! fit-elle en s'avançant vers la baie vitrée.

Le regard fixé sur la tempête qui continuait de plus belle à l'extérieur, elle écouta les glapissements de sa sœur et s'installa pour une bonne conversation.

— Où étais-tu ? demanda Kelly. J'ai essayé de te joindre des tonnes de fois, mais la ligne de la maison ne fonctionne pas. Au fait, comment m'appelles-tu ? Depuis quel téléphone ? Je n'ai pas reconnu le numéro.

Keira se mit à rire et répondit :

— Une grosse tempête souffle depuis hier et les lignes téléphoniques sont coupées.

— Alors comment…

— C'est un téléphone par satellite, l'interrompit Keira. Nathan me l'a prêté.

— Nathan ?

Kelly émit un léger sifflement, puis reprit :

— Que fait-il à la maison ?

— Il n'est pas à la maison. Je suis chez lui.

— Au chalet, tu veux dire ?

— C'est exact.

Keira regarda son reflet souriant dans la vitre.

— Si les lignes sont coupées, continua sa sœur, cela signifie que les routes sont impraticables, n'est-ce pas ? Et donc que tu es bloquée au chalet avec Nathan Barrister ?

Keira rit aux éclats.

— Toutes ces années d'université valaient vraiment la peine, après tout ! Tu comprends vite !

— Très drôle. Comment est-ce arrivé ? Oh Keira, tu as couché avec lui, n'est-ce pas ?

— Kelly…

Keira jeta un coup d'œil par-dessus son épaule comme si Nathan pouvait percevoir la voix de sa sœur.

— Tu l'as fait ! Je peux l'entendre au son de ta voix, un air qui dit quelque chose comme : « Ça ne te regarde pas, Kelly. » Je connais bien ce ton-là.

— Et pourtant, tu fais toujours comme si tu n'entendais rien, grinça Keira.

— Désolée. Non, attends un peu. Je ne le suis pas. Sincèrement, Keira, est-ce que tu es folle ? C'est Nathan Barrister, pour l'amour du ciel ! Et il est le *contraire* de ton genre.

Une bouffée de colère monta en Keira, mais elle parvint à la refouler avant de se mettre à crier.

— Quel est mon genre, exactement, Kelly ? Tu peux me le dire ?

— Quelqu'un d'à peu près normal, et donc pas une sorte de satané reclus. Quelqu'un qui ne serait pas l'un des hommes les plus riches de la planète. Quelqu'un qui ne serait pas renommé pour aimer les aventures d'un soir.

Amère, Keira se dit qu'elle avait bien fait de poser la question quand même.

— Tu vas me faire regretter de t'avoir appelée, murmura-t-elle.

Puis, elle avala un peu de café, appréciant la chaleur du liquide brûlant le long de sa gorge.

— Ce n'est pas comme si je ne voulais pas que tu trouves quelqu'un, dit Kelly.

Sa voix s'était adoucie comme si elle portait une forme d'excuse qu'elle ne formulerait pas.

— Mais Keira, tu as déjà emprunté ce chemin auparavant. Tu étais si blessée, tu te souviens ?

— Crois-moi, répliqua Keira d'une voix altérée, je n'ai pas oublié.

Comment pourrait-elle avoir oublié ?

Trois ans auparavant, elle était tombée amoureuse, follement, sauvagement, d'un champion olympique de ski qui s'était installé en ville pendant l'hiver, pour s'entraîner. Max était drôle, sexy, passionnant. Et il semblait attaché à Keira autant qu'elle l'était à lui.

En quelques mois, ils étaient devenus si proches que

Keira s'était mise à rêver de projets d'avenir, d'une vie ensemble.

Ils passaient chaque nuit dans les bras l'un de l'autre et Keira n'avait jamais été aussi heureuse.

Elle ne l'avait jamais vu réellement comme il était ; elle n'avait jamais soupçonné qu'il ne partageait pas ses sentiments.

Jusqu'à ce que sa fiancée débarque en ville.

Et Max, le splendide, l'onctueux Max, s'était retrouvé à présenter Keira comme « une bonne copine » à la femme qu'il allait épouser.

La souffrance de l'humiliation ne la quitterait jamais.

Dans les yeux de l'autre femme, elle avait lu de la sympathie et de la compassion, ce qui lui avait fait comprendre que ce n'était pas la première fois qu'il trompait, qu'il mentait.

Mais cette information ne l'avait pas aidée à panser son cœur blessé. Aussi, quand la douleur s'était finalement estompée avec les souvenirs, Keira s'était juré de ne plus jamais tomber amoureuse, pour se protéger. De ne plus croire à de jolis mensonges. De ne plus se laisser envahir par un homme, au point de ne plus pouvoir s'en séparer quand elle le voudrait.

Sa résolution avait plutôt bien tenu, jusqu'à l'arrivée de Nathan Barrister. Elle savait que sa sœur avait raison de s'inquiéter, parce qu'elle était en train de tomber amoureuse de lui. En dépit de son expérience, et en sachant qu'aucun avenir commun n'était envisageable… C'était terrible : son cœur, elle s'en rendait bien compte, n'avait pas retenu la leçon.

— Je sais que tu te souviens, dit Kelly d'une voix douce. Je ne veux pas te blesser. C'est juste que… Je ne veux pas te voir détruite une nouvelle fois.

— Kelly…

— Keira, pourquoi ne viendrais-tu pas à Londres ? Maintenant. Enfin, dès la fin de la tempête. Tu sautes dans un avion et tu viens me voir. Cela te permettra de prendre du recul, d'avoir le temps de réfléchir. De toute façon, cela fait un an que tu me promets de venir !

— Je ne peux pas, répondit Keira en posant le front sur la vitre gelée, laissant le froid l'envahir. Je ne peux pas juste faire mes bagages et partir. Tu le sais bien.

— Je sais que la ville pourra se passer de toi pendant un mois. Ou deux.

Gloussant malgré le poids qui pesait sur son cœur, Keira s'écria :

— Deux mois ! Oh, je suis sûr que Tony serait ravi d'avoir ta grande sœur sur le dos pendant deux mois, Kelly. Bonne idée, vraiment !

— Oh mon Dieu !

Keira sentit une décharge d'anxiété.

— Quoi ? Qu'est-ce qu'il y a ?

— Tony. Je ne peux pas croire que j'ai oublié.

— Il va bien ? s'enquit Keira.

En même temps, Kelly ne serait pas en train de lui faire des sermons sur sa vie personnelle, si son homme à elle était en danger.

— Oh, il va mieux que bien ! s'exclama Kelly et, sans même reprendre son souffle elle ajouta : Il devait m'emmener en week-end à Paris, tu te souviens ?

— Oui.

— Eh bien nous sommes restés un peu plus longtemps que prévu. Sinon, je t'aurais appelée plus tôt. Et quand j'ai essayé, les lignes étaient coupées. Alors, garde à l'esprit le fait que j'ai vraiment tenté de te joindre et…

— Est-ce que tu vas me dire ce qui se passe ?

— Il m'a demandée en mariage, annonça Kelly avec un soupir.

Keira imagina sans peine sa petite sœur en train de regarder sa bague de fiançailles, les yeux embués d'émotion.

— Vraiment ?

— Oui. Je suis fiancée.

— C'est…

Kelly ne trouva pas le mot, alors elle ne dit rien. Elle ressentit un pincement au cœur, quelque chose qu'elle ne voulut pas appeler de l'envie, mais qui y ressemblait furieusement.

Seigneur ! Kelly allait se marier. Elle vivait en Europe et allait épouser un homme qui était fou d'elle.

Keira demeura immobile.

Non qu'elle n'aimât pas sa vie. Elle l'aimait.

Mais… elle avait tant de projets, à une époque, et aucun ne s'était réalisé.

A présent, elle avait beau être très contente pour sa sœur, une petite voix gémissait du plus profond de son être et espérait que les choses évoluent pour elle aussi.

— J'ai la plus belle bague du monde ! C'est tellement incroyable. Nous allons nous marier cet été, dans la propriété de ses parents, dans le Sussex. Oh, Keira ! Cela va être si splendide, si parfait. Et Tony est tellement formidable ! Je l'aime tant et tout est si merveilleux !

Seule Kelly pouvait utiliser autant de superlatifs dans la même tirade. Son enthousiasme était si palpable qu'il se propageait comme un courant dans la ligne téléphonique.

— C'est formidable, ma chérie, la félicita Keira.

Elle le pensait vraiment. Elle était heureuse pour Kelly. Heureuse qu'elle ait trouvé un homme à aimer et qui l'aimait en retour. Heureuse de la voir construire sa vie comme elle le souhaitait.

Vraiment.

— Alors, tu vas venir ?

— Au mariage ? demanda Keira, abasourdie. Bien sûr que je viens au mariage ! J'espère bien être de la partie !

— Tu es ma demoiselle d'honneur, Keira, répliqua Kelly d'un ton exaspéré. Je ne te parle pas de venir au mariage, mais de venir me voir maintenant. S'il te plaît, Keira. Viens. Prends le large un moment.

— C'est à cause de Nathan, n'est-ce pas ? chuchota-t-elle dans le combiné pour qu'il ne l'entende pas.

— Eh bien oui, admit Kelly. Je ne veux pas que tu t'attaches à un homme comme lui. Je te connais, Keira. Et j'ai peur que tu ne te précipites dans une autre impasse.

— Eh ! Qui est la grande sœur ? Toi ou moi ?

— Je ne pourrais pas avoir raison, juste parce que je suis plus jeune ?

Keira jeta une nouvelle fois un coup d'œil par-dessus son épaule pour s'assurer que Nathan était toujours dans le salon où elle l'avait laissé. Puis elle ferma les yeux, prit une profonde inspiration et dit :

— Même si tu avais raison, Kelly, cela ne servirait à rien de m'éloigner.

— Oh, Seigneur ! s'exclama Kelly. C'est déjà trop tard, n'est-ce pas ? Je l'entends dans ta voix. Tu es déjà amoureuse de lui.

« Vraiment ? », se demanda Keira.

Instantanément, des images de Nathan affluèrent dans sa mémoire. Le jour de leur rencontre ; cette nuit de la fête, quand ils avaient dansé sous les étoiles ; la panique qu'elle avait lue dans ses yeux chaque fois qu'un habitant de la ville s'approchait de lui pour le remercier de sa donation.

Les souvenirs se bousculaient, l'un après l'autre, presque trop vite pour être différenciés. Elle se souvenait de ses rares sourires. De son air estomaqué lorsqu'elle l'obligeait à remettre en question ses vieilles habitudes. De la lueur dans ses yeux, quand il lui faisait l'amour. De la tranquillité du lac avant la tempête, lorsqu'ils s'y étaient promenés.

L'amour devant le feu. La colère de Nathan quand il était enfermé sous la véranda enneigée et qu'elle lui criait dessus. La façon dont il l'avait entraînée dans l'escalier, la rattrapant chaque fois qu'elle trébuchait parce qu'elle ne faisait pas attention.

Il était arrogant, ennuyeux et cassant.

Et, Dieu lui vienne en aide, elle était amoureuse de lui.

Posant de nouveau la tête contre la vitre froide, elle soupira :

— Oh, Kelly, tu as raison : je suis amoureuse de lui.

- 10 -

— Ce n'est pas possible ! murmura Keira, au désespoir. Je ne le connais que depuis deux semaines.

— Et à ton avis, grommela Kelly, quel est le bon tempo pour tomber amoureux ? Un mois ? Six ?

— C'est tout simplement impossible.

Keira se frappa la tête contre le montant de la fenêtre, et la douleur la soulagea.

Quelle idiote elle était !

Elle s'était tellement démenée pour que Nathan ne quitte pas la ville qu'elle ne s'était pas aperçue qu'elle était en train de tomber amoureuse de lui…

— Cours, conseilla Kelly. Cours vite et loin.

— Je ne peux pas, répliqua Keira. Nous sommes bloqués sous la neige, tu te souviens ? De toute façon, il est trop tard pour ça.

Kelly soupira.

— Je sais. Que vas-tu faire ?

— Eh bien, je ne vais pas lui dire que je suis amoureuse, ça c'est sûr !

Elle était peut-être stupide mais pas au point d'ignorer que Nathan n'avait pas plus envie d'entendre sa déclaration d'amour que Max, à une époque.

Jamais. Elle n'allait pas s'exposer à une nouvelle gifle. Elle avait commis l'erreur de tomber amoureuse d'un homme qui n'était pas le bon. Une fois de plus. Mais elle pouvait garder ça pour elle.

— C'est probablement une bonne idée, approuva Kelly. Mais si tu veux mon avis…

— Non, vraiment pas.

— C'est gentil.

— Kelly, je suis désolée. Mais je crois que je vais devoir me débrouiller toute seule.

— Très bien. Mais fais très attention à toi, d'accord ?

Keira se força à respirer à fond, puis répondit :

— Oui. Je dois y aller. J'ai quelque chose à faire.

— D'accord, mais appelle-moi ce week-end.

Keira raccrocha, mais demeura immobile. Elle resta là, comme rivée au sol de la cuisine, regardant au-dehors. Pour la première fois, elle détesta la neige. Elle détesta la tempête qui la bloquait dans ce chalet avec un homme qui ne voulait pas d'elle. Elle détesta son impuissance à s'échapper. Elle détesta de s'être encore mise en situation de souffrir.

Plus que tout, elle se détesta d'être jalouse de sa petite sœur.

— Comment se fait-il que lorsque Kelly tombe amoureuse, tout s'arrange à merveille ?

— A qui parles-tu ?

Elle fit volte-face et aperçut Nathan, debout dans l'embrasure de la porte, qui la regardait. Une bouffée de chaleur la submergea et elle pria le ciel qu'il n'ait pas entendu la moindre bribe de sa conversation avec Kelly.

— A personne. Depuis combien de temps es-tu là ?

— Environ dix secondes. Tu as pu joindre ta sœur ?

— Oui, répondit Keira en accrochant un joyeux sourire sur son visage. Elle est en pleine forme. Mieux que ça, en fait. Elle est fiancée.

— C'est sympa.

— Oui, acquiesça Keira en abaissant le regard sur le téléphone qu'elle tenait toujours à la main. C'est formidable.

— Tu sembles enchantée pour elle.

— Je le suis.

— Eh bien maintenant, j'en suis convaincu, commenta-t-il, en se dirigeant vers le comptoir pour se resservir une tasse de café. Qu'est-ce qui cloche ? Tu n'aimes pas le type ?

— Je ne l'ai jamais rencontré, en fait. Je lui ai parlé une fois ou deux, mais ils vivent en Angleterre, alors…

— Pourquoi est-ce que tu ne leur rends pas visite ?

Keira le regarda, nonchalamment accoudé au comptoir de la cuisine, sirotant son café.

— Je croyais avoir déjà évoqué le sujet. J'ai des responsabilités ici.

Nathan leva un sourcil.

— Alors, les maires ne prennent jamais de vacances ?

— Pourquoi est-ce que cela t'intéresse de savoir si je rends visite à ma sœur ou pas ? demanda-t-elle sèchement.

— Oh… Je m'en fiche. Je posais juste la question.

Keira leva la main en signe d'apaisement, traversa la pièce et lui tendit le téléphone.

— Excuse-moi. Je suis désolée. Tu n'es pas la cause de mon énervement. C'est moi.

Il la dévisagea pendant une longue minute et Keira plongea dans ses yeux bleu pâle si particuliers. Comment ne s'était-elle pas rendu compte qu'elle tombait amoureuse de lui ? Et quand cela était-il arrivé ?

Quand il lui avait parlé de son atroce grand-mère ? Quand il avait fini par suivre son avis ? Quand ils s'étaient promenés au bord du lac ? Quand il l'avait touché et avait ensorcelé son corps ?

Oh, Seigneur !

Pourquoi n'était-elle pas tombée amoureuse du bon, pour une fois ?

— Qu'est-ce qui ne va pas ? demanda-t-il d'une voix si douce qu'elle faillit ne pas le comprendre.

— Je ne sais pas, répondit-elle, faute de pouvoir dire la vérité.

Puis, tournant les talons, elle revint à la fenêtre et

s'absorba dans la contemplation de la tempête qui était devenue son ennemie.

Elle entendit les pas de Nathan, derrière elle, mais ne se retourna pas pour le regarder approcher. Au lieu de cela, elle observa son reflet dans la vitre sombre et, quand il posa les mains sur ses épaules, elle parvint à réprimer un soupir de satisfaction.

— Dis-moi, demanda-t-il doucement.

Keira hocha la tête.

— Je suis mauvaise.

Il eut un rire bref.

— Ah oui ? A quel point ?

— Ma sœur m'annonce qu'elle vient de se fiancer et je suis envieuse. Quel degré de méchanceté est-ce que cela représente ?

Nathan lâcha aussitôt les épaules de Keira et laissa retomber ses bras. Sa réaction n'aurait pu être plus claire, songea-t-elle avec amertume. Il ne bougea pas, cependant. Il resta derrière elle, son corps lui envoyant de chaudes vibrations.

— Tu veux te marier ?

Ce fut au tour de Keira d'émettre un petit rire. Elle riait de la situation, d'elle-même, de l'éclat de panique qu'elle saisissait dans le reflet du regard de Nathan.

— C'est ce que j'avais toujours imaginé, dit-elle. Comme j'avais prévu de voyager. Mais les choses ne tournent pas toujours comme on le voudrait.

— Peut-être que c'est mieux ainsi.

Elle se retourna et leva le regard vers lui.

— Mieux ?

Il haussa les épaules.

— Qu'importe tes vieux projets, si tu aimes ta vie telle qu'elle est.

— Je l'aime, admit-elle. C'est juste… différent de ce que j'avais imaginé. Maman disait toujours : « La vie c'est le temps qui s'écoule pendant qu'on fait des projets. » C'est sans doute vrai.

Tout en parlant, Keira se rendit compte que c'était autant elle que Nathan qu'elle essayait de convaincre du fait que sa vie était telle qu'elle la voulait. Que tout irait bien lorsqu'il s'en irait. Que ce n'était pas grave s'il ne l'aimait pas et s'il quittait la ville sans un regard en arrière.

Elle s'en sortirait parce qu'elle aurait encore sa maison, sa place dans le monde. Est-ce que cette place était moins importante parce que ce n'était pas celle qu'elle avait prévue ?

Non.

Keira tira sur une chaise et s'y laissa choir.

— J'aime Hunter's Landing. J'adore me sentir partie prenante de la vie de cette ville. Donc projets ou pas, j'aime ma vie. Ne te méprends pas, j'ai envie de voyager. Mais c'est ici que sera toujours ma base. J'y reviendrai toujours.

Nathan la regarda et hocha la tête, avant d'avaler une gorgée de café.

— Je ne comprends pas ta façon de te lier à un lieu.

Keira ressentit un nouveau pincement au cœur, mais parvint à ne pas le montrer.

— Le mot « maison » n'est pas synonyme de « prison », tu sais.

— Ce n'est pas évident, répliqua-t-il. La meilleure manière de vivre, c'est de bouger constamment.

Elle sentit son cœur se serrer. C'était précisément ce qu'il ferait dans deux semaines, elle le savait. Il s'en irait si vite qu'il ne prendrait sans doute pas le temps de dire au revoir… A cet instant, elle eut mal de savoir qu'elle se souviendrait de lui bien longtemps après que Nathan les aurait effacées de sa mémoire, elle et Hunter's Landing.

— Parce que si tu bouges sans cesse, tu es sûr de ne pas avoir le temps de t'attacher à qui que ce soit ou à quoi que ce soit, n'est-ce pas ? demanda-t-elle.

Il la fixa intensément.

— Tu aimes rester tranquille ; j'aime être en mouvement. Qui peut dire ce qui est le mieux ?

— Moi.

— Ah ! s'exclama-t-il, en reposant sa tasse sur la table de la cuisine.

Enfonçant ses deux mains dans les poches de son peignoir, il ajouta d'un ton irrité :

— Mademoiselle Terroir parle. La terre, la maison et tout ce qui va avec, n'est-ce pas ? Eh bien, tout le monde n'a pas envie de s'enterrer dans un trou si profond qu'on ne peut plus voir au-delà.

— Qui a parlé d'un trou ? demanda-t-elle.

Elle se leva pour être davantage sur un pied d'égalité avec lui.

Eh bien, songea-t-elle, il ne leur avait pas fallu beaucoup de temps pour entamer une dispute. Mais c'était peut-être mieux ainsi Peut-être que s'ils continuaient à se bagarrer, elle aurait moins mal lorsqu'il partirait.

Tout en se faisant cette réflexion, Keira sut qu'elle se mentait à elle-même. Elle aimait se quereller avec Nathan. Alors, leurs vigoureux échanges seraient un regret de plus.

— Allons, regarde la réalité en face, Keira ! Ton trou est si confortable que tu as accroché des rideaux et recouvert le sol de tapis !

— Pardon ?

— Admets-le. Tu es coincée dans cette petite ville, et la seule raison qui te pousse à la décrire comme un endroit merveilleux, c'est la crainte de te sentir flouée de la vie que tu voulais.

— Vraiment ?

Outrée, elle lui enfonça l'index dans la poitrine et songea sérieusement à lui donner un coup de pied. Mais comme elle ne portait pas de chaussures, elle risquait de se casser un orteil.

— Pour ta gouverne, monsieur le Fabuleux Grand Voyageur, je ne me sens pas flouée. Si je voulais changer de vie, je le ferais. Je ne suis pas du genre à avoir peur de la nouveauté.

Nathan s'étrangla de rire.

— Peur ? Est-ce que tu suggères que moi, j'aurais peur de quelque chose ?

Elle lui fit un clin d'œil.

— Tout juste.

Nathan se croisa les bras sur la poitrine et afficha un petit sourire narquois.

— Elle est bien bonne. Alors dis-moi, de quoi serais-je si effrayé ?

— Je ne sais pas, admit Keira, à regret.

Si elle l'avait su, peut-être aurait-elle pu avoir une chance de franchir le mur qu'il avait édifié autour de lui, il y avait bien longtemps.

— Tu vois !

— Mais *toi*, tu le sais, ajouta-t-elle très vite. Tu ne veux peut-être pas me l'avouer, mais tout au fond de toi, tu sais parfaitement qu'il existe une raison qui te pousse à bouger sans cesse.

— Oui, approuva-t-il. J'adore ça !

— Menteur.

Il prit un air dégoûté.

— Tu passes ta vie entière à courir si vite que personne ne peut te rattraper, dit Keira, plus pensive qu'autre chose, à présent que la colère refluait doucement. Que fuis-tu, Nathan ? Voilà la question.

— Je ne fuis rien.

— Bien, répondit Keira avec le même air songeur. J'imagine que tu as répété cela suffisamment souvent pour t'en persuader toi-même.

Elle contourna Nathan, se gardant bien de l'effleurer, et se dirigea vers la porte qui menait dans le salon. Arrivée sur le seuil, elle se retourna pour le regarder, seul dans l'élégante cuisine. C'était l'image la plus fidèle qu'elle conserverait de lui, se dit-elle.

Obstinément distant.

Seul.

Elle ressentit un pincement, comme si son cœur se préparait à la douleur à venir. Mais elle n'en montra rien et ajouta :

— J'espère que tu trouveras la réponse un jour, Nathan. Avant qu'il ne soit trop tard pour t'arrêter et laisser quelqu'un t'attraper.

Elle l'évita tout le reste de la journée et Nathan commença par se raconter qu'il s'en fichait. Il appréciait le fait d'avoir un peu de tranquillité pour travailler. Depuis qu'il avait rencontré Keira, la quiétude était devenue une denrée rare !

Mais après un après-midi, il était en train de doucement devenir tranquillement fou.

Il guettait son retour, espérant la voir débarquer dans la pièce, trébucher contre la table ou un autre meuble. Il restait aux aguets, s'attendant à entendre le son de sa voix.

En vain.

Le chalet était plongé dans un calme absolu qui commençait à lui taper sur les nerfs. Ecœuré de lui-même, il finit par prendre conscience que son téléphone par satellite pouvait le connecter à bien d'autres personnes que les habitants de Hunter's Landing.

Il l'attrapa et composa le numéro de la seule personne sur terre capable de comprendre exactement l'épreuve qu'il traversait.

— Barton.

Au son de la voix de son vieil ami, Nathan sourit. Ils ne s'étaient pas beaucoup vus depuis l'université, mais Luke Barton était l'un des Sept Samouraïs avec lequel il était resté en contact, même si c'était de façon épisodique.

— Barrister à l'appareil, dit-il en se dirigeant vers les grandes fenêtres qui donnaient à l'avant du chalet, sur le jardin enfoui sous un épais manteau de neige.

Luke éclata de rire.

— Nathan, au nom du ciel ! C'est bon de t'entendre ! Alors, c'est comment la vie sauvage ?

— Pas aussi sauvage qu'on pourrait le désirer, grommela-t-il, en tournant le dos au spectacle offert par mère Nature.

— A quel point est-ce dur ? s'enquit Luke. Est-ce que tu es allé à Tahoe, au moins ? A Stateline ?

— Non, répondit Nathan. Mais je peux apercevoir les lumières du casino, au loin, quand il ne neige pas.

— Il *neige* ? s'écria Luke. Nous sommes en mars, pour l'amour du ciel !

— Et je te parle au milieu d'un blizzard.

— Seigneur ! Si Hunter n'était pas mort, je le tuerais moi-même.

Nathan se mit à rire et se laissa tomber sur le canapé.

— C'est exactement la réflexion que je me suis faite, le soir où je suis arrivé ici.

— Mais plus maintenant ?

— Ne te méprends pas ! J'ai hâte de filer d'ici. De faire décoller le jet et de laisser Hunter's Landing loin derrière.

— Mais…

— Il n'y a pas de mais.

— J'en ai entendu un, sous-entendu.

Nathan fronça les sourcils et admit :

— Mais il y a une femme.

— N'y en a-t-il pas toujours ? Qui était la dernière déjà ? Une starlette d'Hollywood qui voulait que tu produises son prochain film ?

Nathan sourit et fronça de nouveau les sourcils. Peut-être était-il trop habitué à se faire utiliser par les gens.

— Celle-ci est différente.

— Ce doit être un signe de l'Apocalypse ! Nathan Barrister amoureux ?

— Grands dieux, qui a parlé d'amour ? répliqua

Nathan en bondissant sur ses pieds comme si le canapé avait pris feu.

— Très bien. Alors me voilà rassuré, commenta Luke.

Puis, il couvrit le combiné de la main et murmura quelque chose que Nathan ne put comprendre. Un instant plus tard, il reprit :

— Nathan, je dois y aller, j'ai un rendez-vous hyper important avec des clients japonais. On se rappelle ?

— Pas de problème, ça m'a fait plaisir de parler avec toi.

Après avoir raccroché, Nathan resta au milieu de la grande pièce et écouta le silence. Il aurait dû être content que Keira le laissât respirer.

Bon sang, ce n'était pas comme s'il avait besoin de sa présence !

Mais le silence l'oppressait. Quand il eut atteint la limite du supportable, il partit à la recherche de Keira, certain de la trouver assise dans un coin, fâchée et ourdissant des projets de vengeance.

Mais elle demeura introuvable dans la maison. La mine sombre, il fila chercher une veste et sortit. Giflé par le vent glacé, il plissa les yeux dans l'obscurité trouée par la lueur des lampadaires. Même la nuit semblait plus profonde, ici. Plus noire. Plus enveloppante.

La lune était masquée par les nuages qui semblaient bien décidés à s'incruster, et la neige tombait toujours, même si les flocons étaient moins denses qu'auparavant.

Il traversa la terrasse, s'accrocha à la rambarde et se pencha, scrutant les environs à sa recherche.

— Elle n'a pas pu se lancer dans l'une de ses fichues promenades de l'extrême, grommela-t-il.

Tandis qu'il envisageait cette éventualité, il l'imagina gisant inconsciente sur le sol, après s'être cogné la tête en tombant parce qu'il n'était pas là pour la rattraper. Elle pourrait mourir gelée et personne ne la retrouverait avant le dégel de printemps, si cette saison finissait vraiment par arriver sur ces hauteurs.

Ridicule.

Nathan essaya de balayer ces craintes. Elle avait réussi à survivre sans son aide pendant trente ans ; il était persuadé qu'elle s'en sortirait cette nuit aussi.

— Mais elle aurait pu me dire où elle allait, dit-il doucement.

Une explosion d'humidité glacée le frappa sur le côté de la tête. Nathan tressauta comme s'il avait été touché par une balle. Juste avant de se rendre compte qu'il s'agissait d'une boule de neige, il entendit le rire de Keira. Il se tourna dans cette direction.

Elle était sous la terrasse et la buée de son souffle formait comme des nuages blancs devant sa bouche. Tout son visage était éclairé par son rire qui s'élevait dans les airs comme une musique.

— Je t'ai eu !

— Est-ce que tu es folle ? cria-t-il pour qu'elle l'entende malgré ses éclats de rire qui reprenaient de plus belle.

— Qu'est-ce qu'il y a Nathan ? Effrayé par un peu de neige ?

Puis, elle se pencha, ramassa encore un peu de neige, la tassa en boule et la lança.

Cette fois, il vit le projectile et esquiva.

Tant qu'il était penché, il en profita pour confectionner une petite boule personnelle et ajuster son tir, au moment où Keira était occupée à préparer une nouvelle munition. Il la toucha à l'arrière de la tête et elle tomba sur les genoux.

Sur le coup, il eut peur de l'avoir blessée. Mais une seconde plus tard, elle leva le regard vers lui et demanda :

— Tu te rends compte que tu viens de déclarer la guerre ?

Seigneur ! Il ne parviendrait jamais à anticiper les réactions de Keira. Alors qu'il l'imaginait en train de couver une colère — ce que la plupart des femmes de sa connaissance auraient fait en pareille circonstance —, elle s'était embusquée dehors, attendant l'occasion de lancer une attaque surprise.

Elle n'était pas en colère.

Elle riait.

Et ce son joyeux libéra en Nathan quelque chose qui était bâillonné depuis des siècles. Sans chercher à analyser davantage cette sensation, il se laissa aller à la pulsion de l'instant.

Il oublia le travail. Il oublia de garder une distance de sécurité avec une femme qui trouvait beaucoup trop facilement les moyens de contourner ses lignes de défense. Il oublia tout ce qui n'était pas l'instant présent.

— Tu vas me payer ça ! cria-t-il.

— Paroles, paroles…, railla-t-elle.

S'appuyant à la rambarde, il sauta d'un bond par-dessus la balustrade et atterrit un mètre et demi plus bas dans la neige.

Keira ouvrit de grands yeux, paralysée suffisamment longtemps par l'effet de surprise pour recevoir une nouvelle boule de neige de Nathan.

Elle hurla quand le projectile la toucha au visage et se tortilla de manière comique quand elle sentit un peu de poudre gelée se faufiler sous le col de sa veste. Mais elle ne resta pas inactive. Dans la seconde, la guerre fit rage et tous les deux se mirent à courir dans le jardin enneigé comme des enfants de dix ans.

Nathan ne s'était pas amusé autant depuis des années. Il n'arrivait même pas à se souvenir de la dernière fois qu'il avait fait quelque chose d'aussi réjouissant.

Il adorait.

Leurs rires résonnaient dans la montagne et la neige se transformait en balles blanches dans leurs mains à moitié gelées. La lumière dorée des lampadaires illuminait les cheveux de Keira, tandis que Nathan faisait des cercles autour d'elle, cherchant un nouvel angle d'attaque.

Dès qu'il le trouva, il se précipita sur elle, l'attrapa par la taille et l'entraîna sur le tapis de neige qui recouvrait le sol froid. Il toucha le sol le premier, amortissant la chute et la gardant sur lui un moment avant de rouler pour l'immobiliser dans un plaquage.

— J'ai gagné ! fanfaronna-t-il.

— Ce n'est pas juste, protesta-t-elle. Je ne savais pas que ce genre de prise était permis.

— Tous les coups sont permis…, commença-t-il, s'arrêtant net avant de prononcer le reste du vieux cliché : à l'amour comme à la guerre.

Elle lui rendit son sourire, et la chaleur de son regard alluma un incendie dans le corps de Nathan. Soudain, ce fut comme si les petits bouts de glace qui encombraient son cœur se mettaient à fondre.

Il se sentit… différent.

Plus tard, il aurait le loisir de s'inquiéter en repensant à cet instant. Mais, pour le moment, il ne voulait qu'une chose : penser à Keira. A ce qu'elle pouvait lui faire d'un simple sourire. A sa façon de le surprendre en permanence et de le propulser hors de la vie ordinaire.

Et à quel point il la désirait.

Penchant le visage vers elle, il l'embrassa. Leurs lèvres gelées se rencontrèrent, se dévorèrent, voracement. Quand il se décida à interrompre le baiser, il lui demanda :

— Et si nous finissions cela à l'intérieur ?

- 11 -

Deux jours plus tard, le téléphone du chalet sonna et Keira sursauta de surprise. Nathan décrocha et, une seconde ou deux plus tard, tendit le combiné à Keira.

Après un bref échange, elle raccrocha, se tourna vers Nathan et annonça :

— Les lignes téléphoniques sont rétablies.

Nathan fit une mimique bizarre et Keira sentit son estomac se serrer. Leur tête-à-tête s'achevait. Il fallait revenir à la vie réelle, dans son monde dont Nathan ne voulait pas faire partie.

— J'ai compris cela. Qu'en est-il des routes ?

Keira leva le menton et lui adressa un radieux sourire.

— Tes prières sont exaucées. C'était Bill Hambleton, mon adjoint. Il m'appelait pour m'informer que l'équipe de déneigement s'activait et que la route du chalet serait déblayée en fin d'après-midi.

— Bill, hein ?

Nathan hocha la tête, attrapa la télécommande et éteignit la télé au milieu du film qu'ils étaient en train de regarder.

— Comment sait-il que tu es ici ? l'interrogea-t-il.

Keira haussa les épaules.

— Sa femme savait que je venais ici le jour où la tempête a commencé. J'imagine que, ne me voyant pas en ville, elle en a déduit que j'étais restée bloquée au chalet.

— Sa femme, dit Nathan d'un ton songeur.

— Oui.

Keira redressa la tête et sourit en voyant l'expression de Nathan. Se pouvait-il qu'il ait été jaloux, ne serait-ce qu'un moment ?

— Alors tu vas partir ? demanda-t-il.

— Il est temps de rentrer à la maison.

— Pour nous deux.

— Ne m'as-tu pas expliqué que tu n'avais pas de chez toi ?

— Touché ! reconnut-il en hochant la tête. J'imagine que je voulais dire pour l'un de nous deux.

— Alors tu restes vraiment le mois entier ?

Il acquiesça d'un signe de tête.

— Oui. Je reste.

— Merci, murmura-t-elle, résistant à la tentation de tendre la main vers lui pour dégager les mèches indociles qui retombaient sur son front.

— De rien. Ce n'est l'affaire que deux semaines, dit-il en posant les pieds sur la table basse.

Puis, d'une voix plus basse, plus pour lui-même que pour Keira, il ajouta :

— Et je pense que je le dois à Hunter.

A son tour, Keira se laissa aller contre le dossier du canapé. Repliant les pieds sous elle, elle demanda :

— Parle-moi de lui.

— Quoi ?

— Parle-moi d'Hunter Palmer, le pressa-t-elle. Tout ce que je sais de lui, c'est que, pour une raison mystérieuse, il a choisi de construire ce chalet dans notre ville et qu'il a prévu de donner une incroyable somme d'argent aux services publics d'Hunter's Landing.

Nathan la regarda brièvement, puis fixa le feu dans l'âtre. Comme hypnotisé par les flammes, il se mit à parler, lentement, ne sachant visiblement pas trop par où commencer.

— Je suppose qu'Hunter a choisi votre ville parce qu'elle portait le même nom que lui. Il a sans doute pensé que c'était une bonne blague. Quoi qu'il en soit, nous sommes allés à la fac ensemble. Hunter, moi et les autres types qui vont se succéder ici.

— Dans quelle université ?

— A Harvard.

Keira se demanda s'il se rendait compte qu'il souriait.

— Après la première année, continua-t-il, nous avons loué une maison ensemble, en dehors du campus.

— Hunter et toi ?

— Non, tous les sept. A l'époque, nous nous étions rebaptisés les Sept Samouraïs.

Il lui lança un regard amusé et reprit :

— Pas très malin, mais…

Il haussa les épaules.

— Nous étions aussi proches que des frères en ce temps-là.

— Hier, j'ai regardé les photos de vous qui sont encadrées à l'étage, dit Keira. Tes cheveux étaient beaucoup plus longs.

La remarque le fit rire et il sembla un peu surpris.

— Ne me rappelle pas ça !

— Oh, je ne sais pas. J'aime assez les hommes à queue-de-cheval.

Le sourire de Nathan s'évanouit. Il hocha la tête. A la lueur des flammes qui dansait dans la pièce, Keira capta dans les profondeurs de son regard la présence des souvenirs qui affluaient.

— Nous étions très différents alors. Tous.

Sa voix était douce et lointaine.

— Nous étions tellement sûrs de savoir ce que serait notre vie. Une nuit, nous avons décidé que nous construirions un chalet tous ensemble. L'idée que nous ne serions pas au complet pour le voir ne nous a pas effleuré l'esprit.

Il s'arrêta un instant.

— Hunter est tombé malade la dernière année. Un cancer

de la peau. Le temps que les médecins le découvrent, il était beaucoup trop tard. Il est mort à petit feu.

— Oh, Nathan…

Il laissa sa tête partir en arrière sur le dossier du canapé et fixa le plafond.

— Je le regardais s'en aller. Finalement, une nuit, je n'ai pas pu le supporter davantage. Je suis entré dans un bar, près du campus, je me suis soûlé à mort et j'ai provoqué une bagarre.

Un tic nerveux agita brièvement sa lèvre.

— Evidemment, j'avais choisi le mauvais adversaire et je me suis fait rosser. J'ai fini à l'hôpital.

Le cœur gros, Keira tenta de lui sourire malgré l'émotion qui l'envahissait. Elle devait le laisser aller au bout de l'histoire. Elle avait le sentiment que c'était la première fois qu'il la racontait.

Il tourna la tête vers elle.

— Je me suis réveillé trois jours plus tard, pour constater qu'Hunter était mort et enterré.

— Je suis désolée.

Keira vit dans son regard que la porte des souvenirs se refermait. De sa voix habituelle, il déclara :

— C'était il y a longtemps.

— C'était hier.

Il la transperça d'un regard.

— Qu'est-ce que c'est censé signifier ?

— Nathan, je peux lire sur ton visage que la douleur est toujours en toi, dit-elle d'une voix douce.

— Tu as tort.

Il se leva. Les mains dans les poches, il se mit à faire les cent pas dans la pièce comme un tigre en cage.

— C'était il y a dix ans, Keira. J'ai dépassé cet épisode.

— J'aimerais que ce soit vrai, répondit-elle avec douceur. Mais ce n'est pas le cas.

Hochant la tête, elle se leva du canapé, traversa la

pièce et s'arrêta juste devant lui. Elle lui prit le visage entre les mains.

— Que tu l'admettes ou non, tu te punis de la seule erreur que tu as commise en état de souffrance. Est-ce que tu ne comprends pas qu'Hunter ne voudrait pas te voir si seul ? Toujours en train de souffrir pour quelque chose dont tu n'es pas responsable ?

— Oh, pour l'amour du ciel ! s'écria-t-il en s'écartant pour échapper au contact de Keira. Je ne suis pas un animal blessé. Ni un enfant. Je n'ai pas besoin de ta compassion et je n'en veux pas.

— Eh bien, je te la donne néanmoins.

Nathan hocha la tête et laissa échapper un rire étranglé.

— Mon Dieu, je me demande comment tu m'as amené à parler de cette histoire. Mais je ne suis pas en quête d'un thérapeute. Je ne porte pas le poids de la culpabilité de m'être comporté en jeune crétin. Je ne fuis pas les autres par crainte de laisser encore tomber quelqu'un au moment où il a besoin de moi.

— Je n'ai pas dit que c'était la raison de ta solitude, répondit calmement Keira. Mais il est intéressant de noter que c'est ce qui a émergé en premier.

Nathan se passa la main dans les cheveux, toute son attitude démontrant qu'il aurait préféré être ailleurs, n'importe où, plutôt que là, face à Keira.

— C'est formidable ! s'écria-t-il. J'ai de la chance d'être tombé sur toi : maire et psy à temps partiel.

— Nathan…

— Oublie ça, Keira. Je n'ai pas la moindre envie d'être analysé.

— Je ne…

— C'est exactement ce que tu es en train de faire. Eh bien, ne t'en fais pas, dit-il d'une voix aussi blême que l'éclat de ses yeux. Je m'en vais.

— Non ? C'est vrai ?

Nathan eut un rire amer.

— Tu vois des choses qui n'existent pas, Keira. Cesse de te raconter des histoires. Je ne suis pas l'homme que tu imagines. Je n'ai pas besoin d'être sauvé. Je ne cherche pas de racines. Je suis très content de ma vie telle qu'elle est. Cela me plaît d'aller de Monte-Carlo à Londres en passant par Venise. J'ai des amis. Je suis invité à des soirées. Je vais et je viens à ma guise. C'est exactement comme ça que je veux vivre. Tout le monde n'a pas envie de s'enterrer vivant dans une petite ville de montagne.

Keira sentit son cœur se serrer en le voyant se couper d'elle ainsi. Elle ne l'avait jamais senti plus éloigné.

— Nathan…

Il recula d'une longue enjambée.

— Laisse tomber, d'accord ? Aujourd'hui, tu retournes à ta vie et moi à la mienne. Il vaut probablement mieux qu'on ne se revoie pas d'ici mon départ.

Soudain, la douleur était là, celle que Keira avait attendue depuis le moment où elle s'était rendu compte qu'elle était amoureuse de Nathan.

Mais elle ne l'avait pas imaginée si violente.

Si ravageuse.

Quand Max l'avait trahie, elle s'était crue blessée. Mais à présent qu'elle allait perdre Nathan, elle apprenait ce qu'était la vraie détresse. Ce que signifiait d'avoir le cœur brisé.

Instantanément, son imagination se mit en route, lui offrant une vision raccourcie de ses prochaines années. Ces longues années solitaires, quand elle se demanderait s'il pensait à elle de temps en temps. Si elle lui manquait. S'il lui arrivait de souhaiter d'être resté à Hunter's Landing.

Immédiatement, Keira fut obligée de se demander si elle-même n'allait pas regretter quelque chose : ne pas avoir révélé à Nathan qu'elle était amoureuse de lui.

Si elle ne le faisait pas, elle ne saurait jamais s'il avait existé la moindre chance d'une histoire commune. En plus, taire ses sentiments, n'était-ce pas une preuve de couardise ? N'était-elle pas finalement comme Nathan qui se protégeait par peur de souffrir ?

Cette pensée suffit à la décider.

Elle tenterait, parce qu'elle était ainsi faite. C'était sa nature. Et si Nathan ne voulait pas d'elle, ne l'aimait pas, au moins elle le saurait. Elle ne pourrait plus s'illusionner. Elle n'aurait plus qu'à faire son deuil.

— Peut-être que tu as raison, dit-elle après avoir retrouvé assez d'assurance. Peut-être qu'on ne devrait plus se revoir. Mais avant de partir, je voudrais que tu saches quelque chose.

Nathan serra la mâchoire et une lueur d'inquiétude passa dans son regard pâle.

— Je pense vraiment que nous en avons déjà dit assez.

— Pas moi, ajouta Keira très vite, avant d'être tentée de renoncer. Peut-être que tu ne veux pas l'entendre, mais je vais le dire quand même. Sinon, je le regretterais et Dieu sait qu'il y a suffisamment de regrets comme ça dans le monde !

— Keira…

— Je t'aime.

Les mots tombèrent dans le silence comme des pierres au fond d'un puits.

Puisque Nathan se taisait, Keira décida d'aller au bout de sa déclaration. Elle n'était pas sûre d'avoir une autre occasion de le faire, si elle ne se lançait pas maintenant.

— Je ne m'y attendais pas. Mais c'est la réalité. Je t'aime vraiment, Nathan.

Les yeux de Nathan n'exprimaient plus que méfiance, désormais. Keira sut qu'elle livrait une bataille perdue d'avance. Il s'était barricadé avec tant de soin qu'elle n'apercevait même plus l'ombre de l'homme avec lequel elle avait passé les quatre derniers jours.

Mais puisqu'elle était parvenue jusque-là, elle dirait le reste aussi.

Elle eut un petit rire.

— Tu n'es pas obligé de répondre, tu sais ! Et je n'attends rien de toi non plus. Je voulais juste… que tu saches que quelqu'un t'aime. Que *je* t'aime.

Elle ne pouvait l'atteindre. Elle le voyait de manière flagrante. C'était comme s'il s'était retiré très loin. Comme si elle était seule dans la pièce.

Keira trouva le silence assourdissant. Les craquements et les sifflements des bûches, dans la cheminée, résonnaient comme des coups de feu. Tout en regardant Nathan, elle se souvint des moments qu'ils avaient passés ensemble, pendant la tempête. Elle repensa à leur bataille de boules de neige, aux disputes, aux rires, à leur manière sauvage et passionnée de faire l'amour.

Quand elle se tournait vers lui au milieu de la nuit, Nathan l'enveloppait de son bras et l'attirait contre lui dans son sommeil. Comment allait-elle pouvoir s'endormir et passer des nuits entières sans lui, à l'avenir ? Comment allait-elle affronter chaque jour, sachant qu'elle ne le verrait pas ? Qu'elle ne pourrait plus jamais lui parler ?

Une vague de désespoir la submergea.

Face à ce vide intérieur imminent, elle faillit se mettre à gémir. Mais elle se retint. Si c'était la dernière fois qu'ils se voyaient, Nathan devait se souvenir d'elle souriante. Et peut-être qu'un jour, quand il serait beaucoup trop tard pour tous les deux, il repenserait à ce moment en regrettant de n'avoir pas eu le courage d'accepter l'amour qu'elle lui offrait.

Elle lui offrit donc son plus éclatant sourire, espérant qu'il serait assez lumineux pour effacer les ombres de tristesse qu'elle sentait dans ses prunelles.

— Eh bien, dit-elle brusquement, j'imagine que c'est tout. La route devrait être dégagée dans une heure ou deux. Je vais essayer de rester hors de ta vue jusque-là.

Il hocha la tête si vivement que Keira s'attendit à entendre craquer sa nuque.

Elle se dirigea vers lui, se haussa sur la pointe des pieds

et planta un baiser rapide et déterminé sur sa bouche peu accueillante.

Puis, elle fit un pas en arrière. Le fixant droit dans les yeux, elle murmura :

— Au revoir, Nathan Barrister.

Alors, elle le laissa.

Dans la pièce, on n'entendit plus que le bruit de ses pas rapides tandis qu'elle grimpait l'escalier pour aller chercher ses affaires, et les craquements du feu.

Quelques heures plus tard, Keira avait quitté les lieux. Le silence emplissait la grande maison sur le lac. Nathan errait d'une pièce à l'autre, trop fébrile pour s'asseoir, trop tendu pour travailler. Son esprit lui repassait, en boucle, ses derniers moments avec Keira.

Elle l'aimait.

Il aurait dû répondre quelque chose. Mais quoi ?

Elle l'avait pris totalement au dépourvu et ce n'était pas une sensation familière pour lui. Il était homme à toujours savoir où se situer, que faire, qu'attendre. Il s'était entraîné à savoir réagir à toutes sortes d'éventualités.

Elle l'aimait.

Il gravit les marches, deux par deux, écoutant le son de ses propres pas résonner dans le chalet comme les pulsations d'un cœur affolé.

Une fois parvenu au premier étage, il se dirigea vers la chambre. Mais au lieu de détourner le regard des vieilles photos accrochées au mur, il s'arrêta pour les examiner une à une, pour la première fois.

Des échos du passé lui parvinrent, tandis que ses yeux passaient d'un visage familier à l'autre. Il y avait Hunter, bien sûr, riant aux éclats, plein d'insouciance. Nathan sourit en regardant Luke et Matt Barton, les deux jumeaux. Avec Ryan Sperling, ils se tenaient par le cou en signe de camaraderie, tandis que Devlin Campbell et

Jack Howington posaient des bouteilles de bières devant tout le monde.

Ses amis.

Plus que des amis, ils avaient été des frères — la seule famille que Nathan eut jamais connue depuis la mort de ses parents. Et il les avait laissés plus ou moins s'éloigner de lui.

A la mort d'Hunter, le groupe s'était désagrégé, comme s'il avait perdu son cœur. Nathan avança la main, effleura le verre protégeant une photo des Sept Samouraïs et comprit à quel point ils lui manquaient tous. Combien il regrettait ce qu'ils étaient alors.

Il se demanda quel genre d'homme il aurait pu être, si les choses avaient tourné autrement.

Aurait-il su comment accepter l'amour de Keira ? L'aurait-il crue, quand elle lui avait affirmé qu'elle n'attendait rien de lui ? Hochant la tête, il recula et s'éloigna des photos de son passé, pour continuer son chemin jusqu'à la chambre.

Non.

Comment pourrait-il la croire ?

Tout le monde attendait quelque chose de lui, songea-t-il en s'allongeant tout habillé sur le lit. Pourquoi Keira serait-elle différente ?

Un jour chassa l'autre, puis céda la place au suivant. Une semaine s'étira ainsi sans que Nathan parvînt à mener à bien le moindre travail.

Pas de listes. Pas de notes. Pas de messages aux directeurs d'hôtels pour leur fixer des rendez-vous. Nathan se sentait nerveux, incapable de se concentrer, de dormir… de détourner ses pensées de Keira !

Elle était partout dans le chalet.

Pas moyen de faire un pas sans se souvenir d'une chose qu'elle avait dite. Impossible de s'allonger sur le lit sans repenser au contact de son corps contre le sien. S'il pénétrait dans la cuisine, il la revoyait nue sur le comptoir. S'il sortait, il revivait leur bataille de boules de neige. S'il allait chercher du bois, il s'imaginait coincé dehors tandis que Keira lui criait dessus à travers la vitre.

Il descendit l'escalier en songeant au jour où il l'avait rattrapée au vol, se demandant avec inquiétude qui l'empêcherait de trébucher en son absence.

— Ce n'est pas mon problème, grommela-t-il dans le silence. Si cette satanée femme est trop occupée pour regarder où elle met les pieds, elle n'a qu'à tomber. Et probablement se casser le cou, un de ces jours.

Sa voix se perdit dans la quiétude de l'immense maison vide.

Encore une semaine, et il pourrait partir.

Il devait s'accrocher.

Il l'avait promis à Keira, et un Barrister ne revenait jamais sur ses engagements. Peut-être pourrait-il passer en ville, juste pour la rassurer à ce sujet ? Lui redire qu'il restait jusqu'à la fin du mois, et qu'ensuite il les laisserait, elle et sa ville, loin derrière lui ?

Mais tout en soupesant cette idée, il lui en vint une autre. Une porte de sortie qu'il n'avait pas imaginée auparavant. Pourquoi diable n'y avait-il pas pensé avant ? C'était sensé. Cela les satisferait tous les deux, Keira et lui.

Il était un génie !

Après être restée une semaine sans un mot de Nathan, Keira fut forcée d'admettre qu'il se fichait de ses sentiments à son égard.

Certes, elle ne croyait pas vraiment qu'il ferait volte-face, se mettrait à crier « je t'aime, moi aussi ! » et l'emmènerait dans son château — son hôtel préféré. Mais il n'était pas obligé de l'ignorer totalement non plus !

Ruminant sa déception, son amertume, elle s'arracha

au canapé du salon et se traîna vers la cuisine où elle se resservit une tasse de café.

— C'est ma faute, murmura-t-elle avant d'avaler la première gorgée. Je savais qui il était, ce qu'il ressentait et je me suis quand même laissée aller à tomber amoureuse de lui…

Elle aurait voulu se botter les fesses si elle avait trouvé un moyen de le faire.

— Quelle idiote !

Elle prit sa tasse au creux de ses paumes, espérant que la chaleur chasserait les frissons qui la parcouraient.

En vain.

Rien n'y ferait, elle le savait. Elle était condamnée à traîner cette solitude glacée toute sa vie. Tout cela parce qu'un sale type buté, minable et égoïste n'avait pas la décence d'accepter un amour librement offert !

— Voilà qui est mieux ! se félicita-t-elle. Plutôt la colère que la tristesse.

Mais la tristesse était si profonde que la colère ne suffisait pas, loin de là, à l'ensevelir.

Quand la sonnette de l'entrée retentit, Keira posa son café et se dirigea vers la porte. Avec un peu de chance, un problème municipal quelconque allait surgir, et elle pourrait s'absorber à le résoudre.

Elle ouvrit la porte.

Nathan se tenait sur le seuil.

Sous le choc, Keira fut bien incapable de trouver quoi dire.

Il sourit.

Après avoir déglutit, Keira articula :

— Que fais-tu là ?

Nathan pénétra dans la maison et jeta un coup d'œil autour de lui. Puis se retourna, un large sourire illuminant son visage.

— J'ai une surprise pour toi.

Intriguée et incapable d'étouffer une lueur d'espoir,

Keira ferma la porte. Enfonçant les mains dans les poches de son jean, elle l'interrogea :

— Une surprise ?

— Oui.

Il avait l'air si content de lui que Keira ne savait quoi penser.

— J'ai tout pris en charge ce matin. Tu n'auras à t'occuper de rien.

Keira sentit poindre une sorte d'inquiétude. De quoi parlait-il ? Qu'avait-il pris en charge, exactement ? Quelle grosse surprise préparait-il donc ?

Il s'avança vers elle et la prit par les épaules. Puis, plongeant le regard dans celui de Keira, il expliqua :

— Tu sais que je pars à la Barbade à la fin du mois ?

— Oui…

Cette angoisse, nichée au creux de son estomac, refusait de quitter Keira.

— Tu vas venir avec moi.

Keira vacilla et elle serait probablement tombée si les deux mains de Nathan ne l'avaient pas solidement soutenue.

— Je vais quoi ?

Il sourit, prenant apparemment l'état de choc de Keira pour du bonheur.

— J'ai discuté avec ton adjoint. Hambleton ?

— Bill, oui.

Elle manquait d'oxygène. Un étau serrait sa poitrine et des fourmillements gagnaient tout son corps, comme pour lui intimer l'ordre de réagir.

— Très bien, dit Nathan.

Il lui lâcha les épaules et se mit à faire les cent pas dans la pièce, bras croisés sur la poitrine, avec l'air satisfait d'un roi qui vient enfin de trouver le moyen de contenter ses paysans.

— J'ai annoncé à Bill que tu allais partir avec moi pour une durée indéterminée. Il n'a pas fait d'objection. Il peut régler les problèmes qui peuvent survenir en ton absence.

Après un haussement d'épaules, il poursuivit :

— Une ville de cette taille, cela ne doit pas être bien compliqué à gérer de toute façon.

— Tu as fait ça ?

Keira se sentait gelée. De la tête aux pieds. C'était étrange. La semaine précédente, elle n'avait cessé d'osciller entre la colère et le chagrin. A présent, elle était juste engourdie par un froid glacial.

— J'ai appelé l'hôtel de la Barbade, pérorait Nathan. J'ai prévenu que j'aurai une compagne de voyage. Un assistant t'attendra à l'arrivée pour t'aider à faire des courses. Tu n'as même pas besoin de préparer des bagages. Pendant que je travaillerai, tu pourras courir les boutiques — avec une carte à débit illimité, bien sûr — et nous auront les soirées pour nous.

— Je vois.

C'était la vérité et elle en était blessée plus qu'elle n'était capable de le dire.

— Depuis la Barbade, nous irons à Londres, poursuivit-il très vite pour remplir le silence qui grandissait entre eux. On pourra rendre visite à ta sœur. Ou mieux encore : on ira à Venise. J'ai fait prévenir ta sœur, pris toutes les dispositions. Elle pourra nous accompagner aussi longtemps que tu voudras.

— C'est merveilleux ! Tu peux organiser la vie de Kelly aussi ?

Il fronça légèrement les sourcils, se passa la main dans les cheveux et proposa :

— Si tu ne veux pas aller à Venise, on peut aller ailleurs.

— Oh ! s'exclama Keira en le dépassant pour se rendre dans la cuisine où elle récupéra sa tasse de café. J'ai un droit de vote ?

— Quoi ?

Keira respira lentement, tentant de canaliser le flot montant de sa colère.

— Et si je t'annonce que je ne peux pas m'offrir le

luxe de quitter mon travail pour faire le tour du monde avec toi ?

— Je ne te demande pas de payer quoi que ce soit, répondit Nathan en fronçant les sourcils. Je prends tout en charge. Je te l'ai dit.

— D'accord. Suis-je sotte ! Alors *tu* décides où je vais et ce que je fais. *Tu* paies et je suis juste censée te remercier de prendre soin de moi ?

— Est-ce qu'il y a quelque chose de mal à cela ?

Il la regardait comme si elle parlait chinois. Pouvait-il vraiment être à ce point décalé ?

— Tu ne comprends vraiment pas ? demanda Keira.

Elle eut l'impression que sa tête allait exploser. Comment pouvait-elle jamais lui faire comprendre qui elle était réellement, s'il était convaincu de pouvoir résoudre tous les problèmes avec son carnet de chèques.

— Je t'offre les voyages et l'excitation dont tu as toujours rêvé et cela fait de moi un odieux personnage ?

— Tu ne m'as même pas demandé mon avis, Nathan ! explosa-t-elle. Tu me prévois ici et là, et je suis censée arriver en trottinant derrière toi, en vibrant de gratitude ?

Nathan l'avait suivie, mais s'était arrêté dans l'embrasure de la porte de la cuisine.

— Je suis désolé, se défendit-il. Tu voulais voyager, non ?

— Oui, je c'était mon intention.

— Tu voulais rendre visite à ta sœur, voir Venise.

— Exact.

Elle prit un peu de café dont elle ne sentit même pas le goût, étonnée de parvenir à faire glisser le liquide à travers le nœud serré de sa gorge.

— Alors où est le problème ? Pourquoi diable n'es-tu pas heureuse ?

Il criait maintenant.

Et cela, au moins, faisait plaisir à Keira : elle avait réussi à fendre l'armure du personnage blasé.

— Parce que tu me dictes ce que je vais faire, répliqua-t-elle, reposant sa tasse si brusquement qu'une partie du café gicla sur le comptoir. Tu n'as rien demandé. Juste arrangé les choses à ta façon. Bon sang, tu es allé voir Bill pour le prévenir que nous partions en voyage tous les deux ! Formidable !

— Tu m'as dit que tu m'aimais. J'en ai déduit que tu voudrais être avec moi.

Keira eut un rire étranglé.

— Puisque je t'aime, je dois devenir ta dame de compagnie ? Combien de fois as-tu demandé au personnel de tes hôtels de préparer l'accueil de ton invitée du moment ? Quel dossard est-ce que je porte ? Est-ce qu'un salaire est prévu dans la proposition ? Combien gagne ta putain personnelle ? Est-ce que je suis payée à l'heure ? Ou est-ce que ma nouvelle garde-robe constitue ma rémunération ?

— Pour l'amour du ciel, ce n'est pas du tout ce que je voulais…

— Tu es incroyable, le coupa Keira, traversant la cuisine à longues enjambées pour venir plaquer ses deux mains sur la poitrine de Nathan. Tu réorganises ma vie derrière mon dos. Et tu ne t'arrêtes même pas là ! Tu penses pouvoir ordonnancer celle de ma sœur aussi ! Elle a un travail, tu sais ? Et un fiancé. Elle ne peut pas se consacrer à me divertir juste au moment où ça t'arrange.

— Je n'avais pas imaginé que cette conversation tournerait ainsi.

— Eh bien, tu aurais peut-être dû écrire un script pour moi.

— Grands dieux, mon intention n'était pas celle que tu crois ! Je pensais que tu serais heureuse. Tu voulais voyager, découvrir le monde. C'est ce que tu m'avais dit.

— J'ai dit beaucoup de choses. Visiblement, tu en as oublié certaines. J'aime ma maison. Je ne veux pas la quitter pour toujours. Et je ne peux pas fuir les responsabilités que j'ai prises, ici, juste parce que tu en as décidé ainsi, Nathan Barrister !

Nathan aspira une grande bouffée d'air, longuement. Puis il souffla comme pour évacuer toute son exaspération.

Eh bien, me voilà fixée sur ses sentiments, songea Keira. Elle aimait cet homme, mais son amour resterait à sens unique, elle en était convaincue. Plus que jamais.

— Je ne t'ai pas dit que je t'aimais pour que tu fasses quelque chose pour moi, Nathan, expliqua-t-elle.

Soudain, toute sa colère s'écoula avec la vague de désespoir qui l'avait submergée. Elle continua :

— Mon amour ne porte pas une étiquette de prix. Tu n'as pas besoin de jeter des offrandes à mes pieds pour préparer le terrain. Je ne t'ai rien demandé. Je t'ai offert mon amour, en toute liberté.

— Keira…

— Tu sais quoi ? Je pense que tu devrais partir, Nathan. Tu ne me comprends pas et tu ne me comprendras jamais.

Elle passa près de lui et se dirigea vers la porte d'entrée, ordonnant à ses genoux de ne pas flancher avant qu'il soit parti depuis longtemps.

Il s'arrêta près d'elle et la regarda dans les yeux pendant un court instant.

— Tu as raison, dit-il. Je ne te comprends pas. Je t'offre tout ce que tu désirais et tu rejettes tout.

— Pas tout, Nathan, répondit Keira avant de refermer doucement la porte.

- 12 -

Keira sourit et essaya d'accorder toute son attention à l'ami qui lui faisait face. Ce n'était pas facile. Depuis une semaine, maintenant, elle évoluait dans une sorte de brouillard.

Elle ne parvenait pas à chasser Nathan de ses pensées et elle se demandait si elle allait devoir passer le reste de sa vie dans cet état : seulement à moitié consciente du monde qui l'environnait.

Il lui avait fallu prévenir plusieurs personnes que, finalement, elle ne partirait pas avec Nathan à la fin du mois. Elle avait dû supporter les airs entendus et les hochements de tête compatissants. Merci Nathan ! En essayant de régenter sa vie, il n'avait fait que lui compliquer les choses.

— L'entrepreneur peut démarrer les travaux de la clinique la semaine prochaine, l'informait Mike McDonald.

Keira fit un effort de concentration.

— Il veut commencer avant le dégel ?

Mike, un homme mûr avec de longs cheveux gris soigneusement ramassés en queue-de-cheval, hocha la tête et confirma :

— Il veut engager les travaux d'intérieur et comme ça, quand la neige aura fondu, son équipe pourra s'attaquer au gros œuvre.

— D'accord, répondit Keira. Je vais prévenir le conseil municipal et tu pourras donner le feu vert à l'entrepreneur.

Elle tourna le regard vers la clinique qui allait beaucoup

s'agrandir grâce au don de Nathan et au legs promis par Hunter Palmer.

— Super ! s'exclama Mike. Et tu seras là, n'est-ce pas ?

Keira soupira.

— Oui, Mike. Je serai là. Je vis ici. Où pourrai-je être ?

Il s'abstint de tout commentaire, et lui tapota l'épaule avant de redescendre la rue.

Une fois seule, Keira embrassa la ville d'un seul regard. Un sourire triste étira ses lèvres : comment avait-elle été assez stupide pour penser qu'un homme tel que Nathan pourrait cesser de voyager dans des villes et des pays exotiques, pour s'établir dans une minuscule cité comme celle-ci ?

Kelly avait vu juste : Nathan était le contraire de l'homme qu'il lui convenait. Il en avait fait lui-même la démonstration éclatante, deux jours plus tôt, en essayant de confisquer sa vie.

— Malheureusement, c'est le seul que je veuille, murmura-t-elle, le cœur aussi lourd que lors de la visite de Nathan.

— On parle toute seule, madame le maire ? cria Francine Hogan, depuis le seuil de la poste.

Keira sursauta et se força à sourire.

— Personne ne me comprend mieux que moi-même, plaisanta Keira.

Comme Keira l'avait espéré, Francine éclata de rire et retourna à ses affaires. Mains enfoncées dans les poches, Keira redescendit la rue, souriant et saluant d'un signe de tête tous ces gens qu'elle connaissait depuis sa naissance.

Le soleil brillait et la température commençait à grimper. Peut-être que le printemps allait finir par arriver, en définitive. Juste au moment où Nathan secouerait la poussière d'Hunter's Landing et décollerait vers la Barbade.

Sans elle.

Elle éprouva un pincement au cœur et sut que c'était une sensation à laquelle elle allait devoir s'habituer.

Ce fut alors qu'elle se figea sur place et cligna des yeux.

De toute évidence, elle allait encore plus mal qu'elle ne le pensait. Si elle n'avait pas su la chose impossible, elle aurait juré que Nathan Barrister était en train de bavarder avec Sallye Carberry, devant l'épicerie ! Allons, elle était vraiment en train de perdre la tête…

Portant une main en visière, elle observa mieux, et sentit une étrange émotion l'envahir. C'était bien Nathan !

Il souriait et papotait avec la vieille dame comme s'ils étaient les meilleurs amis du monde. Tandis qu'elle restait plantée là, comme rivée au sol, Keira le vit prendre congé de Sallye puis poursuivre son chemin sur le trottoir, de l'autre côté de la rue, s'arrêtant de temps en temps pour saluer des gens qu'il avait rencontrés à la fête de quartier, trois semaines auparavant.

Il avait beau se dire déterminé à fuir la compagnie, il avait pourtant établi des liens avec quelques-unes de ces personnes. Qu'il en eût conscience ou pas.

— Qu'est-ce qu'il fabrique ? murmura-t-elle, avant d'enchaîner immédiatement : qu'est-ce que j'en ai à faire ?

Peu lui importait ce que faisait Nathan. Il lui avait promis de rester jusqu'à la fin du mois et c'était tout ce qui comptait désormais.

Depuis leur dernière dispute, deux jours plus tôt, elle savait que tout espoir de vie commune s'était envolé. Pourtant, rien qu'à le regarder marcher, Keira sentit son rythme cardiaque s'accélérer et sa bouche s'assécher.

Il ne devait surtout pas la voir !

Pour réduire le risque, elle pressa le pas vers un endroit réconfortant : son bar-restaurant. Elle avait besoin d'un bon repas et d'un café. Là-bas, elle trouverait les deux.

Plusieurs jours plus tard, Nathan s'attabla à la terrasse du restaurant Clearwater. Cela faisait près d'une semaine qu'il venait en ville tous les jours, sans avoir croisé Keira une seule fois. Partout où il allait, les gens lui affirmaient qu'il venait juste de la rater.

Comment était-ce possible, dans une ville de cette taille ? L'évitait-elle ? Juste parce qu'il la voulait près de lui ? Que diable pouvaient bien attendre les femmes, de toute façon ?

Il admira le lac et le ciel qui se teintaient des premières couleurs profondes du coucher de soleil. Des familles riaient et discutaient ; les serveurs évoluaient au milieu des clients avec une agilité d'experts. Deux amoureux s'installèrent à la table voisine, aussi isolés dans leur adoration mutuelle que s'ils avaient été seuls sur une île déserte.

Nathan fut dévoré d'une telle jalousie qu'il attrapa son verre et but une longue rasade de whisky, tout en reportant son regard vers le lac. La surface de l'eau était striée de reflets roses et dorés, et agitée par une fraîche brise du soir, si différente du vent glacé qui avait tenu la montagne sous son emprise la semaine précédente que Nathan n'en revenait pas.

— Comme d'habitude, monsieur Barrister ? s'enquit le serveur qui souriait à ses côtés.

— Oui, Jack. Merci.

Tandis que le jeune homme s'éloignait pour passer la commande de son dîner, Nathan se surprit à sourire.

Au cours des jours précédents, il était devenu un habitué du Clearwater. Les serveurs connaissaient son nom et son plat préféré — le poulet à la sauce Alfredo — et ils l'accueillaient comme un membre de la famille.

En fait, il avait expérimenté le même genre d'attitude partout dans la ville. Les commerçants lui souriaient, les passants s'arrêtaient pour lui parler et il commençait à se sentir comme *chez lui* à Hunter's Landing.

Etrange sensation pour un homme qui avait passé l'essentiel de sa vie en déplacements. Même en tant qu'étranger… il appréciait.

Son mois arrivait à son terme dans deux jours. En fait,

il n'avait jamais eu moins envie de partir — de partir seul, en tout cas. Mais Keira ne l'accompagnerait pas, et au fond de lui était née une envie irrépressible : trouver un moyen de rester ici. Un mois plus tôt, il aurait ri au nez de quiconque le lui aurait prédit, mais à présent, force lui était d'avouer qu'il en mourait d'envie. Et pourtant, il savait que c'était impossible.

Il ignorait comment aimer une personne telle que Keira. La crainte de détruire ce qu'ils avait si brièvement connu tous les deux et d'amener Keira à regretter de lui avoir déclaré son amour suffisait à le convaincre qu'il n'avait qu'une option : quitter la ville.

Il termina son verre et en commanda un autre.

Une heure plus tard, Keira se laissait tomber dans le canapé du salon, avec un sandwich et la télécommande. D'habitude, elle aimait s'asseoir au calme et laisser son esprit au repos, après avoir écouté les bavardages des gens toute la sainte journée. Mais depuis quelques jours, elle avait besoin de bruit. De distraction.

Parce que dans le silence, son esprit vagabondait et, inévitablement, revenait à Nathan. Elle mordit dans son sandwich au fromage, fixa l'écran de la télévision et songea à l'allure qu'avait Nathan, cet après-midi-là. Dissimulée dans le restaurant, elle l'avait observé tandis qu'il blaguait avec Bill Hambleton. Cet homme qui avait tellement combattu l'idée de rester à Hunter's Landing semblait y être comme chez lui, à présent.

Keira l'avait soigneusement évité depuis des jours, désireuse de garder ses distances pour ne pas se blesser de nouveau, mais éprouvant le besoin de le voir autant que possible.

— Pitoyable ! C'est digne de la maternelle, marmonna-t-elle en reposant le sandwich sur la table basse. C'est ton niveau, Keira ! Tu es fière ?

Elle se laissa aller contre les coussins du canapé, prit un oreiller, enroula ses deux bras autour et le serra très fort contre sa poitrine. Les yeux rivés sur l'écran désolé, elle tenta de se concentrer sur le jeu télévisé et l'animateur idiot qui se voulait comique.

Mais comment aurait-elle pu penser à autre chose qu'à Nathan qui allait s'en aller dans quelques jours ? Mille fois, elle avait songé à l'appeler pour lui dire qu'elle avait changé d'avis, qu'elle partait avec lui. Mais elle n'avait pu s'y résoudre. Elle ne pouvait lui laisser croire que ses sentiments pour lui seraient éphémères. Qu'elle se satisferait de n'être qu'un nom de plus sur la liste de ses amoureuses de passage.

Mais comment le laisser partir sans lui reparler ? Et comment le revoir sans céder à l'envie de l'embrasser ? Ou de le battre ?

— Mon Dieu, quelle idiote je fais !

Quelqu'un frappa à la porte. Keira se leva, sortant avec réticence de ses états d'âme pour se recomposer un visage. Autant elle était désireuse de distractions susceptibles de chasser ses pensées, autant elle ne se sentait pas d'humeur à apprécier la compagnie.

Elle se dirigea vers l'entrée et ouvrit la porte.

— Nathan ?

Elle le trouva si beau que son cœur flancha. Que faisait-il sur le pas de sa porte ?

— Keira, commença-t-il en se passant la main dans les cheveux et en la détaillant des pieds à la tête d'un chaud regard. J'avais besoin de te voir.

Keira sentit l'espoir gonfler sa poitrine jusqu'à l'asphyxie. Etait-il venu lui dire qu'il tenait à elle ? Qu'il la voulait ? La bouche sèche et l'estomac complètement retourné, elle dut s'appuyer au chambranle de la porte pour ne pas chanceler.

— Que se passe-t-il ?

Il pénétra dans la maison, sans attendre d'y avoir été

invité. Quand elle referma la porte et se retourna, Nathan jetait un coup d'œil autour de lui.

— Je n'ai rien dit l'autre jour, mais c'est très joli ici.

— Merci, lança-t-elle par-dessus son épaule, en le précédant dans le salon. Plus petit que le chalet, mais j'aime bien.

Elle heurta le bord d'une chaise avec son genou et Nathan la rattrapa d'un geste. Keira sentit cette main, posée sur son épaule, envoyer des éclats de chaleur dans tout son corps ; ils avaient l'intensité des éclairs au milieu d'un orage d'été.

Dieu, que cette sensation lui avait manqué !

— Tu trébuches toujours, je vois, murmura-t-il en la libérant.

Dans quelques jours, il n'y aurait plus personne dans les parages pour la récupérer en cas de faux pas. Elle aurait une quantité de petits bleus sur tout le corps, mais ce ne serait rien en comparaison de la blessure irrémédiable de son cœur.

Elle se frotta le coude, comme pour chasser les vibrations que Nathan avait suscitées, et elle leva le regard vers lui.

— Pourquoi es-tu là, Nathan ?

— Je regrette la manière dont nous nous sommes quittés, répondit-il d'une voix tendue.

— Mais tu ne regrettes pas la rupture en elle-même, murmura-t-elle, sentant se réveiller la douleur.

Elle n'allait quand même pas se mettre à ramper et à supplier qu'il revienne ! se chapitra-t-elle. Quand allait-elle donc cesser de se comporter comme une idiote ?

Nathan se frotta la joue, puis chercha quelque chose dans la poche de sa veste.

— Je voulais te revoir en personne. Pour te donner ceci.

Il lui tendit un bout de papier plié. Keira sut de quoi il s'agissait avant de l'ouvrir. N'avait-il pas fait ce geste déjà une fois ? Un chèque personnel au bénéfice d'Hunter's

Landing. Seulement le montant de celui qu'elle tenait à présent entre les mains atteignait *un million de dollars* !

— Je veux donner cet argent à la ville, déclara-t-il.

Mais Keira parvenait à peine à l'entendre tant ses oreilles bourdonnaient.

— La clinique peut devenir un hôpital ultra moderne et je veux…

Keira s'arracha à la contemplation du chèque pour lui couper la parole en rebondissant sur son dernier mot.

— Quoi ? Tu veux quoi, exactement ? Devenir un héros ? Qu'on se souvienne de toi ? Eh bien l'argent n'est pas nécessaire, Nathan. Je me souviendrai très bien de toi sans ce chèque.

— Keira…

— Non, dit-elle d'une voix cassante, la colère prenant le pas sur son chagrin. Tu as déjà fait une énorme donation et je ne veux pas que tu me jettes davantage d'argent parce que tu te sens coupable.

— Coupable ?

— Tu es incroyable ! s'écria Keira, hors d'elle.

Sa colère, tellement plus facile à gérer que sa peine, lui faisait du bien.

— Je t'ai donné mon amour et, en échange, tu as proposé de faire de moi ta maîtresse, poursuivit-elle. Comme je n'ai pas accepté le marché, tu viens maintenant me proposer de l'argent.

— Bon sang, Keira, c'est tout ce que je *peux* faire ! C'est ce que j'ai appris à faire.

— Foutaises ! rétorqua-t-elle en chassant avec irritation une larme qui avait coulé le long de sa joue. Je vois dans tes yeux que tu veux rester. Je t'ai observé, ces derniers jours. Je t'ai vu avec les gens, dans la ville. Et tu *aimes* cet endroit, Nathan. Je sais que tu attends plus de toi et de ta vie. Mais tu as trop peur pour essayer. Tu es trop enfermé dans la sécurité de ton univers pour prendre un risque, quitte à te priver d'une vraie vie.

Il s'éloigna d'elle, puis fit volte-face.

— Je t'ai proposé de te prendre avec moi.

— Comme dame de compagnie !

— Je te voulais près de moi, peu importe comment tu qualifies cela. Je ne t'ai jamais rien promis, Keira. Je t'ai dit clairement, dès le premier jour, que je n'étais pas le genre d'homme qu'il te fallait.

— Comment diable sais-tu quel genre d'homme me convient ? contra-t-elle. Nathan, regarde-toi. Tu as complètement oublié comment donner de toi, parce que signer des chèques, c'est tellement plus facile ! Tu les distribues pour ne pas t'impliquer. Cela te permet de rester dans l'ombre, à une distance de sécurité.

Il ne répondit pas, même si Keira s'était tue pendant un moment, dans l'attente désespérée qu'il se défende, qu'il lui affirme qu'elle avait tort, qu'il voulait une vraie vie. Avec elle.

Puisque les mots ne venaient pas, Keira hocha la tête, chiffonna le chèque jusqu'à en faire une boule avant de la fourrer dans la poche de Nathan.

— Tu as déjà fait un don à la clinique, dit-elle d'une voix désormais teintée de fierté plus que de colère. Et la ville touchera sa part de l'héritage d'Hunter Palmer quand les six mois seront écoulés. Nous n'avons pas besoin de davantage de ta part.

— Keira…

— Va-t'en, Nathan, dit-elle.

Un tel chagrin imprégnait ses mots et sa voix que Keira était persuadée qu'il colorait aussi l'atmosphère de la pièce. Elle continua :

— Retourne à tes voyages. Va à la Barbade. Trouve une femme intéressée par ton argent, comme ça tu sauras comment faire avec elle. Passe d'hôtel en hôtel en t'assurant bien de ne parler à personne. Garde ton existence isolée de tout, parce que je ne veux pas de toi ni de ton argent.

*
* *

Nathan ne parvenait plus à respirer. Il regarda dans les yeux verts pleins d'orage de Keira, il l'entendit lui ordonner de quitter sa maison, et il sut que s'il partait, il était un homme mort.

Il était venu en se racontant qu'il voulait seulement lui donner de l'argent pour la ville qu'elle aimait, et la revoir une dernière fois.

Quand elle avait refusé de l'accompagner en voyage, il avait été désarçonné. Il était si sûr qu'elle accepterait. Jamais auparavant, il ne s'était heurté à un tel refus. Jamais personne n'avait trouvé insuffisants les présents qu'il était capable d'offrir. Il était tellement persuadé qu'elle renoncerait à sa vie pour le suivre ! Et il ne s'était pas avoué à quel point c'était vital qu'elle reste à ses côtés. Il ne voulait pas voir ce qu'elle représentait pour lui.

A l'entendre lui ordonner de partir, il se sentit plus seul qu'il ne l'avait jamais été. Il n'imaginait pas les années à venir sans Keira.

Il ne se voyait pas vivre sans elle.

Elle avait raison. Il n'était qu'un menteur.

Saisi de panique, il s'approcha, posa les mains sur elle et l'attira vivement contre lui. L'enveloppant par la taille, il plongea le visage dans son cou et s'enivra de son odeur. Pour la première fois depuis qu'elle avait quitté le chalet et sa vie, Nathan respira sans peine.

— Keira, ne fais pas cela, murmura-t-il. Ne me demande pas de partir. Je ferais n'importe quoi pour toi, sauf ça.

Elle se recula légèrement pour le regarder, et il fut déchiré de constater que les beaux yeux verts de Keira étaient baignés de larmes. C'était là son œuvre : il avait fait pleurer une femme incroyablement forte. Il eut le sentiment d'être l'homme le plus idiot du monde.

— Nathan, je ne peux pas revivre tout ça, dit-elle en

hochant la tête et en se tortillant dans ses bras pour tenter de se libérer.

Très vite, comme si sa vie en dépendait — ce qui était le cas —, Nathan implora :

— Keira, ne pleure pas.

Il se pencha vers elle pour essuyer ses larmes d'un baiser et continua :

— Je suis désolé. J'ai essayé de me faire croire que je pourrais revenir à mon ancienne vie. De me persuader que rien n'avait changé, que tout pourrait reprendre comme avant. Et puis j'ai essayé de t'attirer dans mon univers, pensant que ta présence temporaire pourrait m'aider à apaiser mon besoin de toi.

— Nathan…

Il prit le visage de Keira entre ses mains.

— Mais la vérité, Keira, c'est que plus rien n'est comme avant pour moi. Tu as tout changé. Je t'aime.

Elle aspira une gorgée d'air, tandis qu'une lueur d'espoir éclairait son regard. Nathan sourit, sentant l'espoir le gagner aussi.

Peut-être n'était-il pas trop tard pour eux. Peut-être n'avait-il pas irrémédiablement tout gâché.

— J'ai besoin de toi, Keira. Je ne peux pas imaginer ma vie sans toi.

Il l'embrassa. Puis, proposa :

— On vivra ici, dans la montagne, si tu veux. On pourra y faire construire notre propre maison, si tu veux. J'ai toujours envie de voyager, mais avec toi et seulement si tu le veux. Cela dépend de toi. Je n'essayerai plus de faire des projets sans t'en parler. Je ne te dirai plus quoi faire…

Keira éclata de rire en voyant sa mine peinée.

— D'accord, je ne pourrai sans doute pas m'empêcher de te dire quoi faire. Je suis ainsi fait. Mais tu te défendras. Tu es ainsi faite. Et ce sera bon ! Bon sang, Keira, ce sera formidable ! On sera heureux. J'ai tellement besoin de toi.

Je te ferai découvrir le monde. Je t'offrirai tout ce que tu as toujours désiré.

Il s'arrêta pour reprendre son souffle, lui adressa un pâle sourire, ravala ce qu'il restait de sa fierté, et finit par admettre :

— Mais je ne suis pas sûr de savoir m'y prendre. Je n'ai jamais aimé une femme avant toi, Keira, et je ne veux pas te blesser.

— Je ne sais pas quoi dire, murmura Keira.

— Dis que tu me pardonnes. Que tu m'aimes encore, la pressa-t-il.

Il l'embrassa. Plus longuement, fougueusement, profondément, cette fois.

— Dis que tu vas m'épouser, Keira.

Elle éclata de rire et attrapa les mains de Nathan, toujours posées sur son visage.

— Nathan… Je n'arrive pas à croire que tu es là. Que tu me dis tout ça. Bien sûr, je t'aime. Tellement. Bien sûr, je veux t'épouser.

— Merci mon Dieu ! s'écria Nathan avec un soupir de soulagement.

Souriant sans retenue cette fois, Nathan la serra très fort, à lui briser les côtes.

— Tout est ta faute, tu sais, dit-il en lui embrassant les cheveux. Tu m'avais enfermé dehors. Maintenant, il va falloir que tu trouves un moyen de me supporter à l'intérieur.

Elle le serra à son tour, se blottissant contre lui, se nichant dans le creux de son cou.

— Je pense que je peux y arriver.

Il desserra son étreinte pour la regarder.

— Je n'ai pas de bague à t'offrir, dit-il. On peut aller en chercher une maintenant. Et tu sais quoi ? Cette histoire de chalet n'est pas terminée, je vais devoir y passer quelques jours de plus.

Keira se mit à rire, et Nathan sentit une immense

chaleur l'envahir. C'était la plus douce musique qu'il eût jamais entendue.

— Je n'ai pas besoin d'une bague dans la minute, rétorqua-t-elle.

— J'ai besoin que tu en aies une, affirma Nathan, souriant aux anges comme s'il voyait sa vie future défiler, belle et heureuse. Le plus gros diamant que l'on puisse trouver. Non, pas un mais deux diamants. Ou trois, ou quatre. On verra.

Elle rit encore plus fort et enroula ses bras autour de lui, se laissant aller contre son torse. Nathan soupira d'aise, content d'être là avec Keira dans ses bras, pour toujours. En entendant leurs cœurs battre à l'unisson, il frémit de bonheur. Enfin, sa vie était telle qu'elle devait être.

Dans un chuchotement, il ajouta :

— Je te promets Keira de passer le reste de ma vie à t'aimer et à faire tout ce que je pourrai pour te rendre heureuse.

— Je suis plus heureuse maintenant que je ne l'ai jamais été de ma vie, Nathan, répondit-elle en se pelotonnant contre lui. Je t'aimerai toujours et nous allons nous rendre heureux l'un l'autre. Je sais que nous le ferons. Et je te jure que tu ne seras plus jamais enfermé dehors. Aucun de nous ne le sera.

Il l'embrassa et sentit la magie, la perfection de ce moment. Il sut que, pour la première fois de sa vie, Nathan Barrister avait trouvé un chez-lui.

KRISTIN HARDY

Au risque de t'aimer

Traduction française de
ALAIN THAI

Passions

HARLEQUIN

Titre original :
HER CHRISTMAS SURPRISE

Ce roman a déjà été publié en 2008.

- 1 -

« Je pense que nous devrions annuler le mariage, Bradley. Je sens que ce serait une erreur. Je suis désolée, mais je crois que c'est le mieux à faire en ce qui me concerne. »

Keely Stafford ponctua sa tirade silencieuse d'un hochement de tête. Oui, c'était le ton juste. Calme, neutre, catégorique.

Sauf qu'elle était seule dans cet ascenseur. Trouverait-elle le courage de le dire à Bradley, son fiancé ? Enfin, son futur ex-fiancé.

Ce soir, oui, ce soir, elle le lui dirait pendant le dîner. Il valait mieux lui annoncer cela en public. Elle avait choisi un restaurant paisible et intime où ils pourraient parler sans qu'il puisse se permettre de protester trop haut.

Entre-temps, elle allait passer chez lui prendre ses affaires, pendant qu'il était au bureau. Cela lui épargnerait des visites ultérieures et ses questions déstabilisantes dès qu'il remarquerait que ses vêtements avaient disparu.

Et Bradley remarquait toujours tout.

Elle secoua la tête avec impatience et repoussa une mèche blonde qui lui tombait dans les yeux. Elle avait vingt-cinq ans, bon sang ! Une vie à elle, un appartement, une carrière. Et si elle avait des doutes sur leur mariage imminent, eh bien, elle devait en tenir compte. Elle était assez grande maintenant pour savoir ce qu'elle voulait.

Du moins, elle l'espérait.

Elle longea le couloir jusqu'à la porte de l'appartement

de Bradley et chercha les clés dans son sac. Elle avait été éblouie par lui à douze ans, quand ils vivaient dans la petite ville résidentielle de Chilton et qu'il était l'enfant chéri du country club. Par la suite, il avait repris la direction des Technologies Alexander, la société créée par son grand-père.

Certes, elle était tombée follement amoureuse de lui à dix-neuf ans, mais construisait-on un mariage sur une passion d'adolescente ? Les choses s'étaient gâtées ces derniers temps. Rien de concret, juste le sentiment insidieux que s'ils se mariaient tous deux s'en repentiraient.

Elle glissa discrètement la clé dans la serrure et entendit soudain quelque chose.

Un bruit sourd.

Un battement venant de l'intérieur de l'appartement censé être inoccupé. Ses cheveux se hérissèrent sur sa nuque.

Approchant la tête de la porte, elle tendit l'oreille durant quelques secondes. Et l'entendit encore. Ce n'était plus un bruit sourd cette fois-ci, mais un son humain inarticulé. Un gémissement.

Bradley !

Son cœur se mit à cogner. Etait-il tombé, blessé ? Gisait-il seul sur le sol sans pouvoir appeler à l'aide ?

Elle ouvrit promptement la porte et s'avança dans l'entrée. A l'instant où elle ouvrait la bouche pour appeler, le bruit se répéta, plus fort maintenant qu'elle était à l'intérieur. Et elle s'arrêta.

Ce n'était pas un cri de détresse. Ni le gémissement d'une personne qui souffrait. C'était un gémissement de plaisir.

Celui de deux personnes.

Le choc la paralysa.

— Oh, oui, bébé, comme ça, continue comme ça, cria une voix féminine tandis que le rythme du bruit s'accélérait.

Elle longea prudemment le couloir de l'entrée, essayant de ne pas faire de bruit. Bien que ce soit superflu. Occupés comme ils l'étaient, ils étaient loin de pouvoir l'entendre.

Au bout du couloir, elle se tourna vers la porte ouverte de la chambre. Et se figea sur le seuil. Là se trouvait Bradley, debout près du lit, les épaules luisantes de sueur, une cheville de femme posée sur son cou.

Keely ne put s'empêcher de penser que, pour être souple, cette femme était souple. C'était indéniable. Elle exécutait à la perfection une position qu'elle-même n'aurait jamais cru qu'un corps humain soit capable d'adopter. Et jamais elle n'avait entendu Bradley jouir aussi bruyamment — du moins jusqu'à ce qu'il lève les yeux et l'aperçoive.

— Keely !

Il se dégagea de sa partenaire et se retourna vivement.

La femme poussa un cri de protestation.

Le visage en feu et le cœur battant, Keely sortit de la chambre à reculons. La porte. Regagner la porte au plus vite et s'enfuir. Elle saisit sa main gauche et lutta désespérément pour arracher sa bague de fiançailles qui lui brûlait les doigts à présent. Elle ne voulait plus rien de lui. Elle voulait seulement s'en aller.

— Keely, attends, dit Bradley en enfilant son peignoir.

— Quoi ? Que tu aies fini ?

— Ce n'est pas ce que tu penses. Je peux t'expliquer.

— M'expliquer ?

Elle fit volte-face.

— M'expliquer quoi ? Que c'est ça le projet exceptionnel sur lequel tu as planché ces derniers temps ?

— Keely, ne fais pas cela. Je t'aime.

— Je vois ça, dit-elle amèrement en jetant un coup d'œil à la femme qui se tenait maintenant sur le seuil, enveloppée dans la robe de chambre de soie émeraude que Bradley lui avait rapportée de Singapour.

« Ne le laisse pas te troubler. Ne te laisse pas attendrir. »

— Ecoute, j'ai fait une erreur.

— Non, c'est moi qui ai fait une erreur.

C'était comme si de l'acide sulfurique pur courait dans

ses veines et la brûlait, la brûlait partout. L'anneau finit par glisser de son doigt et elle le jeta sur la table de l'entrée.

— J'étais mal à l'aise à l'idée de te l'annoncer ce soir, merci de m'avoir évité cet embarras.

— Tu romps avec moi ?

Bradley la regarda d'un air incrédule.

— Mais nous nous marions dans un mois !

— Non, Bradley, nous ne nous marierons jamais.

— Keely, ne sois pas comme ça, dit-il en tendant le bras.

— Ne me touche pas !

Etait-ce l'expression qu'il vit sur son visage ? Il recula.

— Allons, Keely. Réfléchis un peu. Tu auras des regrets si tu t'en vas maintenant.

— J'ai déjà des regrets, Bradley. T'épouser ne ferait que les aggraver.

La tête vide, elle tourna les talons et prit la porte. Elle avait l'impression de vivre un cauchemar. C'est à peine si elle sentait le sol sous ses pieds. Ses oreilles bourdonnaient, tandis que l'ascenseur descendait et qu'elle sortait sous le ciel gris de décembre.

C'était un matin ordinaire. Des voitures passaient, de rares piétons marchaient sur les trottoirs encore enneigés par la récente tempête. La plupart des gens étaient au travail, là où elle-même aurait dû être. Où Bradley aurait dû être. Elle descendit la rue, non pas vers le métro qui la conduisait à son travail, mais en direction de chez elle, de son havre de paix.

Là, elle pourrait donner libre cours à ses larmes.

Certes, elle avait décidé de rompre avec lui. Mais cela ne diminuait en rien sa douleur d'être trahie, ni l'humiliation de savoir qu'il la trompait. De l'avoir vu avec une autre femme. Ses yeux la brûlaient. Elle renifla. Non, elle ne pleurerait pas ici. Pas en pleine rue. Chez elle. Elle devait tenir bon jusqu'à la maison, après cela irait mieux.

Parfois, ceux que l'on croyait connaître n'étaient pas du tout tels qu'on les voyait. Quand Bradley était entré dans la boutique d'art floral de sa mère, l'été précédent son entrée en dernière année d'université, elle était sûre d'être amoureuse de lui. Ils avaient passé presque tous les week-ends ensemble cet été-là. Il venait la retrouver à Chilton ou elle prenait le train pour Manhattan. Et tout était parfait alors… comme dans un rêve.

Une fois diplômée, elle avait insisté pour dénicher un appartement bien à elle à Manhattan et s'était fait embaucher comme comptable chez Briarson Financial. Elle était sûre d'aimer Bradley, mais ne voulait pas vivre chez lui, même s'ils passaient tout leur temps ensemble. Elle voulait avoir un vrai *chez elle*.

C'est alors qu'il l'avait demandée en mariage.

— Pourquoi gaspiller tant d'argent en taxis ? avait-il dit en lui glissant la bague au doigt. Je veux que tu sois mienne.

Elle avait été si sûre qu'ils connaîtraient un bonheur délirant jusqu'à la fin de leur vie. Et voilà qu'un an et demi plus tard elle était de plus en plus sûre que l'épouser serait une erreur. Et puis, rien n'effacerait jamais le choc de *l'avoir vu* au lit avec une autre femme.

D'autant plus qu'eux-mêmes n'avaient jamais connu des ébats aussi bruyants et torrides. Leur sexualité avait toujours été tranquille et, pour tout dire, routinière. Bradley semblait y trouver son compte. Elle aussi… plus ou moins. Certes, ce n'était pas transcendant. Peut-être n'était-elle pas faite pour de telles performances ? En fait, le sexe ne lui paraissait pas plus important que tout ce qu'ils faisaient ensemble.

Mais, maintenant que la scène défilait dans son esprit dès qu'elle fermait les yeux, elle n'en était plus si sûre. Peut-être que l'absence de piment ne venait pas de Bradley, mais d'elle-même ? Peut-être n'était-elle pas assez excitante ? Assez féminine ?

Keely plissa les yeux et accéléra le pas. Rentrer chez

elle. Elle voulait seulement rentrer chez elle, prévenir son bureau et pleurer tout son soûl.

Mais alors qu'elle gravissait les marches du perron de son immeuble, elle vit dans le hall une foule de policiers et d'individus à l'air officiel. C'était bien la dernière chose dont elle avait besoin : un cambriolage ou Dieu sait quoi dans l'immeuble. Fouillant dans son sac pour trouver ses clés, elle prit l'ascenseur et se retrouva un moment plus tard sur son palier, au deuxième étage.

Pour découvrir sa porte grande ouverte.

Prise de vertige, le cœur serré, elle se précipita vers l'entrée.

— Que se passe-t-il ? Qu'est-il arriv... Oh, mon Dieu !

L'appartement était complètement dévasté. Livres, DVD, CD étaient éparpillés dans le salon, les plantes renversées et la télévision par terre. D'un coup d'œil, elle vit que les placards de la cuisine étaient grands ouverts, que la farine et le sucre avaient été répandus sur le plan de travail.

— Qui a fait ça ? demanda-t-elle au policier planté devant sa porte.

L'homme lui barra le passage.

— Vous ne pouvez pas entrer, madame.

— Comment ça, je ne peux pas entrer ? J'habite ici !

— Ah ? Si vous voulez bien attendre ici un instant...

Elle aurait aimé être plus courageuse et oser foncer dans son appartement. Mais ce n'était pas son genre. Il lui en avait même coûté de jeter sa bague à la figure de Bradley. Alors, muette d'horreur devant le chantier indescriptible, elle attendit.

Un homme d'une cinquantaine d'années, portant une veste bleu marine et un treillis, apparut.

— Etes-vous Keely Stafford ?

— Oui, c'est moi.

— Puis-je voir vos papiers ?

Avec un sentiment d'irréalité croissant, elle obéit et sortit son permis de conduire.

— Quelqu'un va-t-il enfin me dire ce que cela signifie ?

— Entrez et asseyez-vous, dit-il en l'invitant chez elle.

A l'intérieur, le désordre était encore pire.

— Mon Dieu, qui a fait ça ? Quand est-ce arrivé ? Tout était en ordre quand je suis partie il y a deux heures.

Hébétée, elle se dirigea vers sa chambre où le contenu de son placard à linge gisait en tas par terre. Des voleurs ? Elle n'avait pas grand-chose de valeur, à part son ordinateur et sa télévision qui étaient là tous les deux. Des vandales ? Mais pourquoi ?

— Asseyez-vous, s'il vous plaît, mademoiselle.

— M'asseoir ? s'exclama-t-elle. Je suis ici chez moi !

Elle alla droit vers l'homme installé sur le canapé et le regarda dans les yeux.

— Si vous ne me dites pas ce que cela signifie dans les deux secondes qui viennent, je pique une crise… une crise comme jamais vous n'en avez vue.

Et elle se rendit compte en disant cela que c'était la pure vérité. Elle était sur le point d'exploser, littéralement.

— Qu'est-il arrivé ? Qui est entré ici par effraction ?

— Nous.

Ses jambes flanchèrent, et elle s'assit.

— *Nous ?* Et qui êtes-vous ?

— Des agents fédéraux. Nous enquêtons sur Bradley Alexander et nous avons de bonnes raisons de croire qu'il a laissé ici des objets en rapport avec notre affaire.

— Bradley ?

L'homme agita son insigne et un mandat de perquisition.

— John Stockton, FBI. Nous avons la preuve que Bradley Alexander a non seulement détourné des fonds de la société Technologies Alexander, mais qu'il a aussi blanchi l'argent à travers un réseau de LLC — sociétés à responsabilité limitée.

— Je suis comptable. Je sais ce que sont les LLC.

— Je m'en doute bien, dit-il en la jaugeant du regard.

— Cela veut dire quoi, ça ?

— Que si vous savez tout de l'opération, il serait préférable pour vous de coopérer, mademoiselle Stafford. Des charges criminelles pèsent sur M. Alexander.

Dans l'entrée de la chambre quelque chose s'effondra avec fracas. Keely tressaillit.

— Coopérer ? Suis-je considérée comme suspecte ?

— Disons que vous n'êtes pas à l'abri de tout soupçon. Vous êtes sa fiancée. Vous êtes comptable et son opération était sacrément compliquée. Même si vous n'avez fait que le conseiller, vous devez nous le dire.

— Le conseiller ? Je ne sais rien de cette histoire. Et pour être franche, je la trouve difficile à croire. Pourquoi Bradley détournerait-il des fonds ? Il est riche. Sa famille, ses actions, son salaire… Il est le directeur général d'une des plus grosses sociétés de communication de la région. Quel besoin aurait-il de détourner des fonds ?

— Vous allez me l'apprendre.

— Mais je ne sais rien, moi, bon sang !

— C'est drôle, son bookmaker le sait. Ainsi que ses amis de poker.

— De poker ? Il lui arrive de jouer chez lui pour le plaisir.

— Avec dix mille dollars en première mise. Entre ça, le bookmaker et ce qu'il flambe sur les tables de jeu d'Atlantic City, il a perdu des millions ces cinq dernières années. Votre fiancé est un vrai gouffre financier.

Son fiancé ?

Immédiatement, elle se revit dans l'appartement de Bradley, regardant son dos nu et ses muscles rouler tandis qu'il faisait l'amour à une autre. On ne pouvait imaginer trahison d'un goût plus délicieux. Sans réfléchir, elle chercha sa bague de fiançailles à son annulaire.

— Ex, dit-elle d'une voix forte.

— Quoi ?

— Ex-fiancé.

Stockton posa sur elle un regard morne, sceptique.

— Vous avez prévu de vous marier le mois prochain. A la Tavern on the Green, si j'en crois mon dossier.

— Nous avons rompu ce matin. Allez donc demander à Bradley comment cela s'est passé.

— Nous le ferions, si nous pouvions le trouver. Votre… *ex*-fiancé a apparemment quitté la ville.

Keely avait vu à la télé des victimes de catastrophe, des gens accablés, incapables de s'en sortir, sans expression. Elle savait maintenant ce qu'ils ressentaient. D'abord Bradley, ensuite l'enquête, puis la réalité de ce qu'il avait fait.

Et qu'il lui laissait sur les bras.

Elle n'aurait su dire depuis combien de temps elle était là, protestant encore et encore qu'elle ne savait rien. Et sentant le filet se resserrer autour d'elle. Elle savait qu'elle devrait prendre un avocat, mais prendre un avocat serait reconnaître ce dont on la soupçonnait, alors qu'elle n'avait *rien fait*.

Mais Bradley, si.

Selon le FBI, il avait volé des dizaines de millions. Les Technologies Alexander avaient beau être une entreprise familiale, ce n'en était pas moins une société. Ce n'était pas l'argent de sa famille qu'il avait volé, mais celui des actionnaires. Il avait transféré des fonds à de faux vendeurs, des LLC qu'il avait créées afin de régler des frais pour des services et des produits qui n'existaient pas. Et ce n'était que le début. Car l'argent était ensuite dispersé dans un obscur réseau de sociétés.

Des sociétés où son propre nom, Keely Stafford, figurait dans les conseils d'administration !

— Je vous répète que je ne sais rien de tout cela.

— C'est dans votre plus grand intérêt que nous vous demandons de collaborer avec nous, mademoiselle Stafford.

— Je suis là, non ?

Après des heures d'interrogatoire, l'irritation la gagnait.

— Comment a-t-il eu vos données personnelles ?

— C'était mon fiancé, bon sang. Il était chez moi tout le temps. Je n'avais pas toujours l'œil sur lui.

Et à un moment donné, alors qu'elle avait le dos tourné, il avait trouvé son numéro de sécurité sociale et l'avait utilisé pour l'associer à ses opérations frauduleuses qui menaçaient de les mener tous deux en prison pour un bon bout de temps.

Ce qui la sauvait, c'était que les agents du FBI n'avaient pas vu la couleur de l'argent qu'elle était censée détenir. Pour la bonne raison qu'elle ne le détenait pas. Elle n'avait jamais rien su de tout ça. La seule personne pouvant le leur dire était Bradley. Mais entre le moment où elle était partie et celui où on avait perquisitionné leurs appartements, il s'était volatilisé. Peut-être avait-il un sixième sens ? Peut-être le fait d'être surpris avec une autre l'avait-il obligé à sortir de chez lui plus tôt que prévu ?

Elle l'avait sauvé. Et reçu en retour la gifle de sa trahison en pleine figure. Mais être trompée par Bradley n'était rien par rapport à la combine dans laquelle il l'avait impliquée à son insu. Et voilà qu'à présent elle subissait un interrogatoire en règle, que le FBI avait dévasté son appartement, que sa vie était bouleversée et que sa liberté elle-même était menacée.

La porte s'ouvrit, la faisant sursauter. C'était Stockton.

— Mademoiselle Stafford ? Ce sera tout pour le moment.

— Je ne suis pas arrêtée ?

Il secoua la tête.

— Vous êtes libre, mais nous aimerions être informés de vos déplacements. Ne quittez pas la ville sans nous le dire.

Bien sûr. Ils la surveilleraient pour voir si elle contactait Bradley.

Elle saisit son sac et se leva.

— Mademoiselle Stafford, dit Stockton en tendant sa carte. Si vous découvrez ou pensez à quelque chose qui peut nous aider, appelez ou envoyez un mail. C'est dans votre intérêt à tous deux.

Il l'observa d'un regard inflexible.

— Si j'apprends quelque chose, ce sera une découverte autant pour moi que pour vous, monsieur Stockton.

Sur ce, elle sortit de chez elle sans se retourner.

Assise à son bureau, le regard perdu sur le carré de lumière qui filtrait à travers la fenêtre, Keely écoutait se succéder les sonneries du téléphone collé à son oreille. Depuis deux jours que la police avait perquisitionné chez elle, son téléphone n'avait pas sonné une seule fois.

— Allô, dit une voix rieuse de femme.

— Lara, dit-elle avec une bouffée de joie. C'est Keely.

Il y eut un temps de silence.

— Oh. Salut, Keely, répondit Lara… sans rire cette fois.

Lara Tremayne, son amie la plus proche ici, en ville. Entre leurs déjeuners, les vernissages et les réunions du comité caritatif, elles se voyaient une ou deux fois par semaine. Keely nota que Lara ne lui demandait pas de ses nouvelles. Elle n'avait pas besoin de le faire. Les journaux et les informations télévisées s'en étaient chargés. Pourtant…

Keely avala sa salive.

— Le bal pour la recherche contre le cancer approche et nous devons établir ensemble le planning du comité.

— Oh, c'est vrai. Je pensais t'appeler. Le comité a eu une discussion…

Les doigts de Keely se crispèrent sur le téléphone.

— Sans moi… à quel sujet ? Je suis la présidente.

— Oui, eh bien, justement. Le sentiment général est qu'à la suite de ton… euh… de ce qui s'est passé, eh bien, nous avons pensé qu'il serait préférable que quelqu'un d'autre prenne la relève.

— Je vois.

Keely s'efforça de garder un ton neutre.

— Quand avez-vous pris cette décision ?

Lara hésita.

— Avant-hier.

— Et quand comptais-tu me le dire exactement ?

— Bientôt. Désolée, Keely. C'était embarrassant.

Keely se sentit blessée. Elle avait cru que Lara était vraiment son amie. Apparemment, elle s'était trompée.

Lara s'éclaircit la voix.

— Ecoute, quoi qu'il en soit, je crois que tout cela ne te serait jamais arrivé sans Bradley.

Keely allait répliquer lorsque son téléphone bipa et afficha le poste de son patron.

— Ecoute, Lara, je dois te laisser.

— Moi aussi, dit Lara avec un soulagement évident. Je t'appellerai.

« Ouais… à d'autres. » Keely ravala sa peine et enfonça la touche de l'autre ligne.

— Oui, Keely.

— Keely, c'est Ron. Puis-je vous voir dans mon bureau ?

Ron Arnold, son patron. D'habitude, il passait la tête à la porte de son bureau quand il voulait lui parler. Cette fois, il la convoquait. Avec un sombre pressentiment, elle se leva.

Depuis le jour où elle avait surpris Bradley, le travail était resté la partie à peu près normale de sa vie. Enfin, si on faisait abstraction de la foule des paparazzi qui campait à l'entrée de Briarson et la mitraillait à chacun de ses passages. Après tout, ce n'était pas tous les jours qu'un des couples les plus « branchés » de la jet-set se faisait pincer pour un crime en col blanc. Ne pouvant mettre la main sur Bradley, Keely restait la meilleure proie pour les journaux à scandale. « Keely Stafford, la fiancée présumée complice… » Seuls Bradley et elle-même savaient que leurs fiançailles étaient rompues.

— Asseyez-vous, Keely.

Râblé et dégarni, Ron Arnold était son chef de service depuis qu'elle était chez Briarson.

— Comment allez-vous ?

— Bien, merci, répondit-elle machinalement.

Le regard d'Arnold n'était pas antipathique, mais elle n'était pas sûre d'en supporter la pitié plus facilement que les regards curieux ou franchement critiques de ses collègues.

— Je suis désolé de ce qui vous arrive. Cela ne doit pas être facile à vivre.

Facile ? Traquée par la presse, surveillée par les autorités, devant retourner le soir dans le chaos d'un appartement qui n'avait plus rien d'accueillant. A part ça, tout allait bien.

— Je survivrai.

— Avez-vous vu cela ?

Il posa sur le bureau la copie d'une page du *New York Post*. On y voyait Keely, tête baissée, emmitouflée dans son manteau, se frayant un passage à travers une foule de journalistes. Et derrière elle apparaissait très clairement le nom de la Briarson Financial.

— Je suis désolée, Ron. J'ai essayé de venir ici très tôt et de repartir le plus tard possible. Ils sont toujours après moi, où que j'aille.

— Difficile d'échapper à une armada de tiques.

Elle lui adressa un sourire reconnaissant.

— Si je n'avais pas cet endroit, je ne sais pas ce que je ferais. Je crois que je deviendrais folle.

— Keely.

Il hésita.

— Notre hiérarchie commence à s'inquiéter. Des clients ont appelé en voyant votre nom dans les journaux. Des clients dont vous gérez les comptes.

Evidemment, pensa-t-elle le cœur lourd. Keely Stafford, comptable à la Briarson Financial, au cœur d'une affaire de détournements de fonds… ce n'était pas exactement le genre de choses qu'un client aimait entendre.

— Votre travail ici depuis trois ans a été excellent. Tous vos rapports ont été remarquables, y compris sur les comptes difficiles. Mais nous ne pouvons mécontenter nos clients, ni susciter le moindre doute. Or, chaque fois qu'on parle de vous dans la presse, les choses ne font qu'empirer. J'ai essayé de tenir bon, mais mes supérieurs exigent que je fasse quelque chose. Je pense que vous comprenez.

Les lèvres de Keely devinrent blanches.

— Est-ce un renvoi ?

— Non. Mais nous voudrions que vous preniez un congé.

Pour aller où ? Entre les murs d'un appartement où elle ne se sentait plus chez elle ? Dans la rue, à l'hôtel ? Pour être plus que jamais traquée par la presse ?

— Ron…, commença-t-elle, désemparée.

— N'avez-vous pas de la famille dans le Connecticut ?

— Si. A Chilton.

— Eh bien, allez là-bas. Prenez un congé jusqu'à la fin du mois. Rentrez chez vous. Après tout, c'est Noël.

- 2 -

Comment avait-il pu revenir à Chilton, se demandait Lex en roulant dans la grand-rue poudrée de neige. Du parking aux arches de fer forgé de Main Street, tout était tel que dans son souvenir. N'était la couleur des bancs publics, on aurait vraiment dit que rien n'avait changé ici en douze ans.

A part lui, naturellement.

Car il avait pas mal bourlingué depuis son départ, et dans les pires endroits du globe. De ceux que fuyaient la plupart des gens sains d'esprit. Mais ceux qui les affrontaient étaient armés de bien d'autres choses que leur esprit ! Et pour certains, il était fou…

Assez fou en tout cas pour revenir à Chilton.

Il avait deviné qu'il allait avoir des ennuis en entendant la voix de sa mère au téléphone. Le fait même qu'elle ait réussi à le débusquer au fin fond de nulle part l'avait impressionné car, là-bas, il ne s'appelait pas Aubrey Pierce Alexander III. Mais Lex. L'homme qui s'était fait lui-même. Celui qui avait tourné le dos à l'entreprise familiale et à son damné tyran de père : Aubrey Pierce Alexander II. Pierce pour tout le monde ou presque.

Mais, lui, dès sa naissance, Pierce l'avait surnommé Trey. Version 3.0. Il n'avait même pas eu droit à un nom à lui… une vie à lui. Pierce avait failli le briser à force de s'obstiner à lui imposer ses quatre volontés. Le moindre écart de cette voie toute tracée était sanctionné. Plus lourde la faute, plus lourde la punition. Aubrey Pierce Alexander III devait faire ce que son père attendait de lui. Point final.

Qu'arrive-t-il lorsqu'une force impétueuse se heurte à une volonté inflexible ? Pour lui, le seul moyen de survivre était de fuir loin de ce qu'on exigeait de lui, loin de la famille et de la fortune familiale.

Fuir pour se reconstruire.

Il avait été soulagé de laisser les Technologies Alexander à son frère Bradley, qui semblait ravi d'être le chouchou de l'entreprise et des rubriques mondaines. Et voilà que Bradley avait, paraît-il, creusé sous ses pieds un gouffre qui menaçait de l'engloutir — et leur mère avec lui. Cela n'aurait jamais eu lieu du vivant de leur père, mais le vieil homme n'était plus et Lex savait bien que sa mère n'était pas capable d'affronter la situation toute seule.

Olivia Alexander était capable de gérer toute seule un gala de deux cents couverts pour le DAR, l'association caritative locale, avec l'efficacité d'un général planifiant une campagne militaire, mais n'était pas de taille à faire face aux autorités et à la ruine de la famille toute seule. Et s'il y avait des hommes capables de ne pas répondre à l'appel à l'aide de leur mère, il n'était pas de ceux-là. Dieu sait pourtant que rentrer chez lui était la dernière chose qu'il désirait.

Il s'engagea dans une avenue résidentielle, dont les murs réveillèrent la même sensation d'étouffement qu'autrefois. Au-delà des murs s'élevaient les hautes maisons en pierre de taille, de bon ton à Chilton, décorées du haut en bas pour Noël.

Il fut soudain tenté de poursuivre sa route. Il y avait des dizaines d'endroits où il préférerait être. Des tas de choses qu'il aimerait mieux faire. Mais avant, il devait accomplir son devoir.

Et qui sait combien de temps cela prendrait ?

D'un geste aussi irrité que machinal, il tourna dans

l'allée menant au domaine Alexander, s'arrêta à la grille et enfonça le bouton de l'Interphone.

— Oui ? Qui est là ?

La voix de la domestique lui était inconnue, ce qui n'avait rien de surprenant. Qu'était-il censé répondre ? Lex ne ferait pas l'affaire. Aubrey Pierce III non plus.

— Trey Alexander, dit-il enfin… et le portail s'ouvrit en bourdonnant.

Trey Alexander. L'identité qu'il croyait avoir laissée derrière lui. La vie qu'il croyait avoir laissée derrière lui.

Il enfila l'allée, stoppa devant la maison et gravit le perron. Allons, il n'allait pas en mourir, pensa-t-il. Il avait connu pire. Et ici, au moins, il ne risquait pas qu'on lui tire dessus. S'il n'avait pas été si sûr qu'un sac de nœuds l'attendait ici, il aurait été heureux de revoir sa mère. Mais, au ton de sa voix, il avait tout de suite compris que les choses allaient mal. Elle n'avait eu qu'à dire…

— Trey ?

Sa mère était sur le seuil et le regardait. Le temps avait ajouté quelques rides à son visage, mais elle était toujours aussi svelte et élégante. Sa belle chevelure toujours aussi brune. Olivia Alexander n'était pas du genre à accepter de grisonner et avait toujours fermement dirigé son petit monde, à l'exception peut-être de son mari. Et peut-être pas, pensa Lex en sentant trembler la main de sa mère dans la sienne. Lorsqu'il l'embrassa, elle le serra dans ses bras comme elle ne l'avait jamais fait… pour autant qu'il s'en souvienne.

— Tu es venu, murmura-t-elle. Je n'étais pas sûre que tu viendrais. Cela fait si longtemps…

Lui non plus n'en avait pas été sûr. Lui qui s'était toujours moqué des liens de famille, du moins quand il s'agissait de la sienne, il s'était retrouvé dans l'avion sans le vouloir. Peut-être n'était-ce pas si bête après tout ? Peut-être.

Quand sa mère s'écarta, il vit ses yeux briller de larmes.

— Salut, murmura-t-il.

— J'ai cru que je ne te reverrais jamais, dit-elle calmement. Dix ans sans un mot de toi…

— Je suis là maintenant, maman.

— Oui, tu es là.

C'est lui qui avait enfin rompu le silence, il y a deux ans. Bloqué dans un aérodrome de Somalie, il feuilletait un vieux magazine anglais et était tombé sur la nécrologie de son père.

« *Le monde financier en pleurs* », annonçait pompeusement l'article.

Lui n'avait pas versé une larme. Juste bu du whisky toute la nuit… et appelé sa mère au petit matin. Ses condoléances étaient plutôt tardives, mais mieux vaut tard que jamais. Par la suite, il avait ressenti un curieux besoin de l'appeler deux fois par an. Leurs conversations étaient souvent ponctuées de silences gênants, mais il ne pouvait s'empêcher de l'appeler.

Et, quand il l'avait fallu, elle avait réussi à le trouver.

— Pose ton sac et viens t'asseoir. Je vais dire à Corinne de nous apporter quelque chose à boire.

Sa première pensée fut que la maison était plus gaie que dans ses souvenirs. Avait-il fantasmé cette impression étouffante qui en émanait ou était-ce Pierce qui rendait l'atmosphère pesante ?

— C'est bien joli ici, maman, dit-il en entrant dans le salon, accueillant et spacieux à présent.

— J'ai changé des petites choses après la mort de ton père.

Intéressant. Pierce avait toujours refusé de changer quoi que ce soit dans la maison de ses ancêtres. Exit les meubles massifs, les lourdes tentures, le papier mural éteint. Olivia avait éclairé les murs du salon de couleurs pastel et remplacé les rideaux de velours vert bronze par un tissu plus léger. Luxueux, certes, et encore traditionnel, mais qui donnait à la pièce l'aspect chaleureux qui lui faisait défaut auparavant.

— J'aime bien, dit Lex. Tu as fait du beau travail.

— Il était temps de faire du neuf.

Oh Dieu ! Il n'en croyait pas ses oreilles. Dommage que sa mère ait dû attendre si longtemps pour le faire.

La bonne apporta le café et la conversation se porta sur le sucre et la crème. Non, il ne prenait ni l'un ni l'autre, merci. Puis la domestique s'éclipsa et ils se regardèrent en silence.

Olivia prit une gorgée de café.

— Alors, comment s'est passé ton vol ?

— Lequel ? Il y en a eu trois.

— N'importe. Je voulais dire ton voyage, tes vols.

— Sans surprise. Ce qui est une bonne chose en avion.

Surtout avec le genre d'avion qu'il prenait. Il lui avait fallu des jours pour aller de la brousse à Chilton. C'était le prix à payer pour rentrer chez lui. Tout était si différent ici. Il se tourna vers la fenêtre pour regarder le parc couvert de neige.

— Quand la neige est-elle tombée ?

— Il y a quelques jours. Une vraie tempête. J'ai perdu deux rosiers. Le jardinier n'avait pas fini de les pailler.

— Ils peuvent peut-être reprendre au printemps.

— Peut-être. Pour l'instant, la neige est là, mais je ne crois pas qu'elle tienne longtemps.

— Pourquoi ? La météo prévoit un redoux ?

— Dans quelques jours.

Ils regardèrent la neige en silence, comme s'ils la voyaient pour la première fois. Ils ne savaient que se dire après tant d'années. Le silence devenait insupportable. C'était pire que d'être avec une étrangère. Il s'éclaircit la voix.

— C'est…

— Est-ce ton…

Ils s'interrompirent.

— Toi d'abord, dit Olivia.

Il hocha la tête et fit mine de renifler sa tasse.

— Mmm… il sent bon ce café.

— Contente qu'il te plaise.

— Une chose qu'ils font bien là où j'étais, c'est le café.

— Je ne comprends pas que tu t'obstines à aller dans des endroits aussi dangereux.

— Les environs de New York peuvent être pires.

— N'empêche que je ne comprends pas comment on peut vouloir y aller.

Il préféra ne pas répondre et changea de conversation.

— Alors, comment va le DAR ?

— Tout va bien. Nous préparons le gala de Noël. Il nous reste deux semaines pour tout mettre au point.

— C'est du boulot.

— Ah ça, tu peux le dire. Entre les fleurs, le placement des convives, la musique…

— Tu dois avoir beaucoup de réunions.

— Tout le temps. Tu n'imagines pas le nombre de tasses de café que j'ai avalé ces deux dernières semaines.

— Tant que le café est bon…

— C'est vrai que tu as toujours aimé le café, même quand tu étais tout jeune. C'est si étrange que tu sois là…

— Oui, cela me fait un drôle d'effet.

— Tu es un homme à présent. Dire que tu commençais à peine à te raser quand tu es parti.

— Maintenant, c'est à peine une fois par semaine, dit-il en frottant sa barbe naissante d'un air piteux.

— J'imagine que les choses changent avec le temps.

— En général, oui.

— Je tourne autour du pot, n'est-ce pas ?

— C'est ton droit.

— Pas quand tu débarques du fin fond de l'Afrique pour m'aider. Je suis désolée. Je ne savais pas qui appeler d'autre.

— Bon. Alors, comment se présentent les choses ?

— J'imagine que tu parles des ennuis de Bradley ?

— Non, maman, je parlais des tiens.

Elle fit une pause avant de répondre.

— Nous avons rendez-vous demain à 14 heures avec Frank Burton pour parler des détails.

Frank Burton, l'avocat de ses parents depuis toujours.

— Il est sur l'affaire ?

— Il a pris contact avec les autorités et peut leur donner des idées pour retrouver Bradley.

— J'imagine que tu as essayé de le joindre sur son portable.

— Il ne répond pas.

— Et par mail ?

— Aucune réponse. Je ne sais que faire, mais je suis sûre qu'il y a une explication rationnelle.

— S'il y en avait une, il n'aurait pas coupé les ponts.

Et si elle le croyait, elle ne l'aurait pas appelé au secours.

— Et s'il est innocent, disparaître le rend suspect.

— Je ne peux croire que Bradley ait fait une chose pareille de lui-même. Il a dû être poussé par cette fille.

— Sa fiancée ? Je croyais qu'elle te plaisait et ferait bien dans le tableau de famille ?

Ce qui la rangeait dans la catégorie des gens qu'il fuyait comme la peste, mais bon… ce n'était pas ses affaires.

Sauf qu'à présent il s'y trouvait bel et bien mêlé.

— Je pense qu'elle n'était pas assez bien pour Bradley.

— Maman, écoute, je ne crois pas que…

Elle l'arrêta d'un geste.

— Inutile de bâtir des hypothèses. Attendons d'en savoir plus. On finira bien par le retrouver et nous saurons tout.

Pas si sûr. Il savait mieux que personne qu'il était facile de disparaître quand on le voulait vraiment.

Olivia se leva. Le sujet était clos.

— Et maintenant, si je te montrais ta chambre ?

Ils grimpèrent au premier, longèrent les couloirs familiers, et arrivèrent devant la porte de son ancienne chambre.

— J'espère qu'elle te plaira. C'est la seule qui a été refaite, avec celle de Bradley. Nous avons transformé la tienne en chambre d'amis après ton départ.

Elle fit un geste vers les murs vert pâle. La couleur du printemps. Du renouveau. Et des vieux souvenirs.

Sans regarder autour de lui, il se dirigea vers la fenêtre. Il en avait toujours aimé la vue, même quand il était enfermé dans sa chambre. Il regardait les jardins, puis la petite bande bleue de la mer à l'horizon. Et rêvait d'évasion.

Il entendit Olivia s'approcher.

— Tu m'as manqué, dit-elle d'un ton neutre en regardant la mer. C'est terrible de voir disparaître son enfant.

La culpabilité fondit sur lui avec une violence inattendue.

— Maman…

Il ne savait pas quoi dire. Tout ce qu'il savait, c'est qu'il n'avait pas eu le choix.

— Chaque nuit, je me demandais où tu étais. Si tu étais en vie, en sécurité… J'espérais toujours que tu m'appellerais.

Le silence tomba. Elle posa son front contre la vitre.

— Pourquoi a-t-il fait ça, Trey ? Pourquoi ? Que lui avons-nous fait ? Que vous ai-je fait à tous deux ?

Oh, miséricorde, pensa Lex, en posant maladroitement la main sur l'épaule de sa mère.

— Tu ne nous as rien fait… à aucun de nous.

— J'ai laissé votre père vous brutaliser.

— C'est comme si tu disais que tu as laissé la tempête saccager le jardin. Pierce a fait ce qu'il a fait. Moi de même. Et Bradley a fait son choix, lui aussi. Tu n'y peux rien.

Elle se raidit et se tourna vers lui.

— Tu dis cela par gentillesse, mais je suis heureuse que tu sois là.

Impulsivement, il la serra très fort dans ses bras et, Dieu, que c'était bon.

— C'est que je… je ne sais pas quoi faire, dit-elle en se laissant aller contre son épaule.

— Ne t'en fais pas, maman. Nous retrouverons Bradley et tirerons tout cela au clair ensemble. Tout ira bien.

Et il pria pour que cela soit vrai.

*
* *

— Je ne peux pas dire que Bradley me manquera, dit Jeannie Stafford en glissant un brin de gypsophile dans le bouquet de gerberas que lui tendait sa fille.

— J'aurais préféré une autre fin, répondit Keely en nouant celui-ci d'un ruban où se détachait le nom de la boutique, Les Créations florales de Jeannie.

— Je ne l'ai jamais aimé.

— Il n'est pas assez bien pour toi, ma belle, ajouta Lydia Montgoméry, l'employée de Jeannie et l'amie de Keely qui travaillait avec elle depuis l'ouverture de la boutique.

— Il était toujours si content de lui et regarde ce qu'il t'a fait ! Et le pétrin dans lequel il t'a mise, pesta Jeannie.

— Et maintenant sa mère fait courir le bruit que tout est ta faute, dit Lydia en composant son propre bouquet.

— Tu ne l'as pas entendu dire cela toi-même !

Keely espérait que ce n'était qu'une rumeur, car elle tenait Olivia Alexander pour quelqu'un de plutôt franc, ce qui d'ailleurs était rare dans son milieu. Elle avait toujours pensé qu'Olivia l'appréciait et approuvait son union avec Bradley.

Lydia mit les mains sur ses larges hanches.

— Peut-être, mais Sandra Maxwell a surpris cette pimbêche en train de le dire en faisant la queue chez Petrino, et Sandra me dit toujours la vérité.

— Je suis sûre qu'Olivia refuse de croire que son fils a fait une chose pareille, dit Jeannie. Quelle mère le pourrait ?

— Eh bien, elle ferait mieux de regarder la réalité en face, dit Lydia en secouant ses nattes rousses. Elle a été dupe. Tout le monde l'a été, même toi, Keely.

Oui, et même plus que les autres, songea celle-ci.

Elle avait l'impression d'étouffer. Si elle ne sortait pas d'ici, elle allait devenir folle…

— Et si j'allais vous chercher du café et des beignets ?

— On t'embête, hein ? dit Jeannie d'une voix contrite.

— Eh bien…

— Oh, mon trésor, je suis désolée, dit sa mère en la serrant dans ses bras. Il me rend tellement furieuse, tu comprends ?

— Tu mérites tellement mieux, renchérit Lydia.

— Si tu te promenais un peu avant d'aller chercher du café ? Nous avons une demi-heure pour finir ces bouquets de table pour le thé de Lillian Hamilton.

— D'accord, mais je vous aiderai à mon retour.

— Tu es censée te détendre. Tu nous feras la conversation.

— Je me détends mieux quand je suis occupée, maman.

Keely lui fit un clin d'œil et partit flâner dans la rue où elle aurait pu se diriger les yeux fermés.

Adolescente, elle avait toujours espéré vainement que ses parents s'installeraient dans une autre ville, n'importe quelle ville, plus animée que Chilton. Après tout, ils étaient assez riches pour le faire, à cette époque. Mais les Stafford vivaient dans le Connecticut depuis des siècles. Ce n'était pas maintenant qu'ils allaient en bouger.

Car s'ils vivaient toujours sur le domaine construit en 1891 par son trisaïeul, Clément Stafford, ses parents avaient été ruinés par le crash de 1987 et l'explosion d'internet. Son père avait de belles qualités, mais pas le sens des affaires. N'entendant rien aux cours de la Bourse, il avait pratiquement tout perdu.

Chose curieuse, il semblait plus heureux depuis que son patrimoine avait fondu. Renonçant à suivre l'exemple de ses prédécesseurs, il avait préféré devenir l'un des directeurs d'une la compagnie maritime. Les actions de celle-ci grimpaient et son père prospérait.

Il en allait de même de la boutique que Jeannie avait créée avec ce qui lui restait de l'héritage de ses parents, en espérant tenir leurs créanciers à distance. Elle avait également mis ses talents, acquis au Club de jardinage, au service d'une grande entreprise. Et si ses soi-disant amies du DAR la regardaient de haut parce qu'elle travaillait, elle-même en était contente. Certes, ses parents avaient dû vendre les propriétés de Provence, de Vail et de Saint-Bart, le pied-à-terre parisien et celui de Milan, mais ils ne manquaient de rien, ils étaient heureux, et c'est tout ce qui lui importait.

« Je ne l'ai jamais aimé. » Pourquoi ne s'en était-elle pas aperçue plus tôt ? Sans doute parce qu'elle ne le voulait pas. Parce que Bradley était le héros de son enfance, l'amour de son adolescence, elle s'était accrochée à ses illusions.

Résultat, elle avait tout perdu. Même son emploi. Et si les choses tournaient mal, ses parents finiraient par dépenser tout ce qu'ils avaient mis de côté pour son mariage, afin de lui payer un bon avocat.

Elle ne voulait pas y penser maintenant. Ni au fait qu'elle avait dû prévenir Stockton qu'elle quittait Manhattan. Juste pour Noël. Dès lundi, elle s'attaquerait à cet imbroglio et trouverait un moyen de sauver sa peau. Pour le moment, elle laisserait les choses suivre leur cours, travaillerait avec sa mère, déjeunerait peut-être avec Lydia, sans penser à autre chose qu'aux iris et aux poinsettias…

Quelqu'un sortit de la pâtisserie Chez Darlène. Un parfum divin de pain et de café frais s'en échappa et la fit saliver.

Elle entra et sourit en voyant les chaises dépareillées et les tables bancales du coin café. Rien n'avait changé. Les murs arboraient toujours leur collection d'étains et de photos sépia. Les étagères, toujours les mêmes jouets de bois et bibelots souvenirs. Et Darlène était toujours là, derrière le comptoir, un peu plus âgée, un peu plus forte peut-être aussi, mais avec le même grand sourire que dans son souvenir.

— Keely Stafford ! On m'a dit que vous étiez de retour.

— On a dit vrai. Je voulais passer les vacances en famille.

— J'imagine la joie de vos parents. Mais je suis désolée d'avoir appris aussi que vous aviez des ennuis.

— Merci. Cela s'arrangera, dit Keely.

— J'en suis sûre, mon petit. On s'apercevra vite que vous n'êtes pour rien là-dedans. Il suffit de patienter un peu. Bon, et maintenant, dites-moi ce qui vous ferait plaisir ?

— Vous n'avez rien qui sorte tout juste du four ?

A l'instant même, la minuterie retentit dans la cuisine.

— Ma parole, vous êtes extralucide ! Attendez une minute.

Tandis qu'elle filait dans la cuisine, le carillon de la porte d'entrée tinta. Machinalement, Keely se retourna et regarda le grand brun mal rasé, en blouson de cuir et jean usés, qui venait d'entrer.

Il était très grand, mais bien bâti et musclé. Quand il s'approcha du comptoir, elle vit des mèches plus claires dans ses cheveux noirs. Le soleil peut-être ? Cela expliquerait son bronzage. Qui donc bronzait en Nouvelle-Angleterre au mois de décembre ?

Mais c'étaient ses yeux qui la frappèrent le plus. Ils étaient d'un vert incroyable, avec quelque chose de si dérangeant dans le regard que Keely eut un petit frisson.

— Bonjour, dit-il en s'arrêtant près d'elle. Est-il possible d'avoir un café digne de ce nom ici ?

— C'est le meilleur endroit pour ça.

Visiblement, il n'était pas d'ici et ne faisait que passer. Ou rôdait dans le coin. Il avait quelque chose de rude, d'un peu canaille, qui la mit en alerte. Il lui rappelait quelqu'un. Un acteur ? Peut-être. Elle le regarda à la dérobée pendant qu'il examinait les pyramides de croissants, de scones et de beignets.

— Alors, qu'y a-t-il de bon ici ?

« Vous. »

Le mot jaillit dans l'esprit de Keely juste au moment où il se tournait vers elle et surprenait son regard. Elle n'avait pas besoin de le voir sourire pour savoir qu'elle était rouge comme une pivoine ! Heureusement, Darlène sortit de la cuisine à temps pour la tirer d'embarras.

— Et voilà une fournée de muffins toute fraîche. J'en ai aussi à la carotte, à la myrtille et…

Elle resta bouche bée en voyant le nouveau venu.

— Trey… Trey Alexander, toi ici ? Je rêve…

Keely, elle aussi, fut sidérée. Mais bien sûr ! Trey, le frère aîné de Bradley. Ce dernier se moquait souvent de cet idiot destiné à réussir et qui avait tout raté. Trey le révolté, l'anarchiste qui la mettait mal à l'aise. Il était parti quand elle avait quatorze ans, mais elle aurait quand même dû le reconnaître.

Darlène fit le tour du comptoir et embrassa Trey.

— Regarde-toi un peu. Tu ne manges pas assez. N'est-ce pas qu'il est trop maigre ? dit-elle en prenant Keely à témoin.

Pour sa part, elle le trouvait plutôt bien bâti. De belles épaules, de longues jambes, un port de tête altier… Vraiment, il était à son goût. Son visage peut-être était un peu anguleux, mais c'est ce qui le rendait plus fascinant encore. Le visage rude d'un homme vivant dans un monde rude. Un visage de trafiquant, comme disait Bradley. Et il en avait bien l'air. Mais il y avait la courbe de sa bouche, terriblement sensuelle. Une bouche troublante… capable de faire perdre la tête à une femme. Surtout quand il affichait ce sourire sardonique que Keely connaissait bien.

Oh, ça oui ! Elle le connaissait ce sourire en coin. Il le lui adressait déjà au country club, sur le court de tennis et ailleurs. Avec une pointe de dédain, comme s'il se moquait d'elle. Mais qui était-il pour la regarder de haut ? Qu'avait-il fait de si extraordinaire à part être renié par son père ?

Il avait choisi le plus mauvais moment pour revenir ici. Elle avait assez de problèmes avec ce que Bradley avait fait pour ne plus avoir affaire aux Alexander. Encore moins à celui-là, avec son sourire en biais. Il ne manquait plus qu'Olivia Alexander pour parfaire le tableau.

— Un café noir, deux crèmes et trois beignets, dit-elle à Darlène. A emporter, s'il vous plaît.

— Vous êtes pressée ? demanda Lex en la regardant. Blonde, svelte, radieuse, élégante et raffinée, avec ce côté lisse des femmes de Chilton, obtenu à coups d'instituts de beauté, de cosmétiques hors de prix et de vêtements griffés. Incroyable ce que l'argent pouvait faire.

— Je dois retourner travailler.

— Où ça ?

— A la boutique d'art floral de sa mère, intervint Darlène. Beaucoup de choses se sont passées depuis ton départ, Trey. Je ferais peut-être mieux de t'appeler « Lex » maintenant, non ?

— Lex ? s'étonna la blonde. C'est nouveau, ça.

— C'est le diminutif d'Alexander, ma petite Keely.

Alors, seulement, Lex la reconnut. Plus âgée, bien sûr, et plus mince que dans son souvenir, avec un côté fragile… mais surtout, plus belle que jamais.

— Ça alors… que je sois maudit, murmura-t-il.

Keely Stafford, la fiancée de son frère. Il ne s'attendait pas à tomber sur celle qu'Olivia accusait plus ou moins d'avoir entraîné Bradley sur la mauvaise pente. Lui en était moins sûr. Bradley n'avait pas besoin de Keely pour se mettre dans le pétrin, il le faisait très bien tout seul. Mais cela ne voulait pas dire qu'il se laisserait attendrir. A bien des égards, elle l'agaçait. Il avait toujours détesté ce genre de femme.

A commencer par le milieu auquel elle appartenait. Ce milieu superficiel et guindé qu'il avait lui-même fui. Celui des joueurs de tennis BCBG du country club de Chilton en quête de jolies poupées diplômées. Pourtant, il ne pouvait s'empêcher de se rappeler le jour où, juste avant de partir, il l'avait regardée jouer sur le court de tennis. Il avait dix-huit ans. Keely en avait quatorze au plus… et sa jupette blanche découvrait ses longues jambes troublantes d'innocence.

Mais sa réaction à lui n'avait été rien moins qu'innocente.

Et si elle l'avait troublé à l'époque, il avait la nette impression qu'aujourd'hui elle pourrait le rendre fou. Car ce n'était pas seulement une belle blonde. Elle avait quelque chose en plus. D'intéressant, de fascinant même. Et devait être très photogénique avec ses yeux gris et ses pommettes rondes qui ombraient juste assez son visage pour le rendre captivant.

Elle avait l'air paisible et sûre d'elle. Une vraie jeune fille de bonne famille, mais il y avait en elle quelque chose de troublant propre à enflammer l'imagination d'un homme et à le pousser à faire l'impossible pour percer son mystère.

Même à voler des millions de dollars pour lui plaire.

Peut-être qu'Olivia ne déraisonnait pas, après tout ?

— Je te croyais à New York.

— Et moi que tu trafiquais en Mongolie.

— Je suis revenu pour aider ma mère. J'imagine que tu sais tout de cette affaire…

— Que veux-tu dire ? lança-t-elle en levant le menton d'un air de défi.

— Rien de plus que ce que j'ai dit. J'espérais que tu savais quelque chose. Après tout, Bradley est ton fiancé.

— Ex-fiancé, dit-elle d'un ton tranchant.

Voilà qui était intéressant.

— Ex ? Depuis quand ? Avant ou après que les fédéraux pointent le bout du nez ?

Elle rougit, se retourna pour prendre le plateau de café et le paquet de muffins que lui tendait Darlène.

— Cela ne te regarde pas.

— Toute cette affaire me regarde. Vous êtes la seule raison de ma présence ici, Bradley et toi.

Le regard terne, elle s'approcha du comptoir où se trouvaient le pot de crème, le sucre et les épices.

— Pourquoi ? Pour notre mariage ? Comme c'est touchant.

Elle saupoudra son café crème d'un peu de cannelle, le goûta et remit le couvercle en place.

— Ne fais pas l'idiote. Nous avons un problème, tu le sais. Ma mère m'a demandé de venir les aider.

— Aider qui ? Bradley ?

— Eux deux.

— Le seul moyen d'aider Bradley, c'est de le trouver.

— Alors, pourquoi ne le fais-tu pas ?

— Le trouver ?

— Tu dois bien avoir une idée de l'endroit où il se trouve.

— Aucune. Et il est préférable que tu le cherches. Je crois que tu sais mieux que moi comment on fait pour disparaître.

— Peut-être, mais je suis revenu.

— Et moi, je m'en vais, dit-elle en attrapant son plateau.

Lex alla lui ouvrir la porte et la suivit dehors.

— Où ça ? A New York ?

— Cela ne te regarde pas. J'ai rompu mes fiançailles avec Bradley. Et sans ce que ton frère a fait, je ne serais pas ici.

— Moi non plus. Dis-moi où est Bradley et nous pourrons rentrer chez nous, Keely.

— Je t'ai déjà dit que je n'en savais rien.

— Et tu t'attends à ce que je te croie ?

— Je me fiche de ce que tu crois ou pas.

Elle tenta de partir, mais il la retint par le poignet.

— Pas si vite. Il faut que nous parlions.

— Nous n'avons rien à nous dire.

— Oh, si. Je crois que nous avons beaucoup à nous dire.

Pendant un instant, ils restèrent face à face en se lançant des regards enflammés. Subitement, le feu s'éteignit dans les yeux de Keely. Tout aussi subitement, le désir empoigna Lex.

— Lâche-moi, dit Keely d'une voix calme et glaciale en baissant ostensiblement les yeux sur son poignet.

Se doutait-elle que son pouls battait le tambour sous ses doigts ? Tiens… Keely Stafford n'était pas si calme que cela. Un volcan couvait sous ce calme glacé.

— Bon, bon, je te laisse. Pour l'instant du moins.

— Pour de bon. J'ai eu ma dose d'Alexander pour le restant de mes jours.

— Pas de moi.

— Je n'ai vraiment pas besoin de vous !

— Peut-être, dit-il en lui effleurant le menton du bout du doigt. Mais ne crois pas que tu en as fini avec moi, ma belle.

— Va au diable ! lui lança-t-elle avec hargne.

Et elle s'en alla.

Il la suivit longtemps du regard.

- 3 -

C'était exaspérant, songea Keely le lendemain matin en nageant dans la piscine intérieure de la maison. Il avait suffi qu'il la touche pour qu'elle reste plantée devant lui comme une idiote. Non. Pire qu'une idiote ! Une gamine en extase devant le capitaine de l'équipe de foot du collège. D'accord, Trey Alexander — pardon, Lex — avait un charme fou, mais ce n'est pas elle qui y succomberait. Son frère lui avait suffi. Et avait même été de trop. Du reste, tous les hommes étaient de trop pour elle en ce moment. Elle ne pouvait plus les supporter.

Rien de tel pour se refroidir que de prendre son fiancé en flagrant délit. Chaque fois qu'elle fermait les yeux, elle revoyait la scène. Depuis quand faisait-il l'amour avec cette fille ? Y en avait-il eu d'autres ? Sortait-il parfois du lit d'une autre femme quand il venait la rejoindre dans le sien ?

Elle sortit de la piscine d'un mouvement fluide, chercha sa serviette du regard et la retrouva entre les mains d'un homme grisonnant qui lui souriait d'un air faussement confus.

— C'est ça que tu cherches, ma chérie ?

— Je t'embrasserais bien, papa, mais tu serais trempé.

— Aucune importance, dit Carter Stafford en l'enveloppant dans l'épaisse serviette et en la serrant contre lui. Je travaille à la maison aujourd'hui.

— C'est pour cela que tu portes ce pantalon kaki ?

— Non. Je m'habille souvent comme ça, même au bureau. C'est l'avantage d'être patron, chérie.

Il lui fit un clin d'œil.

— Mais tu aimes ton travail, n'est-ce pas ? demanda-t-elle en s'écartant pour se frictionner les cheveux.

— Il faut bien travailler pour vivre.

— A propos de travail, je ferais bien de partir aider maman.

— Tu pourrais te reposer un peu aussi, tu sais. Cela fait à peine une semaine que tu es là.

— Oui, mais la plus chargée de l'année, papa. Surtout que maman est obligée de partir de bonne heure tous les soirs.

— Comment pourrait-elle l'éviter quand c'est ma société qui a programmé cette fête de Noël ?

Elle pinça les lèvres.

— C'est toi le patron.

— Penses-tu qu'ils me consultent pour ces choses-là ? Et puis, je connais ta mère et son travail.

— Raison de plus pour la relayer, dit Keely en poussant la porte-fenêtre s'ouvrant sur le living.

— Pourquoi ne pas venir avec nous ce soir ? Donne-moi une occasion de t'exhiber.

Elle secoua la tête.

— Pas le soir de l'illumination des rues, voyons ! Les gens seront d'humeur à dépenser. La boutique doit rester ouverte.

Pas tant pour les fleurs que pour le coin cadeaux, où sa mère vendait des cartes de vœux, des petits bijoux, des guirlandes et toutes sortes de babioles pour décorer le sapin.

— Tout ça dans l'intérêt de la boutique, bien sûr, hein ? Sans aucun rapport avec le fait que tu ne veux voir personne, toi qui n'as encore jamais manqué l'illumination des rues ?

— Aucun rapport, papa.

— Je vois. Nous ferions peut-être mieux de passer la

soirée avec toi plutôt que d'aller à ce gala. Après tout, je suis le directeur, comme on me l'a rappelé.

— Et en tant que tel, tu as des responsabilités. Y compris le pénible devoir de te gaver de caviar et de champagne avec les autres fêtards pendant que je garde le fort !

— Tu es censée faire une cure de repos, grogna-t-il.

— Si je reste les bras croisés, je vais devenir folle. J'ai besoin de me sentir utile. Je dois tenir cela de mes parents.

— Sans doute parce que tu as dû travailler très tôt, trop tôt, dit-il avec une pointe de tristesse.

— Papa, tout le monde le fait au lycée et à l'université.

— Mais toi, tu n'aurais pas dû avoir à le faire.

Elle le gratifia d'un sourire et se dressa sur la pointe des pieds pour l'embrasser sur la joue.

— Cela m'a forgé le caractère.

Remuant comiquement les sourcils, elle lui fit sa meilleure imitation de Groucho Marx.

— Et sans mon caractère, je ne suis rien.

— Elle pourrait perdre *sa* maison ?

Lex regarda fixement Frank Burton, l'avocat personnel de ses parents.

— Ce n'est pas possible, murmura Olivia en torturant son collier de perles d'une main nerveuse.

— Votre nom figure sur la liste des membres du conseil de cinq des sociétés nominales que Bradley a créées. Je veux dire celles qui ont servi à détourner les fonds.

Il jeta un coup d'œil sur la feuille posée devant lui.

— Rectification, des cinq sociétés nominales connues des fédéraux. Ils sont persuadés qu'il y en a davantage.

— Si j'avais apposé ma signature, je m'en souviendrais, dit Olivia. Je ne signe jamais rien les yeux fermés.

— Si Bradley a eu accès à votre numéro de passeport et de sécu, il n'avait pas besoin de votre signature. Est-ce le cas ?

— Je ne sais pas. Il avait accès à mon bureau, bien sûr. Il a pu les découvrir en cherchant quelque chose d'autre.

— Et ce n'est qu'une partie du problème. Le plus fâcheux, c'est que votre fils a transféré cinq millions de dollars sur votre compte à dix reprises ces deux dernières années.

Burton lui tendit une épaisse chemise en papier kraft.

— Vous trouverez tous les détails là-dedans.

— Cinq millions de dollars ?

— Dix fois. Soit cinquante millions. Pour quelle raison ? Avez-vous gardé une trace de ces transactions ? Un récépissé ou autre chose prouvant que ces transferts étaient légaux ?

— Je n'ai… je ne sais rien de tout ça, dit-elle, impuissante.

Burton la regarda par-dessus ses lunettes.

— Il y a eu dix versements de cinq millions de dollars. Le total de vos dividendes trimestriels et de vos biens fonciers est aussi élevé, sinon plus, mais d'où venait le surplus selon vous ? Ces transferts ne vous ont-ils pas étonnée ?

— Une erreur de la banque ?

Burton la regarda d'un air sceptique.

— Dix fois de suite ? Je vous en prie, Olivia, si vous savez quelque chose, c'est le moment de nous le dire.

— Je ne… je ne peux…

Elle se tourna vers Lex et continua d'une voix désespérée.

— Ton père s'occupait des finances. Tu sais comment il était. Et quand il est mort, j'étais si…

Elle serra les lèvres.

— Il y avait tant à faire avec les obsèques, les faire-part, les démarches officielles, le testament. Quand Bradley m'a proposé de s'en charger, ce fut un tel soulagement de le laisser s'occuper de tout que… c'est devenu une habitude.

— Ce faisant, vous êtes entrée dans son jeu, dit Burton. Et lui avez offert tout ce qu'il lui fallait pour blanchir l'argent de ses sociétés à travers votre compte, avant de le transférer sur celui d'un complice.

Olivia ferma les yeux un instant.

— Je ne peux croire que mon fils ait fait une chose pareille.

— Les fédéraux le croient, eux. Et ils ont assez de preuves pour vous soupçonner de complicité. C'est pourquoi tous vos biens sont susceptibles d'être saisis.

— Tous ?

Elle pâlit. Lex lui prit la main et se pencha en avant.

— Mais elle n'a pas conservé l'argent.

— Pas à ce niveau. Mais les fédéraux ne savent pas où il est passé. Pour eux, votre mère peut très bien le cacher ailleurs.

— Et cela suffit pour saisir sa maison ?

— Oui. Ils peuvent tout prendre. Pas dans l'immédiat, bien sûr. Ils doivent d'abord remonter à la tête du réseau, et il est si embrouillé qu'ils en ont pour un an ou deux. C'est d'ailleurs pour cela qu'ils sont sûrs que sa fiancée est aussi dans le coup.

Keely aussi ? Lex fronça les sourcils.

— Que voulez-vous dire ?

— Ignorez-vous qu'elle est comptable ? Elle travaille pour Briarson Financial. Il est peu probable qu'un homme comme Bradley ait pu échapper aux contrôles internes tout seul. En revanche, pour une comptable expérimentée, c'est du gâteau.

— Keely est comptable ?

Il croyait qu'elle avait opté pour la littérature anglaise ou l'histoire de l'art comme toutes ces demoiselles de salon. Apparemment, il s'était trompé.

— Le FBI pense qu'elle a quelque chose à voir là-dedans ?

— Ils en sont presque sûrs. Ils n'ont pas encore de preuves, mais ils en auront. Croyez-moi, ils en auront.

— Si elle est impliquée, elle est en mesure de disculper ma mère, non ?

Lex oublia le beau visage, fragile et mystérieux, de Keely. Si elle avait des réponses, il lui tirerait les vers du nez.

— Tout aveu d'une autre personne suspectée aiderait Olivia, c'est sûr, répondit Burton. Mais le plus urgent est de retrouver votre frère, qui semble s'être volatilisé.

Bradley, oui, mais pas Keely, pensa Lex.

— Il faudrait parler à sa fiancée, dit l'avocat.

Lex sentit une colère noire s'éveiller en lui.

— Laissez-moi m'en occuper.

Il obtiendrait des réponses d'elle, cette fois. Avant qu'on ne dépouille sa mère de tous ses biens.

Olivia respira à fond et prit une attitude qu'il connaissait bien. Sans larme ni le moindre signe de faiblesse.

— Que se passera-t-il ensuite, Frank ?

— Rien dans l'immédiat. Ils vont enquêter jusqu'à ce que tout soit clair, constitueront un dossier, puis il y aura procès.

— Nous avons donc le temps, dit Lex.

— Plus ou moins. Mais plus tôt vous obtiendrez les aveux de sa fiancée, mieux cela vaudra pour votre mère.

Et pour lui. Plus tôt il quitterait ce bourbier, plus tôt sa vie reprendrait son cours normal.

— Bon, alors, je ferais bien de m'y mettre tout de suite.

— Oui. Et si vous avez du nouveau sur Bradley, prévenez-moi aussitôt, dit l'avocat en les raccompagnant.

— Comptez sur moi.

Lex et sa mère regagnèrent l'ascenseur. L'épais tapis du couloir amortissait leurs pas. Les bureaux de Burton étaient au dixième étage d'un building du centre de Stamford, dont les murs vitrés laissaient passer la lumière du jour.

— Je n'arrive pas à croire que Bradley ait fait cela de son propre chef, dit Olivia. Cette fille a dû le pousser.

Aidé peut-être, mais sûrement pas poussé. Lex savait très bien qu'on n'obtenait rien de son frère en le poussant. C'était bien le seul trait de caractère qu'ils avaient en commun. Tous deux avaient hérité de l'obstination de leur père. Savoir ce qu'il voulait et n'en pas démordre l'avait aidé à surmonter bien des difficultés, et cette ténacité avait aidé Bradley à devenir le principal actionnaire des Technologies Alexander, statut qui lui avait permis d'échapper à ses crimes jusqu'à présent.

Mais si Keely l'avait aidé, elle savait peut-être comment le faire sortir de son trou. Il *fallait* qu'elle parle.

— Maman, personne n'a forcé Bradley à s'enfuir.

— Il ne sait plus quoi faire pour se tirer de la situation où Keely l'a entraîné, maintint Olivia sans conviction.

— As-tu jamais vu Bradley faire quelque chose qu'il ne voulait pas faire ?

— Il ne peut pas l'avoir fait de lui-même. Je n'y crois pas.

En réalité, elle refusait de le croire.

Il fallait qu'elle regarde les choses en face pourtant, sinon elle ne s'en sortirait jamais.

— Personne ne l'a forcé à jouer au casino, maman. Tu as lu les déclarations des croupiers. Bradley s'était enfoncé et devait se refaire par tous les moyens.

Brusquement, le visage d'Olivia se défit. Elle lâcha prise et s'affaissa sur la rampe.

— Que vais-je faire, Lex ? Ils vont tout prendre. Comment a-t-il pu faire ça ? Me laisser sans rien ?

Elle se mit à pleurer. Et tout ce qu'il savait faire, c'était la prendre dans ses bras et lui tapoter le dos. Impuissant. Non. Pas impuissant. Jamais. Il y avait un moyen de la tirer de là et il le trouverait.

En « cuisinant » Keely Stafford, pour commencer.

— Tu es sûre que tu te sentiras bien ici, ce soir ? demanda Jeannie en boutonnant son manteau.

— Très bien. Et puis, Lydia viendra un peu plus tard.

— Le gui est sur la table.

— Je sais. C'est moi qui l'y ai mis. Allez ouste, file vite.

Keely enroula une écharpe autour du cou de sa mère.

— Tu dois vérifier le décor de la soirée. Qui inspectera les bouquets de table à la loupe si tu n'es pas là ?

— Qu'est-ce qui te fait penser que je vais le faire ?

— Je te connais. Allez, amuse-toi bien.

— Merci encore. Et ne travaille pas toute la nuit. Tu devrais t'amuser un peu aussi. Sors et profite des illuminations.

— Dehors, ordonna Keely en montrant la porte.

— J'y vais, dit Jeannie en embrassant sa fille à la hâte.

Keely regarda la porte se refermer derrière sa mère. Lydia n'allait pas tarder et elles bavarderaient, mais, jusque-là, elle avait la boutique pour elle toute seule. Elle respira l'air riche de senteurs de roses, d'œillets, d'hyacinthes. Et se souvint.

Après la faillite de son père, elle avait travaillé dur ici pour aider ses parents à payer les factures et ses frais d'université. Fini les vacances sur la Riviera, les longues journées paresseuses sur le sable chaud. L'été, elle aidait sa mère dans la boutique, vêtue d'un pantalon et T-shirt noirs — l'uniforme du magasin.

Un jour, Bradley était passé acheter des fleurs pour sa mère. Et elle était tombée sous le charme, comme au temps où il était la star du country club et qu'elle l'avait supplié de faire un double mixte avec elle.

Et, cinq ans plus tard, elle se retrouvait ici et disposait des chrysanthèmes dans un vase. Toutes ses années d'études, de stages, de travail chez Briarson, balayées d'un revers par ce maudit Bradley. Luttant pour maîtriser sa rage, elle mit le vase dans la vitrine réfrigérée où étaient déjà entreposées des roses, des lis, des orchidées et autres fleurs exotiques. La porte carillonna derrière elle, signalant l'arrivée d'un client. Avec un soupir résigné, elle se retourna. Et retint son souffle.

Lex Alexander piquait droit sur elle.

La boutique lui parut soudain très étroite. Et très vide. Il était trop grand, trop fort. Trop *présent*. Et ses yeux verts la fixaient trop intensément. Elle se redressa de toute sa taille. Rien à faire. Il dépassait son mètre soixante-dix d'une bonne tête. Retrouvant son souffle, elle attaqua la première.

— Tu viens chercher des fleurs, je suppose ?

— Non. C'est toi que je cherche.

— Je suis là pour travailler, pas pour bavarder.

— Il n'y a pas un chat et j'ai à te parler.

— J'ai plein de choses à faire.

— Nous pouvons parler en même temps.

— De quoi ? Je n'ai rien à te dire, moi !

— Vraiment ? Et si nous parlions un peu de ton joli petit plan avec Bradley ?

— Mais… je n'ai fait aucun plan avec Bradley !

— Ce n'est pas ce que disent les fédéraux.

— Les fédéraux n'ont pas l'ombre d'une preuve. Pour la bonne raison qu'il n'y en a pas plus que de plan.

— N'empêche que ton nom figure sur la liste des membres du conseil de plusieurs de ses sociétés nominales.

— Celui de ta mère aussi.

— Pourquoi crois-tu que je sois ici ? Il faut absolument que tu me dises tout ce que tu sais.

— Je ne sais rien. Je t'ai déjà dit que je n'ai rien à voir avec tout cela. Bradley a agi de son propre chef.

— Allons donc. Tu es comptable. Et tu sais aussi bien que moi qu'il n'est pas assez malin pour machiner ça tout seul.

— Ravie d'apprendre que tu as une si haute opinion de lui.

— Mon opinion importe peu. Tout ce qui compte pour moi, c'est que ma mère risque de tout perdre à cause de lui. Je dois la sortir de là. Et pour cela, j'ai besoin de toi.

Elle prit les branches de gui posées sur la table de travail et entreprit de les élaguer à grands coups de sécateur.

— La seule personne dont tu as besoin pour la tirer de là, c'est Bradley. Et je ne sais pas où il est, martela-t-elle.

— Je trouve cela plutôt difficile à croire.

— Je m'en fiche.

Elle jeta violemment son sécateur sur la table.

— Les fédéraux sont à mes trousses, mon appartement a été fouillé de fond en comble, mon patron m'a montré la porte, et tout ça à cause de ton frère. Alors, je me moque de ce que tu penses et de ce que tu crois. Je survivrai.

Dents serrées, elle prit les ciseaux et se mit à découper le ruban rouge du dévidoir mural pour lier les branches de gui.

— Et maintenant, achète quelque chose ou va-t'en.

Bras croisés, Lex l'observa un moment.

— Bon, bon. Admettons que tu n'aies rien à voir là-dedans. Si c'est vrai, c'est dans ton intérêt autant que dans celui de ma mère que nous tirions l'affaire au clair.

— Bien sûr ! Et je vais le faire. Laisse-moi simplement le temps de retrouver ma baguette magique.

— Voyons, Keely, tu es comptable, tu es donc capable de remonter la piste, même si tu n'es pour rien dans tout ça. Tu trouveras peut-être un détail qui a échappé au FBI. Quelque chose qui vous disculpe, ma mère et toi. Je pensais que la fiancée de mon frère serait la première à vouloir le faire.

— Bradley n'est pas mon fiancé. Je t'ai dit que nous avons rompu ce matin-là. Avant la descente des fédéraux.

— Au bon moment, quoi.

— Non, le bon moment, c'était il y a deux ans quand nous avons commencé à nous fréquenter. Allez, oublie-moi, Lex. Si je veux jouer au détective, je le ferai toute seule.

— Oui, mais tu n'auras pas accès aux papiers de ma mère.

— Et alors ?

— Alors ? Eh bien, il se peut que la clé de l'énigme soit là. Bradley a utilisé ses comptes pour blanchir l'argent.

— Olivia ne me laissera jamais toucher à ses papiers. Je sais qu'elle estime que tout est ma faute. Pourquoi aiderais-je des gens qui me croient coupable ?

— Fais-nous changer d'avis, suggéra Lex.

— Pourquoi le ferais-je ? Pourquoi m'inquiéterais-je de vous et de ce que vous pensez de moi ?

Elle tendit la main pour prendre une branche de gui. Lex plaqua sa main sur la sienne, l'arrêtant net.

— Dans notre intérêt à tous deux.

Le contact de la main de Lex faisait courir un courant si brûlant dans son bras qu'elle fut incapable de faire le moindre mouvement. Et ni même de penser. Sauf à ce qu'elle ressentirait si cette main rude passait sur son corps nu.

— Penses-y, Keely, insista-t-il.

Suffoquée, elle se demanda un instant comment il avait pu lire dans ses pensées. Comprenant enfin ce qu'il voulait dire, elle avala sa salive.

— Merci… Je veux dire, non merci. Comme je viens de te le dire, il est temps pour toi de partir.

Il retira sa main.

— Appelle-moi quand tu auras changé d'avis.

— *Si*, corrigea-t-elle.

— Quand.

— Essaye un peu… et disparais.

— Je ne serai pas loin quand tu me chercheras ! répondit-il en éclatant de rire.

Il y avait tant d'ironie dans son rire qu'elle l'aurait giflé ! Mais il était déjà dehors.

- 4 -

Il faisait très froid dehors. Le soleil rougissait le ciel de ses derniers rayons. La neige crissait sous ses pas. Mais Lex ne songeait qu'à la peau de Keely, si douce sous sa paume.

Elle ne lui avait rien dit d'utile, et l'avait même envoyé promener. Il aurait dû se sentir frustré, mais tout ce qui le préoccupait c'était son air à la fois fragile et inflexible.

Et un désir irrépressible de connaître le goût de sa bouche adorable.

Il secoua la tête. De toutes les folies dont il était capable, la pire serait d'avoir une aventure avec la fiancée — ou ex-fiancée — de son frère. Surtout qu'il ne l'aimait pas plus aujourd'hui qu'hier. Jamais il ne s'était intéressé à elle ni à ses petites amies.

Alors, pourquoi ne pouvait-il s'empêcher d'imaginer quelles seraient les réactions de la jeune femme s'il l'embrassait, s'il faisait courir ses mains sur son corps parfait ?

Elle l'avait troublé, beaucoup même, au point d'envahir ses pensées. Mais c'était ridicule. Il avait déjà séduit tant de femmes qu'il n'avait pas besoin d'ajouter celle-ci à son palmarès. Il était plus urgent de tirer sa mère d'affaire et de quitter Chilton en vitesse. Plus longtemps il y resterait, plus il se sentirait obligé d'y rester jusqu'à ce qu'il trouve quelqu'un d'autre pour s'occuper d'Olivia, de ses finances et de la gestion du domaine.

Dire que sur l'ordre de cette dernière, la bonne était

venue lui faire essayer le vieux smoking de son père ce matin et qu'il allait devoir le porter pour l'accompagner au gala de Noël du DAR !

Les soirées en smoking, les bonnes œuvres et les conseils boursiers, voilà tout ce qu'il détestait.

Son monde, c'était la jungle, la brousse, le danger. Partout où se passaient des choses terribles. Si terribles qu'une seule de ses photos suffisait à donner une juste idée de la barbarie humaine.

Et si, depuis douze ans qu'il faisait ce métier, il en avait assez de la boue, de la fatigue, des lits de camps et, surtout, de la capacité de l'homme à tout détruire, c'était qu'il était temps de faire une pause. Mais cela ne voulait pas dire qu'il devait rester à Chilton et reprendre ce que son père et Bradley avaient laissé en plan.

Regardant le soleil s'éteindre à l'horizon, il se souvint des tropiques où la nuit et le jour se succédaient sans transition. Où la chaleur du soleil tombait en un clin d'œil et explosait dès l'aube. Où chaque jour n'était que chaleur quelle que soit la saison, vous obligeant à dormir tout nu. Nu ? Aussitôt, des visions de Keely se mirent à danser dans sa tête. Keely complètement nue.

Passant devant la pâtisserie Chez Darlène, Lex poussa la porte pour se remettre les idées en place.

Derrière la pyramide de muffins, Darlène mettait en sachet ceux que lui désignait une cliente exaspérée par le petit garçon qui s'agrippait à ses jambes en hurlant.

— Deux au maïs, quatre à la myrtille… Tommy, arrête ! Deux au son et deux à…

Elle s'interrompit pour réfléchir. Lex sourit en voyant Darlène agiter son sachet avec impatience.

— Pomme-banane, suggéra-t-elle. A la carotte, peut-être ?

— Moi, je choisirais ceux à la carotte, dit Lex. Ce sont les meilleurs, je vous jure. Leur odeur m'a poursuivi jusqu'au fin fond de la Tanzanie.

La cliente secoua la tête avec humeur.

— A la canneberge, grommela-t-elle.

Darlène leva un sourcil en regardant Lex.

— Il était temps que tu reviennes. C'est à peine si tu m'as dit bonjour hier, se plaignit-elle en fourrant les deux derniers muffins dans le sac. Et c'est quoi cette histoire de Tanzanie ? Ta dernière carte postale venait de Tchétchénie.

— J'ai un faible pour les endroits chauds.

Le Darfour, ensuite, du moins jusqu'à ce qu'il ait vu tout ce qu'il y avait à voir. Il fallait avoir l'estomac solide pour photographier le massacre d'animaux protégés, et plus encore quand il s'agissait d'êtres humains.

Avec un effort presque physique, il revint au présent.

— Eh bien, où que tu sois allé, je continue à penser que tu es trop maigre. Tiens, prends-en un. Non, deux.

Elle lui mit deux muffins à la carotte dans la main avant de retourner à sa cliente au bord de la crise de nerfs. Tout sourire, il la regarda rendre la monnaie.

Darlène était une des rares personnes de Chilton pour qui il n'était ni un clone de son père ni un renégat. D'accord, il avait enfreint la règle, et cela faisait de lui un fils indigne, mais de là à le traiter de gibier de potence ! Darlène avait été la seule à le comprendre et à le traiter comme un être humain à part entière. Et, rien que pour cela, il l'adorait.

— Alors, à quoi ça ressemble la Tanzanie ? demanda-t-elle en poussant une tasse de café devant lui.

— C'est magnifique. Immense et beau à couper le souffle. Tu vas bientôt en recevoir une carte. Deux babouins en train de s'embrasser, rigola-t-il.

— Elle rejoindra ma collection.

Jetant un coup d'œil par-dessus l'épaule de Darlène, il vit un patchwork constellé de cartes postales des quatre coins du monde. Elle avait gardé toutes ses cartes !

Il se sentit envahir par une vague d'émotion totalement inédite.

Quand il avait quitté la maison, il avait coupé les ponts

et tous ses liens. Cela valait mieux. Les rares contacts amicaux dont il avait besoin, il les avait trouvés avec ses collègues, ses éditeurs ou au cours de brèves liaisons avec des femmes qui ne désiraient rien de plus qu'un corps chaud à serrer contre elles dans le noir. C'était une vie qui lui convenait.

Et si, perdu en quelque endroit du monde, il sentait parfois quelque chose lui manquer au cœur de ses nuits solitaires, eh bien, c'était son affaire, non ?

Sauf qu'il ne pouvait plus décoller les yeux de ces satanées cartes postales. Il n'en avait jamais envoyé à sa mère pour ne pas risquer d'attirer sur elle la colère de Pierce. Mais en avait envoyé à Darlène sans savoir pourquoi. Et d'ailleurs il ne souhaitait pas approfondir la question : il préféra s'attabler à l'écart avec son café et laisser Darlène servir ses clients.

Il n'avait pas besoin d'un lien supplémentaire avec Chilton.

Keely accrochait dans le sapin de Noël de la vitrine les boules de gui qu'elle avait rapidement fini d'assembler après le départ de Lex. Mieux valait s'occuper que de repenser à sa main sur la sienne et à sa réaction. Ce n'était rien, bien sûr. Elle avait les nerfs à fleur de peau depuis sa rupture avec Bradley et avait réagi de manière disproportionnée. Voilà tout.

Elle vit pâlir les dernières lueurs du crépuscule à travers la vitre. Les badauds commençaient à s'acheminer vers l'arbre de Noël de la ville. Cette Soirée des lumières était la première nocturne de la saison et ils feraient un bon chiffre d'affaires. C'était là-dessus qu'elle devait se concentrer et non sur ses problèmes.

Encore moins sur une paire d'yeux verts au regard troublant et une voix qui la faisait frissonner de la tête aux pieds.

Le carillon de l'entrée tinta. Elle leva les yeux et reconnut le visage à jamais associé à ces jours de cauchemar. John Stockton, l'agent fédéral qui menait l'enquête.

— Bonsoir, dit-il en jetant un coup d'œil approbateur sur les vases de fleurs, les plantes suspendues et le coin cadeaux.

— Bonsoir. N'êtes-vous pas un peu loin de votre territoire ?

— Pas tellement. Je vis à Stamford, à deux pas de Chilton.

— Mais ce n'est pas dans les limites de votre juridiction.

— Je ne suis pas flic, mais agent fédéral. Ma juridiction s'étend partout où c'est nécessaire. C'est joli ici, ajouta-t-il. J'ai entendu dire que votre mère a ouvert ce magasin il y a déjà pas mal de temps.

— Après la ruine de ma famille. Vous oubliez ce détail.

— Non, dit Stockton en la fixant du regard.

— Ah, je vois. Cela me donne un mobile, c'est ça ?

— C'est vous qui le dites.

— Je ne suis pas une voleuse. Je n'ai aucun besoin de voler puisque j'ai un emploi et possède des biens familiaux.

— Si vous le dites.

— Il est peut-être temps que je prenne un avocat.

Il haussa les épaules.

— Si vous voulez. Je passais juste vous dire bonjour. Vous n'êtes pas en état d'arrestation. Pas encore.

— Avez-vous trouvé Bradley ?

Il s'arrêta pour examiner un lot de réflecteurs solaires.

— Pas encore. Votre fiancé n'est pas facile à dénicher.

— Ex-fiancé.

— Ah oui, c'est vrai. Ex. Vous avez de ses nouvelles ?

Il braquait sur elle un regard terne. Sceptique. Le même que pendant son interrogatoire.

— Pas la moindre. En avez-vous demandé à sa famille ?

— J'ai tout misé sur vous.

— Ah bon… vous avez mis mon téléphone sur écoute

et vous me faites suivre ? Si Bradley me fait signe, je vous le dirai, bon sang ! Vous n'avez pas à vous inquiéter.

— Moi non, mais vous… peut-être bien que oui.

L'estomac noué, Keely finit d'accrocher le gui et retourna à son poste derrière la caisse.

— Que faut-il faire pour vous convaincre que je n'ai rien à voir avec cette histoire ?

— Vilis Skele.

— Pardon ?

— Vilis Skele.

— De quoi parlez-vous ?

— De qui. Skele est un trafiquant d'armes né en Lettonie. Il bosse au Moyen-Orient, mais vit ici la plupart du temps pour la commodité de ses opérations.

— Oh, bien sûr. J'imagine que tous les trafiquants d'armes lettons le font.

— Surtout quand quelqu'un est là pour blanchir leur fric.

Elle écarquilla les yeux.

— Vous… vous voulez dire que Bradley a…

— Blanchi au moins deux cents millions en un an et demi. Peut-être plus. Ce qui est sûr, c'est l'habileté de son système maison. Votre ex a créé des sociétés nominales pour Skele. Toutes sont rattachées aux Technologies Alexander. Les unes achètent des actions, les autres les vendent. Autrement dit, Skele place de l'argent d'un côté et le récupère de l'autre.

— Mais enfin… ces sociétés sont peut-être réelles.

Le regard de Stockton se durcit.

— Vous êtes bien placée pour savoir qu'elles sont fictives. Vous figurez sur les registres du conseil de la plupart d'entre elles. Au fait, en letton *Skele* signifie « trancher ». Et il a déjà tranché la gorge de douze hommes, ajouta-t-il sur le ton de la conversation.

Keely agrippa le dossier de la chaise placée derrière elle.

— Un trafiquant d'armes… ? Cela n'a pas de sens.

— Mais si. Du vivant de son père, votre chéri s'était

assez enfoncé pour demander un prêt à, disons, un financier aux intérêts exorbitants.

Elle comprit tout de suite.

— Un usurier, c'est ça ? Bradley a eu recours à un usurier ?

— Bingo. Papa mort, le fils s'est mis à pomper l'argent de la société, mais ça n'allait pas assez vite. C'est alors qu'il a croisé Skele au casino d'Atlanta. J'ai intercepté la fille qui les a présentés. Ils sont vite devenus amis intimes, selon elle. Leurs rendez-vous correspondent à la date de constitution de la plupart des sociétés fictives.

— Je veux bien le croire, mais je n'ai rien à voir avec ça.

— Stop, voulez-vous ? Il ne s'agit plus de détournements de fonds et de petites infractions, mademoiselle Stafford. C'est du travail de professionnel. Toute personne impliquée cessera de voir le ciel pendant des années. Et, à moins de collaborer, cela pourrait bien être *votre* cas.

— Je vous ai dit…

— Et moi, je ne veux plus vous entendre. Votre fiancé est allé trop loin. Il ne peut plus faire marche arrière, mais il peut vous entraîner avec lui si vous ne faites pas attention.

— C'est du harcèlement ! Vous n'avez pas l'ombre d'une preuve contre moi. Il n'y a que mon nom sur ces registres.

— Je me borne à poser des questions innocentes.

Il fit mine de partir. Et se retourna en se frappant le front.

— Oh, encore une chose. Si votre ex s'accroche à l'argent, Skele pourrait bien venir le récupérer. Je n'aimerais pas être là quand il le fera.

Stockton posa sa carte sur le comptoir.

— Si vous vous décidez à parler, appelez-moi.

Et il prit la porte, laissant Keely les oreilles bourdonnantes dans le silence de la boutique.

Des trafiquants d'armes. De l'argent blanchi. Des années de prison. Pour l'amour du ciel, qu'avait fait Bradley ?

Elle regardait le plan de travail d'un air ahuri quand

trois clients entrèrent. Elle leur sourit mécaniquement et pria pour qu'ils n'aient besoin de rien.

La porte tinta de nouveau.

Cette fois, c'était Lydia.

— Salut, Keely ! Désolée d'être en retard. J'ai dû changer Melly avant l'arrivée de la baby-sitter. Roy travaille tard ce soir, expliqua-t-elle en enfilant sa blouse de travail.

— Je dois m'absenter un instant, dit Keely sans l'écouter ni même remarquer le regard stupéfait de son amie.

De l'air. De l'air. Elle étouffait. Si elle restait une minute de plus dans la boutique, elle allait se mettre à hurler.

Elle se retrouva dans la rue sans manteau. Indifférente au froid, aux saluts, elle se laissa porter par la foule joyeuse qui se dirigeait vers l'arbre de Noël, loin du centre-ville.

Une semaine plus tôt, elle était comme eux et coulait des jours heureux. Face à son désespoir présent, sa relation avec Bradley lui semblait idyllique et sa trahison une broutille.

Même si tout n'avait été que mensonge.

C'était ahurissant. Comment avait-il pu faire cela, songea-t-elle en aspirant une bouffée d'air. Voler, c'était minable, mais traiter avec un trafiquant d'armes, doublé d'un assassin, c'était monstrueux.

« Si votre ex s'accroche à l'argent, Skele pourrait bien venir le récupérer. Je n'aimerais pas être là quand il le fera. »

La poitrine de Keely se contracta. Elle chercha de l'air de nouveau. Le déshonneur et les problèmes légaux, c'était une chose, la souffrance physique en était une autre. Elle n'aurait jamais cru que Bradley puisse s'entendre avec des criminels. Elle était à des années-lumière de le croire capable de mêler son nom et celui de sa propre mère à ces manœuvres frauduleues.

Et si l'argent était toujours dans la nature ? Si Skele venait vraiment le chercher et qu'elle n'avait d'autre réponse que celle déjà donnée à la police ? Elle doutait qu'un « je ne sais pas » pèse bien lourd dans la balance d'un meurtrier.

Elle avait de plus en plus de mal à respirer, et haletait comme s'il n'y avait plus d'oxygène dans l'air. Les chants de Noël semblaient venir de très loin. Des points noirs dansaient devant ses yeux. Elle chancela.

— Assieds-toi là, ordonna une voix derrière elle.

Des mains sur ses épaules l'obligèrent à s'asseoir sur un banc et l'aidèrent à s'y installer.

— Mets ta tête entre tes genoux et tes mains sur ta bouche.

— Mais…

— Fais ce que je te dis.

Keely obéit. Peu à peu, sa respiration se fit plus profonde. L'impression terrifiante d'étouffer s'atténua. Quelques minutes après, elle tenta de se redresser.

— Doucement. Prends ton temps, dit la voix.

Alors seulement, elle reconnut la voix de Lex.

— Ça va mieux ? demanda-t-il en s'asseyant près d'elle.

— Oui, merci.

— Tu faisais une belle crise d'hyperventilation. Que s'est-il passé de si grave ? On dirait que tu as vu un fantôme.

— Pas un fantôme. Je…

Lex la regarda.

— Bon sang, que fais-tu dehors sans manteau ?

— Je suis partie sans réfléchir, dit-elle en prenant soudain conscience qu'elle grelottait.

Il ôta sa canadienne et la mit sur ses épaules.

— Tu es dingue. Allons, il faut rentrer.

— Ça va, marmonna-t-elle.

— Tu vires au violet, oui. Cela te va mieux que d'être pâle comme un linge, remarque, mais quand même…

Elle avala sa salive.

— J'ai appris de mauvaises nouvelles.

— Si ça peut te soulager d'en parler, vas-y.

Elle ne s'attendait pas à ce qu'il soit si gentil. Chose curieuse, la chaleur de sa jambe contre la sienne l'aida à parler.

— L'agent Stockton est passé me voir. Il m'a dit que…

— Quoi ?

Elle secoua la tête. C'était si difficile à croire.

— … que Bradley blanchissait l'argent pour le compte d'un dangereux trafiquant d'armes, lâcha-t-elle d'une traite.

— Un trafiquant… d'armes ?

— Oui. Moi aussi, j'ai du mal à le croire. Mais Stockton dit qu'il y a des preuves. Bradley avait d'énormes dettes de jeu. Il a demandé un prêt à un usurier et détourné l'argent pour le rembourser. Et, peu après, il a rencontré ce trafiquant.

— Génial. Voilà qu'il blanchit de l'argent sale maintenant ! Combien a-t-il détourné ?

— Deux cents millions ou plus, selon les fédéraux.

Il siffla entre ses dents.

— Dix ou même cinq pour cent de cette somme, ça fait déjà un joli magot. Assez pour rembourser ce qu'il a volé. Ou disparaître pendant un bon bout de temps.

Ce qui éliminerait pour Keely tout espoir de se justifier.

Elle se leva et marcha au hasard, se dirigeant sans le voir vers un bosquet de bouleaux. Lex la suivait pas à pas.

— Je ne sais que faire. Tout m'est tombé dessus si vite.

Rassemblés autour du sapin, des gens, le visage heureux, écoutaient une chorale de collégiens. Ils n'avaient rien à craindre, eux, ils étaient satisfaits et en sécurité, comme elle-même l'avait été. Elle retint un soupir et se tourna vers Lex.

— Tu veux toujours qu'on s'entraide ?

Il ne répondit pas. Keely le regarda et son pouls s'accéléra. Les jeux de lumière soulignaient les reliefs de son visage. D'aventurier, disait Bradley. D'homme qui prenait ce qu'il voulait, faisait ce qu'il voulait, sans souci des règles. Son regard hardi et ses façons cavalières portaient à le croire.

— Je croyais que cela ne te disait rien ?

— J'ai changé d'avis.

— Parce que tu es désespérée.

— Qu'est-ce que ça peut te faire ?

Il ne répondit pas, mais se rapprocha d'elle jusqu'à ce que la vapeur de leurs souffles se mêle. Autour d'eux, des petites lueurs blanches dansaient dans les bouleaux comme autant de lucioles. Des applaudissements éclatèrent du côté du sapin de Noël. La chorale entonnait *Merry Christmas, Baby.*

C'était insensé et Lex le savait, mais, une fois de plus, il se demanda comment elle réagirait s'il l'embrassait. Si ç'avait été une autre, il l'aurait déjà fait. Si ç'avait été une autre, il y a belle lurette qu'il aurait satisfait sa curiosité… jusque dans son lit. Mais, avec elle, il savait que ce serait de la folie.

Tout en se répétant cela, il la prit dans ses bras.

Surprise, Keely le laissa faire. Elle avait les lèvres légèrement entrouvertes, si bien qu'il sentit son souffle sur les siennes. Par un étrange hasard, elle tourna la tête un peu vivement et leurs lèvres se rencontrèrent.

Alors, il les goûta.

La saveur exquise de la bouche de Keely tout contre la sienne acheva de le rendre fou. Incapable de se retenir, il glissa ses mains sous la veste, et explora ses courbes à travers son chemisier, sans cesser d'effleurer ses lèvres de sa langue ou de les mordiller. Et lorsqu'elle renversa la tête, s'abandonnant à ses caresses, il lécha son cou jusqu'au creux de sa gorge palpitante. Elle haleta et se raidit. Il ne s'était pas trompé. Sous ses abords froids et policés, elle était une femme pleine de sensualité, faite pour l'amour. Cette découverte le troubla profondément, mais il savait qu'il fallait qu'il s'arrête. L'embrasser ici, à deux pas de la foule, l'excitait tellement qu'il devenait fébrile et impatient. Il risquait d'aller trop loin. Il *devait* s'arrêter. Tout de suite. Mais pas sans goûter encore une fois sa bouche. Puis une autre. Et une autre encore.

Keely se serra contre Lex avec une passion et une avidité qu'elle ne se connaissait pas. Des vagues d'excitation sauvage déferlaient en elle avec la violence d'un torrent, comme si une vanne venait de s'ouvrir au plus profond d'elle-même.

Les mains expertes de Lex et sa bouche dangereusement persuasive l'avaient conduite au seuil d'un monde nouveau et inexploré. Inconnu d'elle en tout cas. S'il avait quémandé un baiser, elle aurait dit non, mais il l'avait pris sans demander et elle s'était embrasée comme elle ne l'avait jamais fait.

Maintenant, elle n'était plus qu'impatience et audace. Elle menait la danse. Demandant toujours plus de caresses et en prodiguant sans réserve.

Ils étaient seuls au monde.

Indifférents à tout ce qui n'étaient pas eux, ils ne sentaient plus le froid, n'entendaient ni les doux accents d'*Holly Jolly Christmas* ni le son irréel des flûtes. Seuls étaient réels leurs doigts mêlés, la rencontre de leurs lèvres, leurs gémissements étouffés et le désir qui les faisait trembler.

Rien d'autre n'existait.

Soudain, un soupir collectif s'éleva derrière eux, comme si la ville entière, suffoquée, aspirait l'air d'un coup.

D'un seul et même mouvement, ils s'écartèrent d'un bond, craignant d'être vus. Mais tous les yeux étaient braqués sur l'arbre de Noël qui s'embrasait peu à peu de mille feux à plus de cent mètres d'eux, dans un tonnerre d'applaudissements et les cris de la foule.

Etonnée, Keely regarda Lex. Le désir lui brouillait encore la vue et son cœur battait à tout rompre. Jamais elle n'avait connu une telle tempête avec Bradley. Mais ce n'était pas Bradley, c'était Lex, le voyou, le mauvais garçon. Et s'il y avait un homme qu'elle ne devait plus jamais embrasser, c'était bien lui. Elle devait à tout prix s'en aller et oublier à jamais l'état dans lequel ses baisers l'avait mise.

— J'ai dû perdre la tête, marmonna-t-elle.

Et, sans un regard ni un mot d'adieu, elle reprit le chemin de la boutique. Lex la rattrapa en quelques enjambées.

— Attends une minute, nous *devons* parler.

— Laisse-moi tranquille. Je dois retourner travailler.

Si elle restait une minute de plus près de lui, elle n'était pas sûre de ses réactions. Dieu seul savait peut-être de quoi elle était capable ! Se débarrassant rapidement de la veste de Lex, elle la lui tendit.

— Merci de me l'avoir prêtée.

— Garde-la, tu grelottes.

— Non.

Pas question. C'était comme s'il l'entourait encore de ses bras. Elle se tourna brusquement vers lui.

— Bon, tu veux parler ? Je parlerai. J'accepte de travailler avec toi parce que Stockton m'a dit que quelqu'un risque de laisser des plumes, sinon sa vie, dans cette histoire. Alors, si nous avons une chance de trouver quelque chose en nous alliant, je dois le faire. Mais c'est tout ce que je ferai avec toi. Compris ?

Lex l'observa comme s'il la voyait pour la première fois.

— Tu aimes te fixer des règles de conduite, on dirait.

— Et ce n'est pas ton fort, je sais, mais il faudra t'y faire. L'essentiel est de nettoyer au plus vite le chantier que Bradley a laissé derrière lui. Nous pouvons peut-être nous entraider, mais il faut savoir ce que tu veux.

— Je sais très bien ce que je veux, répliqua-t-il avec un regard indéchiffrable. Et toi, quand veux-tu venir examiner les documents de ma mère ?

— Le plus tôt possible.

Plus tôt elle irait, plus tôt elle serait débarrassée de lui.

— Demain matin ?

— Très bien.

Elle lui lança sa veste.

— Je serai chez toi à 9 heures.

- 5 -

Attablé devant son café matinal, Lex pensait à Keely. Elle avait des raisons d'être perturbée hier soir. Lui-même avait été un peu secoué. Qu'est-ce qui l'avait pris de l'embrasser ? Ce n'était pas son genre, et en plus tout en lui s'y opposait. Mais il l'avait fait. Et sentait encore le goût de sa bouche sur ses lèvres.

En quelques secondes, Keely Stafford, complice présumée de son frère et ex-cheftaine de la Junior League avait effacé de sa mémoire toutes les femmes qu'il avait jamais désirées. Mais il commençait à douter sérieusement qu'elle ait quelque chose à voir avec les manigances de Bradley. De même, il ne la trouvait plus si snob et guindée.

Elle l'intriguait et le rendait plus que perplexe.

Toutefois, elle avait raison. Entre la disparition de Bradley et la traque des fédéraux, ce n'était pas le moment de se lancer dans une relation quelle qu'elle soit. Il n'avait pas intérêt à aller plus loin, c'est sûr.

Pourtant, il s'était vraiment passé quelque chose entre eux. Ce baiser avait été extraordinaire. Et il savait bien qu'il aurait du mal à la chasser de son esprit.

Un bruit de talons aiguilles lui annonça l'arrivée de sa mère. Elle fit une entrée plutôt théâtrale en tailleur rouge, de l'or aux oreilles et de l'or au cou. Dans le monde d'Olivia Alexander, le laisser-aller, ça n'existait pas.

— Tu t'es levé tôt ce matin, dit-elle en l'embrassant.

— Le monde appartient à ceux qui se lèvent tôt. Dormir

est un luxe que ne peuvent se permettre les chasseurs d'images. Ceux qui dorment ont peu de chances de faire la une.

Sa mère le regarda d'un air amusé et se servit une tasse de thé.

— Que cela ne t'empêche pas de déjeuner. Corinne peut te faire des œufs brouillés, tu sais ?

— C'est bon, dit-il en se replongeant dans son journal.

La photo illustrant un article sur un attentat en Irak lui sembla complètement inintéressante. Il était toujours en colère quand il sortait du service photo. Dommage qu'il n'y ait pas une seule personne capable de faire du bon boulot à la rédaction.

Passant à un autre article, Lex se souvint de ce reportage à Bagdad où il avait photographié un marché sous tous les angles pour couvrir un article.

Et de sa colère devant le choix du chef de la rédaction.

C'était toujours pareil. A peine rentré aux Etats-Unis, voir ses photos dans le journal lui donnait envie de retourner sur le terrain. Ils choisissaient toujours les photos les plus mauvaises.

Il jeta rageusement le journal et but son café d'un trait. Il était à cran, surmené, voilà tout. Finalement cela lui ferait peut-être du bien de se pencher quelque temps sur l'affaire Bradley.

— Tout va bien ?

Lex leva les yeux sur sa mère qui l'observait.

— Oui, bien sûr. Je devrais peut-être jeter un coup d'œil dans ton bureau pour me repérer. Keely va bientôt arriver.

Il vit sa mère pincer ses lèvres.

— Cela te pose problème, maman ?

Elle ne serait pas la seule. Lui aussi en était plutôt contrarié, mais sans doute pas pour les mêmes raisons. Le fameux baiser le hantait toujours.

— Comme je te l'ai déjà dit, je dois assister à la réunion du comité concernant le gala de Noël. Je ne serai donc pas là quand elle épluchera mes comptes. N'oublie pas qu'il s'agit de mes finances personnelles. Ne la quitte pas des yeux un instant.

Ça, au moins, elle pouvait en être sûre !

— Je ne suis pas rassurée à l'idée qu'elle va mettre son nez dans mes papiers.

— Tu devrais l'être pourtant. Car, pour le moment, Keely est notre seul espoir.

— Tu crois vraiment qu'il y a une chance pour qu'elle ne soit pas impliquée dans cette histoire ?

— Je n'en suis pas certain, mais je commence à penser qu'elle n'y est pour rien.

La jeune femme avait eu l'air sincèrement bouleversée quand elle lui avait parlé du trafiquant d'armes.

— Quoi qu'il en soit, tu as raison, ajouta-t-il. Tu connais le proverbe : «Surveillez vos amis d'aussi près que vos ennemis. »

Elle rougit et reposa précautionneusement sa tasse.

— C'est si difficile de croire que Bradley…

— Je sais. Mais les faits le prouvent. Et il y a autre chose. Il n'a pas fait que détourner l'argent. Il le blanchissait pour…

— Stop, dit-elle en se bouchant les oreilles. Je me doute que c'est grave, mais je ne veux pas l'entendre !

— Alors, je laisse tomber ? demanda-t-il d'un air incrédule.

— Non. Je veux que tu examines tout à fond. Simplement, je… je ne veux pas connaître les détails. Je t'en prie.

Elle se mordit la lèvre.

— C'est mon fils. Je ne peux m'empêcher de l'aimer.

— Compris. Et il aura besoin de ton amour si jamais on le retrouve. Mais, pour le moment, c'est toi qu'il faut sortir de là. Et Keely peut nous y aider. Alors, seras-tu aimable quand elle arrivera ?

Elle se raidit et lui adressa un regard outré.

— M'as-tu déjà vue manquer à la politesse ?

— Je t'ai vue en refroidir plus d'un.

Elle eut un petit sourire indulgent.

— Tu devrais te montrer plus respectueux avec ta mère.

— Je respecte ma mère plus que tout au monde, mais je te préviens que Keely est capable de te battre à ce petit jeu.

— J'aimerais bien voir ça !

— Elle a un très bon revers au tennis.

— Mais pas mon expérience, dit-elle en beurrant un toast. Au fait, j'ai reçu un coup de fil de Bill Hartley, le président du conseil d'administration.

— Celui d'Alexander ?

— Oui. Il voulait savoir quand nous comptons pourvoir le poste vaquant.

— Au risque de te paraître idiot, de quel poste parles-tu ?

— Mais de celui de Bradley, voyons.

Son ton se fit plus acide.

— Ils l'ont chassé en apprenant le scandale. Et maintenant, ils veulent savoir qui va le remplacer.

— Mais pourquoi Bill s'adresse-t-il à toi pour ça ?

Elle lui lança un regard surpris, tout en ajoutant un peu de confiture d'orange sur son toast.

— Parce que je suis la principale actionnaire, mon chéri. Je croyais que tu le savais.

— Je sais seulement que papa a mis les parts de sa société sur le marché. Deux ou trois ans après mon départ, je crois ? Je me disais bien qu'il en avait gardé, mais j'ignorais que tu en possédais aujourd'hui la majeure partie.

— Ton père a gardé cinquante et un pour cent pour nous et en a donné dix à Bradley.

Lex leva un sourcil.

— Fichtre… tu as un gros paquet dans ton panier, maman.

— Ton père tenait à ce que la famille garde le contrôle de la société, pour pouvoir nommer au conseil qui nous voulions et en rester le président.

Ce qui n'avait rien d'étonnant.

— Bradley s'est-il proposé après sa mort ?

— Oui. Mais le conseil a jugé qu'il manquait d'expérience et je… je le pensais aussi.

— Bien vu. Il a fait assez de dégât comme directeur adjoint.

— Oui, mais maintenant que son siège est vacant, il y a pas mal de candidats et le conseil d'administration commence à s'agiter.

— Laisse Hartley et ses copains s'occuper des candidats. Je suis sûr qu'ils ont leur petite idée.

— Je m'en doute, mais… Tu pourrais te proposer.

Il la regarda, les yeux ronds.

— Tu oublies que je sillonne le tiers-monde et les zones de guerre depuis plus de dix ans. N'y pense même pas, maman. Je ne suis pas votre homme.

— Nous avons le pouvoir d'en décider, mon chéri.

— Merci bien. Je serais…

Le timbre grave de la porte d'entrée l'interrompit.

— C'est sûrement Keely, dit-il avec soulagement.

— Ne t'imagine pas que tu es tiré d'affaire, l'avertit sa mère tandis qu'il se dirigeait vers la porte.

Que croyait-elle ? Il allait juste se charger d'éclaircir l'affaire et retournerait ensuite à sa vraie vie.

En essayant de ne pas trop penser à Keely Stafford.

Keely ne s'était pas imaginée qu'elle en arriverait un jour à voir la présence d'Olivia Alexander comme une bénédiction. Pourtant ce n'était pas de gaieté de cœur qu'elle se rendait chez elle. Mais au moins la présence de la mère de Bradley permettrait d'alléger un peu la tension entre elle et Lex.

Car il y aurait forcément de la tension.

Tout en gravissant les marches du perron, elle s'exhorta au calme. Elle avait travaillé tard la veille, puis avait écouté ses parents lui raconter leur soirée. Mais une fois couchée, elle avait été incapable de chasser de son esprit le souvenir de leur baiser torride. Elle s'était repassé le film en boucle : Lex s'approchant d'elle, se penchant sur elle, l'instant où ses lèvres s'étaient posées sur les siennes.

Et enfin, celui où elle avait perdu tout contrôle.

Elle n'était plus elle-même, comme possédée. Car depuis qu'elle avait surpris Bradley dans les bras d'une autre, elle s'était pourtant juré de ne plus se fier aux hommes.

Et encore moins à un aventurier qui se moque d'autrui.

La porte s'ouvrit brusquement avec un déclic qui la fit sursauter. La gouvernante de la maison lui sourit. Et derrière elle… il y avait Lex.

En le voyant, elle se crispa imperceptiblement. Pour une fois, il était rasé de près ; ce qui le rendait encore plus séduisant dans son jean et son pull anthracite ouvert sur un T-shirt vert sapin qui se mariait parfaitement avec le vert clair de ses yeux.

Des yeux qui semblaient la sonder, en quête des secrets de son âme.

— Bonjour.

— Bonjour, dit-elle.

La bonne la débarrassa de sa parka. Ce qui lui donna l'étrange impression d'être nue, comme si une esclave la déshabillait devant un potentat.

— Je n'étais pas sûr que tu viendrais, dit Lex.

Elle ne l'était pas non plus lorsqu'elle s'était réveillée, mais l'enjeu était trop important pour se dérober.

— Je t'avais dit que je viendrais.

— Et tu tiens toujours parole, je sais.

Préférant ne pas trop affronter son regard, elle se concentra sur l'entrée, puis le salon. Elle était déjà venue avec Bradley, bien sûr, mais il était difficile de ne pas être impressionné par la demeure des Alexander. Ses pièces immenses, ses moulures sculptées, ses plafonds peints à la fresque lui rappelaient les palais italiens. Comment Olivia avait-elle pu vivre seule dans ce mausolée sans devenir folle ? Etait-ce pour meubler sa solitude qu'elle demandait si souvent à Bradley de venir la voir ?

Comme en écho à ses pensées, Olivia fit son entrée.

— Keely, dit-elle froidement, quel plaisir de vous voir ici.

Vu les circonstances, Keely trouva l'accueil plutôt bizarre, mais serra la main tendue et entra dans le jeu à son tour.

— Ravie de vous revoir, Olivia.

— Désirez-vous du café, du thé ?

— Non merci. Vraiment.

— Bon, plus tard, peut-être. Comment vont vos parents ?

— Très bien, merci.

« Et votre crapule de fils ? »

C'était incroyable. Olivia se comportait avec elle comme s'il s'agissait d'une visite de courtoisie !

— Transmettez-leur mes vœux, je vous prie. Qui sait si je les rencontrerai ? Cette période de l'année est si agitée.

— Eh oui ! Il en est toujours ainsi pendant les vacances.

Comme banalité, on ne pouvait faire mieux. Lex toussota pour cacher son envie de rire. Elle lui fit la grimace.

— C'est bien vrai, dit Olivia. Voulez-vous vous asseoir ?

— A dire vrai, je préférerais m'y mettre tout de suite.

Ce n'était pas très poli, mais ce dialogue d'une platitude accablante et le regard amusé de Lex lui tapaient sur les nerfs. Plus tôt elle aurait fini, plus tôt elle serait loin de lui. Et se sentirait mieux.

— Parfait. Comme je le disais à Lex, le comité de Noël se réunit chez moi dans quelques minutes, mais j'ai le temps de vous montrer le bureau. Si vous voulez bien me suivre…

Et ils suivirent le cliquetis de ses talons aiguilles.

Il s'attendait que sa mère les conduise dans son joli bureau de bois de rose, mais elle ouvrit la porte de celui de Pierce et y entra.

Lex avança d'un pas et recula aussitôt.

Du plafond à caissons aux murs vert sombre où couraient des étagères de livres reliés de cuir, rien n'avait changé ici. Le solide bureau d'acajou était là depuis des générations. La lampe de cuivre, l'écritoire en noyer incrusté d'or et la coupe de cristal bleu étaient exactement à la même place que du vivant de son père. Pourtant, l'ordre lui semblait moins impeccable et le contenu de la coupe l'étonnait.

— Depuis quand papa mettait-il des trombones là-dedans ?

— Il ne l'a jamais fait. Je pense que c'est Bradley qui a commencé à les y jeter.

Elle hésita et se tourna vers Keely.

— C'est le bureau de mon mari. Vous savez sans doute que Bradley l'utilisait quand il venait ici. C'est sur cet ordinateur que vous trouverez les dossiers qu'il vous faut. Du moins, ceux que les fédéraux ont laissés après l'avoir examiné.

— Qu'ont-ils pris ? demanda Lex.

— Pas grand-chose, à vrai dire. Apparemment, ils avaient déjà eu accès à mon téléphone et à mes dossiers bancaires.

Sa bouche se durcit.

— Ils ont fureté un peu partout et voulaient même prendre mon portable pour vérifier mes textos. Mes textos ! Je vous demande un peu. Comme si j'étais une adolescente.

Lex réprima un sourire.

— Ils voulaient probablement regarder ceux que Bradley aurait pu t'adresser.

— Quand bien même.

— Ils ont laissé l'ordinateur, c'est déjà ça.

— Oh, oui. Ils voulaient l'emporter, mais le juge qui a délivré le mandat de perquisition ne l'a pas permis, dit sa mère d'un petit air suffisant en le sortant du tiroir du bureau.

C'était un portable récent dont la coque d'un bleu

métallique choquait dans ce décor solennel. Keely pressa le bouton et l'ordinateur s'alluma en bourdonnant.

— Il y a peu de chances que quelque chose leur ait échappé, mais nous devons y jeter un coup d'œil, observa cette dernière.

— Quel espoir avons-nous de trouver quelque chose qu'ils n'ont pas déjà ? Ils peuvent faire tout ce qu'ils veulent, dit Olivia avec un soupçon de découragement dans la voix.

— Ne connaissant pas Bradley, ils ignorent sa façon d'agir. Alors, nous avons une chance de trouver quelque chose. Ils ne sont pas infaillibles, vous savez.

Tout en lui parlant, Keely pianotait sur le clavier.

— Il faut d'abord créer un autre fichier concernant votre solvabilité pour éviter de mauvaises surprises. Je noterai les chiffres, Lex les contrôlera. Ensuite, vous n'aurez qu'à taper votre numéro de sécurité sociale pour l'ouvrir.

Lex se dirigea vers la bibliothèque, en sortit des dossiers et jeta un coup d'œil à sa mère par-dessus son épaule.

— De quoi s'occupait Bradley quand il venait ici, maman ?

— Oh, d'un tas de choses. Il payait les factures, vérifiait mes relevés bancaires et le cours des actions. S'il venait un vendredi, il passait des ordres à mon agent de change. Ce jour-là, il apportait toujours son ordinateur pour envoyer des mails personnels. C'était bon de l'avoir ici. C'était comme du temps où Pierce…

Sa voix se brisa et elle secoua la tête.

— Désolée, il faut juste que… Regardez tout ce que vous voulez. Je file préparer ma réunion.

Elle ouvrit la porte entre les deux bureaux. Lex fit un pas.

— Maman…

— Tout ira bien, dit-elle sans se retourner. Excusez-moi, on sonne. Le comité arrive. Je dois y aller.

Lex adressa à Keely un regard embarrassé.

— Reste ici, articula-t-elle d'une voix étonnamment douce.

— Désolé, dit-il en revenant dans le bureau. Elle traverse une période difficile, tu comprends ?

— Oh très bien ! Je traverse la même, alors…

Il attira une chaise et s'assit près d'elle. Trop près pour sa tranquillité d'esprit.

— Je peux fouiller les tiroirs et les dossiers, si tu veux. Dis-moi simplement ce que tu cherches.

Keely était troublée par la présence de Lex, si proche d'elle qu'elle pouvait presque sentir son souffle contre sa joue. Mais il avait l'air désireux de se mettre au travail et cela la rassura.

— Quelque chose qui prouve que ta mère et moi ne savions rien des sociétés nominales de ton frère, et qu'il nous a inscrites à notre insu. Tout dossier ou lien concernant ces sociétés sera utile, ainsi que tout lien avec son ami letton et tout avocat avec lequel il est ou a été en contact.

— Bon, je vais m'occuper des tiroirs, dit Lex en se levant. Au fait, et les mails ? Quand tu traites avec un requin, tu les gardes pour protéger tes arrières, non ? Bradley l'a sûrement fait, lui. Il a toujours protégé ses arrières.

— Il est trop malin pour garder ce genre de choses chez lui.

— Exact. Mais il a pu cacher quelque chose dans ce bureau en misant sur le fait que la fouille ne serait pas trop poussée si notre mère n'était pas la première suspectée.

Lex fouillait l'un après l'autre les tiroirs du bureau et les en délogeait même pour inspecter le fond et le dessous.

— D'accord, mais ta mère ou la bonne pouvaient facilement tomber dessus. Crois-tu qu'il aurait pris un tel risque ?

— Quel risque ? Ma mère s'en remettait à lui pour tout et la bonne n'aurait pas fait attention à des papiers d'affaires.

— Moi, je crois qu'il a une planque ailleurs. Sais-tu si on a fouillé la chambre qu'il occupe ici ?

A travers la porte, ils entendirent les membres du DAR arriver dans le bureau d'Olivia.

— Même si les fédéraux l'ont fouillée, nous n'avons rien à perdre à y jeter un coup d'œil.

Il se leva à l'instant précis où Keely se mettait debout.

Une situation fort gênante, car ils étaient de nouveau presque bouche contre bouche.

Ils étaient tous deux comme paralysés.

Un silence de plomb s'établit dans la pièce. Lex se pencha vers elle une fraction de seconde. Elle était sûre qu'il allait l'embrasser et ne tenta rien pour le dissuader. Mais, au bout de ce qui lui parut un temps interminable, il recula.

Puis, couverts par un bruit de tasses et de cuillers dans le bureau contigu, ils se dirigèrent dans le couloir.

« Ce n'est rien », se répétait farouchement Keely en le suivant. Son trouble n'était pas lié à de l'attirance qu'elle éprouvait pour lui, mais au fait qu'elle s'était retrouvé dans une situation plus que gênante avec un homme qu'elle connaissait à peine.

Lex s'arrêta au bas de l'escalier et le désigna du menton.

— Les femmes d'abord.

Elle secoua la tête.

— Non, toi d'abord.

— Avec ma mère et la moitié du DAR dans l'autre pièce ? Tu veux que je me fasse étriper ? Merci bien. Après toi. Ne fais pas de bruit, mais dépêche-toi, je te couvre.

Elle n'avait jamais mis les pieds à l'étage. Ce n'était pas la curiosité qui lui manquait pourtant, mais les rares fois où elle était venue à Chilton avec Bradley, elle habitait chez ses parents, lui chez les siens. C'était comme ça et pas autrement. Tout en gravissant les marches d'un pas feutré, elle avait l'impression de se diriger vers un endroit mystérieux, presque sacré.

Elle avait aussi une conscience aiguë de la présence de Lex derrière elle. Elle entendait sa respiration, le glissement de sa main sur la rampe, le bruit de ses pas couvrant les siens. Lex la regardait-il ?

Elle en était presque sûre, elle pouvait sentir la brûlure de son regard le long de son dos.

En atteignant la dernière marche, elle retint un soupir de soulagement, se tourna vers lui et l'interrogea du regard.

— Continue, souffla-t-il.

— Jusqu'où ?

— La chambre de Bradley, voyons.

Elle haussa les épaules.

— Je ne sais pas où c'est. Je n'y suis jamais allée.

— Tu n'as jamais… ?

Il eut un petit sourire ironique.

— Non, bien sûr. Tu n'aurais jamais pu faire ça ici. Ma mère est très vieux jeu. C'est par là.

Les murs de la chambre de Bradley étaient peints dans les tons turquoise. Olivia l'avait refaite il y a environ un an, à la demande de Bradley, se rappela Keely. Il n'y avait rien du goût et des penchants d'Olivia dans cette chambre. Et aucune personnalité. Non. Aucune. Elle ne ressemblait pas du tout à son appartement de Manhattan. Cette pièce la faisait penser à une chambre d'hôtel, avec son miroir encadré de noir, l'étroit bureau, le chrome de la table de chevet et sa plaque de verre.

Et son grand lit.

Et ce lit, ce lit immense, était pratiquement le seul meuble de la chambre, si bien qu'il était impossible de l'ignorer. Keely se sentit gênée. Comme s'ils étaient des intrus, non chez Bradley, mais chez un inconnu. L'atmosphère serait-elle aussi… chargée, si elle s'était trouvée ici avec quelqu'un d'autre ? Ou l'était-elle parce que Lex était là ?

Alors qu'elle était ici pour essayer de sauver sa peau et d'éviter la prison, la seule chose à laquelle elle pensait c'était à la bouche de Lex, à ses mains courant sur son corps, à son odeur virile, à son souffle qui allait s'accélérant quand il…

Stop !

Il fallait qu'elle se ressaisisse. Ce n'était vraiment pas le moment de penser à de telles aberrations. Cela n'avait été qu'une défaillance, se dit-elle avec colère, une erreur. Rien de plus.

— Par où veux-tu commencer ? demanda Lex.

Elle sursauta.

— Le lit. Je veux dire… inspecte le lit, toi. Vérifie partout. Il doit avoir des tiroirs de rangement. J'inspecterai le placard.

Et elle prit la fuite.

Difficile d'avoir l'air plus stupide, pensa-t-elle. Mais où était passé ce sang-froid qui la caractérisait et qui faisait l'admiration de ses collègues ? Elle était là pour travailler, un travail qui pourrait s'avérer décisif, alors pourquoi bredouillait-elle comme une bécasse ?

Elle ouvrit la porte du placard et y découvrit une commode encastrée. Cela lui fournit enfin quelque chose à faire : fouiller les tiroirs. Il était peu probable qu'elle y trouve un indice quelconque, mais mieux valait en être sûre.

Bradley ne restait jamais bien longtemps à Chilton, et elle ne trouva qu'une pile de chemises, deux pulls, un costume. Deux casquettes de base-ball qu'il aimait porter en faisant de la voile. A part quelques T-shirts, chaussures et sous-vêtements, c'était tout ce qu'il avait laissé ici.

Les objets posés sur l'étagère du dessus étaient visiblement des reliques de sa vie d'adolescent. Une crosse de hockey, un casque, une paire de skis. Et une raquette de tennis.

Elle la prit et la regarda pendant une minute. Ces longues journées passées sur les courts avaient été magiques. Il fut un temps où Bradley était son chevalier dans sa brillante armure. Et même quand l'éclat de son armure s'était affaibli, elle l'avait encore un peu aimé. Et même respecté. Le sentiment qu'ils étaient mal assortis n'y avait rien changé.

Jamais, non, jamais elle n'aurait imaginé que derrière le Bradley avec lequel elle avait vécu pendant plus de deux ans se cachait un être totalement différent. Un homme corrompu et sans scrupules. Si elle s'était tellement trompée sur lui, que penser des autres ? D'elle-même ?

Et de Lex ?

Entendant un bruit dans son dos, elle se retourna et le vit là, emplissant de sa carrure l'entrée du cagibi.

— Besoin d'aide ?

Ils étaient seuls, maintenant. Son cœur se mit à tambouriner. De désir ? De peur ? Elle était comme pétrifiée, incapable d'esquisser le moindre mouvement.

Lentement Lex se rapprocha d'elle.

Il appuya sur l'interrupteur, et le plafonnier du cagibi s'éteignit avec un déclic.

— Nous devrions redescendre, dit-il avec un visage vide de toute expression. Je crois que nous avons fait tout ce qu'il y avait à faire ici.

Keely fut soulagée de se retrouver dans le bureau du rez-de-chaussée. La porte était ouverte, il y avait du monde dans la pièce à côté. Il n'y avait plus aucune intimité possible entre eux maintenant, et c'était une bonne chose.

Lex s'adossa à la bibliothèque.

— J'ai déjà examiné celle-là et secoué tous les livres.

— As-tu vérifié derrière et dessous ?

Il renifla.

— C'est du noyer massif. Cela m'étonnerait qu'il ait pu la déplacer. Et puis, ma mère et la bonne ne s'absentent jamais bien longtemps. Pas assez pour qu'il puisse le faire.

Un cliquetis de talons retentit et Olivia apparut.

— Que disiez-vous à propos de mes absences trop courtes ?

— Que Bradley a pu cacher quelque chose derrière ou sous la bibliothèque, dit Lex.

— Oh, ces choses-là pèsent des tonnes et n'ont jamais été déplacées depuis que je vis ici.

Elle regarda Lex et Keely avec espoir.

— Alors, du nouveau ?

— Rien, dit Lex. Pas ici en tout cas.

— Je suis libre à présent, alors dites-moi ce qu'il vous faut.

— Tu pourrais nous donner la clé de ton bureau pour qu'on y jette un coup d'œil.

— Oh, mais bien sûr. J'aurais dû déjà vous la donner. Quand je n'y suis pas, je le ferme à clé à cause de la bonne.

Quel effet cela faisait de vivre avec quelqu'un à qui on ne fait pas confiance ? se demanda Keely. De fermer les portes et les tiroirs, s'inquiéter de tout et ne pas avoir plus d'intimité dans sa maison qu'une prisonnière ?

Elle regarda Olivia revenir de son bureau et tendre à son fils une petite clé dorée.

— Tu es sûre que c'est la bonne ? demanda-t-il en essayant de l'introduire dans la serrure.

— Evidemment ! Je l'utilise tous les jours et elle est un peu poisseuse, mais…

— Un peu ? Tu as entendu parler de la poudre de graphite ?

Olivia fronça les sourcils.

— Qu'est-ce que c'est ?

— Un truc qui empêche les clés de devenir comme ça.

— Oh, il faut simplement y aller en douceur, dit-elle en tendant la main pour lui prendre la clé.

Lex regarda le porte-clés représentant une maison stylisée, portant le logo des Biens Immobiliers de Chilton. Il rit.

— Biens Immobiliers de Chilton. Sacrée Eva Jo Romano ! Elle s'obstine à te fourguer ses blocs-notes et ses porte-clés ?

— Elle y avait renoncé. Mais elle est revenue à la charge quand Bradley s'est mis en quête d'un endroit à lui.

Sans qu'elle s'en rende compte, Lex et Keely se figèrent.

— Bradley a cherché un endroit à lui ? répéta Keely.

— Il voulait acheter une maison et y vivre avec vous après le mariage. Je lui ai dit que vous pouviez vous installer ici, mais il ne m'a pas écoutée.

La serrure tourna avec un bruit sec et elle les regarda d'un air triomphal.

Pour s'apercevoir que tous deux l'observaient.

— Qu'y a-t-il ?

— Bradley a acheté une maison, dit Lex.

Olivia fit un geste vague de la main.

— Non, il cherchait seulement. Il disait qu'il n'arrivait pas à trouver quelque chose de convenable.

— Il a pu en acheter une sans t'en parler.

Lex se mit à faire les cent pas.

— Tu penses la même chose que moi ? lui demanda Keely.

Il opina.

— Une planque. Ce qui explique qu'il n'y ait rien ici.

— Et si nous la trouvons, nous mettrons peut-être la main sur toutes les preuves dont nous avons besoin.

Keely savait que ce n'était qu'une hypothèse, et que cette nouvelle piste n'aboutirait sans doute à rien. Mais elle ne put s'empêcher de sourire.

— Alors, que faisons-nous maintenant ? Nous appelons l'agent immobilier ? demanda Olivia, gagnée par l'excitation.

Keely haussa les épaules.

— Je doute qu'elle nous dise quelque chose. Ces gens sont peu loquaces quand il s'agit de violer le secret d'un client.

— Eva Jo ? Elle fait pratiquement partie de la famille, dit Lex en s'appuyant contre le bureau. Son visage est sur tous les agendas qu'elle nous a offerts. Avec des ajouts de mon cru, bien sûr. Des crocs, des cornes, des dents manquantes…

Keely esquissa un sourire.

— Je suis sûre qu'elle se sentait proche de toi aussi, Lex.

Mais si elle n'est pas censée en parler, elle ne parlera pas. Avec ou sans cornes. En plus, s'il voulait rester incognito, Bradley ne se serait pas adressé à elle, mais à quelqu'un qui ne le connaissait pas.

— Pourquoi ? Il n'a sûrement rien acheté en son nom, mais au nom de ses sociétés nominales, tu ne crois pas ?

— Pas sûr. Au cas où les choses tourneraient mal, il aura tout fait pour qu'il n'y ait aucun lien avec ces sociétés. Il a pu acheter la maison sous un faux nom. Ou au nom d'Olivia. C'est peut-être là que sont les millions.

Lex arrêta d'arpenter la pièce et se rassit.

— Et les fédéraux le sauraient si tel est le cas ?

— Peut-être. Et peut-être pas.

— Alors comment le vérifier ?

Keely rabattit le couvercle de l'ordinateur.

— Si nous ne trouvons rien dans les dossiers, lundi nous irons consulter les registres des mutations immobilières à la mairie. Nous y trouverons peut-être quelque chose.

— Et si oui ?

— Nous pénétrerons dans son repaire.

- 6 -

— En quoi puis-je vous aider ? demanda l'employée de la mairie, un sourire professionnel sur les lèvres.

Keely lui rendit son sourire.

— Je voudrais voir les registres des mutations immobilières des deux dernières…

— Tout est là, dit la jolie fille en montrant les ordinateurs. Il vous suffit de taper le nom ou l'adresse.

— Et si on n'a ni nom ni adresse ? demanda Lex.

— Je vous demande pardon ?

— Nous ne connaissons pas l'adresse.

Le sourire de l'employée s'estompa. Elle pianota impatiemment sur le comptoir laqué de blanc du bout de ses ongles vernis de rose.

— Il faut un nom ou une adresse pour utiliser l'ordinateur.

— Je sais. Mais ne connaissant ni l'un ni l'autre, comment puis-je rechercher les mutations ?

L'employée plissa le front, poussa le soupir réservé aux gens qui refusaient de coopérer et posa les questions d'usage.

— Je ne comprends pas que vous n'ayez ni nom ni adresse.

Lex se pencha vers elle et lui adressa un de ses sourires fatals. Un sourire dont Keely ne connaissait elle-même que trop bien les effets.

— Lynette ?

— C'est exact, dit l'employée, le souffle court tout à coup.

— Joli nom. Ecoutez, Lynette, existe-t-il un endroit où nous pouvons juste consulter la liste des transactions immobilières de ces deux dernières années ?

— Eh bien, nous gardons les livres fonciers au sous-sol, s'empressa-t-elle de dire pour le satisfaire. Tout y est classé par ordre alphabétique.

— Parfait. On y trouve toutes les transactions de l'année en cours, n'est-ce pas ?

— A vrai dire, elles sont classées par tranches de dix ans.

Keely sentit soudain le courage lui manquer.

Les volumes tombèrent avec un bruit sourd sur la longue table.

— Mesdames et messieurs, voici les livres fonciers de la première décennie du XXIe siècle, annonça Lex. *A* jusqu'à *L* et *M* jusqu'à *Z*. A vous de choisir.

— Très drôle, maugréa Keely en attrapant le premier.

Il était aussi épais qu'un annuaire téléphonique.

Ils s'assirent dans ce sous-sol de la mairie, assez vaste pour y organiser une réception. L'air y était sec et froid. Au-dessus de leurs têtes, un néon pâliot diffusait sa lumière vacillante en grésillant.

— *M*, dit Lex en ouvrant son grand livre.

Les registres étaient volumineux et les caractères si petits qu'au bout d'une demi-heure leur vue se brouilla. Ils n'avaient aucun indice. Seul les guidait le faible espoir de trouver quelque chose.

— Qui aurait cru qu'il y avait tant de domaines à vendre dans la région ? marmonna Keely.

— Nous sommes en Nouvelle-Angleterre, ma chère. C'est le coin des gros acheteurs.

— Et des indécis. A peine acheté, sitôt vendu.

Une page, soixante secondes, trois cent cinquante

pages un livre, deux paires d'yeux pour une décennie. Les minutes défilaient. Une heure, puis deux, puis trois, et au beau milieu d'une page, Keely s'aperçut qu'elle ne savait plus ce qu'elle avait lu. Elle s'arrêta et remua les épaules pour les décrisper.

Lex leva les yeux.

— Je sais. Je suis aussi presque au bas de ma page et je ne me souviens pas des noms que je viens de lire.

Il ne s'était pas rasé ce matin et, avec son blouson de cuir usagé, il n'avait vraiment rien d'un rat de bibliothèque. Mais il était venu ici de son propre chef et avait travaillé sans se plaindre.

— Si tu as un doute, relis ta page, Lex. La pire des choses serait que son nom y soit inscrit et de passer à côté.

— D'accord, mais on fait une pause d'abord.

— Non. J'ai presque terminé ce livre et je veux en finir.

— Tu risques de sauter une ligne.

— Je ne saute pas une seule ligne, grommela-t-elle.

— Loin de moi cette pensée, dit Lex en se frottant les yeux. Dis, Keely ? Nous partons du principe que Bradley a acheté une maison ici, mais… s'il l'avait fait ailleurs ?

Keely le regarda avec horreur.

— Oublie ça tout de suite. Cela n'a pas de sens. Il a besoin d'un endroit où il peut se rendre facilement et régulièrement sans éveiller de soupçons. Chilton est parfaite pour cela. Il lui suffisait de prétexter une visite à un ami ou une course à faire pour y aller.

— A supposer que personne ne l'ait vu entrer et sortir.

Elle soupira et reprit au haut de la page.

— Continue, ordonna-t-elle.

— On ne t'a jamais dit que tu étais un bourreau de travail ?

— C'est pour la bonne cause.

— La bonne cause ? C'est tout moi, ça.

— Heureuse de te l'entendre dire.

— Même si je dois y laisser mes yeux ?

— Mmm…, fit-elle distraitement en se replongeant dans les listes de noms.

Le silence retomba, entrecoupé par le seul bruit des pages tournées et de leur respiration. Une page, soixante secondes, trois cent cinquante pages, un livre, deux paires d'yeux pour une décennie. Trois heures, puis quatre, puis…

— Bonté divine ! s'exclama Lex.

Keely sursauta.

— Quoi ? Tu as trouvé le nom de Bradley ? De ta mère ?

— Non, dit-il. Le tien.

La route était étroite et sinueuse. A l'époque coloniale, c'était une grand-route bordée de pierres roses. Mais les choses avaient changé en deux cent cinquante ans, et ce n'était même pas une route de campagne, juste un chemin de traverse à l'écart de la ville et ne menant nulle part. L'été, il devait faire bon à l'ombre des grands arbres qui la bordaient. Mais, en cette fin d'année, le paysage était sinistre.

— Encore heureux qu'il ne neige plus, soupira Keely tandis que la jeep bringuebalait dans les ornières. C'est le bout du monde ici.

— Je parie que c'est pour ça qu'il a choisi cet endroit, dit Lex qui luttait pour maintenir la jeep sur la bande d'asphalte érodée. Rien de tel pour décourager les intrus.

Il rata la bifurcation et fit demi-tour pour prendre le petit chemin conduisant à la maison de pierre grise à demi cachée par les arbres. Il s'arrêta devant la façade.

— Et si Bradley était là ? demanda soudain Keely.

Elle s'était tellement concentrée sur sa recherche de noms et de propriétés que cela ne lui était pas venu à l'esprit. Mais maintenant…

— S'il est là, nos problèmes sont résolus.

— A condition qu'il se décide à coopérer.

— Tu pourrais être surprise, dit Lex en coupant le

moteur. Je doute fort qu'il supporte longtemps cette vie de cavale. Et s'il refuse de coopérer, tôt ou tard il y sera acculé.

— Les animaux traqués sont les plus dangereux.

— Est-ce à dire que tu traites ton ex-fiancé d'animal ? plaisanta-t-il en sortant de la jeep.

Elle se figea sur place.

— Eh bien, je…

Il lui décocha un sourire.

— Relax. De toute façon, je crois que nous n'avons rien à craindre. Cela m'étonnerait qu'il soit là. Regarde, pas de voiture, pas de fumée.

— Comment sais-tu que c'est chauffé au bois ?

Il fit un geste vers une bâche de plastique bleue.

— Vingt dollars qu'on trouve du bois sec là-dessous. Et…

Il frappa à grands coups sur la porte.

— Personne.

Elle se tourna vers lui, les yeux étincelants.

— Tu ne te lasses jamais d'avoir toujours raison ?

Il lui sourit en retour, pas vexé le moins du monde.

— Jamais. Veux-tu jeter un coup d'œil à ta maison ?

Sa maison. Incroyable, mais vrai. Son nom figurait bel et bien sur l'acte de vente. Comment Bradley avait-il pu faire cela sans sa signature ? Elle n'en avait aucune idée. Mais avec de l'argent, un bon avocat et des données fiables, tout était possible.

Y compris être propriétaire d'une maison sans le savoir.

Une maison fermée. Ce qui n'avait rien pour la surprendre, non plus que les rideaux tirés. Derrière, cependant, se trouvait une baie vitrée donnant sur une clairière. Ce devait être charmant en été.

— Tu penses qu'il y a de l'eau et de l'électricité ? demanda-t-elle en pataugeant dans la neige fondue.

— Du courant ? Peut-être. Mais je miserais davantage sur un générateur, dit-il en montrant une boîte métallique.

Elle souleva le paillasson.

Lex la regarda de côté.

— Tu penses vraiment trouver une clé ici ?

— Non. Mais ce serait idiot de ne pas vérifier, pas vrai ?

— Un point pour toi.

Elle laissa retomber le paillasson.

— Rien, ici.

Elle jeta un coup d'œil à Lex.

— Sous une pierre ?

— Une fausse, peut-être. Ou sous un pot de fleurs.

Ou accrochée à un clou ou sur l'interrupteur de l'entrée ou le rebord d'une fenêtre, sous une planche… Ils cherchèrent partout sans succès. Une demi-heure plus tard, Lex s'arrêta près d'un petit pont de bois, et piétina un parterre de fleurs en se retournant vers Keely.

— Tu as une autre idée ?

— La clé n'est peut-être pas ici, dit pensivement Keely. Il a pu la garder en quittant la maison.

Lex secoua la tête.

— Si nous avons raison, il cache tout ici et ne va donc pas se balader avec quelque chose en rapport avec cet endroit. Clé comprise. Il doit la cacher ailleurs, dans un lieu sûr.

— Tel que ?

Il haussa les épaules.

— Pas dans son appartement. Dans le tien, peut-être ?

— Si c'était le cas, les flics l'auraient trouvée.

— Mais sans forcément la prendre. Il aurait fallu pour cela que la clé figure sur le mandat de perquisition. Donc, qu'ils soient au courant de la maison, et je ne vois pas comment. Alors, si Bradley l'a cachée chez toi, il y a de fortes chances pour qu'elle soit toujours là.

— Mais pas ici.

— Non.

Elle mit les mains sur les hanches et considéra l'arrière de la maison d'un air dubitatif.

— Nous pourrions casser une vitre.

— Au risque d'alerter les flics ou Bradley ? C'est bien la pire des choses à faire ! Il peut avoir installé un système de sécurité ou payé quelqu'un pour surveiller la maison.

— Tu as sans doute raison.

— Et c'est l'hiver. Si tu casses une vitre, tu laisses entrer la pluie, la neige, les bestioles, les animaux sauvages… sans parler des rôdeurs.

— Ça va, ça va, répliqua-t-elle. J'ai compris. C'était juste une idée.

Lex la surprenait parfois. Certes, elle ne le considérait plus comme un semi-criminel, mais elle était surprise de le voir lui faire la leçon. Comment avait-elle pu penser entrer par effraction, elle qui croyait qu'en transgressant une loi on prenait vite des libertés avec toutes les autres…

— Ce n'était pas une si mauvaise idée de casser une vitre, au fond. Cela nous aurait permis d'entrer.

— Entrer ne me semble pas une mauvaise idée, en effet, dit Keely en frissonnant. J'imagine que tu ne sais pas crocheter une serrure, n'est-ce pas ?

Les ombres de fin du jour commençaient à les entourer. Il se redressa et la regarda. Il y avait dans son attitude quelque chose de fort, de téméraire. D'absolument irrésistible.

Elle frissonna, mais le froid n'y était pour rien cette fois.

— Quand vas-tu te décider à t'habiller pour l'hiver ? Tu es pourtant née ici. Tu sais ce que décembre signifie.

— J'ai un pull et une parka. Cela suffit.

Il donna une chiquenaude sur son manteau.

— Seulement si tu le boutonnes.

— Tu peux parler, toi, avec ton blouson et ta chemise de flanelle. Je suis plus couverte que toi.

— J'ai mis plusieurs couches, dit-il en montrant son T-shirt sous sa chemise. Et j'ai l'habitude de vivre à la dure.

De vivre à la dure et de traîner ses bottes dans toutes les poudrières du monde.

— Alors, c'est vrai que tu es un trafiquant ?

— Quoi ?

— Bradley m'a dit que tu trafiquais et que c'est pour ça que tu allais dans des endroits si étranges.

Rude, expérimenté, le regard inquiétant — s'il était acteur, il aurait tout de suite décroché le meilleur rôle.

Il eut un petit rire et envoya valser dans les buissons la pierre qu'il venait de soulever.

— Eh bien, il m'a barré sur tous les fronts, on dirait.

— Qu'est-ce que ça veut dire ?

— A ton avis, de combien de personnes a-t-il pourri l'esprit avec ces ordures ? Cela explique beaucoup de choses.

— Cela veut dire que tu n'es pas un trafiquant ?

Il renifla avec dédain.

— J'ai vendu mon jean de rechange en Chine, un jour où j'étais fauché. Je devais avoir vingt ans. Ça compte ?

— Qu'est-ce que tu fais dans ces endroits-là, alors ?

— Je prends des photos. Je suis reporter-photographe.

Bradley avait ri de cette histoire de photographe, prétendant que tout cela était un tissu de mensonges. Une fois de plus, Bradley avait menti, trompé, volé…

— Bradley disait que c'était une couverture.

— Pffff…

— Pourquoi mentir à ton sujet ? Je ne comprends pas.

— Moi non plus. A l'époque, il n'avait aucune raison de le faire.

Il haussa les épaules et se pencha pour regarder sous une autre pierre. Ses longs cheveux noirs cachèrent son visage.

— Brad et moi n'avons jamais été très proches. Nous ne voyons pas les choses de la même manière.

A l'époque, elle comprenait que Bradley déteste son frère. Une époque où Bradley était le bon et Trey — Lex — le méchant. Sauf que Bradley ne s'était pas avéré si bon que cela, et que Lex était là. Qu'il l'aidait à se tirer d'affaire, qu'il la faisait rire et que ses yeux verts faisaient chavirer ses sens. Soudain, elle cessa totalement de penser à Bradley.

Pour ne plus songer qu'à la bouche et aux mains de Lex. Comme il serait bon de l'embrasser encore…

Il se redressa lentement, ses iris assombris dans le soir naissant. Il ne dit mot, elle non plus. Elle ne pouvait faire plus que le regarder, comme hypnotisée, tandis qu'il faisait un pas vers elle, puis un autre, et encore un autre. A chaque pas, elle sentait le désir la submerger un peu plus.

« C'est de la folie, une erreur monumentale », protestait une petite voix anxieuse dans sa tête. Elle s'était trompée sur Bradley, qui sait si elle ne se trompait pas sur Lex ? Mais cette voix se noya dans le flot d'émotions qui courait dans ses veines et faisait battre son cœur.

Oui, c'était insensé. Et très risqué. Mais, pour le moment, elle s'en moquait. Seul comptait le désir qui la ravageait.

Et lorsqu'il posa sa bouche sur la sienne, sa seule réaction fut de sourire.

Il ne la prenait pas par surprise cette fois, pourtant elle en eut le souffle coupé. Un dernier doute lui vint à l'esprit. Aussitôt balayé par une onde de plaisir intense et merveilleuse. Comment en effet résister à la chaleur qui l'envahissait au contact de ses lèvres ?

Car elle avait chaud, très chaud malgré le froid et la neige de décembre. Les lèvres de Lex étaient brûlantes tout contre les siennes. Et elle se sentait fondre, alors même qu'il se contentait d'effleurer sa bouche des lèvres et de la langue. Elle était à sa merci… Elle eut un petit soupir d'impuissance…

Et d'impatience.

Comment se faisait-il que le goût de sa bouche lui semble si familier ? Et la rende folle de désir ? Elle ouvrit les lèvres, taquina sa langue du bout de la sienne, mêlant son souffle au sien. Elle aussi pouvait le faire languir, le rendre fou de désir…

Et elle y parvint. Au point que Lex en grogna d'impatience. Il resserra son étreinte, approfondit ses caresses, les entraînant dans un maelström de sensations plus étourdissantes les unes que les autres. Il n'était plus question de jouer, d'effleurer maintenant, mais de prendre. Il ne s'agissait plus de volupté, mais de besoin vital. Elle éprouvait plus que du désir. Une passion sauvage, animale, qui lui faisait tout oublier : raison, convenances, réalité…

Cette pensée l'effraya et elle recula, le souffle court.

— Bon, ben, maintenant, tout ce que je veux, c'est trouver cette fichue clé, marmonna Lex avec frustration.

Elle se passa la main dans les cheveux, les yeux perdus dans le vide, comme étrangère à elle-même.

— Nous avons regardé partout. Nous sommes réellement dans une impasse. Il ne nous reste plus qu'à partir d'ici.

Lex glissa son bras autour de sa taille.

— Je n'appellerais pas cela une « impasse », murmura-t-il contre ses lèvres.

Il l'avait à peine touchée que de nouveau le désir s'insinua en elle. Rassemblant le peu de forces qui lui restait, elle le repoussa en pressant son torse à deux mains.

— Non, Lex, ça suffit. D'accord ?

Il laissa retomber ses mains et la regarda avec une pointe de colère.

— Bon, qu'y a-t-il cette fois ? Tu en as autant envie que moi, je le sais.

— Ce n'est pas la question.

Inutile de dire que ce n'était pas malin ou qu'ils n'auraient pas dû. Elle savait très bien qu'elle avait fait bien plus que désirer ce baiser. Elle l'avait *voulu*.

Il méritait qu'elle soit honnête avec lui.

— Ecoute, ma vie est plutôt… déroutante en ce moment. Il y a eu beaucoup de changements et…

Et voilà qu'elle tournait autour du pot.

« Sois honnête, bon sang. »

— Bradley et moi étions fiancés depuis deux ans. Tout est fini, et pas seulement à cause de cette affaire de détournement.

— Qu'est-il arrivé ?

Sa voix était douce, son regard attentif.

— Peu importe. Mais je… j'ai du mal à m'en remettre. Et je n'y arriverai pas…

Sa gorge se serra.

— J'essaie de guérir d'un Alexander, je ne vais pas aller avec un autre.

— Je ne suis pas Bradley.

— D'accord, mais j'ai besoin de temps, tu comprends ?

Elle le dépassa et se retourna.

— La dernière fois que j'ai embrassé un Alexander, cela m'a emmené bien trop loin. Je ne suis pas pressée de replonger.

Lex ouvrit la bouche, puis la referma.

— Quoi ? demanda-t-elle.

— Rien.

Il resta un moment les yeux fixés sur le sol, serrant les poings dans les poches de son blouson. Puis releva la tête.

— Tu as raison. Tu as raison. Viens, le soir tombe et ils ont annoncé de la neige pour cette nuit. Partons pendant qu'on y voit encore un peu.

Le retour fut silencieux, mais Keely s'étonna de ne pas se sentir plus embarrassée. Apparemment, Lex était capable de comprendre, contrairement à Bradley. Et elle lui en était reconnaissante. D'autant plus qu'elle ne se comprenait pas elle-même. Comment lui le pouvait-il ?

Lorsqu'ils atteignirent la périphérie de la ville, il s'étira.

— Je jetterai un coup d'œil chez ma mère pour voir si je ne trouve pas quelque chose qui ressemble à cette clé.

— Je devrais aussi rentrer et passer mon appartement au crible, dit Keely en soupirant. Si je peux trouver quelque chose dans le désordre que les fédéraux y ont laissé, il y a une chance pour qu'elle soit dans les quelques vêtements de Bradley qui sont encore chez moi.

— Cela ne coûte rien d'essayer.

Il se gara devant la boutique de Jeannie.

— Inutile de te garer, s'empressa de dire Keely.

Mais il avait déjà coupé le contact et sortait de la voiture.

— Je pensais entrer pour jeter un coup d'œil.

Elle fronça les sourcils.

— Tu ne m'as pas l'air d'avoir une passion pour les fleurs.

Il lui adressa le même sourire qui avait fait fondre Lynette.

— Je cherche quelque chose pour ma mère. Elle vit des jours difficiles. Et peut-être qu'un bouquet de fleurs ou un truc quelconque lui remontera un peu le moral.

— Un truc ?

— C'est un terme technique.

Il poussa la porte de la boutique.

— Je t'en prie, après toi.

Bon sang, il ne manquait plus que cela ! C'était déjà dur de travailler durant les soirées, à un moment où elle avait avant tout besoin de temps et d'espace pour comprendre ce qui lui arrivait… Il ne manquait plus que Lex se promène dans la boutique et joue avec ses émotions.

Mais il faudrait être un monstre pour refuser de laisser entrer un homme désireux de faire plaisir à sa mère. Et un client potentiel, qui plus est.

— Salut, Keely, dit Lydia, qui servait un client.

Keely lui fit un signe de la main et reporta son attention sur Lex. Plus tôt elle s'occuperait de lui, plus tôt il s'en irait. C'était bien ce qu'elle voulait, pas vrai ?

— Alors, que veux-tu, des fleurs ou un petit cadeau ? Nous avons des lys calla magnifiques. Je crois me souvenir que c'est la fleur préférée d'Olivia.

Elle avait une impression de déjà vu, sauf que ce n'était pas Bradley qui la priait de composer un bouquet pour que sa mère lui pardonne d'avoir oublié son anniversaire, il y a six ans. C'était maintenant, et c'était Lex. Et elle ne comprenait absolument rien à ce qu'elle ressentait pour lui. Il ne s'agissait pas d'un coup de foudre, ni d'un coup de cœur… Pourtant, elle était bouleversée.

— Je ne suis pas sûr de ce que je recherche, dit-il avec aisance. Juste un petit quelque chose qui lui ferait plaisir.

Ses cheveux bouclaient sur sa nuque. Elle savait combien ils étaient doux à toucher. Elle pouvait encore sentir leur douceur sous ses doigts.

Elle secoua la tête comme pour balayer cette pensée.

Le coin cadeaux était le lieu où Jeannie cédait à sa fantaisie et à son goût pour le design. Des objets faits à la main et des bougies sculptées côtoyaient des bâtons d'encens et des services à saké, des livres pleins de recettes de tapas. Des petites savonnettes parfumées ornaient des piles de serviettes en lin irlandais.

— Que penses-tu de ça ?

Il la regarda.

— De tes savons ? Eh, c'est d'Olivia que nous parlons !

— Bon, d'accord, pas de savon.

— Oublie aussi les flocons de neige et ces trucs-là, dit-il en montrant un mobile de réflecteurs.

Keely pinça les lèvres.

— Je croyais que tu voulais un « truc ».

— Oui, je veux un truc, mais pas ceux-là.

— Pfff… tu es difficile.

Il lui lança une œillade pleine de sous-entendus.

— Toujours. Maintenant, cette…

Il s'arrêta devant un vase de cristal d'où jaillissaient des roses de verre soufflé et les caressa du bout des doigts.

— Bien choisi. C'est l'œuvre d'un artiste local, dit Keely en réprimant un soupir. Si tu poses le vase en pleine lumière, les pétales semblent presque vrais.

C'était son objet préféré, mais elle avait résisté à son désir de l'acheter. Ce n'était vraiment pas le moment de faire des dépenses inutiles. Elle devait mettre de côté au cas où elle aurait besoin de se payer un avocat.

La porte s'ouvrit en carillonnant sur un groupe de clients.

Lydia et Keely s'empressèrent auprès d'eux, et les minutes qui suivirent furent un véritable tourbillon d'occupations. Elle en oublia presque la présence de Lex. Le dernier paquet-cadeau enfin ficelé, le groupe repartit satisfait.

Keely se pencha pour prendre un autre rouleau de caisse.

— Oups, je dois préparer des vases pour demain, dit Lydia. Si tu as besoin de moi, je suis dans l'arrière-boutique.

Au moment où Lydia s'éclipsait, Keely se redressa… et vit Lex s'approcher du comptoir.

Elle prit une longue, très longue, et lente inspiration.

— Tu as trouvé ce que tu cherchais ? demanda-t-elle d'un ton jovial.

— A peu près.

Il posa la petite sculpture de fleurs sur le comptoir, ainsi qu'un grand vase en cristal de Baccarat, convenant mieux au goût à la fois traditionnel et sophistiqué d'Olivia.

— Je vois que ta définition des « trucs » est très extensible, dit-elle en enveloppant le vase d'un papier de soie avant de le glisser dans un grand sac plastique.

Elle jeta un dernier regard à la sculpture de fleurs avec un pincement de regret en l'entourant de papier de soie.

— La boîte est dans l'arrière-boutique. Attends une minute.

— Ce n'est pas nécessaire.

— C'est bien trop fragile pour la transporter comme ça.

— Cette sculpture ne va nulle part. Elle est pour toi.

Elle se figea comme une statue. Et, pendant un moment, elle resta à le regarder, incapable de prononcer la moindre parole.

— Pour… moi ?

Lex poussa la sculpture devant elle.

— Pour toi. Ma mère n'est pas la seule à vivre des jours difficiles. Je me suis dit qu'un cadeau te remonterait peut-être le moral à toi aussi.

Il se pencha en avant et déposa un tendre baiser sur son front.

— Porte-toi bien, Keely.

Et il s'en alla.

- 7 -

L'enfer sur terre revêtait bien des formes. Vivre dans une maison en travaux, par exemple. Surveiller le dortoir d'une troupe de collégiens en vacances. Et faire du shopping dans un grand centre commercial une semaine avant Noël.

— Qui a dit que c'était une bonne idée ? demanda Keely pendant qu'elles se frayaient un passage dans la foule.

— Toi, dit Lydia en évitant de justesse une poussette. Tu as dit que tu n'avais rien pour Noël et que tu devais absolument faire des cadeaux sous peine d'être reniée par ta famille. Vrai ou faux ?

— Vrai, soupira Keely.

— Alors, par quoi veux-tu commencer ?

— Par piquer un sprint jusqu'à la sortie.

— Impossible. Même en rollers, il te faudrait trois quarts d'heure pour l'atteindre. Bon, à qui veux-tu faire un cadeau ?

Keely secoua la tête et s'écarta pour éviter le jet de parfum dont la gratifiait une vendeuse.

— Toi d'abord.

— Déjà fait, dit gaiement Lydia. Il y avait des soldes chez Hello Kitty. J'y ai trouvé de quoi faire des cadeaux à Melly pendant dix ans. Roy est heureux comme un pape avec un jeu Nintendo, et le magasin d'électronique en offrait deux pour le prix d'un. Je n'ai plus qu'à faire un saut à la boutique de lingerie pour boucler ma liste.

— Toutes tes amies rêvent d'avoir des dessous neufs ?

— Pas toi ? Bon, alors à qui veux-tu offrir quelque chose ?

Keely réfléchit. L'histoire de Bradley avait singulièrement réduit sa liste. Plus de fiancé. Plus de collègues. Plus d'amis à New York. Tous lui ayant prouvé qu'ils n'étaient pas vraiment des amis.

Elle regarda Lydia, son amie fidèle, sa sœur de cœur.

— Je dois en faire un à papa et maman, naturellement. A Darlène. Et aussi trouver quelque chose qui ne te regarde pas.

Lydia sourit et lui montra la vitrine de la bijouterie.

— Tu devrais jeter un coup d'œil là-dedans. Il y a un tas de bricoles que je n'aimerais pas porter avec la robe de satin vert que j'ai choisie pour le réveillon du nouvel an.

— Compris, ma belle.

— Quant à toi, je parie que tu n'as rien à te mettre pour le cas où tu passerais finalement le réveillon avec Hulk.

Keely fronça les sourcils.

— Hulk ?

— Tu connais le beau gosse qui rôde autour de toi et t'a fait un cadeau dans la boutique ?

— Oh, Lex.

— C'est le frère de Bradley, pas vrai ? Avec lui, au moins, tu ne perds pas au change.

— Ne te fais pas d'idées. Nous cherchons simplement à nous dépêtrer des magouilles de Bradley, c'est tout.

— D'une pierre deux coups, dit Lydia en opinant. J'ai pigé.

— Lydia !

— Quoi ? Ne me dis pas qu'il n'y a rien entre vous ?

— Je ne dis plus rien. Je suis ici pour faire du shopping, pas pour bavarder.

— Tu sais, maintenant que j'y pense, je commence à avoir un creux. Si nous allions à la cafétéria ?

*
* *

Que lui arrivait-il ? se demanda Keely en s'asseyant sur la chaise de plastique rouge. Elle secoua la tête et picora les grains de sel d'un bretzel. Pourquoi était-elle aussi troublée à la seule évocation de Lex ?

— Ecoute, je ne vois pas pourquoi tu me casses les pieds avec lui, Lydia. Après ce que m'a fait Bradley, je serais folle de sortir avec quelqu'un d'autre aussi rapidement. Alors avec son frère en plus !

— Lorsqu'on tombe de cheval, il faut remonter tout de suite, c'est bien connu, dit Lydia en découpant son poulet.

— Il ne me plaît même pas.

En disant cela, Keely savait qu'elle mentait. Plus elle voyait Lex, plus elle pouvait mesurer l'ampleur de l'attirance qu'elle éprouvait pour lui.

En sa présence, elle devenait une autre femme.

— C'est idiot, je le sais, dit-elle en repoussant son Coca. Mais quand il me touche, je deviens dingue. Et je ne veux pas de cela. Que dois-je faire, Lydia ?

— Sers-toi de lui pour rebondir. D'accord, Bradley n'était pas fait pour toi, mais Lex n'est sans doute pas comme lui. Tu aurais tort de ne pas coucher avec lui.

— Nous n'avons pas couché ensemble.

— Ou de l'embrasser, de flirter ou tout ce que tu veux. Le fait est que tu es accrochée.

Keely fronça les sourcils.

— Veux-tu un dessert ?

Lydia secoua la tête.

— Je surveille ma ligne pour entrer dans ma robe du soir. Et tu ne vas pas t'en sortir comme ça, ma poulette. Bradley t'a trahie et empoisonne encore ton existence. Que tu aies rompu avec lui n'y change rien. Tu ne peux nier qu'il te tient. Et tu peux dire ce que tu voudras, que tu ne veux plus entendre parler des hommes et tout ça, Lex n'est pas comme les autres. C'est l'homme qu'il te faut. Ton corps le sait, même si ta tête ne veut pas le savoir.

Keely fit la moue.

— Tu ne le connais même pas.

— Je l'ai vu avec toi. Et Darlène l'aime bien, cela me suffit. Tu l'as déjà vue se tromper sur quelqu'un, toi ?

Keely ouvrit la bouche et s'arrêta.

— Non, n'est-ce pas ? dit Lydia avec satisfaction. Tout ce que je te demande, c'est de ne pas te prendre la tête. Quelle importance si ce n'est pas l'homme idéal ! Il bosse en Afrique et au pôle Nord, bon sang !

— Au Moyen-Orient.

— Oui, bon. Eh bien, c'est le rêve ! Pour une romance passagère, tu ne pouvais trouver mieux. Cela se voit qu'il te fait du bien. J'ai vu ton visage quand il t'a offert ce vase. Et je t'ai vue quand tu es revenue de l'Illumination de l'arbre. Ne me dis pas que tu ne l'as pas embrassé ce soir-là, je sais que tu l'as fait. Arrête de réfléchir, Keely, et lance-toi à l'eau.

Elle se leva d'un bond.

— Et *toi*, tu veux un dessert ?

Le problème, pensait Lex en errant dans le parc avec son appareil, c'était qu'à part l'enquête il n'avait rien à faire à Chilton. Oh, bien sûr, il avait des mails à envoyer, des coups de fil à passer, mais cela ne prendrait guère plus d'une demi-heure.

Et lui laissait encore trop de temps pour penser à Keely.

Depuis qu'il l'avait embrassée dans le bosquet, il n'avait pas cessé un instant de la désirer. C'était presque une torture. Un martèlement constant dans tout son corps, comme si l'essence même de Keely s'y était glissée et imprégnait son esprit. Qu'importe son style country club. Qu'importe qu'elle ait été fiancée à Bradley ! Tout ce qu'il avait pensé d'elle était faux. C'était une fille simple et saine. Qui cachait une forte personnalité dont il n'avait jamais soupçonné l'existence.

En d'autres temps, avec une autre fille, il aurait insisté jusqu'à ce qu'elle cède. Vu la façon dont elle avait répondu à son baiser, cela n'aurait pas été très difficile.

Ses baisers... Bon sang, comment les oublier ? Il faisait de son mieux pour ne pas y penser, pour se persuader que cela n'avait pas eu lieu. Car ce qu'il avait vu après cette étreinte passionnée restait gravé dans sa mémoire — son regard voilé, ses yeux sombres et pleins de trouble quand elle l'avait supplié d'arrêter. « J'essaie de guérir d'un Alexander, je ne vais pas aller avec un autre. »

Comment un homme était-il censé réagir en entendant cela ? Pas très bien, sans doute. Avec un froncement de sourcils distrait, il vida dans le seau d'un soldat de l'Armée du Salut les pièces qu'il avait en poche et traversa le parc. Maintenant, il était condamné à attendre, à espérer qu'un jour Keely surmonterait le mal que lui avait fait son imbécile de frère.

Mais cela valait-il la peine d'attendre ? Pourquoi s'accrocher à la seule femme qui ne voulait pas de lui ? C'était absurde, il repartirait dans peu de temps. Pourtant, il ne voulait pas laisser passer sa chance.

Du coin de l'œil, il vit un objet décrire une courbe lente dans le ciel. Un flot d'adrénaline afflua dans ses veines. Sans réfléchir, instinctivement, il se baissa derrière un banc. Se redressa en secouant la tête. Et vit un autre projectile blanc se découper sur le ciel bleu. Une boule de neige ! Ce n'était qu'une bataille de boules de neige.

Son réflexe en disait long sur la vie qu'il menait. Il avait pensé que c'était une grenade...

A présent, il voyait les combattants arriver. Une bande de gamins de dix, onze ans. Les uns lançaient leurs boules depuis un canon datant de la Révolution. Les autres ripostaient en se cachant derrière la fontaine. Lex se souvint de l'époque où il était gosse. Le canon était la meilleure place — bonne ligne de tir, terrain surélevé. Bradley et lui l'avaient plus d'une fois défendu. Et remporté la victoire, même quand leur équipe était inférieure en nombre.

Le sourire aux lèvres, il photographia la bataille, mitraillant les visages concentrés, les déplacements stratégiques, les éclats de rire et les cris de joie des enfants, en vacances de Noël à Chilton. Certaines choses ne changeaient jamais.

Il rentra chez lui une heure plus tard, le sourire aux lèvres et l'humeur bien plus légère. Il retrouva sa mère dans le salon.

— Qu'as-tu fait de beau ? demanda-t-elle.

— J'ai traîné mes bottes et pris quelques photos.

— Toujours le même petit reporter entêté.

Son sourire s'estompa.

— J'ai toujours l'appareil que Nana t'a offert pour tes douze ans. Tu ne l'as pas emporté quand tu es parti.

— Je n'avais pas le choix, maman. Je ne pouvais pas tout mettre dans mon sac à dos.

Mais cet appareil avait changé sa vie. Dès l'instant où il l'avait reçu, la photo était devenue une passion. Ce qui avait mis Pierce hors de lui. Ne voulant rien savoir des prix que remportait Lex, il avait tout fait pour lui mettre des bâtons dans les roues. Sa mère avait essayé de le soutenir discrètement, mais elle ne pouvait pas faire grand-chose quand Pierce avait une idée en tête.

— Je suis contente que tu sois là. J'ai besoin de ton aide, dit-elle en baissant les yeux sur les papiers qu'elle tenait. J'ai reçu des tas de factures et de documents ces jours derniers. J'avais l'habitude de les remettre à Bradley, ajouta-t-elle en rougissant légèrement. Tu veux bien m'aider ?

Lex haussa les sourcils.

— Tu es sûre de vouloir encore faire confiance à un de tes fils en ce qui concerne tes finances ?

— Tu n'es pas Bradley, répondit-elle d'un ton acide en lui tendant la pile de papiers. Je veux juste savoir comment vont les affaires.

— Maman, tu parles à un homme d'action, protesta-t-il en feuilletant le tas de factures et de relevés bancaires. Je doute fort de t'être utile. Toutes mes factures sont directement prélevées sur mon compte.

— C'est peut-être ce que je devrais faire. Peux-tu m'aider tout de même ?

Il réprima un soupir.

— Bon, d'accord. Je vais y jeter un coup d'œil. Tu viens ?

Il se dirigea vers le bureau de Pierce avec la même impression familière de pénétrer dans un territoire dangereux où celui-ci pouvait surgir à tout moment. Toujours ces affreux tableaux aux murs et cette grande photo de son père avec des amis et le président du conseil.

Il vit le regard de sa mère se poser sur la photo.

— Pourquoi n'as-tu pas rénové ce bureau ? Cela serait peut-être plus facile pour toi ?

— Ce serait comme l'effacer de ma vie, dit-elle d'une voix grave. J'ai tout changé, mais, ici, c'est toujours chez lui.

— Est-ce une bénédiction ou une malédiction ?

— Je ne sais pas.

Il s'assit dans le fauteuil du bureau et regarda sa mère.

— Pourquoi l'as-tu épousé ? demanda-t-il sans réfléchir.

Le visage de sa mère se figea.

— Oublie cela, maman, dit-il en secouant la tête. Tu n'es pas obligée de répondre.

Elle prit son temps pour s'installer en face de Lex, croisa les jambes et contempla ses mains baguées.

— Les gens ne sont pas toujours tels qu'on le croit, vois-tu. Au début, je pensais que Pierce était seulement très sûr de lui. C'était grisant de vivre avec un homme à qui tout le monde obéissait sans discuter. Ce n'est que plus tard que je me suis rendu compte que cela s'appliquait aussi à nous trois. Quand on est jeune, on ne sait pas que plus le temps passe, plus les défauts s'accentuent.

Elle joua un instant avec ses bagues.

— Les miens comme ceux des autres sans doute,

ajouta-t-elle. J'étais si jeune quand je l'ai épousé. Je n'avais d'yeux que pour lui. Un homme si beau, si brillant… qui me désirait. Moi… ?

— Cela ne devrait pas te surprendre.

— Si. Je vivais comme dans un rêve, comme s'il était mon prince charmant. Avec le temps, je suis devenue plus mature et j'ai voulu partager avec lui l'organisation de notre vie de famille. Il a cru que je voulais changer l'ordre établi. Cela l'a mis dans une colère noire ! Et il a continué à se comporter comme il l'avait toujours fait. Sauf qu'au lieu de donner des ordres à ses employés et aux domestiques, il s'est mis à en donner aussi à sa femme et à ses enfants.

— Tu as essayé de nous protéger.

Elle eut un petit rire amer.

— Tu as vu ce que cela a donné ? Tu es parti.

— J'avais dix-huit ans. C'était le moment de…

— De quitter le lycée, peut-être. Pas de disparaître.

— J'ai supporté tout ce que je pouvais supporter.

Il se souvint de son dernier jour ici, des mots durs de son père, de son soulagement quand il avait vu ce camion ralentir et s'arrêter sur le bord de la route où il faisait du stop.

— Je l'aurais quitté s'il avait levé la main sur vous. Il ne l'a jamais fait.

Lex lui adressa un pâle sourire.

— Quand on plonge les grenouilles dans l'eau froide et qu'on la réchauffe doucement, les pauvres bêtes ne se rendent pas compte qu'elles sont en train de bouillir vivantes.

— Ce n'était quand même pas si dur, si ? J'ai voulu croire que les choses allaient un peu mieux après ton départ. Peut-être était-ce seulement parce que je m'en désintéressais.

Elle laissa échapper un soupir.

— A la fin, nous sommes parvenus à un compromis.

Il me manque. Difficile à comprendre, je sais, mais c'est comme ça. Pour le meilleur et pour le pire, comme on dit.

— Etait-ce parfois pour le meilleur ?

A son étonnement, elle acquiesça.

— Il y a eu de bons moments. Tu ne t'en souviens pas, ou bien tu ne veux peut-être pas t'en souvenir, mais il y en a eu.

Elle fit une pause.

— Bill Hartley m'a encore appelée à propos de la présidence du conseil.

— Jolie, la transition.

— Tu ne devrais pas renoncer uniquement parce que tu es toujours révolté contre ton père.

— Je t'ai déjà dit que je n'étais pas intéressé.

Il joua nerveusement avec le stylo en or de Pierce.

Sa mère l'observa avec attention, comme si par son regard elle essayait de le faire changer d'avis.

— Il y a un gros paquet d'actions à la clé.

— Je n'ai pas besoin d'actions.

— Bien sûr que si. Elles sont à la baisse à cause de la situation de Bradley, mais seront bientôt à la hausse, surtout si c'est toi qui diriges l'entreprise.

Il secoua la tête, prit une paire de boules de métal dans la coupe débordante de trombones et les fit rouler dans sa main comme Bogart dans *Ouragan sur le Caine*.

— Tu pourrais. Tu devrais.

— Je suis photographe, pas homme d'affaires. Je ne suis pas fait pour rester coincé dans un bureau.

Les boules d'acier cliquetèrent plus vite.

— Les Technologies Alexander survivront sans moi. Pierce avait raison sur un point…

Il s'interrompit en entendant vibrer son portable.

— Je dois répondre.

— On sonne en plus… Trey, tu ne peux éviter indéfiniment cette discussion. Nous devons y mettre fin, mais nous en reparlerons, crois-moi.

— En ce qui me concerne, tout est dit.

Sans répondre, elle se leva, traversa la pièce et referma la porte derrière elle.

Lex jeta un coup d'œil à son téléphone et vit s'afficher le numéro de Joe Flaherty, son patron de New York.

— Joe, tu tombes à pic, murmura-t-il en décrochant et en se renversant dans son fauteuil. Allô, oui ?

— Lex ?

— Joe. Qu'y a-t-il ?

— Content de t'avoir. Comment ça va chez toi ?

Lex fit rouler les boules dans sa main.

— Bien, tant que tu ne me demandes pas de t'envoyer des photos du scandale des Technologies Alexander.

— Difficile ?

— A côté de ça, traverser le désert du Kalahari est une partie de plaisir.

— Qui aurait cru le Connecticut si animé ? Tu profites quand même un peu de ton break pour te reposer ?

— Pas si tu projettes de m'envoyer ailleurs. Difficile de décoller d'ici en ce moment.

— Ah ? Franchement, Lex, crois-tu que je ferais ça quand je sais que tu es là-bas pour t'occuper de ta sainte mère ?

— Oui. Je te crois même prêt à vendre ta grand-mère pour avoir un scoop, Flaherty.

— C'est fort possible. Mais dans le cas présent, je pensais seulement que cela te plairait de venir à New York.

— Pourquoi à New York ?

— Pour déjeuner. C'est moi qui invite.

Lex réfléchit un moment en plissant les yeux.

— Que caches-tu dans ta manche, Flaherty ?

— Qu'est-ce qui te fait croire que je cache quelque chose ? demanda Flaherty en feignant d'être offensé.

— Si tu m'invites, c'est qu'il y a anguille sous roche.

— Tu es blessant, jeune Aubrey.

— Tu me le rappelleras toujours, hein ?

Lex soupira. Son nom professionnel était Lex Alexander. Il avait fallu une longue nuit bien arrosée pour qu'il confesse son vrai nom à Joe, il y a dix ans. Et celui-ci, bien que tout aussi ivre, ne l'avait pas oublié.

— Refuserais-tu de rendre visite à un vieil homme ?

— Tu n'es pas vieux, Flaherty.

— J'ai quand même envie de te voir.

— Cela ne me paraît pas si innocent que ça, dit Lex qui jeta les boules dans le bol.

Elles atterrirent bruyamment sur l'amas de trombones et d'objets divers que son frère avait accumulés dans la coupe.

« C'est Bradley qui a commencé à les y jeter. », avait dit Olivia.

Ses cheveux se hérissèrent sur sa nuque.

— Alors, tu viens ou tu ne viens pas, Alexander ?

Y avait-il une chance pour qu'on ne l'ait pas fouillée ? De toute façon, pourquoi les fédéraux se seraient-ils intéressés à une clé ? Combien de vieilles clés traînaient dans la maison ? Attirant la coupe, Lex en fouilla le contenu. Des trombones, des gommes, des pinces, des vis, un adaptateur pour écouteurs, encore des trombones.

Et parmi eux, une clé.

Un son résonna dans son oreille et Lex secoua la tête.

— Désolé, Joe, tu disais ?

— Je me demandais si tu étais toujours là.

— Je suis là.

Il vida le contenu de la coupe, dégagea la clé emmêlée dans une chaîne de trombones et la fit tourner dans sa paume. C'était bien la clé d'une maison. Il l'aurait parié.

— La question est : peux-tu venir ? Disons, après-demain ?

— Bien sûr. Ecoute, Joe, je dois filer. Envoie-moi un mail pour me dire le lieu et l'heure ,et j'y serai.

Il raccrocha et observa de nouveau la clé.

- 8 -

— Un noir, deux crèmes, un lait écrémé, et pas de beignets, commanda Keely.

— Un noir, deux crèmes, un lait écrémé, répéta Darlène. Et pas de beignets ?

— Pas de beignets.

Darlène prépara la commande en un tournemain, en emplit une boîte cartonnée et la tendit à la jeune fille.

— Un noir, deux crèmes, un lait écrémé, dit-elle. Et pas de beignets.

— Pas un seul de tes affreux beignets.

— Et une croix sur les beignets. Une.

— Exactement. Bon après-midi.

Keely tourna les talons, fit un pas, un autre. S'arrêta et fit volte-face.

— Des beignets, demanda-t-elle. Trois.

— Trois beignets, voilà, dit Darlène en les glissant dans un sachet. Et bravo, tu as presque atteint la porte cette fois-ci.

— C'est l'odeur. Quand ils sont encore tout chauds, je suis fichue. Si ton café n'était pas le meilleur de la ville, je ne mettrais plus les pieds ici.

— C'est vite dit. Et comment va la chasse aux indices ?

— Pas vite. Si je ne trouve pas quelque chose en vitesse, je vais tellement grossir que je ne passerai plus la porte.

Darlène considéra sa silhouette d'un œil critique.

— Ça, j'en doute. Ne te prive pas de beignet, Keely,

je t'en prie. Je préfère en faire et en refaire que de transpirer pendant des heures et des heures sur ma déclaration d'impôts.

— Le formulaire 941 ?

— Arrière, Satan. Ne prononce pas ces mots ici !

— Un génie culinaire comme toi ne devrait pas perdre son temps avec la paperasse, voyons. Tu n'as pas de comptable ?

— J'en avais un, mais il est parti il y a des mois. Et je n'ai pas encore eu le temps d'en chercher un autre… tellement je suis occupée à faire des beignets.

— Tu ne pouvais pas le dire plus tôt, non ? Qu'est-ce que je faisais chez Briarson, dis ?

Elle posa un billet sur le comptoir et prit ses beignets.

— Ecoute, Darlène, je dois retourner à la boutique, mais demain j'aurai du temps. Laisse-moi m'occuper de cela.

Elle s'interrompit.

— Tu as le droit de refuser qu'une personne soupçonnée de blanchir de l'argent sale s'occupe de tes comptes, mais…

— La barbe ! Ils en ont après Bradley, pas après toi. Et toi, tu es censée être ici pour te reposer. Pas pour travailler.

— Y a pas de problème.

— Mais…

— Y a pas de mais. Dis juste « merci Keely » et c'est réglé.

— Bourreau de travail, dit Darlène en rendant la monnaie.

— On me l'a déjà dit, répondit Keely en riant. A demain !

Elle ramassa sa monnaie et la donna au passage au soldat de l'Armée du Salut qui secouait sa clochette à tout va en battant de la semelle pour se réchauffer.

— Merci, ma petite dame.

— De rien, Harvey, dit-elle en lui souriant sans s'arrêter.

C'était bizarre. Elle qui avait toujours jugé sa ville natale étouffante et ennuyeuse, voilà qu'elle la trouvait chaleureuse. Que c'était bon de se lever sans avoir besoin du réveil-matin. D'aller travailler sans prendre le métro. Et de faire la pause chez Darlène. Il y avait ici un sens de la communauté qui lui avait beaucoup manqué à New York.

Ce qui ne signifiait pas qu'elle voulait y rester, bien sûr. C'était temporaire.

Même si le monde des affaires s'était révélé plus stressant et moins intéressant qu'elle ne le pensait, elle entendait faire carrière. C'est pourquoi elle était si préoccupée. Que faire par rapport à Briarson ? Même si on l'accueillait à bras ouverts, une fois lavée de tout soupçon, elle ne voulait pas y retourner. Car, malgré des années de travail acharné, personne ne l'avait soutenue, là-bas. Personne n'avait cru en elle.

Tous n'avaient pensé qu'à eux et à leurs intérêts.

Elle aussi devait penser à elle, pour manger et payer son loyer. Il fallait donc qu'elle envoie son CV un peu partout sans tarder.

— Ah, te voilà enfin. Ce n'est pas trop tôt.

Keely leva les yeux, et son cœur bondit dans sa poitrine en voyant Lex arriver vers elle à grands pas.

— Salut.

— Où étais-tu ? J'ai essayé de t'appeler sur ton portable.

— Je l'ai laissé à la boutique, dit-elle, le souffle court. Je suis allée chercher du café.

Il lui prit le carton des mains.

— C'est ce que m'a dit ta mère.

— J'espère que tu n'as pas parlé à Lydia, gémit-elle.

— La rouquine ? Non. Pourquoi ?

— Pour rien. Alors, quoi de neuf ?

Lex agita un objet devant ses yeux.

— Qu'est-ce que c'est à ton avis ?

— Une clé, dit-elle d'un air absent. Une clé ?

— Eh oui. Je l'ai trouvée dans le bureau de Pierce.

— La clé de la maison, souffla-t-elle, réalisant enfin où il voulait en venir.

— Pas sûr, mais il y a des chances pour que ce soit elle.

— Tu l'as essayée ?

Il haussa un sourcil.

— Je t'attendais, chère associée. Peux-tu laisser tomber le café et t'absenter une heure ou deux ?

— Sans problème… cher associé.

Ils trouvèrent facilement la maison cette fois. Par ce beau soleil, elle n'avait plus l'air abandonnée, mais lumineuse, proprette, et presque charmante.

— Il doit faire bon ici, l'été, dit Keely en regardant la forêt.

— Possible, mais je doute que Bradley ait acheté la maison pour sa vue panoramique.

Lex sortit la clé de sa poche.

— Bon, c'est le moment de croiser les doigts.

— Doigts croisés, capitaine, répliqua-t-elle.

La clé glissa sans heurt dans la serrure.

— Bon signe, commenta-t-il.

Le cœur de Keely battait maintenant la chamade.

— Orteils croisés, capitaine.

Lex sourit et tourna prudemment la clé. La serrure émit un petit déclic, la poignée aussi. Et la porte s'ouvrit sans bruit.

Ils pénétrèrent dans un petit couloir qui donnait sur une cuisine aux murs jaune d'or. En d'autres circonstances, Keely aurait trouvé cette pièce agréable avec ses murs ensoleillés et sa table à café sous la véranda. Mais y entrer en cachette, ne faisait que renforcer son sentiment de culpabilité. Bien qu'ils aient une très bonne raison de violer cette propriété privée, elle se sentait en faute.

Lex ouvrit le réfrigérateur. Il était complètement vide, et après un bref coup d'œil il le referma.

— Dépêchons-nous, murmura Keely.

De l'autre côté de la cuisine, une porte donnait sur un grand salon. Bien plus grand qu'il n'y paraissait du dehors. Et d'autant plus spacieux qu'il n'y avait pas un seul meuble.

— J'ai l'impression qu'il a un faible pour le style dépouillé.

— Et même plus que dépouillé, dit Lex en poussant la porte de la salle de bains. Regarde, il n'y a ni serviette ni papier.

— J'en conclus que cette maison n'est qu'un refuge.

— Elémentaire, mon cher Watson.

Ils entrèrent dans le living aux rideaux tirés, mais très clair grâce aux trois pavés de verre du plafond. Considérant les épais rideaux qui recouvraient tout le mur, Keely imagina la large baie ouverte sur la vue enchanteresse de la forêt.

— Pauvre maison, dit-elle dans un brusque accès de mélancolie. Quelqu'un a dû t'aimer jadis, et maintenant, te voilà vide, abandonnée.

Lex appuya sur l'interrupteur et le plafonnier s'alluma.

— Pas si abandonnée que ça, on dirait.

— Bon. Sauf à tout recopier à la main, Bradley doit avoir un ordinateur ici. Voilà pourquoi il y a du courant.

— Tu crois ? Alors cherchons-le.

Ils prirent le couloir qui menait aux chambres.

— Regarde le thermostat, dit Keely. C'est bizarre pour un chauffage au bois, non ?

Elle tourna le bouton. Il y eut un flash, un bourdonnement, puis le bruit d'une chaudière qui se mettait en marche Dieu sait où. Du courant, du chauffage. Et pas de meuble ? Elle secoua la tête et s'arrêta avec Lex sur le seuil de la première chambre. Elle était vide.

La deuxième aussi. Et la troisième ?

— Bingo, souffla Lex en ouvrant la porte.

La pièce comportait un canapé de cuir gris perle, une table basse couverte du fouillis habituel de télécommandes et de magazines, un beau bureau gris à côté du canapé et un grand écran de télévision ultramoderne sur le mur opposé.

— L'ordinateur doit être quelque part ici, dit-il.

Sans s'être concertés, Lex se mit à fouiller le bureau et Keely ouvrit le placard. Il était vide. Elle s'attaqua aux tiroirs de rangement. Le tiroir du haut était vide. Celui du dessous rechigna, mais finit par céder. Et se révéla tout aussi vide. Ainsi que le troisième. En revanche, celui du bas s'ouvrit sans protester. Et contenait ce qu'elle cherchait — un ordinateur portable dans sa housse de transport.

— Oh, mon Dieu, souffla-t-elle.

Lex se retourna aussitôt.

— Joli.

— Nous l'avons enfin trouvé, dit-elle en le sortant de sa housse d'une main tremblante.

Lex continua à ouvrir les tiroirs.

— Autre chose ? demanda-t-elle.

— Non. Je parie que tous ses dossiers sont sous format électronique. Facile à utiliser, facile à trimballer. Pratique pour joindre son collègue en cas de besoin ou pour lui rafraîchir la mémoire.

Keely frissonna en pensant à Skele, le trafiquant d'armes.

— J'aurai cru que Bradley préférerait l'éviter.

— Pourquoi ? Ce type est son gagne-pain. C'est lui qui a le fric. Je parie que Bradley a besoin de Skele autant que Skele a besoin de lui pour que ça marche.

Sauf que Bradley n'était pas un tueur à gages.

Elle enclencha l'ordinateur, l'écran s'alluma, afficha une fenêtre au nom de l'utilisateur, mais pas le mot de passe.

— C'est bien ce que je craignais, dit Keely en enfonçant la touche Entrée.

« Mot de passe invalide. Veuillez le ressaisir. »

— Il fallait s'y attendre. La plupart des ordinateurs exigent un mot de passe, souligna Lex.

— Encore un obstacle, dit-elle en tapant le nom de Bradley.

« Mot de passe invalide. Veuillez le ressaisir. »

— Tu as essayé avec son prénom ?

— Je viens de le faire, grogna-t-elle, exaspérée en voyant l'écran afficher son éternel message. Et aussi avec son nom et avec celui de vos parents. Réfléchissons. En général, les gens choisissent un objet ou le nom d'une personne qu'ils aiment. Quel nom a-t-il bien pu choisir ?

— Le tien ?

Elle renifla mais essaya à tout hasard.

— Non. Je savais bien qu'il ne m'aimait pas tant que ça.

— J'imagine que tu as déjà essayé en appuyant sur Entrée ?

Pour toute réponse, elle le regarda de travers et inspecta le dessous de l'ordinateur, du bureau et des tiroirs.

— Que cherches-tu ?

— Le mot de passe. Bradley ne mémorisait pas ses codes. Il les écrivait toujours et les cachait quelque part.

— Dans son portefeuille probablement.

— Il n'en a pas. Trop encombrant. Il a une sorte de pince à billets pour son argent, son permis et ses cartes de crédit. A moins qu'il n'ait beaucoup changé, le mot de passe est ici.

Sauf qu'il n'y était pas.

— Il l'a peut-être caché dans une autre pièce, suggéra Lex.

— On ne perd rien à vérifier.

Ils inspectèrent tous les placards et les tiroirs, même ceux de la salle de bains. Rien. Ils atteignirent la dernière chambre, ouvrirent la porte et se figèrent sur place.

— C'est plus que dépouillé, observa Lex.

Il n'y avait ni bureau, ni chaise, ni lampe. Pas de miroir, ni de table de chevet. Rien qu'un énorme lit à baldaquin carré, des draps lie-de-vin et deux oreillers.

Keely contempla le lit gigantesque en silence.

— Pourquoi a-t-il besoin d'un lit ? demanda-t-elle enfin.

— Pour dormir ?

— S'il voulait dormir ici, il y a le canapé. Il n'avait pas besoin de ce lit aux dimensions scandaleuses.

Sans savoir ce qui la poussait, elle alla vers l'armoire et l'ouvrit. Et y trouva une pile de draps bien rangés.

Keely se laissa choir sur le matelas.

— Pas de meuble, pas de vaisselle, pas de serviette. Pas d'ampoule dans la plupart des pièces. Même le réfrigérateur est vide. Il ne reste pas longtemps ici, dit-elle d'une voix sèche. Alors, pourquoi a-t-il besoin d'un lit ?

Elle baissa les yeux. Et trouva la réponse…

Un long cheveu noir se tortillait sur l'oreiller.

Et elle *vit* Bradley nu sur ce lit dans les bras de cette fille. Tous les deux brûlants de désir, moites de sueur et criant de plaisir, tandis qu'il la trompait, la trompait, la trompait…

La trompait.

Elle se tourna résolument vers Lex.

— Fais-moi l'amour.

Il la regarda, ahuri.

— Quoi ?

Keely alla fermer la porte tout en se défaisant de sa parka, la jeta sur le sol et revint vers le lit en frissonnant de froid.

— Fais-moi l'amour. Maintenant.

— Attends une seconde. Qu'est-ce qui se passe ?

— C'est clair, non ? Tu avais envie de moi l'autre soir et Bradley a eu la bonté de mettre un lit à notre disposition. Pourquoi ne pas en profiter ? Aurais-tu changé d'avis ?

Elle se battait déjà contre les boutons de son chemisier.

— Sinon, allons-y.

— Tu es dingue !

— Tu n'as plus envie de moi ? demanda-t-elle, un éclair fulgurant et impitoyable dans les yeux.

— Cela n'a rien à voir avec moi. Mais avec toi et Bradley.

Elle défit le second bouton, rejoignit Lex d'une démarche féline et souffla sur ses lèvres.

— Allez, viens. Ce sera bon. Tu le sais.

Elle pouvait voir le désir brûler dans son regard, mais la colère l'emporta.

— Je ne suis pas un jouet, princesse. Je nettoie déjà une des saletés de Bradley. Je ne vais pas en nettoyer d'autres.

Elle recula, les joues en feu.

— Alors, comme ça, je suis une saleté ? Merci.

— Ne me fais pas dire ce que je n'ai pas dit. Tu veux aller au lit ? Bon, eh bien, si cela ne concerne que toi et moi, je ne demande pas mieux. Mais je ne veux pas te servir d'instrument de vengeance.

— Qui te l'a demandé ? Tu ne sais pas à quoi je pense.

— Pourquoi as-tu rompu avec Bradley ?

Elle blêmit.

— Cela ne te regarde pas.

— Du diable si cela ne me regarde pas ! Pourquoi as-tu rompu avec Bradley ?

— Je ne te le dirai pas.

Elle essaya de reculer, mais il l'attrapa par les épaules.

— Pourquoi avez-vous rompu, Bradley et toi ?

— Laisse-moi partir !

— Pourquoi as-tu rompu avec Bradley ?

— Parce que c'est un enfant de salaud !

Les mots résonnèrent dans le profond silence qui suivit son explosion de rage. Son cœur battait à tout rompre, ses yeux furibonds restaient vissés sur ceux de Lex.

— Qu'est-ce qu'il t'a fait ? demanda-t-il doucement.

— Il me trompait, dit-elle d'un ton sec, vide d'émotion. Je suis passée chez lui pour prendre des affaires et je l'ai surpris avec une fille dans la position numéro 28b du Kama Sutra, sur fond sonore en Dolby stéréo.

— Bon Dieu !

— Oui. Cela a été une sacrée surprise. Et ce n'est pas fini. En rentrant chez moi, je suis tombée sur Stockton et ses copains qui avaient tout dévasté. C'est comme ça que j'ai su que mon nom était lié à une histoire de détournement de fonds et d'argent blanchi.

— Bon Dieu…

— Et voilà. Oh, j'oubliais. Plus tard, je suis allée au bureau et mon boss m'a dit de disparaître parce que j'étais à la une des journaux. Et voilà que je trouve un lit où Bradley a manifestement couché avec une autre…

Elle avala sa salive.

— Alors, oui, j'ai envie de me venger. Tu es partant ?

Il se pencha vers elle et pressa ses lèvres sur son front.

— Non. Pas comme ça. Je ne veux pas coucher avec toi pour que tu prennes ta revanche sur un type que tu aimes et qui t'a fait du mal.

— Je n'aime pas Bradley. Cela fait déjà un bon moment. Bien avant ce jour où ma vie a basculé.

Elle fit quelques pas et regarda à travers l'étroite fente des rideaux. Des arbres sans feuilles, sans couleurs. Rigides et nus.

— J'étais allée chez lui pour prendre mes affaires. J'avais décidée de rompre avec lui ce jour-là.

— Pourquoi ? Tu avais découvert quelque chose ?

— Non. Mais peu après nos fiançailles, notre… relation a commencé à se dégrader. Comme si nous ne faisions que suivre le mouvement. Bradley était mon héros depuis que j'étais ado, mais nous avions grandi. Et la vie n'est pas un conte de fées. Je sentais que nous regretterions vite d'être liés. Mais j'ai préféré aller chercher mes affaires avant de lui dire que c'était fini et…

— Et tu l'as surpris avec une autre.

Elle tenta vainement de sourire.

— Oui. Drôle de chose que l'humiliation. Même quand on n'est pas amoureuse, c'est l'enfer.

Elle battit des paupières et, à sa grande honte, des larmes lui piquèrent les yeux.

— C'était un imbécile, Keely, dit-il doucement.

Il alla vers elle et lui passa le bras autour de la taille.

— Il devait être complètement idiot pour te tromper.

Il se pencha sur elle et déposa un baiser sur ses cheveux, sur son front, sur ses paupières.

Un baiser de consolation, rien de plus. Elle le regarda et vit dans les yeux de Lex que la colère avait fait place à la tendresse. Et quand leurs lèvres se touchèrent, ce fut en toute innocence. Un contact doux et rassurant.

Qui devint soudain brûlant.

Lorsque leurs deux langues se touchèrent, elle sentit le désir l'envahir avec une sauvagerie dont la violence la bouleversa. Elle était comme affamée et s'accrochait à Lex avec ardeur. Il y répondit en resserrant son étreinte.

La tendresse n'était plus qu'un lointain souvenir.

Cela faisait des jours qu'ils tournaient autour du pot. A présent, ils plongeaient dans les flammes.

Ils étaient incontrôlables, rien n'aurait pu venir les arrêter.

Elle tira sur le blouson de Lex et le jeta à terre, tandis qu'il écartait son chemisier et la serrait contre lui, prêt à la posséder.

C'était merveilleux.

Prise d'un désir vertigineux, elle se cambra en sentant Lex tracer du bout de sa langue un chemin vers le petit lac de chair tendre de sa gorge. Il y appuya ses lèvres comme s'il y buvait, et aspirait sa vie même. Et ses mains, ses mains si habiles et savantes, couraient en même temps sur son corps, le palpaient, le caressaient, exacerbant encore son plaisir.

Faire l'amour avec Bradley avait toujours été mesuré. Le désir était là, mais un plaisir limité. Et elle ne voulait plus de limites. Elle voulait laisser libre cours à la passion. Elle voulait de la force.

Et se déchaîner.

— Cela n'a jamais été comme cela, dit-elle en haletant.

— Nous n'avons même pas commencé, souffla Lex à même sa peau frémissante.

Oh, mais ils allaient s'y mettre ! Et iraient jusqu'au

bout cette fois. Ils se débarrassèrent fébrilement de leurs derniers vêtements et tombèrent nus sur le lit.

Le corps de Lex était dur. Le corps d'un homme viril, qui s'est frotté à l'existence.

Sa main rude entoura sa joue, puis glissa sur son cou.

Le jour où il avait fait son entrée chez Darlène, elle s'était demandé ce qu'elle ressentirait si ses mains couraient sur sa peau. La réalité dépassait tout ce qu'elle aurait pu imaginer. Chaque caresse ne faisait qu'attiser son désir qu'il la touche aux endroits les plus secrets de son corps, où son sang pulsait furieusement. La main de Lex poursuivit sa course jusqu'à la peau fine et douce qui amorçait la courbe de ses seins. Mais elle ne pouvait plus attendre, elle le voulait en elle tout de suite.

— Maintenant… s'il te plaît, supplia Keely.

— Non.

Ignorant son gémissement d'impatience, il prit tout son temps et la fit se tordre de plaisir en dessinant des cercles autour d'un sein, puis de l'autre, resserrant lentement la spirale qu'il décrivait vers leurs aréoles. Il avait l'air fasciné par les réactions qu'il provoquait en elle.

Comment un contact aussi léger pouvait-il lui faire l'effet d'un tel torrent de feu ?

Par jeu, Lex souffla sur sa chair sensible. Les yeux clos, elle l'entendit rire. Et avec la rapidité d'un faucon, il fondit sur un mamelon et le prit dans sa bouche.

Elle ne put s'empêcher de crier tant ses lèvres et sa langue étaient chaudes, rapides, taquines. Il se concentra sur les bouts dressés jusqu'à ce qu'elle recommence à gémir et à se tortiller sous lui.

Au moment où elle lui agrippait les cheveux — sûre de ne pas pouvoir en supporter davantage — il lâcha sa prise pour poursuivre son exploration. Elle frissonna quand sa langue se mit à dessiner des arabesques sur la peau de son ventre.

Alors, il alla encore plus bas.

Elle ne fit rien pour lui échapper, le laissant découvrir son corps à loisir et le marquer de traits invisibles. Le souffle coupé, elle attendait. Et sentait croître entre ses cuisses un désir douloureux.

Le frôlement de la joue rugueuse de Lex sur la peau si fine à l'intérieur de sa cuisse la fit sursauter. Son souffle chaud embrasait le point le plus sensible de son être. Mais il n'y touchait pas. Il ne la touchait toujours pas… là où elle brûlait qu'il la touche. Elle s'accrocha au drap et lutta pour ne pas le supplier.

Alors sa bouche fut sur elle, brûlante, humide, insatiable.

C'était trop direct, trop intense. Toute à la sensation que cette caresse exquise, à la limite du supportable, déclenchait en elle, elle ne reconnut pas le cri d'appel, d'une incroyable sauvagerie, qui jaillit de sa gorge.

Elle fondait comme de la cire sous les mains chaudes de Lex, sous la douceur de sa langue qui façonnait lentement, délicieusement le point sur lequel se concentraient tous les atomes de son corps. Ses hanches ondulaient, sa tête tournait en tous sens sur l'oreiller. N'en pouvant plus, elle poussa un cri strident.

Jamais elle n'avait éprouvé un orgasme d'une telle violence. Elle avait l'impression que son corps se disloquait en mille petits fragments de plaisir pur.

Lex se redressa pour la serrer dans ses bras et apaiser les tremblements de son corps. Il ne fallut pas longtemps pour que le désir se réveille de nouveau, exigeant, puissant… Mais maintenant elle voulait le sentir en elle.

— J'ai envie de toi, murmura-t-elle. En moi.

Il se dressa au-dessus d'elle, s'installa entre ses cuisses.

— Tu es sûre ? demanda-t-il, le visage tendu dans l'effort qu'il faisait pour rester maître de lui.

Pour toute réponse, elle le prit par les hanches et l'attira à elle jusqu'à ce que son membre dur frôle sa chair palpitante.

— Je t'en prie, maintenant.

D'un coup de reins, il la pénétra, leur arrachant un cri

à tous deux. C'était trop, songea-t-elle, écrasée sous lui et le sentant partout — en elle, sur elle, autour d'elle.

Il la regarda longuement et commença à bouger. Il plongeait en elle avec force, et tous ses muscles se tendaient, puis se relâchaient, dans cette danse insensée où il la faisait sienne et devenait sien. Jamais elle n'avait connu cela avec Bradley, ni avec un autre. Elle noua ses mains autour de son torse, enroula ses jambes autour de sa taille pour mieux accueillir ses assauts.

— Encore, ordonna-t-elle. Ne t'arrête pas.

Lex roula sur le dos sans la lâcher.

— J'ai une meilleure idée…

Elle le chevaucha. Il la tint par les hanches pour l'aider à garder le tempo.

Elle avait envie de ralentir pour savourer ce plaisir d'une intensité presque impossible à supporter, mais le torrent était trop fort. Il la portait toujours plus haut, toujours plus loin. Si elle arrêtait, elle en mourrait, c'était sûr. Elle donna encore un coup de reins, puis un autre pour s'assurer que c'était réel, que c'était toujours aussi bon… meilleur… et encore meilleur…

Cela n'avait jamais été ainsi. Ces mots lui martelaient l'esprit tandis qu'elle accélérait le mouvement. Jamais ainsi, jamais ainsi, jamais ainsi…

Et elle se sentit soulevée par la vague qui la traversa et l'enroula autour de Lex, la faisant crier. Et à sa grande stupeur, la vague l'entraîna vers une crête encore plus haute, avant de se briser lentement, tout doucement. Alors qu'elle subissait encore les secousses de ce séisme, le visage de Lex se crispa, et il s'agrippa à elle en grondant sourdement. Il venait de la rejoindre dans la jouissance.

*
* *

Lex attendit que les battements de son cœur s'apaisent, que ses muscles retrouvent des forces. C'était la première fois qu'il vivait une chose pareille.

Keely leva la tête en l'entendant souffler.

— Je suis trop lourde ?

Il resserra ses bras sur son dos.

— Non. Reste comme ça.

Il voulait rester ainsi encore un moment, leurs corps intimement mêlés. Et la sentir peser doucement sur lui.

— Tu es bien ?

— Je ne suis pas sûre d'être en vie. J'ai été foudroyée.

— Moi aussi. C'était quelque chose, dit-il en pressant ses lèvres sur sa bouche. Tu es vraiment incroyable.

Le simple fait de le dire, et il la désirait de nouveau.

Il la sentit prête à répondre, mais avec un soupir contrit elle lui indiqua la fenêtre du menton.

— Nous ferions peut-être bien de partir. Je doute fort que tu veuilles emprunter cette route dans le noir. Est-ce que nous emportons l'ordinateur ?

— Non. Nous ignorons quand Bradley reviendra, alors il vaut mieux tout laisser comme nous l'avons trouvé.

Keely se leva et jeta un coup d'œil au désordre du lit.

— Cela va nous demander un sacré travail !

Elle ne croyait pas si bien dire. Lui faire l'amour n'était pas ce qu'il avait fait de plus intelligent, mais cela avait été une formidable expérience sexuelle... la plus merveilleuse de sa vie.

Il était comblé comme jamais, et pourtant, il ne put s'empêcher d'éprouver un léger malaise. Formidable, oui. Mémorable, oui. Durable ? Non. Leurs voies étaient trop différentes. Mais s'ils pouvaient rester ensemble tant qu'il était à Chilton, parfait. Du bon temps, de bons souvenirs, pas de lien. Ils trouveraient ce qu'ils cherchaient, résoudraient l'affaire de Bradley, et chacun reprendrait le cours de sa vie. Oui, c'était parfait.

Mais alors, pourquoi cette pensée le déprimait-il ?

- 9 -

Lydia s'arrêta et regarda Keely.

— Tu as fait *quoi* ?

— J'ai fait l'amour avec lui.

L'air était vif, les rues blanches de neige.

— Tu as fait l'amour avec lui, répéta Lydia en se remettant à marcher. Mais tu m'as dit que tu ne voulais pas…

— Je le croyais. Mais… c'est arrivé, voilà tout.

— Mmm, oui. Je connais ça. Alors… ?

— Alors, quoi ?

— Comment c'était ? Tu as l'air complètement vidée. Il t'a fait l'amour toute la nuit ?

— Non. Nous l'avons fait l'après-midi. Et depuis, je ne sais plus où j'en suis. Je n'en ai pas dormi de la nuit.

Lydia la scruta du regard.

— Toi, tu es encore en train de gamberger.

— Je ne sais plus où j'en suis, je te dis. Je me demande si cela concerne seulement Lex et moi, ou si Bradley y est pour quelque chose. Je n'y ai pas pensé hier, mais notre inconscient peut nous jouer ce genre de tours.

— C'est bien ce que je pensais, tu gamberges trop.

Elle ramassa une pomme de pin sur l'allée enneigée du parc, où elles faisaient leur promenade matinale habituelle.

— C'est de la folie d'avoir fait ça, maugréa-t-elle.

— Tu as bien le droit d'avoir une aventure. Cela n'a rien d'exceptionnel, surtout après une rupture. Avoue que ton histoire avec Bradley avait tout pour te pousser à le faire.

— Oui, mais… avec son *propre frère* ?

Lydia ouvrit la bouche, la referma, et se décida.

— Je crois que tu avais une bonne raison à cela, même si tu ne la connais pas.

— Alors, je suis encore plus atteinte que je ne le pensais.

— Ou alors… c'est pour de vrai.

Keely resta silencieuse, écoutant la neige crisser sous ses pas. Tout au bout de l'allée, les guirlandes et les boules de l'arbre de Noël scintillaient.

— Je n'ai jamais ressenti cela, Lydia. La façon dont il me caressait… Cela semblait sincère, mais comment le savoir ?

— Arrête de tout décortiquer ! Oublie Bradley et tes ennuis avec la justice. Si tu avais rencontré Lex à l'épicerie, dans un club ou au garage en faisant la vidange…

— Au garage ?

— Ne ris pas, c'est comme ça que mon cousin et sa femme se sont rencontrés. Il est vrai qu'ils ont divorcé depuis, mais bon, je suis sûre que si vous vous étiez rencontrés comme tout le monde, tu ne passerais pas tout au microscope.

— Comment le saurais-je ? explosa Keely. Je ne peux pas effacer Bradley, je ne peux pas effacer cette affaire ignoble. Si rien de tout ça n'existait, Lex serait encore en Afrique, au pôle Nord ou je ne sais où. Et il y retournera quand tout sera réglé. Moi je rentrerai à New York, et tout sera fini.

Elle lança au loin sa pomme de pin.

— J'ai dû perdre la tête, marmonna-t-elle. Je ne *peux* pas tomber amoureuse de ce type.

Lydia passa un bras autour de ses épaules.

— Trop tard. Je crois que c'est déjà fait, petite sœur.

Lex poussa la porte et respira le tourbillon de senteurs à présent familier. Il aurait pu appeler Keely sur son portable.

Il n'avait pas besoin de venir ici. Alors ? Alors… la vérité est qu'il *voulait* la voir. Quitte à la traquer pour y arriver. Et c'est bien ce qu'il allait faire si cela continuait, car elle était devenue invisible.

— Est-ce que Keely est dans les parages ? demanda-t-il à la rouquine dodue qui s'activait derrière le comptoir.

Elle posa sur lui un regard appréciateur et fit un signe de tête en direction de la porte du fond.

— Elle est là-bas, dans l'arrière-boutique.

— Merci.

Lex ouvrit la porte et crut pénétrer dans la grotte d'Aladin. Fleurs, vases, bibelots et livres côtoyaient une foule d'objets artisanaux qu'il ne put identifier. Tout était rangé de façon très fonctionnelle, ce qui était heureux vu la taille modeste de la pièce et la quantité impressionnante de vases, débordant de fleurettes semblables à des clochettes blanches, groupés dans des bacs pour en faciliter le transport.

Transport dont Keely s'occupait, justement.

Dos courbé, tête baissée, elle bloquait du pied la porte de la resserre, en maintenant d'une main les vases entassés dans le bac qu'elle poussait. Il entendit une voix féminine dire quelques mots, couverts par la radio. Une blague, sans doute, car Keely se mit à rire.

Elle leva les yeux, son sourire s'épanouit comme une fleur en le voyant. Et il ne désira plus rien d'autre au monde que rester ici, accroché à cette image, ce sourire étincelant, cet instant de pure beauté.

Elle trébucha et le bac qu'elle tenait vacilla.

Il le rattrapa juste à temps.

— C'est bon, je le tiens, dit-il en le lui prenant des mains. Hé, c'est plus lourd qu'il n'y paraît.

— C'est à cause de l'eau. Merci de l'avoir rattrapé, Lex. S'il était tombé, maman m'aurait tordu le cou.

— Ce serait dommage. Un si joli cou.

Surprise, plaisir, embarras passèrent tout à tour dans

les yeux de la jeune femme. Il sentit son odeur malgré les fleurs, le parfum subtil et attirant qui émanait d'elle. Il la vit humecter ses lèvres, mais avant qu'elle lui dise quoi que ce soit, Jeannie Stafford fit irruption.

— La prochaine fois que j'accepte une commande pour Nancy Pittman, prends rendez-vous pour moi chez le psy. Du muguet en hiver ? Pour cinquante tables ? Elle est givrée ! Qui invite trois cents personnes au mariage de sa fille ? Si les Pittman avaient tant d'amis, je le saurais. Bon, dépêchons-nous de sortir les fleurs d'ici avant que le froid ne les grille, continua-t-elle en ouvrant la porte d'un coup de pied. Salut, Lex. Tu peux nous aider ? Au fait, qu'est-ce que tu fais ici ?

— Sa bonne action de Noël sans doute, marmonna Keely tandis que Lex soulevait un bac.

— Béni sois-tu, dit Jeannie. Cela fait chaud au cœur de voir que l'esprit de Noël est toujours vivant à Chilton.

Avec une rapidité surprenante, compte tenu du bac qu'elle portait, elle enfila l'allée jusqu'à sa camionnette au logo vert et blanc dont la plupart des clayettes intérieures étaient déjà remplies. Elle posa son bac sur le plancher et y grimpa pour charger ceux que lui tendaient Lex et Keely.

— Et si vous restiez là pendant que nous allons chercher les autres bacs ? suggéra Lex. Ce serait plus rapide.

— D'accord. C'est la course contre la montre aujourd'hui.

Ce n'était pas ce qu'il avait prévu de faire aujourd'hui, mais cela lui laissait quand même la possibilité de voir Keely et de profiter de son merveilleux sourire. Travailler ensemble créait une autre sorte d'intimité.

Pour être franc, il était heureux de s'activer. Il n'avait rien à faire à Chilton et il lui restait encore deux semaines de congé. Il n'en pouvait plus. Keely avait son travail. Sa propre mère avait le DAR. Lui rien, plus rien à photographier. Il avait mitraillé la pâtisserie de Darlène pour les cartes de vœux de sa mère, sa maison pour mettre ses dossiers d'assurances à jour, et prit tant de photos de Chilton qu'il pourrait en couvrir tous les murs de la ville.

Encore quelques jours comme ça et il deviendrait fou. Quand il ne faisait pas la chasse aux indices avec Keely, le temps lui paraissait de plus en plus dur à supporter.

Etait-ce parce qu'elle n'était pas là avec lui ?

Les clayettes étaient pleines, le plancher du fourgon couvert de bacs. Et il restait des bouquets dans la resserre.

— Combien en reste-t-il ? demanda Jeannie en essayant de caler un dernier bac sur le plancher.

— Six, dit Keely. Que veux-tu faire ? Utiliser la Lexus ?

Elle ne voyait pas comment mettre plus de trois ou quatre bacs dans la voiture, et encore, avec le risque que l'un d'eux se renverse, mais on pouvait toujours essayer.

— Non, il va falloir faire deux voyages. Et je ne sais pas si nous serons dans les temps pour le mariage.

— J'ai une idée, dit Lex. Si j'allais chercher la jeep ? Je pense que tout devrait entrer dedans.

— Mais… nous ne pouvons pas…, bégaya Keely.

— Oh que si, nous pouvons, dit Jeannie, les yeux brillants. C'est vraiment une course contre la montre. L'église est prête, mais il reste à fleurir l'entrée, les niches de la chapelle et la salle de réception. J'allumerai un cierge pour toi si tu nous aides, Lex ! Préfères-tu que je paie l'essence ?

— Mais…, protesta Keely.

— Un cierge m'ira très bien, dit Lex en souriant.

— Tu es un ange.

Jeannie fit le tour du fourgon et s'installa au volant.

— On se retrouve là-bas.

— Où ça, là-bas ?

— Keely te le dira.

Elle démarra. Keely haussa les épaules en voyant partir la camionnette frappée du logo Créations florales de Jeannie.

— Ma mère est une force de la nature.

— Quelle mère ne l'est pas ? répondit Lex en souriant.

— C'est gentil de nous aider, mais tu n'es pas obligé.

En entrant dans la réserve, l'espace lui parut encore plus restreint. Le parfum entêtant des fleurs l'étourdissait.

Mais pas autant que la présence de Lex.

— N'en fais pas un problème. Laisse-moi aller chercher la jeep, la charger et livrer tes fleurs à temps.

— Tu n'es pas là pour jouer les livreurs, protesta-t-elle. Je suis sûre que tu as autre chose à faire. Au fait, pourquoi es-tu ici ? Tu avais une bonne raison de venir, n'est-ce pas ?

— Bien sûr, dit-il en effleurant les clochettes d'un bouquet.

— Eh bien, voilà. Que veux-tu ?

Il la regarda.

— Toi.

Keely en eut le souffle coupé. Bien que chaudement vêtue, elle avait la nette impression d'être nue face à lui.

— Ce n'est pas sérieux, réussit-elle à dire, la gorge serrée.

— Qu'est-ce qui n'est pas sérieux ?

— Toi et moi.

— Après ce qui s'est passé hier, je n'en suis pas si sûr.

— Qu'en pensera Stockton s'il le découvre ? N'oublie pas que nous avons un travail important à faire. Nous ne pouvons nous laisser égarer par…

— Par… ?

Il avait dû se déplacer sans qu'elle s'en aperçoive, car elle se trouvait bloquée entre lui et le comptoir à présent. Le doux parfum du muguet les enveloppait. Son regard était résolu, sa bouche toute proche, trop proche de la sienne.

— Ce n'est pas vraiment ce dont nous avons parlé hier, dit Lex en se penchant sur elle.

— Et de quoi avons-nous parlé, je te prie ? Nous avons fait l'amour et je ne le regrette pas. C'était formidable, mais…

— Je suis ravi que nous soyons d'accord là-dessus. C'était quelque chose… d'assez formidable pour recommencer.

Et ses lèvres effleurèrent les siennes. Ce contact, le simple effleurement de ses lèvres, la fit vibrer jusqu'au plus profond d'elle-même. Et lui vida l'esprit de tout ce qui n'était pas lui.

Et pendant un instant, elle ne fut plus que désir.

La porte d'entrée de la boutique tinta et la voix de Lydia accueillant un client filtra derrière eux.

— Ce n'est vraiment pas l'endroit, dit Keely, chancelante.

— Nous en trouverons un autre. En attendant, allons vite nous occuper des fleurs de ta mère.

— Il n'y a pas de raison pour que tu fasses ce travail.

Si elle devait passer toute la soirée avec lui, elle était perdue, elle le savait. Elle se laisserait séduire, emporter par l'irrésistible attirance qu'elle éprouvait pour lui.

— Hé, j'y trouve mon compte ! Je gagne des bons points de Saint-Nicolas. J'ai fait ma bonne action, et surtout, cela me permet de faire ç…

Il l'attira à lui pour un baiser rapide mais fougueux.

— J'approfondirai celui-là plus tard, dit-il en la libérant.

Il se détourna d'elle et la planta là, bouche bée.

Lamentable. C'était lamentable, songeait Keely, toujours plantée dans l'allée. Elle avait mille raisons de penser qu'ils ne devaient plus coucher ensemble et il suffisait qu'il arrive pour qu'elles fondent comme neige au soleil. A la minute où elle l'avait vu à la porte, toutes ses bonnes résolutions s'étaient envolées par la fenêtre.

Elle humecta ses lèvres encore vibrantes de son baiser. De toute évidence, son esprit et son corps n'étaient pas d'accord.

Les phares de la jeep balayèrent l'allée déjà sombre et Lex se gara près d'elle. Et elle réussit à concentrer sa pensée sur ce qu'elle faisait. Rabaisser les sièges, charger les bacs, faire n'importe quoi, sauf penser au goût de ses lèvres. Si elle se concentrait sur la logistique, tels Hansel et Gretel suivant les miettes de pain qui jonchaient la piste, elle s'en sortirait.

Hansel et Gretel s'étaient perdus, se rappela-t-elle.

Etre assise à côté de Lex dans la jeep avait quelque chose d'irréel. Et de très ordinaire en même temps.

— Descends la grand-rue jusqu'au Réservoir et tourne à gauche en direction du nouveau country club.

— A l'opposé du Chilton Racket et du Club des loisirs ?

— Exactement.

— Tu sais, les dossiers de créances sont arrivés.

— Alors ?

— Rien d'anormal. Ma mère les a épluchés. Ils sont corrects.

— Oh, bon, tant pis. On aura tout essayé.

Déçue, elle fixa d'un regard vide les vitrines illuminées. Tout d'un coup, cette histoire lui paraissait lointaine, presque irréelle.

— J'ai fouillé toute la maison pour dénicher quelque chose sur le mot de passe, mais n'ai rien trouvé.

— C'est par trop frustrant. Ce qu'il nous faut est dans cet ordinateur, je le sais. Et pas moyen d'y accéder.

— On peut l'apporter chez un réparateur.

— Et lui dire que nous avons oublié le mot de passe ? Le prier poliment de le fracturer ? Impossible, voyons. Nous n'avons aucune preuve que l'ordinateur nous appartient.

— Un point pour toi. On devrait peut-être appeler Stockton.

— Sans vouloir te contredire, c'est la dernière chose à faire. Nous ignorons ce qu'il y a dans l'ordinateur. Si rien ne nous disculpe, je ne veux pas lui fournir des munitions. N'oublie pas que c'est nous qu'il vise.

Et le pire serait qu'il soupçonne un lien entre Lex et elle.

— Tourne à droite, ici.

— Y a-t-il une chance pour que Bradley ait laissé quelque chose d'important chez toi ?

— Les fédéraux devaient le croire. C'est sans doute pour cela qu'ils ont saccagé mon appartement.

— Je ne pensais pas à un dossier. Plutôt à un mot de passe ou autre chose qu'il aurait caché chez toi. Ecoute, je pars voir un client à Manhattan demain. Viens avec moi et on vérifiera ça ensemble.

Et ils pourraient en profiter pour parler en tête à tête de ce qui se passait entre eux. Ce n'était pas du tout raisonnable, mais il était inutile de nier qu'elle en mourait d'envie.

— D'accord. Je ne vois pas ce qu'on peut trouver après les fédéraux, surtout dans le chantier qu'ils ont laissé, mais on peut toujours essayer.

Une chaude vague de désir la souleva à l'idée de ce qu'ils pourraient faire au cours de leurs recherches.

— Bon, on verra ça demain, dit Lex en apercevant la porte de service du club. Pour le moment, où sommes-nous censés déposer ces fleurs ?

Ce fut leur seul instant d'intimité de la soirée. A peine arrivés, Jeannie mit allègrement Lex au travail et Keely dut se contenter de son sourire quand il passait près d'elle, admirer le jeu de ses muscles durs pendant qu'il déplaçait les lourdes tables de la salle de réception… et imaginer ce qu'elle ressentirait si elle les touchait.

A la tombée du jour, elle dut regarder la vérité en face — elle le désirait. Un point, c'est tout. Elle aimait ce qu'il y avait entre eux. Ce n'était pas malin ? Et alors ? Au diable la raison ! Elle ne se refuserait plus à lui.

— On peut dire que Lex est arrivé à pic, dit Jeannie en passant le saladier à sa fille. Il faut que je trouve un moyen de le remercier.

— Je ne pense pas qu'il attende quelque chose, dit Keely en se servant. Tu lui as dit merci, cela suffit.

Elle-même avait décidé de renoncer à ses principes et de profiter du moment présent. C'était fou quand même de se conduire à vingt-cinq ans comme une collégienne. Ils avaient travaillé ensemble jusqu'au soir, puis Lex était rentré chez lui, et elle avec sa mère. Rien ne l'empêchait de sortir après dîner, mais comme elle ne le faisait pas d'ordinaire, cela n'aurait pas manqué de soulever des questions auxquelles elle n'était pas sûre de vouloir répondre. Ni même de *pouvoir* répondre.

Et puis, où seraient-ils allés ? A l'hôtel ? Dans un parking ? pour faire l'amour dans la voiture, en se demandant si les agents de Stockton ne les surveillaient pas ?

Ce qu'elle voulait, c'était un dîner tranquille et un verre de bon vin en compagnie de Lex, dans un endroit intime. Non. Ce qu'elle voulait, c'était d'abord des moments d'amour torride avec lui, et partager après un plateau-repas — de préférence posé sur son ventre plat et musclé.

Sûre d'avoir rougi, elle se concentra sur sa salade verte.

— Lex et toi semblez bien vous entendre, dit Jeannie. Ai-je mal entendu ou allez-vous demain à Manhattan ?

— Je dois passer chez moi relever mon courrier, lire mes mails, prendre des vêtements — « les retirer plutôt et lui sauter dessus. » Et aussi vérifier s'il ne s'y trouve pas une preuve, un objet quelconque qui nous aiderait à sortir du pétrin.

— La police ou je ne sais qui ne l'a-t-elle pas déjà fait ?

— Ils ne cherchaient probablement pas la même chose. Ce qu'ils veulent, c'est régler l'affaire et pincer Bradley. Ce que je veux, c'est nous disculper, sa mère et moi.

— Alors, bonne chance. Dépêchez-vous de te tirer d'affaire, Lex et toi, plaisanta Jeannie.

— Nous faisons tout pour ça, je te jure, répliqua Keely.

Soudain sa gorge se serra. Chassant ces images de volupté et de désir, la menace qui pesait sur elle avait surgi sournoisement de son inconscient. Accusation. Persécution. Humiliation. Incarcération.

Au bord des larmes, elle battit des paupières.

— Oh, mon trésor, dit sa mère en l'entourant de ses bras.

— Ce n'est rien, tu blaguais et je… j'en fais autant en général. C'est juste que… qu'il m'arrive trop de choses en ce moment et je ne sais pas où cela mènera.

— Cela t'amènera à te disculper, dit son père en prenant sa main. Tu n'as rien fait et nous le prouverons, voilà tout.

Sa confiance la réconforta.

— Espérons que tu as raison.

— Bien sûr qu'il a raison, dit Jeannie. Nous y arriverons d'une manière ou d'une autre, ne t'inquiète pas. Nous savons que tu es innocente et nous les convaincrons. Bon, n'oublie pas de rapporter une robe du soir pour le gala de Noël.

Keely écarquilla les yeux.

— Quel gala ?

— Le gala du DAR, voyons. Tu en as entendu parler, non ?

— Un peu, oui. Si j'ai bonne mémoire, j'ai emballé hier soixante-cinq coupes pour tes arrangements floraux.

— Tu dois donc savoir aussi que nous réservons une table chaque année, ton père et moi. Et que tu es invitée.

Keely fixa sa mère comme s'il lui poussait deux têtes.

— Mais enfin, pourquoi… ? Pourquoi perdez-vous votre temps avec ces gens-là ?

— Tu as une façon élégante, et bien à toi, de le dire, ma chérie, dit Carter avec un sourire amusé.

— Oh, tu vois ce que je veux dire, papa. Ils nous ont tourné le dos quand nous avions des problèmes financiers. Même ceux qui venaient nous voir intriguaient pour que tu sois viré du comité quand, ô scandale, tu t'es mis à travailler.

— Tu oublies ceux qui nous ont soutenus, rétorqua Jeannie. Et qui sont toujours mes amis.

— Alicia Smythe, Joyce Barron, Nancy Pittman ont été horribles. Elles t'ont fait pleurer.

— Eloïse Lucas, Connie Preston m'ont fait rire, me font toujours rire et c'est pour elles que j'y vais. Je ne passe plus mon temps en réunions, mais je soutiens toujours le DAR. Nous y allons toujours et nous amusons bien. Si tu ne viens pas, Alicia Smythe et les autres vont se poser des questions.

— Ah bon, je dois venir pour les faire taire ?

— Non. Tu viens pour danser avec ton père et passer une bonne soirée avec nos amis. Allons bon, à quoi penses-tu ?

— A la robe que je mettrai ce soir-là.

- 10 -

Elle rêva de lui toute la nuit.

Dans son rêve, elle s'occupait des bouquets du mariage Pittman. Lex surgissait dans la resserre et l'entraînait dehors, non dans l'allée, mais dans une vallée couverte de muguet. Et soudain, tous deux étaient nus sur le tapis de fleurs, Lex la couvrait de son corps et la faisait sienne. Unis par le désir. Et c'était merveilleux. Un moment de pur bonheur. Un bonheur comme elle n'en avait jamais connu.

Brûlante de désir, elle se réveilla en sursaut.

Et si Bradley et Stockton disparaissaient ? avait dit Lydia. Si sa vie était plus simple ? Poursuivraient-ils leur relation dans cette voie ? Construiraient-ils sur cette base ?

Keely prit sa douche, s'habilla et eut l'impression que son corps ne lui appartenait pas, qu'il n'était plus qu'attente de Lex. Elle se maquilla en pensant à lui.

Et le désira plus fort que jamais lorsqu'il arriva. Mais ils ne se touchèrent pas. C'est à peine si leurs mains se frôlèrent en marchant côte à côte jusqu'à la voiture. Extérieurement rien n'avait changé. Intérieurement tout était différent. Elle ne se posait plus aucune question, ne se demandait plus ce qu'elle devait faire. Elle le savait. Tout était clair dans son esprit.

II n'y avait pas de si ni de mais, elle était sûre que cela arriverait. Malgré toutes ses bonnes raisons de ne pas le faire, elle *voulait* le faire.

Arrivés à la gare, ils se rendirent sur le quai, en prenant

garde à ne pas se toucher, et regardèrent passer les trains sans mot dire… Stamford… White Plains… Albany…

Le temps s'étira. L'heure de pointe s'acheva. Le quai vide lui rendit la présence de Lex encore plus tangible. Comme si la chaleur de son corps irradiait à travers son gros manteau et brûlait le sien.

L'attente devenait presque douloureuse.

Elle s'humecta les lèvres, regarda les câbles courir le long des voies, les affiches, les arbres dénudés que le vent agitait. Et vit enfin leur train décrire une longue courbe au loin.

— Regarde, Lex, il arr…

Il fit deux pas et colla sa bouche sur la sienne.

Ce n'était pas par tentation. Ce n'était pas du désir. C'était la soif dévorante de celui qui arrive au point d'eau après des jours d'errance dans le désert. Chaque gorgée qu'il buvait à sa bouche attisait la propre soif de Keely. Chaque gorgée leur rendait à tous deux la vie, comme un élixir magique.

Elle rêvait d'être dans un endroit tranquille, intime, où ils pourraient…

Lex l'embrassait voracement. Sa langue enlaçait la sienne et l'aspirait comme s'il voulait la dévorer. Et le désir de Keely ne cessait de grandir. Son cœur battait la chamade. Son sang galopait dans ses veines.

Le grondement du train couvrit celui de son cœur. Mais celui-ci s'affola de plus belle quand Lex s'arracha à ses lèvres et la guida jusqu'à leur compartiment. Assise près de lui, son désir devint d'autant plus torturant qu'elle n'osait pas le toucher, évitait de le regarder et même de lui parler, de peur de ne plus pouvoir se maîtriser. Si elle s'écoutait, elle tirerait le verrou, fermerait les rideaux et se jetterait sur lui !

Ensuite, tout ne fut plus qu'attente. Attendre que le train démarre. Attendre qu'il arrive à New York. Attendre de sortir de la gare. Attendre d'arriver chez elle.

Et enfin ils y furent ! Le chemin jusqu'à son appartement fut laborieux. Ils s'embrassaient avec voracité dans l'ascenseur, s'arrêtaient dans le couloir pour se goûter encore à chaque pas qu'ils faisaient. Brûlant de plonger dans son lit avec lui, elle poussa la porte…

Et se figea sur le seuil.

— Seigneur, souffla Lex.

C'était pire que dans son souvenir. Après la perquisition, elle n'avait songé qu'à sa situation, à son travail, à sa vie. Pas à nettoyer ce chantier. Le plancher du salon était jonché de coussins, de livres, de la terre de son ficus dépoté. Et c'était encore pire dans la cuisine où le contenu du frigo pourrissait sur le carrelage.

— Tu peux porter plainte contre eux pour ça, tu sais ? dit Lex en ramassant les CD éparpillés sur le tapis.

— A quel titre ? Ils n'ont rien cassé, juste créé un désordre épouvantable qui me paralyse. Je ne sais pas quoi faire, par où commencer, gémit-elle en pressant son front sur son torse. Je ne veux pas y penser. Je ne veux pas voir ça. Je ne veux…

« Je ne veux que toi. »

Elle avait trop faim de lui. C'était peut-être le meilleur moyen de ne pas se laisser abattre par les faits qu'elle ne contrôlait pas. Et d'oublier ce chaos en pensant seulement à ce qui était vraiment important pour eux. Voilà deux jours et deux nuits qu'elle n'avait pas fait l'amour avec lui ! Si l'appartement n'avait pas été dans cet état, ils seraient déjà nus dans son lit !

Et alors ? Au diable le désordre. Elle n'avait qu'à fermer les yeux pour ne plus voir que lui. C'était simple !

Ce ne fut pas tendre. Ils avaient trop attendu pour y aller doucement. Les câlins pouvaient attendre. Pour l'instant, seul comptait le désir primitif, la faim féroce, qui les poussait l'un vers l'autre.

Arrachant leurs vêtements, ils basculèrent sur le canapé.

Ils n'avaient pas le temps d'aller jusqu'à la chambre. Pas une seconde à perdre avec ce qui n'était pas leur désir.

Lex prit les seins de Keely dans ses mains. Surprise, elle haleta et gémit lorsqu'il les couvrit de baisers avides. En voulant plus encore, elle se pencha sur lui. Et son plaisir fut aussi intense que le sien lorsqu'elle le prit dans sa bouche.

Emporté par un torrent de sensations à peine supportables, Lex dut la saisir par les cheveux, lui immobiliser la tête, puis les mains pour se dégager.

Le désir l'avait rendue à moitié ivre.

Il la hissa jusqu'à lui pour qu'ils se fassent de nouveau face, la prit dans ses bras et se coucha sur elle. Elle se sentit écrasée sous son poids. Plus que tout, elle se sentait vivante. Et retenait son souffle, en attendant… attendant… attendant… qu'il se décide à plonger en elle.

Et ce fut délicieux.

Le corps de Lex se ruait sur le sien, butait en elle. Chaque fois qu'il s'y enfonçait, il lui arrachait un cri tant son plaisir était intense. Trop. Et en même temps jamais trop. Jamais assez. Lex ne faisait qu'attiser son désir, l'emportait toujours plus haut vers les cimes du plaisir. Encore, encore et encore, jusqu'à ce que son corps ne puisse plus le supporter. Elle se retint encore un peu, resta une seconde accrochée au sommet. Mais une série de spasmes l'obligea à céder. Et tous deux furent emportés par une avalanche où se mêlaient leurs cris.

Lex ne voulait pas y aller, Dieu sait qu'il ne voulait pas y aller, mais il était venu ici pour rencontrer Flaherty, pas pour faire l'amour avec Keely. Mais c'était quand même la chose la plus délicieuse et la plus importante de toute la journée, pour ne pas dire de l'année.

C'était dur de la quitter, plus dur encore de passer la porte. Et s'il n'y prenait garde, ce serait toujours plus dur.

— Je serai de retour dans deux ou trois heures, Keely.

— Où dois-tu le rencontrer ?

— Dans un bar de Wall Street. Attends-moi là, j'ai plein de projets pour toi !

Il se pencha pour l'embrasser et s'attarda sur ses lèvres.

Et elle occupa son esprit jusqu'à ce qu'il entre dans le bar, ou plutôt le bouge, où l'attendait Flaherty.

Le plancher était sale, le long comptoir de bois ponctué de taches et de brûlures de cigarettes. Mais la sono diffusait du John Coltrane. Les sièges étaient en cuir, les steaks épais et saignants et les alcools de première qualité.

Flaherty savoura une gorgée de son whisky.

— Du petit lait, soupira-t-il béatement. Rien ne vaut une bonne lampée de whisky irlandais après une dure journée.

— Où as-tu pris goût au whisky irlandais, Flaherty ? Est-ce durant ton enfance à Philadelphie ou après ton installation à Poughkeepsie ?

Flaherty lui lança un regard noir.

— Triste chose de ne pas respecter un vieil ami.

— Mais je te respecte, Joe, sinon je ne serais pas là !

La serveuse apporta leur commande. Se basant sur la théorie qu'il fallait toujours commander ce que le chef faisait le mieux, Lex avait demandé un steak comme Flaherty. Mais pas vraiment le même que lui.

— Tu manges toujours autant ? demanda-t-il en regardant la tranche énorme commandée par son compagnon.

— Quand je peux. Ma femme m'a mis au régime.

Il tapota sa bedaine confortable.

— Problème de cholestérol ou quelque chose de ce genre.

— A voir ce que tu manges, cela se comprend, mon vieux.

A la décharge de son ami, Lex reconnut que pour un bon steak, c'était un bon steak. Mais il se demandait s'il pourrait en profiter pleinement, après ce qu'il avait vu en Afrique. Certaines choses vous changeaient un homme à jamais.

— Alors, comment s'est passée ta dernière mission ?

Lex força son esprit à changer de sujet, une technique dont il était devenu expert.

— Comme d'habitude. Avec de bons et de mauvais jours. Pourquoi ? Où as-tu l'intention de m'envoyer, cette fois ?

— J'ai regardé tes clichés.

— Tu as un problème avec eux ?

— Non. Ils sont de première qualité. Je les préférerais à tous les autres les yeux fermés, et tu le sais.

— Mais ?

— Mais la dernière fois que je t'ai parlé, ça n'a pas eu l'air de t'intéresser.

Il mâchonna pensivement un morceau de sa grillade.

— Laisse-moi faire un break, Joe. Je suis allé au Darfour, dans la bande de Gaza, à Bagdad et en Tchétchénie, pas dans un camp de vacances ! D'ailleurs je n'ai pas pu en prendre cette année.

— Tu veux dire l'année dernière.

Lex le regarda de travers.

— Et maintenant, il y a ma mère.

— Qui doit se réjouir de t'avoir près d'elle. Oui, tu as peut-être besoin de faire un break.

— Tu es censé être un client, pas un agent.

— Je suis peut-être seulement un ami.

— Je travaille en free-lance, Flaherty. Je ne peux pas me permettre de m'arrêter longtemps.

— Tu le pourrais si tu acceptais un boulot salarié.

— Ah ? Tu veux bien me passer la sauce ?

Non, Flaherty ne voulait pas et suivait son idée.

— Puisque tu meurs visiblement de curiosité, je t'annonce que je m'offre une année sabbatique. Voilà des années que je veux écrire un livre et le moment est venu. Mais il faut que quelqu'un s'occupe du bureau. Et comme je ne vois personne d'autre qui en soit capable, je te demande de me remplacer pendant un an. Qu'en dis-tu ?

Lex mâchait tranquillement son faux-filet.

— Formidable. Ce steak est cuit à point. Et le tien ?

— Tu ne m'interroges pas sur le travail à faire ?

— Je te questionne sur ton steak. La sauce est bonne aussi. Je me demande s'ils la font eux-mêmes ?

Il découpa un autre morceau et le savoura.

— Tu excellerais dans ce boulot, et tu le sais.

Lex posa sa fourchette sur l'assiette.

— J'ai trois gros clients en attente, Joe. Que suis-je censé faire d'eux pendant ce temps-là ? Dois-je les laisser tomber ?

— On s'arrangera pour que ça en vaille la peine. Qui sait ? Si cela marche, ce job pourrait être à long terme.

— Jusqu'à ce que tu reviennes au bureau.

— Si je reviens.

Flaherty leva son verre et l'inspecta.

— *Si* est le mot clé. J'ai cinquante-huit ans. Il est temps que je pense à l'avenir. Ma retraite et la relève. Ce livre est un galop d'essai. On verra plus tard où cela mène.

— Tu aurais plus de chance de m'entendre dire oui si tu étais sous contrat avec un éditeur.

— Je prends le risque.

Il vissa son regard sur celui de Lex.

— Je te veux à la tête de l'organisation. Tu y serais à ta juste place. Tu en sais long sur mon boulot et tu as l'œil qu'il faut pour le faire. Cela ferait toute la différence.

— La différence, je la fais sur le terrain.

— C'est seulement une autre façon de faire le même travail. La touche finale compte autant que la photo en matière d'impact. Y as-tu jamais pensé ? Sinon, promets-moi de le faire sans attendre.

— J'y penserai, dit Lex en ayant l'impression d'avancer sur du sable mouvant.

Ce retour à Manhattan aurait dû la réconforter. Mais ce n'était pas le cas. Keely y étouffait et se demandait pourquoi elle se sentait déphasée ici. Trop de gens pressés, trop de béton ? Trop de bruit aussi, peut-être ?

Dès le départ de Lex, elle s'était obligée à ranger jusqu'à ce qu'un certain ordre apparaisse. Cela avait calmé en partie le choc qu'elle avait éprouvé en voyant ce que les policiers avaient fait de son appartement. Son anxiété était moins vive, plus souterraine. Mais elle était toujours là, car, bien qu'ayant cherché partout en faisant le ménage, elle n'avait rien trouvé sur Bradley et son mot de passe.

Pas de petit bout de papier collé au fond d'un tiroir. Pas de mot discrètement griffonné sur le mur. Keely récapitula une dernière fois toutes les possibilités. N'en voyant pas une pour laquelle elle mettrait sa main au feu, elle mit un CD de Norah Jones et chantonna avec elle en jetant pulls, jeans et chemisiers dans son sac de voyage. Elle en avait assez de porter toujours les mêmes vêtements à Chilton.

Et plus qu'assez de ranger ici.

Il y avait tant à faire qu'elle n'avait pas encore trouvé le temps de s'occuper de sa chambre. Juste déblayé le coin bureau et rassemblé les papiers qui jonchaient le plancher. Et au lieu de finir le ménage, elle sortit sa plus belle robe du soir du fouillis de l'armoire et la rangea dans une housse.

Quand Lex sonna, elle bipa pour lui ouvrir et attendit sa réaction d'un air dubitatif lorsqu'il franchit la porte.

— Ouah, fit-il en regardant autour de lui.

— Ouah, quoi ? C'est bien ou c'est pas bien ?

— Ouah, tu as fait du bon boulot.

Il se tourna vers elle.

— Ouah, c'est encore mieux comme ça.

Il glissa un bras autour de sa taille.

— Ouah, c'est fou ce que j'aime cette bouche-là.

Lex butina ses lèvres jusqu'à ce qu'elle n'y tienne plus et roule avec lui sur le tapis.

Un long moment plus tard, Keely remua sous lui.

— Hé… où vas-tu ?

— On ne peut tout de même pas rester là et faire l'amour par terre toute la journée, dit-elle en tentant de se lever.

— Bien sûr que si on peut. Je vais te montrer.

— Non, dit-elle fermement en saisissant son pull. Nous avons un train à prendre.

— A 23 heures. D'ici là, on a tout le temps. Et on peut aussi rester. Qu'en penses-tu ?

Elle caressa avec délices l'idée de passer toute la nuit ici, avec lui. Une nuit entière… rien que pour eux.

— Tu oublies Stockton. Et mes parents. Je ne suis pas sûre d'être prête à affronter leurs questions.

Ni surtout, expliquer la situation à Jeannie, alors qu'elle ne savait toujours pas où elle allait avec Lex. Un jour, sa mère découvrirait leur liaison. Et la prendrait pour une folle.

Sans le muguet de Nancy Pittman, ce serait déjà fait !

Oh… si seulement sa mère savait ce qu'il était capable de faire avec son corps, ses mains, sa bouche, alors, oui, elle comprendrait. Keely soupira.

— Non, Lex. Nous devons vraiment y aller.

— Je pense que tu as raison, dit-il en enfilant son jean et en la suivant dans la chambre, où Keely boucla son sac.

— As-tu vu le chargeur de mon iPod ?

Lex fit non de la tête et se baissa pour ramasser une photo posée à l'envers contre le mur sur lequel il y avait un clou.

— Sa place est là ? demanda-t-il en la montrant à Keely.

Elle prit la photo encadrée et la retourna. Voiles blanches, mer bleue. Le bras autour de ses épaules, Bradley souriait à la barre et la serrait contre lui, juste après leurs fiançailles lors du week-end de Thanksgiving. Elle chercha dans son sourire un signe précurseur du désastre qu'il avait fait de leurs vies. En vain. Son visage hâlé exprimait une joie sans ombre. Le sien aussi.

Elle ne se reconnaissait pas dans cette femme qui regardait l'avenir avec tant de confiance. Comment avait-elle pu se laisser prendre au piège d'une situation aussi désespérée ?

— Quelle idiote je suis, marmonna-t-elle en lançant la photo sur le tas de papiers à jeter.

Elle secoua la tête et regarda autour d'elle.

— Ça va ? demanda Lex.

— Je cherche mon iPod, dit-elle en retournant à son bureau.

— Hé ! Tu es sûre que ça va ?

— Mon iPod bleu, dit-elle désespérément. Il est tout petit.

— Je ne le vois pas, dit Lex en soulevant livres et papiers. Bradley te l'aurait-il emprunté sans te le dire ? J'ai l'impression d'en avoir vu un dans la maison de Bradley.

— Pourquoi pas ? Il ne me disait jamais rien.

La stupidité se payait et elle avait été assez stupide pour payer le prix fort. Sa gorge se serra. Une chose de plus. Une de trop.

— Cela n'a pas d'importance, dit-elle en fermant les yeux.

Plus rien n'en avait. Se sentir si pitoyable devant Lex lui donnait la nausée. Prenant son sac, elle quitta la pièce. Il la rattrapa et l'arrêta.

— Hé, attends une minute ! Il ne te méritait pas et…

— Ce n'est pas pour cela que j'ai le cœur à l'envers. Je ne suis pas si nerveuse d'ordinaire.

— Je sais.

— Non, tu ne sais pas, justement, explosa-t-elle. Tout ce que tu as vu de moi, c'est un sac de nœuds. Et non moi !

— Je sais. Souviens-toi que j'ai vu l'appartement ce matin. Et tu m'as épaté en tenant le coup comme tu l'as fait.

— Je n'ai fait que…

Elle laissa échapper un long, très long soupir.

— Quand je me vois sourire béatement à Bradley sur cette photo, je ne comprends pas comment j'ai pu être aussi bête. Son plan était déjà au point. Il travaillait déjà avec Skele. Et me trompait probablement déjà. Et je n'ai rien vu. Rien.

Il passa un doigt sur sa joue.

— Ce n'est pas un crime d'avoir confiance.

— Mais c'est dangereux. Si dangereux que je ne me fais même plus confiance. Je ne sais plus à qui ni à quoi me fier.

— Fais confiance à ça, murmura-t-il en l'embrassant.

Ils restèrent étendus sur le lit aux draps froissés par leurs ébats. Pleine d'une douce langueur, Keely vit se coucher le soleil. Elle savait qu'ils devaient partir, mais ne s'en souciait pas, et laissait reposer sa tête sur le torse de Lex qui effleurait son dos du bout des doigts en une caresse hypnotique.

— Parle-moi de toi, dit-elle.

— Que veux-tu savoir ?

— Par exemple, qui t'a amené à la photographie ?

— Ma grand-mère en m'offrant un appareil pour mes douze ans. J'étais comme fou. Toutes mes économies passaient en pellicules et dans leur développement.

— Tes économies ?

— Pierce était bien placé pour nous enseigner à devenir responsable financièrement parlant. Cela faisait partie de son stratagème pour nous orienter vers le monde des affaires.

— J'imagine qu'il n'appréciait pas la photographie.

Lex eut un rire amusé.

— Il voulait me voir épargner plutôt que de dilapider mon capital dans des « merdes soi-disant artistiques ».

— Ce sont ses propres mots ?

— Oh oui. Bien que né en plein baby-boom, il n'avait rien d'un hippy, tu sais ? Son univers à lui, c'était plutôt la salle du conseil.

Elle n'imaginait pas d'univers plus étranger à Lex.

— Vous ne deviez guère cadrer ensemble.

— Pas comme il l'entendait. Depuis mon enfance, il avait une vision très nette de ce que je serais. Point final. Et moi, je ne voulais pas de son monde.

— Tu étais un être humain, pas une figurine d'argile.

— Pour lui, j'étais Aubrey Pierce Alexander III, j'avais un devoir envers la famille, l'entreprise, et pas le choix. Il voyait la photographie comme une rébellion. Cela le rendait dingue, d'autant plus que je ne fichais rien au lycée. Je n'aimais que la photographie. Et là, j'étais un as. Le premier de la classe. Et primé avec ça. La totale, quoi.

— Oooh, tu as gagné un prix ? Lequel ?

— Celui de la meilleure étude de paysage, je crois. C'était la photo d'un ruisseau en hiver.

— Cela aurait dû le faire réfléchir.

— Oh, mais il l'a fait. Il m'a retiré du lycée et expédié dans une école privée qui prônait la discipline — et n'avait aucun programme artistique.

— Qu'as-tu fait ?

Lex haussa les épaules.

— Des choses que je n'aurais pas dû faire. Tirer la langue à certains profs. Ce n'était pas que j'en avais après eux, mais ils essayaient de me forcer à ingurgiter l'économie. J'en avais marre, alors je leur jouais des tours pendables.

— Te sauver en douce du dortoir et faire le mur ?

— Entrer dans des salles de classe, libérer tous les animaux du labo de biologie, glisser des vis dans la serrure de la salle des profs pour les enfermer à l'heure de la pause, et tout ça. Quand ils en ont eu assez, ils m'ont flanqué à la porte.

— Et qu'a fait Pierce ?

Les coins de sa bouche se retroussèrent légèrement.

— Il m'a envoyé dans une école militaire. Je suis devenu un as aux pompes, ajouta-t-il sans humour. J'avais seize ans et rien n'avait changé dans ma tête. Pierce me serinait que je n'adhérais pas à mes buts. Autrement dit, les siens. Les miens, je les suivais. C'est fou ce que c'est dur de se faire renvoyer d'une école militaire, mais j'y suis arrivé. Le temps de changer trois fois d'écoles, j'avais presque dix-huit ans.

Keely lui caressa la joue.

— Je me souviens de t'avoir vu à Chilton, cet été-là.

Grand, brun, maussade, il avait surgi pendant qu'elle disputait un match de tennis avec Bradley. Elle n'avait pas remarqué la tension qui régnait entre les deux frères à l'époque.

— Je suis revenu cet été-là, oui, mais pas pour longtemps.

— Et, selon Bradley, tu as eu tes premiers démêlés avec la justice ou quelque chose comme ça, et été la source de bien des maux cet été-là. Que s'est-il vraiment passé ?

— Je crois que Pierce avait renoncé à m'obliger à faire ce qu'il voulait. Le combat avait cessé. C'était la veille de mon anniversaire. Un des jeux favoris de ce despote était de me priver de voiture, mais mes copains et moi avions décidé de sortir. Je lui ai demandé s'il voulait bien nous en prêter une et il a refusé. Alors j'en ai pris une sans permission.

— Qu'a-t-il fait ?

— Il était copain avec le shérif et m'a fait arrêter. J'ai passé la nuit au poste. Bon anniversaire, fiston.

— Mon Dieu !

— En sortant, je suis allé le trouver. Une demi-heure plus tard, j'étais sur la I-95 avec mes appareils photo, mon passeport et les vêtements que j'avais sur le dos.

Dix-huit ans. Fou de rage. Et mort de peur.

— Oh, Lex.

— Ça va. C'est vieux tout ça. Pierce n'est plus là. Et les choses ont bien marché pour moi.

— Et tu es revenu chez toi.

— A Chilton. Pas chez moi.

— En es-tu sûr ?

Il la regarda un moment.

— Chilton n'est pas tel que dans mon souvenir. Je ne sais pas si c'est parce que Pierce est mort ou si quelque chose a vraiment changé. Peut-être que c'est moi qui ai changé.

— Tu n'es pas tel que dans mon souvenir, en effet.

— Comment j'étais ?

— Bourru, maussade. Hostile. Bradley disait toujours que tu étais un sale type.

Il lui lança son fameux sourire en biais.

— J'étais plutôt vache avec lui. Un vrai dur !

— Tu faisais tout pour le paraître en tout cas. Et tu me mettais toujours un peu mal à l'aise.

Plus qu'un peu même ! Mais c'était peut-être le contraire d'un malaise ? La réaction d'une fille de quatorze ans face à une attirance à laquelle elle n'était pas prête à faire face ?

— Je me souviens de toi en jupette de tennis, les cheveux toujours bien brossés. Toi aussi, tu diffères beaucoup de mon souvenir.

Une lueur polissonne brilla dans ses yeux verts.

— La fille que je connaissais faisait partie de la Ligue des jeunes et était faite pour vivre dans le luxe.

— C'est drôle ce qui arrive quand on a tout perdu.

— Ma mère m'a raconté, dit-il doucement. Je suis désolé.

— Pourquoi ? Mes parents ont survécu et je crois qu'ils sont plus heureux aujourd'hui qu'hier.

— Et toi ?

— Moi aussi, j'ai survécu.

— Quel âge avais-tu quand c'est arrivé ?

— J'étais au lycée, dit-elle en roulant sur le dos. Mon père n'avait rien d'autre à faire qu'à gérer son argent à l'époque. Il a beaucoup spéculé dans l'euphorie de la reprise. Tout le monde le faisait. Mais quand le soufflé est retombé…

Elle avala péniblement sa salive.

— Ce fut affreux. En rentrant de l'école, j'apprenais chaque jour une nouvelle pire que la veille et en arrivais à redouter de rentrer à la maison. L'atmosphère était irrespirable. A la fin, mon père ne sortait plus de son bureau, il y restait toute la nuit et faisait tout pour négocier et s'en sortir.

— Comme un joueur qui veut se refaire après une perte.

— Un peu, oui. Le coup était si brutal. En un sens, c'était mieux ainsi. Parce que, quand il a abandonné la partie, papa était encore capable de remonter la pente.

Lex lui caressa les cheveux.

— Cela a dû être dur pour toi.

Elle se souvint du visage tendu de ses parents. Des pleurs quand le château de Provence avait été vendu. Ils y passaient leurs étés depuis toujours. Elle se souvint aussi que ses amies s'écartaient d'elle, et parlaient de leurs voyages en Europe ou ailleurs comme si elle ne faisait plus partie de leur monde.

Exactement comme Lara et ses amies de New York.

— Ce n'était pas tant à cause de l'argent, dit-elle lentement. Le plus dur à accepter, c'est que tout avait changé.

Sa place dans le monde et dans sa communauté n'était plus la même. La fortune qu'elle considérait comme allant de soi s'était envolée, et la sécurité avec elle. Quand pareille chose vous arrivait, sur quoi pouvait-on encore compter ?

— Aussi loin que je me souvienne, les choses étaient sûres, solides comme du granit. J'avais confiance et brusquement le sol s'est dérobé sous mes pieds comme du sable mouvant.

Exactement comme avec Bradley.

— Au fait, t'ai-je dit que mon frère est un tocard ? demanda Lex négligemment. Je le dis à sa place puisqu'il n'est pas là pour le faire et ne le ferait probablement pas. Je suis vraiment navré de ce qu'il a fait, Keely, et du mal qu'il t'a fait.

Elle l'observa longuement, comme si chaque trait de son visage avait une importance particulière. Et, soudain, elle crut voir le regard de Lex s'élargir et englober son univers. Le temps s'arrêta. Sa respiration s'arrêta. Leur vie s'arrêta. Comme suspendue entre deux mondes, deux battements de cœur, par le tic-tac d'une horloge géante. Et, dans un éclair fulgurant, la vérité lui apparut clairement. Indéniablement.

Elle était amoureuse de lui.

- 11 -

— Tu n'y es pas obligée, tu sais, dit Darlène en croisant les bras d'un air exaspéré.

— Je sais, mais je veux le faire. Ce sera plus vite fait, et je le fais surtout pour moi. Dis-toi qu'à la moindre erreur tu iras en prison. Et moi, l'accro aux beignets, que serai-je sans mon dealer ? Une droguée en manque.

Keely imita Darlène et croisa les bras.

— Je ne bougerai pas d'ici tant que tu ne me laisseras pas entrer dans ton bureau. Seraient-ce mes problèmes judiciaires qui te font hésiter ?

— Je me fiche pas mal de tes problèmes judiciaires !

— Alors ?

Darlène leva les yeux au ciel et finit par céder.

— D'accord, d'accord, on y va.

Keely contourna le comptoir et poussa la porte battante de la cuisine, où l'une des assistantes de Darlène enduisait un gâteau de crème au chocolat, pendant que l'autre sortait du four une grande plaque de muffins.

— Sais-tu que, depuis le temps que j'achète tes beignets, je n'ai encore jamais mis les pieds ici ? Je ne savais même pas que tu avais des fées à ton service. Je croyais que tu faisais tout toi-même comme par magie.

— C'est bien beau la magie, mais, quand tu es là, cela ne suffit pas. Tu aimes trop mes beignets, Keely.

— Cela se comprend, non ?

Zigzaguant entre les fours et les plans de travail blancs

de farine, Darlène l'entraîna jusqu'à la porte du fond, l'ouvrit et alluma la lumière.

— Bon courage, Keely. Bienvenue dans mon antre.

Il n'était guère plus grand qu'un placard, juste assez pour une table, une chaise, une corbeille à papier en plastique vert. Darlène avait noté les dates de commandes et de livraison sur un calendrier mural et l'emploi du temps du personnel sur un tableau blanc. Cerné de piles de papiers en équilibre instable, un ordinateur antédiluvien trônait sur la table.

Darlène se baissa pour le brancher et le mit en route.

— L'imprimante est là-dessous. J'ai un logiciel de compta très simple, et le dossier de mon ancien comptable est là. Tu veux un café ?

— Oui, merci.

— Je reviens tout de suite.

Keely s'assit devant l'ordinateur, et passa en revue les fichiers comptables. Elle les connaissait par cœur. Et si elle était heureuse d'aider Darlène, elle l'était surtout d'avoir l'esprit occupé et d'ainsi éviter de penser à Lex. Comme si cela ne suffisait pas de coucher avec lui, il avait fallu qu'elle en tombe amoureuse. C'était le bouquet ! Mais par tous les saints du paradis, où avait-elle la tête pour être amoureuse de lui ? Un nomade qui gagnait sa vie sous le tir des kalachnikovs et des lance-missiles. Un homme qui n'était venu ici que pour aider sa mère et dont le plus cher désir était de quitter Chilton au plus vite.

Malgré toutes les bonnes raisons qu'elle avait de le fuir, elle s'était laissée séduire. Pire. Elle l'aimait. D'amour.

Avec un grand « A ».

— Génial, Keely. Tu es la meilleure, marmonna-t-elle.

Avait-on idée d'être amoureuse d'un homme qui passait son temps à éviter les balles ? Son échec avec Bradley ne lui avait donc rien appris, ou si peu, pour qu'elle remette ça avec un autre membre de la famille Alexander ?

Mais c'était si bon avec celui-là que…

Qu'elle avait tout oublié, se dit-elle en tapant rageusement des colonnes de chiffres. Oublié qu'elle avait cru dur comme fer aimer Bradley et s'était trompée. Qui sait si elle ne se trompait pas encore aujourd'hui ? Elle confondait peut-être le désir et l'amour ? Sauf qu'avec Bradley il y avait eu du désir, et bien peu de plaisir. Et qu'avec Lex il y avait les deux… et quelque chose de plus. Beaucoup plus.

Mais était-ce réel ou se trompait-elle encore ?

Quand l'affaire serait réglée, qu'ils ne chercheraient plus désespérément des preuves de son innocence, le lien qui les unissait tiendrait-il ? Ou n'était-ce qu'un feu de paille attisé par les circonstances ?

Elle soupira et but le café que Darlène lui avait apporté. Elle était sûre que Lydia lui dirait de « foncer ». Et pas sûre du tout de pouvoir s'en empêcher. C'était fou, mais elle l'aimait. Elle ne pouvait le nier simplement parce qu'elle n'avait pas voulu cela et savait qu'elle souffrirait quand il s'en irait. Car il repartirait sans doute. Sans aucun doute.

Alors, pourquoi ne pas en profiter pendant qu'il était là ?

Keely enfonça résolument la touche de l'imprimante.

— Tu es rentré tard hier soir, dit Olivia Alexander en jetant un sucre dans sa tasse de thé.

Lex la regarda par-dessus son journal.

— C'est vrai.

Il aurait préféré passer la nuit et la matinée avec Keely. Mais elle avait voulu rentrer et s'épargner les questions que ses parents n'auraient pas manqué de lui poser sur ses relations avec lui. Avec le frère de Bradley. Ses parents seraient choqués s'ils découvraient leur liaison.

De son côté, ce serait la scène assurée avec sa mère.

Mieux valait jouer la carte de la discrétion, même s'il lui en coûtait. Et il lui en coûtait ! Car, en quittant Chilton, il avait juré de ne plus jamais vivre selon des règles établies par d'autres. Il avait fait beaucoup de bêtises depuis, mais il avait tenu parole. Il s'était battu pour des causes qui en valaient la peine, comme il s'était battu ici pour rester lui-même.

Et, à peine rentré, le combat avait repris.

— Le smoking de ton père est revenu de chez le tailleur, dit sa mère en décapitant son œuf à la coque. Si tu as fini de déjeuner, j'aimerais que tu l'essaies tout de suite.

— Je suis sûr qu'il m'ira très bien.

— Comment peux-tu l'être ? S'il faut le retoucher, c'est ce matin ou jamais. L'après-midi, il sera trop tard. Nous devons arriver au gala vers 15 heures.

— Bon d'accord, je vais l'essayer.

A quoi bon protester ? Si elle avait besoin de lui au gala, il n'avait pas le choix. En tant que présidente, elle passait la majeure partie de l'année à organiser le gala de Noël du DAR. En faveur de la recherche sur le cancer et du centre médical local, cette fois-ci. Difficile d'être contre. Sauf que ce prétendu gala de bienfaisance était en fait la plus importante réunion mondaine de l'année.

Le Tout-Chilton se *devait* d'y assister.

Lex avait espéré y échapper, mais sa mère ne pouvait y aller sans escorte et, Bradley absent, c'était à lui de chausser les souliers de son père, une fois de plus. Il en avait assez, mais il était normal qu'après tant d'émotions — la perte de son mari, la trahison de son fils — sa mère lui demande aide et protection.

Il la comprenait, mais il étouffait.

Et priait pour que Keely découvre dans sa liste de mots de passe celui qui ouvrait l'ordinateur de Bradley. Si la preuve de l'innocence de Keely et de sa mère s'y trouvait, la menace qui pesait sur celle-ci disparaîtrait. Et, son devoir accompli, il pourrait la quitter avant de devenir complètement fou.

Et de moisir ici jusqu'à la fin de ses jours.

*
* *

Si Chilton était une très petite ville, elle n'en abritait pas moins les plus grosses fortunes du Connecticut — sinon du pays. Et son country club en était la preuve la plus éclatante. En réalité, il y en avait deux, mais un seul comptait. Le Chilton Racket and Leisure Club, dit le Club, fondé en 1902. Sur les deux cents hectares de terrain boisé qui s'étendaient autour du bâtiment principal, s'étalaient un terrain de golf, des courts de terre battue, une piscine olympique et un parcours de santé. Ce club était l'un des plus exclusifs de la région. Et le bruit courait que les plus importantes transactions de Wall Street s'y étaient négociées autour d'un verre, en fumant le cigare, dans les profonds fauteuils de son bar.

Une interminable file de voitures serpentait vers l'édifice de style gréco-romain, œuvre d'un architecte réputé, qui se dressait au sommet de la colline et brillait comme un phare avec ses façades blanches et ses grandes baies vitrées ruisselantes de guirlandes de Noël. Au fur et à mesure de leur arrivée, des garçons en veste noire escamotaient comme par enchantement Rolls Royce, Bentley et Jaguar.

Keely foulait le tapis rouge comme dans un rêve. Il y avait des années qu'elle n'était pas venue au Club. Adolescente, elle vivait pratiquement ici, faisant du tennis, du cheval et de la natation avec sa tribu d'amis.

L'argent parti, elle avait été bannie comme une pestiférée et rendu sa carte de membre. C'était dur d'être chassée, du jour au lendemain, d'un monde de plaisirs où le moindre de ses désirs était devancé, où il lui suffisait de lever un doigt pour être servie. Mais elle avait appris à ses dépens que ce monde n'était pas le monde réel.

La leçon avait été si dure que, même quand ses parents étaient redevenus membres du Club et lui avaient offert sa propre carte, Keely n'y avait pas remis les pieds.

— Bonsoir, monsieur et madame Stafford, dit le portier en s'inclinant devant eux, lorsqu'ils arrivèrent sur le seuil.

A l'accueil, une jeune femme souriante en uniforme noir les débarrassa de leurs manteaux.

— Le gala a lieu dans la grande salle de réception.

Cela lui fit tout drôle d'entrer de nouveau dans la salle de bal, comme dans un autre univers, riche d'attentes, où tout l'étonnait. Même la porte cintrée dont l'arche gracieuse imitait la courbe du haut plafond qui répercutait le brouhaha d'une foule de gens parlant tous en même temps. Un nombre incroyable de tables emplissaient l'espace.

Soixante-cinq, pour être exact. Elle en était d'autant plus sûre qu'elle avait placé les bouquets sur chacune d'elles en début d'après-midi, avec sa mère et Lydia. La lumière était crue alors, les nappes nues. A présent, les tables étincelaient d'argenterie, de porcelaines et de chandeliers dont la douce lumière se déversait sur la gorge endiamantée de ces dames. Dans un angle, un orchestre jouait *Winter Wonderland*.

— Souris, murmura sa mère en lui tendant un canapé pris au vol sur le plateau d'un serveur. Tu es censée t'amuser.

Et, sans savoir comment, Keely se retrouva avec une coupe de champagne, adressant des sourires et des vœux à ces gens qu'elle connaissait depuis son enfance.

— Ça alors, je rêve ! Keely Stafford, ici ? Toute seule ? Les jeunes gens n'ont-ils plus de cervelle de nos jours ? Si j'avais quarante ans de moins, il y a longtemps que je me serais enfui avec vous à Monte-Carlo, moi.

Le vieil homme lui lança une œillade polissonne.

— Ne serait-ce pas votre femme que je vois derrière vous, monsieur Lucas ? dit Keely en réprimant un sourire.

— Oh, si, j'en ai peur. Salut, Eloïse, dit-il à la dame aux cheveux d'argent et en robe bleu lavande qui venait d'arriver.

— Salut, chéri. Je parie que tu demandais une fois de plus à Keely de s'enfuir avec toi ?

— Aïe ! Cela va encore me coûter un collier de diamant, chuchota-t-il à l'oreille de Keely.

Eloïse lui tapota la main.

— Un bel oranger pour le solarium fera l'affaire, mon ami. Avec un ou deux tours sur la piste de danse.

— Ah ça, seulement si Keely me réserve une danse.

— Oh, faites-le, Keely, je vous en prie, sinon je ne saurai jamais la suite de votre histoire avec mon mari, dit Eloïse en roulant des yeux. Allez, viens, Ben, les Preston sont là.

— Ne les avons-nous pas déjà vus hier, ceux-là ?

— Si, très cher, mais aujourd'hui c'est aujourd'hui.

— N'oubliez pas ma danse, lança le vieux beau à Keely tandis que son épouse le traînait derrière elle.

Keely pouffa de rire devant son air de chien battu.

— Gare à toi, ma fille, murmura sa mère, je t'ai vue sourire à cet incurable coureur de jupons.

Le gala de Noël était l'incarnation même de tout ce que Lex détestait le plus à Chilton. Il savait quelles sommes astronomiques ces snobs engloutissaient à l'occasion de leurs multiples galas, et le peu qui restait pour les bonnes œuvres.

Il aurait préféré être n'importe où ailleurs. Mais il était là. Debout près de sa mère, dans l'habit de son père, luttant contre l'envie de tirer sur son col comme un petit garçon. Ce n'était pas son genre de jouer les laquais pour faire plaisir à quelqu'un. Même à une vieille dame.

Mais c'était sa mère et c'était Noël.

Sauf qu'il avait l'impression désagréable que cette dernière ne se contenterait pas de Noël. Elle s'y prenait mieux que Pierce, mais le but était le même. Et, mine de rien, elle avait réussi à faire de lui son chevalier servant, son conseiller financier, son détective privé. Et si cela continuait, il deviendrait aussi son président du conseil.

— Vous vous souvenez de mon fils Trey, n'est-ce pas ?

Sa mère s'adressait à une femme décharnée, parée comme une châsse, dont le visage affichait cet air de surprise permanent des adeptes du lifting.

— Trey, tu te souviens d'Alicia Smythe.

Il se fabriqua un sourire et tendit docilement sa main.

— Bonsoir, madame Smythe.

Elle lui tendit la sienne à baiser comme une duchesse.

— Alicia, s'il vous plaît. Quelle joie de vous revoir, Trey. Et comment vont les affaires ? J'ai entendu dire que vous étiez maintenant dans… ah oui, l'import-export.

Bradley avait fait du beau travail, se dit Lex.

— Non, madame. Je suis photographe.

— C'est merveilleux, dit-elle. Et comment va votre autre fils, Olivia ? J'ai appris qu'il avait rompu avec cette fille, la petite Stafford. Et si vous voulez mon avis, il aurait mieux fait de ne jamais la fréquenter.

« Cette fille, la petite Stafford » !

La femme baissa la voix.

— Savez-vous qu'ils sont tous là ce soir ? Quel culot ! Ils ne sont pas de notre monde.

C'en était trop. Lex s'apprêtait à ouvrir la bouche pour remettre cette horrible femme à sa place, mais sa mère lui coupa brutalement la parole.

— Quel beau collier vous avez là, ma chère, s'empressa de dire Olivia. Où avez-vous trouvé cette merveille ?

La femme tripota son collier comme pour se rappeler ce qu'elle portait.

— Oh, cette vieille chose ? La dernière fois que je suis allée à Beverly Hills, je me suis arrêtée chez Harry Winston. Comme je le disais à Joyce l'autre jour, il est si difficile de trouver de belles émeraudes que…

— Excusez-moi, coupa Lex. J'ai besoin d'un verre.

S'il restait une minute de plus, il allait faire un malheur ! Pourquoi sa mère perdait-elle son temps avec ces gens-là ? Plus prétentieux et snobs les uns que les autres. La seule chose intéressante que lui avait appris cette vipère, c'était que Keely était là. Avec elle, la soirée deviendrait supportable. Naviguant au hasard dans la salle, souriant et saluant sans jamais s'arrêter, il la chercha du regard. Lorsque enfin il la vit, il eut le souffle coupé. Elle était tout simplement ravissante.

Et d'une élégance raffinée, d'une exquise simplicité dans cet océan de robes griffées et de bijoux tape-à-l'œil. Dans sa longue robe de soie blanche drapée à la grecque, dont les pans rejetés sur ses épaules nues flottaient derrière elle, une torque d'or au cou et couronnée de tresses, on eût dit un déesse descendue de l'Olympe. Elle était lumineuse.

Et l'éclat de son visage semblait provenir de l'intérieur.

Voyait-il cet éclat parce qu'elle était sienne ? Et lui avait déjà vu cette expression heureuse et lointaine lorsqu'elle passait du plaisir à l'extase ? Ou Keely rayonnait-elle ainsi parce qu'elle l'avait vu ? La voyant venir vers lui, les yeux brillants de joie et le sourire aux lèvres, il cessa de douter et reprit son souffle, émerveillé de sa chance.

Totalement inconsciente de sa présence, elle passa près de lui et s'adressa à un gentleman aux cheveux blancs.

— Un gentilhomme m'a promis une danse, et je viens vous la réclamer, monsieur Lucas.

Ben Lucas s'inclina galamment et lui offrit le bras.

— Vous voulez une danse, vous l'aurez, ma jolie.

Sidéré, Lex les regarda se diriger vers la piste, où Lucas se mit en position avec un grand sérieux et entraîna Keely dans une lente valse viennoise.

C'était la première fois qu'il avait vraiment l'occasion de l'observer sans qu'elle le sache. La première fois qu'il la voyait libre de tout souci. Ses yeux étincelaient, son rire était contagieux. Elle était si gracieuse, si belle dans sa robe fluide qui s'envolait quand son cavalier la faisait tourbillonner dans le jeu d'ombre et de lumière des chandeliers. Si belle… qu'il eut un pincement au cœur.

La valse s'acheva sur une série de notes joyeuses,

durant laquelle Lucas fit tournoyer Keely, puis s'inclina devant elle.

— Merci, ma chère, pour cette danse délicieuse.

— Merci, répondit Keely en se penchant pour embrasser sa joue.

Incapable d'attendre plus longtemps, Lex s'avança.

— Puis-je me permettre ? demanda-t-il.

Les yeux de Keely s'élargirent, ses lèvres s'écartèrent, et, une fois de plus, il eut le souffle coupé.

— Naturellement, murmura-t-elle.

L'homme aux cheveux blancs le regarda de côté.

— Vous tenez vraiment à enlever ma danseuse ?

— Si vous le permettez, monsieur.

Il jaugea Lex du regard, et hocha la tête.

— C'est bon. Je vous la laisse, jeune homme. En voilà un qui semble avoir de la cervelle, Keely.

— Oh, oui, il en a, l'assura-t-elle, les yeux rieurs.

— Puis-je savoir ce que cela veut dire ? demanda Lex en la prenant dans ses bras.

— J'aime mieux pas. Joyeux Noël, ajouta-t-elle tandis que l'orchestre entamait *Tennessee Waltz*.

— Joyeux Noël à toi aussi. Tu t'amuses bien ?

— A ma grande surprise, oui. Et toi ?

— Cela va mieux depuis que tu es là.

— Flatteur.

— Tu es ravissante.

— De plus en plus flatteur.

Dans la lumière tamisée, Lex ne voyait plus que deux lacs noirs qui lui mangeaient le visage. Et sa bouche adorable.

— J'ai envie de t'embrasser, dit-il.

— Nous ne pouvons pas faire cela ici.

— Je sais, mais j'en ai quand même envie. Je crois bien que j'en aurai *toujours* envie toute ma vie.

Il avait dit cela sans y penser, mais il s'aperçut que c'était la pure vérité. Il ne pouvait s'imaginer avec une autre femme. C'était Keely qu'il voulait. Elle et elle seule qu'il aimait. Personne d'autre ne comptait. Personne d'autre ne compterait jamais. Il ne comprenait pas ce qui lui arrivait et en était plutôt secoué.

Il se souvint alors des paroles de Keely à propos du drame qui avait bouleversé sa propre vie.

« C'est comme du granit qui se change en sable mouvant. »

Lui, le solitaire, celui qui ne se laissait jamais émouvoir, lui qui savait ce qu'il voulait et où il allait, avançait désormais sur un terrain qui n'était plus que de l'eau sous ses pieds.

Soudain, il se sentit submergé.

Submergé et terrifié.

- 12 -

La neige crissait sous les pas de Lex. Des volutes blanches s'échappaient de sa bouche et se diluaient dans l'air glacial. Col relevé, épaules courbées, il marchait sans se soucier du froid. C'était si bon d'être dehors, si bon de bouger.

Il s'était levé à l'aube aussi nerveux que s'il avait dormi sur une fourmilière. S'il avait été en mission dans la brousse, il serait déjà près d'un point d'eau, espérant y surprendre des braconniers en train de poser leurs pièges. Et son esprit serait concentré sur l'action, le travail qui donnait un sens à sa vie.

Mais il n'était pas en mission. Il traînait ses bottes à Chilton, où il lui semblait s'enliser chaque jour un peu plus. Et, ce matin, il errait dans les rues comme pour se prouver qu'il pouvait s'en aller. Mais savait bien que si loin qu'il aille, il ne pourrait échapper à lui-même. Et il se dégoûtait.

Mais qu'est-ce qui lui arrivait, bon sang ? C'était absurde de prendre cette histoire au sérieux. Avoir une brève liaison avec Keely était une chose. Ne plus penser qu'à elle en était une autre. Et rêver d'un avenir avec elle serait la pire des erreurs.

Pour elle comme pour lui.

Il entra dans la boutique de Darlène et gratta ses bottes sur le seuil. Le café était bien la dernière chose dont il avait besoin. Mais tant que les choses ne s'amélioreraient pas, il serait dans cet état, alors… pourquoi se priver ?

Alertée par le carillon, Darlène jaillit de la cuisine.

— Joyeux Noël, Lex. Plus que neuf jours pour les cadeaux. Tu ferais mieux de filer au centre commercial.

— Un café, grogna-t-il.

Elle haussa un sourcil.

— Tu t'es levé du pied gauche ce matin ?

Il s'apprêtait à répliquer quand son portable se mit à sonner.

— Qu'attends-tu pour répondre ?

Il lui lança un regard meurtrier. S'il avait son téléphone en poche depuis hier, c'était à la demande de sa mère qui voulait pouvoir le joindre à tout moment. Mais il n'avait pas envie de lui parler. A personne, d'ailleurs.

Il sortit pourtant l'appareil, l'ouvrit à contrecœur et réprima un juron en voyant le nom de Flaherty sur l'écran.

— Qu'est-ce qui te prend de m'appeler de si bonne heure un dimanche matin ? Tu es malade ?

— Non, mon fils. J'ai simplement pensé que tu avais peut-être des péchés à confesser.

— Pardonnez-moi, mon père, parce que j'ai péché, en effet. Le pire est que, ce matin, j'ai envie d'étrangler quelqu'un.

— Qui donc, mon fils ?

— Toi.

Flaherty éclata de rire.

— Désolé de te sortir d'un beau rêve. Je voulais seulement savoir si tu as réfléchi à notre petite conversation.

— Comment l'aurais-je pu ? Il n'y a que trois jours de cela. Je sens encore l'odeur de la gare !

— Dommage. J'étais prêt à répondre à tes questions si tu en avais eu à me poser sur le job.

Les yeux de Lex tombèrent sur une photo, punaisée sur le mur, où des stars du muet posaient devant des aéroplanes.

— Je n'en ai qu'une. Jusqu'où dois-je m'envoler pour que tu me fiches la paix avec ça ?

— Bien, bien, bien, ronronna joyeusement Flaherty.

— Qu'ai-je dit pour que tu aies l'air si content de toi ?

— C'est que je te connais, mon garçon. Si tu avais décidé de refuser le job, tu m'aurais déjà envoyé paître.

— C'est une provocation ?

— Juste une constatation, fiston.

Exaspéré par le triomphe qui perçait dans la voix de son patron, Lex ne comprenait pas ce qui le retenait de lui dire ce qu'il pensait de lui et de son « job ».

— Et j'en suis heureux, continua Flaherty. Je crois que tu faiblis, petit. Repose-toi bien ce week-end et tous mes vœux à ta mère. Nous reparlerons de cela plus tard.

— Va te faire voir ! hurla Lex en refermant son portable sous les yeux effarés de Darlène.

— Rappelle-moi de ne jamais t'appeler un dimanche matin.

— Oh ça, c'est juste un type qui me harcèle pour un job.

— Quel job ?

— Travailler comme DJ dans une agence de transmission à New York, l'an prochain.

Les yeux de Darlène s'illuminèrent.

— Raconte.

— Laisse tomber. Excuse-moi, mais ce job ne me dit rien.

— Pourquoi ne l'as-tu pas dit carrément ? demanda-t-elle en empilant ses muffins tout chauds sur le présentoir.

Il la fusilla du regard.

— Tu n'as rien d'autre à faire qu'à écouter la conversation de tes clients ?

— C'est plutôt difficile quand ils parlent sous mon nez. Et comme tu n'as pas dit non, je t'ai tout simplement demandé pourquoi. Comme une vieille amie.

Il se pencha vers elle en prenant appui sur le comptoir.

— Tu sais ce qu'il te dit ton vieil ami, Darlène ? Qu'il en a marre qu'on lui casse les pieds et fasse pression sur lui. Et maintenant, puis-je avoir mon café ?

Darlène saisit la cafetière et le regarda pensivement.

— Le monde te met la pression en ce moment, hein ?

De celle que ressent un homme face à une fille de bonne famille, une ravissante blonde aux yeux gris ?

Elle éclata de rire en voyant sa tête.

— Je ne suis pas aveugle, Lex. J'ai bien vu comment vous vous regardiez tous les deux. Tu as bon goût. Elle aussi, d'ailleurs, malgré ton sale caractère.

Génial. Voilà que cela se voyait maintenant. Son premier réflexe fut de dire à Darlène qu'elle se trompait, mais, voyant qu'elle l'en défiait du regard, il y renonça.

— N'en parlons pas maintenant, tu veux ?

Darlène lui sourit en posant le café sur le comptoir.

— A défaut de te calmer les nerfs, sucre-le, cela adoucira peut-être ton caractère.

Elle se retourna et détacha du mur une des cartes de Lex. Il s'aperçut alors qu'elle en avait déjà enlevé la moitié.

— Tu n'aimes plus mes cartes postales, Darlène ?

— Il n'y a plus de place pour d'autres. Alors, je mets celles-ci dans l'autre pièce. Mais je me demande si je ne ferais pas mieux de les ranger dans un album. Quelque chose me dit que tu vas rester ici.

— Ça, jamais !

— Ne repousse pas si vite cette idée, Lex. C'est si bon quand tu es là. Et je ne suis pas la seule à le penser.

Qui d'autre ? Sa mère, Flaherty, Darlène. Keely.

Tous voulaient qu'il reste et attendaient quelque chose de lui. Tous le considéraient comme un rouage nécessaire à la bonne marche de leur petit monde… quitte à le broyer dans l'engrenage dont il avait eu tant de mal à se dégager à dix-huit ans.

Lex posa un dollar sur le comptoir, but son café brûlant, et se pencha de nouveau vers Darlène.

— Continue à faire le ménage. Je t'enverrai bientôt assez de cartes pour retapisser toute la baraque.

Il tourna les talons et sortit de la boutique, dont le carillon dansa bruyamment la gigue lorsqu'il ferma la porte.

***

Les rayons obliques du soleil illuminaient les vitraux de l'église. Les chœurs résonnaient telles les voix des anges. L'air embaumait l'encens.

Keely se sentit réconfortée, comme toujours lorsqu'elle assistait à l'office dans l'église de son enfance. Bien qu'elle ne pratiquât guère et calquât sa vie sur sa propre morale plus que sur les sermons de l'Eglise Episcopale, cela lui faisait du bien d'être assise sur ce banc avec ses parents, et d'écouter la voix paisible et rassurante du révérend Richard.

Elle avait grand besoin d'être rassurée ce matin.

Non qu'elle soit tourmentée. Ou énervée. Simplement... inquiète. Quelque chose n'allait pas. Elle le sentait comme on devine l'approche d'un train à la faible vibration des rails lorsqu'on longe une voie ferrée.

Son regard erra sur le vitrail représentant l'Annonciation. Pas besoin d'archanges et de trompettes pour lui annoncer ce qui allait se passer. Un murmure lui suffirait.

— Cesse de rêvasser, chuchota sa mère à son oreille comme dans son enfance.

Aujourd'hui comme hier, son esprit vagabondait pendant le sermon du révérend Richard. Et soudain, grisée par la danse et le champagne, elle se retrouva dans les bras de Lex.

Toutes les petites filles rêvent de se réveiller dans les bras du prince, songea-t-elle. Elle avait vécu ce rêve en valsant aux chandelles avec le sien. Et cru lire dans son regard un amour éternel lorsqu'il l'avait regardée comme si elle était son plus précieux trésor. Mais ce n'était qu'un rêve. Sitôt la valse finie il s'était éloigné d'elle... et n'était pas revenu.

Sa mère lui donna un coup de coude.

— A genoux, siffla-t-elle.

Docilement, Keely s'affala sur le prie-Dieu.

S'était-il vraiment passé quelque chose de spécial ? Son émotion ne l'aurait-elle pas abusée ? Quoi qu'il en soit, Lex avait brusquement changé de visage à la fin de la danse. Elle ne savait pas pourquoi ni comment le rêve s'était brisé. Mais rien n'était plus pareil.

Et elle ne savait que faire.

Lex ouvrit doucement la porte. En toute autre saison, il aurait continué à marcher, mais le froid était si intense que, frigorifié, il avait décidé de rentrer. Sans bruit, car la dernière chose qu'il désirait, c'était de voir surgir sa mère. C'était par trop ridicule à son âge de rentrer sur la pointe des pieds comme un gamin qui a fait le mur ! Encore un exemple de la tournure bizarre que prenait sa vie.

Il fallait en finir ! Et mettre les pendules à l'heure en ayant une petite discussion diplomatique avec sa mère. Non. Il *fallait* résoudre le problème de Bradley et partir.

— Tu es de plus en plus matinal, dit Olivia en l'observant attentivement.

— Toi aussi, répondit-il en se contrôlant.

Ce n'était pas sa faute à elle s'il était d'humeur massacrante.

— Je vais à la messe. J'ai frappé à ta porte pour savoir si tu voulais m'y accompagner, mais tu étais sorti.

— J'avais besoin de prendre l'air.

Il alla s'asseoir et fit signe à la bonne de lui servir du café.

— Si tu te recouchais et allais à l'office suivant, maman ? Je pensais que tu ferais la grasse matinée et dormirais sur tes lauriers après une soirée pareille. Tu as été brillante.

— Ce gala a été un succès, n'est-ce pas ? Le plus beau que nous ayons jamais vu, m'a-t-on dit à l'accueil.

— Tout le monde avait l'air de bien s'amuser.

— Sauf toi.

Elle esquissa un sourire devant son air coupable.

— Toi aussi, tu t'en es bien tiré. Tu n'as pas montré que tu étais malheureux la plupart du temps. Je peux te dire quand tu l'étais et quand tu ne l'étais pas.

Elle fit une petite pause.

— Je t'ai vu danser avec Keely Stafford.

Il poussa un profond soupir.

— J'ai dansé avec beaucoup de monde. Toi comprise.

— Mais tu as dansé avec elle.

— Et alors ? Nous sommes dans le même bateau, non ? J'ai de l'estime pour elle.

Et il était terrorisé à l'idée que cette estime se change en quelque chose de plus… beaucoup plus dangereux.

— Prends garde à ne pas t'emballer. N'oublie pas qu'elle a été la fiancée de ton frère.

Il sentit ses mâchoires se crisper.

— Dans la situation actuelle, je doute que cela ait encore de l'importance.

— Sauf que je ne suis pas la seule à le dire. Et à critiquer.

— Laisse-moi deviner. Alicia Smythe.

— Non. Joyce Barron.

— Elle ne vaut pas plus cher que l'autre. Je me fiche pas mal de ce qu'elle pense.

— Pas moi. Sans cette histoire affreuse, ton frère aurait épousé Keely Stafford. Je ne veux pas que tu t'intéresses à elle, tu m'entends ? Nous serions ridicules.

— Ridicules ? Tu t'es entendue ? As-tu oublié que c'est Bradley qui t'a mise dans de sales draps ? Keely fait tout ce qu'elle peut pour te tirer d'affaire. C'est là-dessus que je me base, moi, pas sur l'opinion de ces sorcières.

— Ces sorcières, comme tu dis, sont mes amies.

— Tu es sûre ? Je dirais plutôt que ton amie est la personne qui s'efforce avec moi de laver ton nom.

Le regard de sa mère se glaça.

— As-tu fait autre chose avec elle ?

« Oui… mais quoi, exactement ? »

— Je passe quatre-vingt-quinze pour cent de ma vie dans des pays comme le Soudan et le Liban, répliqua-t-il. Dis-moi un peu comment je pourrais me lier avec qui que ce soit ?

— Cela ne répond pas à ma question.

— C'est la seule réponse que tu auras.

Il était bien élevé, mais pas idiot.

— Maman, j'ai eu vingt-neuf ans l'été dernier et…

— Je ne *veux* pas que tu t'engages avec elle.

Les bras croisés, sa mère le toisa d'un air aussi autoritaire que la reine Victoria. Mais quel que soit le monde où elle faisait autorité, il n'en faisait pas partie et soutint son regard sans broncher. Un lourd silence s'établit dans la pièce.

Elle craqua la première.

— Je ne veux pas me battre contre toi, Trey.

— Cela tombe bien. Moi non plus.

— C'est juste que… Bill Hartley me met la pression. Nous devons élire le nouveau directeur cette semaine.

— Et alors, qu'est-ce qui t'arrête ?

— Ils attendent mes recommandations.

— Ma réponse est toujours non.

— Tu ne connais pas encore la question.

Du diable s'il ne la connaissait pas.

— As-tu oublié ce que j'ai dit sur les lieux où je passe les trois quarts de mon temps ? Ma vie est là-bas, maman. Pas au conseil. Pour la dernière fois, trouve quelqu'un d'autre.

Il se leva d'un bond. Il étouffait dans cette pièce.

— Je file. J'ai des mails à envoyer d'urgence.

Il se dirigea vers la porte, talonné de près par sa mère.

— Nous ne pouvons pas nommer quelqu'un d'autre, Trey. Nous avons besoin de toi.

— C'est faux.

Il allait entrer dans le bureau de Pierce, mais sa mère le devança et lui barra la route.

— Aubrey Pierce Alexander, tu vas t'arrêter, tout de suite, et m'écouter. Compris ?

Instinctivement, il stoppa net.

— Cette entreprise est l'héritage des Alexander. Il est donc juste d'en garder le contrôle et de transmettre ce patrimoine à un membre digne de prolonger la lignée. Autrement dit, toi.

Il entendait déjà cliqueter les fers et les chaînes.

— Non, maman. *Non.* Pas moi.

— Qui d'autre, alors ? demanda-t-elle d'un ton sec. Il me faut quelqu'un qui protège les intérêts de la famille. C'est ton héritage, Trey, que tu le veuilles ou non. C'est ton sang. C'est ton avenir. Ton destin.

— Non ! éclata-t-il. Ce n'est pas mon destin. Pourquoi crois-tu que je sois parti loin d'ici, hein ? Pourquoi ?

— Parce que tu étais en colère contre ton père. Mais c'est fini. Certes, il avait des défauts, mais il n'est plus là. C'est fini. Et tout ce que tu gagneras à ruminer ta colère ne peut que nous faire du mal — à toi, à la famille.

— Moi, je fais du mal à la famille ? Moi ? Que dis-tu de cet Alexander qui aimait les affaires plus que sa famille ? Et de celui qui a trahi tout le monde au profit de ses intérêts et de ceux d'un criminel ? C'est ça que j'ai dans le sang ? C'est ça mon héritage ?

Bouillant de rage, il se pencha sur elle au point de frôler son visage.

— Je veux vivre *ma* vie, pas la version numéro trois de la dynastie Alexander. Je ne suis pas Pierce, Dieu merci ! Et encore moins Bradley. Alors, si tu veux un membre de la famille à la tête du conseil, vas-y toi-même !

Sa colère vibrait dans la pièce comme une chose vivante. Le tic-tac de l'horloge sonnait tels des coups de maillet dans le lourd silence qui suivit sa tirade.

— Je vois, lâcha sa mère d'une voix fragile comme du verre. Bon. Excuse-moi. Je ne te dérange pas plus longtemps.

Pour *une petite conversation diplomatique*, c'était réussi.

— Maman, attends !

Mais c'était trop tard. Elle était déjà partie.

Il regarda pensivement les photos accrochées sur les murs du bureau. Pierce tout seul. Pierce avec Olivia.

Pierce et Bradley brandissant le trophée d'une course en mer. Keely et Bradley à la barre du voilier paternel, dont Pierce était si fier… voué aujourd'hui à être saisi et vendu aux enchères.

Le plus beau jour de la vie de Bradley avait sûrement été celui où il avait hérité du *All in*.

Les gens choisissent généralement le nom d'une personne ou d'une chose qu'ils aiment comme mot de passe, avait dit Keely.

Il se raidit comme frappé par la foudre.

Le voilier… cela devait être…

Cela ne pouvait être que cela !

Keely et ses parents sortirent de l'église et plissèrent les yeux sur le parvis ensoleillé. Derrière eux, les cloches achevaient de carillonner la fin de l'office.

— Très beau sermon, révérend, dit Jeannie en lui serrant chaleureusement la main.

— Heureux qu'il vous ait plu. C'est un plaisir de *te* revoir ici, Keely, dit-il d'un air si malicieux qu'elle se demanda s'il savait depuis quand elle n'était pas allée à la messe.

Un air de rock déchira soudain le silence. Rouge comme une pivoine, Keely se hâta d'ouvrir son portable.

— Allô ? Allô ? Excusez-moi, marmonna-t-elle en dévalant les marches.

— Keely ? C'est Lex. Où es-tu ? Tu es libre ?

— Je sors de l'église. Pourquoi ?

— Je crois que j'ai trouvé la réponse à notre problème.

— Lequel ?

— Le mot de passe. Quelle est ton église ?

— Saint-Stephen, au-dessus de Hollis.

— J'arrive dans dix minutes.

Cinq minutes plus tard, la jeep était là.

— Je dois y aller, dit Keely en embrassant sa mère.

Impossible de ne pas remarquer les regards braqués sur

elle. C'était ça la vie sous surveillance, pensa-t-elle avec résignation en rejoignant la voiture.

— Tu connais le mot de passe ? demanda-t-elle en claquant la portière et en bouclant sa ceinture.

— Pas sûr. Mais il y a de fortes chances et si mon idée est bonne, nous sommes sauvés.

Il avait beaucoup neigé cette nuit, et la route était encore plus difficile. Le tintamarre de la jeep, qui cahotait sur les nids de poule, rendait toute conversation impossible. Mais Keely fut soulagée en arrivant de voir que l'épais tapis blanc, qui couvrait la cour et les marches de la maison, ne portait nulle autre trace que celles des petits rongeurs.

— Alors, vas-tu enfin me parler de cet éclair de lucidité qui t'a frappé ? demanda-t-elle en courant derrière Lex qui était déjà sur le perron.

— Le voilier de Bradley.

— Le *All in* ?

— Exactement.

Lex ouvrit la porte et la précéda dans le séjour, puis dans le couloir. Elle évita soigneusement de regarder la porte de la chambre au lit géant.

— Les gens utilisent le nom de ce qu'ils aiment le plus pour mot de passe, pas vrai ? Bradley a toujours été fou de voile. Et quand j'ai vu ces photos dans le bureau de mon père, une de toi, et une de lui avec Pierce, ça a fait tilt.

Il sortit la mallette de l'ordinateur et le posa sur la table.

— Le plus simple était de venir ici pour voir ce que donnait mon idée. Si mon intuition est juste, tous nos problèmes sont résolus.

Tous, vraiment ? Il s'en fallait de beaucoup, pensa Keely en mettant la machine en route.

— C'était bon de danser avec toi hier soir, dit-elle à Lex, qui fit mine de ne pas entendre.

Une force mystérieuse l'attirait vers lui comme un aimant. Ils étaient liés, c'était indéniable, mais elle avait l'impression que le courant ne passait plus. Depuis hier soir, il fuyait tout contact. Se rendait-il compte qu'il ne l'avait pas embrassée, ni même serré la main ce matin ?

La fenêtre du mot de passe apparut sur l'écran. Lex se pencha sur Keely pour lire par-dessus son épaule, si bien qu'ils étaient presque joue contre joue quand elle cliqua sur l'onglet et tapa « All in ».

— Allez, allez, murmura-t-il à l'ordinateur, les mains crispées sur le rebord du bureau.

Aussi tendue que lui, elle appuya sur la touche Entrée.

La fenêtre d'identification disparut.

— *Oui !* cria Lex, bras levés en signe de victoire.

Le fond d'écran apparut. Plage tropicale, palmiers, sable blanc, mer transparente… Elle soupira.

— Ce serait bon de faire le lézard au soleil, non ?

— Trouve les dossiers qu'il nous faut et je t'envoie là-bas, dit Lex sans remarquer le regard qu'elle lui jetait.

En quelques clics, elle déroula l'historique.

— Mieux que ça, nous pourrions y aller ensemble, dit-elle du même ton enjoué. Nous l'avons bien mérité. Bradley et moi devions aller à la Barbade pour notre lune de miel. J'ai toujours les billets.

Lex se pencha de nouveau par-dessus son épaule.

— Je pensais que c'était lui qui les avait achetés.

— L'organisation n'est vraiment pas son fort. C'est moi qui m'occupais de tout cela. Les billets sont donc à mon nom. Entièrement payés et transférables.

Elle hésita à poursuivre.

— Que dirais-tu d'une escapade quand tout sera réglé ?

— Espérons que cela s'arrangera vite.

Et ses yeux restèrent vissés sur l'écran.

Tous les dossiers concernant l'opération étaient là, c'était sûr à présent. Mais le problème restait entier. Certes, ils avaient découvert le monde secret de Bradley, y compris une fausse identité, mais rien dans cette masse d'informations ne permettait de les disculper, elle ou Olivia.

Pas l'ombre de l'information qu'elle cherchait.

— Ce qui me surprend, dit Lex en faisant les cent pas, c'est qu'il n'a rien non plus qui incrimine Skele. Pourquoi Bradley n'a-t-il pas conservé un moyen de faire pression sur lui ?

— On trouvera peut-être cela dans ses mails, dit Keely. J'ai du mal à croire que Skele lui ai dit quelque chose de compromettant par mail, mais on ne sait jamais.

Elle ouvrit la messagerie et fut surprise de ne pas y voir le désordre qui règne généralement dans les boîtes d'envoi et de réception. Bradley avait créé une foule de dossiers, les uns vides, les autres portant un nom crypté. Tous, sauf un.

— Intéressant, murmura Keely. Il a une ligne VoIP.

— Une quoi ?

— V-O-I-P. Voix sur réseau IP, si tu préfères.

— Fais comme si j'habitais un bled du tiers-monde.

Elle s'efforça d'être plus claire.

— C'est un service téléphonique via internet. Le son n'est pas fameux, mais c'est pratique et pas cher. Je m'en sers aussi chez moi.

— Sans changer de numéro ?

— Oui. Si tu tapes le 212 devant mon numéro à Manhattan, je peux te répondre du fin fond de l'Alabama. Et moi, si je t'appelle de nulle part, mon code 212 s'affichera sur l'écran.

— Impossible de tracer les appels ?

— Difficile. Surtout si Bradley passe par un modem. Son compte VoIP étant sous un faux nom, rien ne mène à lui, ni à son domicile.

— Génial.

— Le plus intéressant, c'est que l'on peut conserver ses messages vocaux comme dans une messagerie ordinaire.

— Tu les lis ou tu les entends ?

— Les deux. Si j'arrive à entrer dans son compte, nous pourrons non seulement consulter la liste des appels, mais aussi les entendre.

Elle savait qu'elle se raccrochait à un fétu de paille, mais plutôt aller en enfer que d'abandonner. Elle chargea le site VoIP, croisa les doigts et cliqua sur la touche d'envoi du navigateur pour voir s'il compléterait le nom d'utilisateur et le mot de passe.

Les lignes restèrent vierges. Nullement surprise, elle entra l'adresse e-mail et tapa « All in » en guise de mot de passe.

Erreur : nom d'utilisateur ou mot de passe invalide.

Au moins, ils n'auraient pas à se casser la tête pour trouver le mot de passe. Sachant qu'il suffisait de cliquer sur « Vous avez oublié votre mot de passe ? », elle entra avec assurance les initiales du prénom et du nom de Bradley, puis l'adresse e-mail et cliqua sur Soumettre.

Erreur : nom d'utilisateur ou adresse e-mail invalide.

Elle ne s'y attendait pas. Normalement, le mot de passe était la partie la plus difficile.

— On peut faire confiance à Bradley pour compliquer les choses, dit-elle en tapant d'abord le nom puis l'initiale de son prénom.

Erreur : nom d'utilisateur ou adresse e-mail invalide.

Pendant les quinze minutes suivantes, elle essaya son vrai nom, le nom de ses parents, du voilier, de la société, toutes les combinaisons et permutations qui lui venaient à l'esprit. Toujours avec le même résultat. *Erreur… erreur… erreur…*

Si elle voyait encore une fois *Erreur*, elle allait hurler.

— Et zut ! dit Lex d'une voix vibrante de frustration, avant de recommencer à faire les cent pas. Je croyais que ça y était. Que vous seriez bientôt tirées d'affaire, maman et toi. Et qu'en remettant le portable à Stockton nous pourrions enfin retourner à nos vies respectives.

« Retourner à nos vies respectives. »

Et voilà. Il l'avait dit… clairement, cette fois.

— Et c'est ce qui va se passer ? demanda calmement Keely. Nous échappons à la prison et tu prends le premier avion ?

Il se tourna vers elle.

— Quand j'aurai une autre mission à accomplir, oui.

Elle le savait. Elle savait que cet accord était tacite depuis le début. Mais une partie d'elle-même n'était pas prête à renoncer à lui.

Lex lâcha un long soupir.

— Keely, écoute. Tu sais que je suis venu ici pour disculper ma mère.

— Et je n'ai été pour toi qu'un divertissement de passage.

— Non, dit-il en la regardant dans les yeux. Ce n'est pas cela. Pas du tout. Mais… je ne peux pas rester. Je ne *peux* pas. Et j'ignore tout de ma prochaine mission, je ne sais pas où je vais aller, ni combien de temps j'y resterai, alors…

— Alors, tu navigues au gré du vent.

Incapable de rester assise, elle se leva et alla à la fenêtre.

— Et si j'ai le malheur de ressentir quelque chose pour toi, c'est mon problème. C'est bien cela ?

— Je ne voulais pas te blesser.

— Mais tu as réussi. Très bien même.

Elle lui tourna le dos, les yeux brillants de larmes.

— Je ne vois pas comment cela pourrait durer entre nous, si je vis à l'autre bout de la planète pendant des mois pour faire mon boulot. Cela n'aurait pas de sens.

— Il y aurait un moyen, si tu le voulais vraiment. Rester ici par exemple, même si cela te semble fou.

Il ferma les yeux et secoua la tête.

— Je ne peux pas. Crois-moi, Keely, je ne peux pas.

— Tu ne peux pas ou tu ne veux pas ? Je suis presque sûre que c'est du pareil au même pour toi, pas vrai ?

Et cela, elle ne le supportait pas.

— Alors, j'imagine que tu maintiens ton programme. Nous trouvons ce que nous cherchons, ta mère et moi échappons à la prison, grâce à tes efforts héroïques, et tu t'envoles le soir même au coucher du soleil. Sauf que tu es déjà loin.

— Que veux-tu dire ?

— Que tu es parti hier soir pendant que nous dansions. Je l'ai vu sur ta figure. Tu étais là, mais tu étais… absent. Ton esprit était déjà ailleurs. Comme aujourd'hui. Tu ne m'as pas touchée, pas même frôlé la main depuis.

Lex la regarda, les yeux brillants de colère.

— Désolé, je pensais que l'objectif premier était d'éviter que tu te retrouves derrière les barreaux.

— Bien sûr, puisque tu seras alors libre de partir.

— Et pourquoi pas, bon sang ? J'avais une autre vie avant. Une vie à moi et un boulot intéressant à des milliers de kilomètres d'ici. Et c'est tout ce que je demandais. Je suis comme ça — c'est ma façon de vivre. Tu préfères un type qui reste scotché ici ? Alors, je ne suis pas l'homme qu'il te faut. Je ne suis pas Bradley.

— Je ne veux pas que tu sois Bradley, dit-elle, furieuse.

— Bien sûr que si. Tout le monde veut que je prenne la relève, dit-il en arpentant la pièce. Ma mère veut quelqu'un qui siège au conseil, s'occupe de ses finances, l'escorte dans ses galas, lui tienne compagnie au petit déjeuner. Comme lui. Toi, tu veux un amant honnête et vigoureux, qui remplacerait avantageusement le type avec qui tu devais passer ta lune de miel. Désolé, je ne peux pas faire cela. Je ne suis pas celui-là.

— *Moi ?* Je veux un amant ? répéta-t-elle incrédule. Tu as tout fait pour ça, il me semble, non ? Tu as peur de ce que cela donne, Lex ? C'est trop réel pour toi ? Ah, j'oubliais… tu es le cow-boy solitaire, l'homme qui a quitté sa famille, sa maison et coupé tous les ponts.

— J'en ai assez de ces gens qui me parlent de ça et de mes obligations familiales, explosa-t-il. Vous essayez tous de me mettre le grappin dessus — toi, ma mère, Darlène, Flaherty ! Je ne veux pas vivre dans une prison, même dorée, jusqu'à la fin de mes jours. Je ne suis pas mon père. Ni Bradley. Je ne peux pas le remplacer, te passer la bague au doigt pour que tout finisse bien. Je ne peux pas être l'homme qu'il n'était pas.

— Je n'ai aucune envie de remplacer Bradley, dit-elle d'un ton vif. Je ne l'aimais pas. Toi, je t'aime.

Il se détourna et ferma les yeux.

— Oh, Seigneur. Ne dis pas cela. Ne rends pas les choses plus difficiles.

Sous le choc, Keely se sentit blêmir. Et, sans prévenir, le feu de sa colère se changea en un brouillard glacé.

— Ce n'est pas à toi de choisir, dit-elle, étrangement calme. Tu ne peux pas nous empêcher de t'aimer, Lex. Ni moi ni les autres. Tu as beau dire que tout ce que tu veux c'est vivre sans attache, tu te mens à toi-même. Tu mens en disant que tu en es heureux. Et maintenant, où est l'iPod bleu que tu me disais avoir vu la dernière fois ?

Elle alla elle-même fouiller sous les magazines de la table basse. Si elle ne se concentrait pas sur autre chose, son iPod, ou n'importe quoi, elle deviendrait folle.

— Keely ?

Elle leva les yeux et vit que Lex lui tendait le fameux lecteur de musique.

— Maintenant, nous devons…

— Merci, dit-elle en lui arrachant l'objet des mains et en se dirigeant vers la porte. Maintenant, je te serais reconnaissante de me ramener chez moi. Nous n'avons plus rien à faire ici. Ni rien à nous dire.

- 13 -

Keely ne pleura pas. Elle était même étrangement calme. Et froide… si froide. Comme si tout avait gelé en elle, même les larmes. Elle ne pleura ni en rangeant l'ordinateur ni sur le chemin du retour. Pas davantage quand Lex se gara devant la maison de ses parents et se tourna vers elle.

— Bon, alors qu'est-ce qu'on fait maintenant ?

Elle restait les yeux fixés sur la boîte à gants.

— Rien. Nous avons tout essayé et le temps nous manque. On verra après Noël. Si nous n'avons pas trouvé le mot de passe d'ici là, nous devrons donner l'ordinateur à Stockton et le laisser se débrouiller avec ça.

— Et s'il n'y trouve rien qui te disculpe ?

Elle eut un sourire dépourvu d'humour.

— Alors, nous trouverons de bons avocats. C'est l'avantage d'avoir des relations haut placées.

Lex grimaça.

— Keely…

— Non. Nous en avons assez dit pour aujourd'hui, Lex. Restons-en là, ajouta-t-elle en ouvrant la portière.

— Mais je…

— Non.

Elle aurait juré que son cœur se déchirait dans sa poitrine en le quittant, mais ses yeux étaient secs. Et l'étaient encore lorsqu'elle entra dans la salle à manger et y retrouva sa mère.

— Alors, comment cela s'est passé ? demanda Jeannie.

La gorge de Keely se serra. Que répondre à cela ?

— Echec sur toute la ligne. Nous n'avons pas trouvé ce que nous espérions.

En effet, elle avait espéré trouver l'amour. Et était tombée sur un homme qui passait sa vie à le fuir.

Elle avait aimé les deux frères Alexander. Le bon et le mauvais. Et elle les avait tous deux perdus. L'un pour l'avoir chassé, l'autre pour lui avoir demandé de rester.

— Je crois que je vais aller nager un petit moment.

Jeannie se leva et caressa doucement la joue de sa fille.

— Qu'est-ce qui ne va pas ?

— Tout va de travers, maman, dit Keely. Tout.

Alors, enfin, elle pleura.

La chambre noire avait toujours été son refuge. Même et surtout quand son père le rendait fou. Dans la lumière rouge, entre les pinces et les cuvettes, le temps n'existait plus. Lex entrait en lui-même en jouant avec les clichés, le papier, les ombres et les lumières, et oubliait tout jusqu'à ce que l'image qu'il avait à l'esprit émerge. C'était sa façon à lui de méditer. Tous ses soucis s'envolaient quand il entrait ici. Alors, les choses avaient beau devenir infernales avec Keely et la glace s'épaissir un peu plus chaque jour entre sa mère et lui, la chambre noire arrangerait tout. Il en était sûr.

Sauf que cette fois ça ne marchait pas. Il était entré dans la chambre noire et essayait de se concentrer sur l'image qu'il voulait obtenir, mais ne voyait que le visage de Keely, ses lèvres tremblantes, son regard si douloureux à la fin. Car c'était fini, il le savait.

Il aurait tant voulu, ô comme il aurait aimé effacer cette douleur dans son regard ! Malheureusement, la seule chose qui aurait pu l'effacer lui était impossible. Si elle avait pu se mettre à sa place un instant, elle aurait compris pourquoi il était ridicule de songer à poursuivre leur relation. Ce n'était pas juste. Il y avait une raison à cela.

Et pas seulement parce qu'il mourait de peur.

Il jeta un coup d'œil à la cuvette de développement et jura en voyant des éclaboussures sur les épreuves. Une fois de plus, il avait été distrait. Déjà une heure qu'il était dessus et il n'y en avait pas une d'utilisable. Il avait tout raté.

Comme avec Keely.

Son portable sonna. Il décrocha sans vérifier l'identité de celui qui l'appelait, heureux de cette bonne excuse de s'arrêter.

— Alexander.

— Que fais-tu par une aussi belle journée, beau gosse ?

— Je tire des épreuves. Tu te souviens de moi, Flaherty ? Je suis le photographe.

— Ah, j'y suis. Enfin, presque. Cela fait une semaine que je ne t'ai pas parlé, alors…

— Vraiment ?

Lex posa une feuille de papier toilé dans l'agrandisseur.

— T'est-il déjà arrivé de m'appeler le premier ?

— Tu m'as dit de prendre mon temps et de réfléchir. Donc, je prends mon temps et je réfléchis.

— Toute une semaine ?

— Je suis un grand philosophe, Flaherty. Cela prend du temps de peser le pour et le contre.

Il exposa le papier, plongea l'épreuve dans le bain et consulta sa montre.

— Je n'en doute pas. Et qu'as-tu décidé ?

— Qui t'a dit que j'avais pris une décision ?

Flaherty émit un reniflement ironique.

— Tel que je te connais, tu as dû prendre ta décision un quart d'heure après notre dernière conversation.

Eh non. Pour la première fois de sa vie, Lex ne l'avait pas fait. Sa nature lui criait de retrouver sa bonne habitude et de trancher, mais il en était incapable. Comment se faisait-il que l'idée de passer un an aux Etats-Unis lui paraisse soudainement séduisante ? Comment, alors qu'au nom de sa liberté, il avait donné à Keely tant de raisons lamentables de ne pas rester ?

— Tu sais quoi, Flaherty ? dit-il en écartant la cuvette d'un revers de main. Je serai à New York la semaine prochaine et nous en reparlerons plus en détail.

— Cela veut dire oui ? s'empressa de demander Flaherty.

— Pas encore. Mais c'est un début.

Keely fit une nouvelle longueur de piscine. Elle nageait beaucoup ces temps-ci. Le contact de l'eau glissant sur son corps l'apaisait. C'était aussi le seul endroit où elle pouvait pleurer sans qu'on lui pose de questions.

Ses parents lui manifestaient discrètement leur sympathie et faisaient de leur mieux pour l'aider. Quant à Lydia, elle était furieuse et sa nature volcanique lui donnait des envies de meurtre que seule l'idée de réveillonner en prison, au lieu d'étrenner sa nouvelle robe du soir, l'empêchait de mettre à exécution.

Faute d'un coin à elle dans la maison, Keely n'avait pas d'autre endroit où bercer sa douleur. Oh, bien sûr, elle pouvait rentrer chez elle, si elle le voulait, mais elle savait que si elle restait seule avec ses souvenirs, elle s'effondrerait. Mieux valait rester à Chilton et travailler à la boutique. Elle devait garder un minimum d'équilibre.

Et ramasser discrètement les miettes éparses de son cœur.

Chose curieuse, avoir le cœur brisé avait fait passer tout ce qui la tourmentait au second plan. Elle n'avait plus assez d'énergie pour s'inquiéter de Bradley, de Stockton, ou des problèmes qui l'attendaient. Seul comptait le manque, le vide terrible qui rendait les jours interminables.

Alors, elle nageait. Elle nageait, pleurait… et attendait que les jours passent. Lex partirait bientôt. Le temps passerait, et, un jour, peut-être cesserait-elle de penser à lui du matin au soir et du soir au matin. Un jour peut-être, elle se détacherait de lui. Peut-être…

Mais pas avant longtemps… très longtemps.

Lex entra dans le salon désert. A quelques jours de Noël, les maisons étaient pleines de vie, de bruit, de joie. Pas chez les Alexander. Il s'aperçut que sa mère avait même oublié l'arbre de Noël. Elle avait déposé tout ce qu'il fallait pour le décorer près de la cheminée, mais le sapin brillait par son absence.

Et une certaine mélancolie flottait dans l'air.

— Lex ?

Il se retourna et vit sa mère sur le seuil de la pièce.

Ils se parlaient très peu depuis leur dispute de dimanche dernier. Les rares fois où il avait essayé de lui parler, elle s'était montrée si glaciale qu'il avait préféré se réfugier chez Darlène ou dans la chambre noire.

Ou jusqu'au repaire de Bradley d'où, assis sur les marches, il contemplait la forêt.

— De quoi as-tu besoin, maman ?

Etait-ce son imagination ou avait-elle cillé à sa question ?

— Pouvons-nous parler une minute ?

Elle lui montrait du menton l'un des canapés. Après un instant d'hésitation, il s'assit et Olivia lâcha un soupir.

— Je te dois des excuses.

— Pas plus que moi. Je n'aurais pas dû m'emporter comme ça dimanche dernier.

Elle secoua la tête.

— Tu avais toutes les raisons de le faire.

— Je suis censé être là pour t'aider, pas pour te piétiner quand tu es à terre.

— Je suis adulte. Il est grand temps que j'apprenne à me débrouiller toute seule.

Elle regarda ses mains.

— C'est dur à admettre, mais tu as raison. J'ai passé ma vie à me reposer sur Pierce, et après sur Bradley.

— Là, c'était une mauvaise passe.

— Que j'ai laissé durer trop longtemps. Je le savais, mais c'était tellement plus facile de laisser Bradley s'occuper de tout. Et un tel réconfort de l'avoir près de moi. La vie ne me paraissait plus aussi… vide.

Elle jeta un regard autour d'elle.

— C'est une grande maison. Trop grande. Je n'ai pas voulu la vendre parce que c'est le berceau de la famille et que… j'espérais que toi ou Bradley la voudriez un jour. Mais ta vie n'est pas ici. Je le comprends maintenant. Et mes espoirs n'y changeront rien.

— Maman…

— Ne dis rien.

Elle carra les épaules et dressa le menton comme il l'avait déjà vu faire tant de fois.

— Je dois m'occuper toute seule de mes affaires.

— Si tu le veux, tu le peux, maman. Si tu es capable de mettre sur pied un gala pareil, tu es capable de tout.

— Tu le penses vraiment ?

— Oui.

Un semblant de sourire brilla dans les yeux de sa mère.

— Tu sais, je suis prête à mettre cette théorie à l'épreuve. J'ai appelé Bill Hartley.

Elle fit une pause.

— Je prends la place de Bradley au conseil.

— Tu… Quoi ?

— Je prends la place de Bradley au conseil.

— Tu es folle ! cria-t-il en la saisissant par les épaules. Je ne te donne pas deux ans avant de fuir à toutes jambes.

— Deux et demi, rectifia-t-elle avec un sourire.

Un sourire timide, mais c'était un début.

Il le lui rendit, et eut soudain une idée.

— Dois-tu te rendre quelque part maintenant ?

Elle fronça les sourcils.

— Non. Pourquoi ?

Les mains dans les poches, il se balança sur ses talons en regardant sa mère comme un gosse.

— J'ai remarqué qu'il manquait quelque chose ici, maman. Tu veux bien venir avec moi acheter un sapin de Noël ?

— T'ai-je déjà dit combien je t'aime ? demanda-t-elle en l'entourant de ses bras.

Et cette fois, un vrai sourire illuminait son visage.

— Bon, tous les formulaires de ta déclaration d'impôt sont là, dans ce dossier, et prêts à être signés. Tu les envoies par la poste, tu fais un premier règlement par internet et tu es parée.

— Formidable, dit Darlène en griffonnant aussitôt son nom au bas des pages.

Elle leva les yeux.

— Et où est ta facture ? Combien te dois-je ?

— Un beignet ! dit Keely en riant. Tu ne me dois rien. Je suis heureuse d'avoir fait cela.

— J'en suis contente, mais je suis une femme d'affaires, et toi aussi.

— Tu plaisantes. Je ne suis pas une femme d'affaires.

— Pourquoi pas ? George a laissé tomber des tas de gens en partant. Tanya la coiffeuse, Lenny le loueur de DVD, Andover Hardware, etc. En faisant courir le bruit que tu es comptable, je peux t'amener une douzaine de clients.

— Oh, je ne sais pas. C'est bon d'être ici, mais enfin, j'ai un job et un appartement à Manhattan. Alors, c'est…

— Quoi ?

Etait-ce cela que Lex avait ressenti ? Ce sentiment d'être poussée à prendre une décision inattendue ? Quelque chose qui s'impose à vous sans que vous ayez le temps de réfléchir ?

— C'est un tel changement, acheva-t-elle piteusement. Je vis et travaille à Manhattan depuis cinq ans, alors…

— Mais de quel côté penche ton cœur ? demanda Darlène en la sondant du regard.

Du côté des yeux verts et de la bouche rieuse d'un homme qui ne voulait pas de son amour. Emue, elle avala sa salive avec difficulté.

— Tes beignets, dit-elle soudain. Mon cœur penche du côté de tes beignets.

Pour jouer au Père Noël, la dernière semaine de l'Avent était idéale. Lex passa sa robe rouge par-dessus son jean et sa veste noire, puis fixa sa barbe blanche en se disant que la neige, qui tombait toujours, ferait le reste. Mais en frappant à sa porte, il se sentit un peu gêné.

Elle ne s'attendait pas à sa venue. Il n'était pas sûr qu'elle soit contente de le voir. Et puis, elle n'était peut-être pas là. Il ferait peut-être mieux de déposer son paquet devant la porte et de repartir.

Mais la porte s'ouvrit au moment où il faisait demi-tour et il se ressaisit.

— Joyeux Noël, Darlène.

— Joyeux Noël à toi ! Entre vite. Quelle bonne surprise.

Il n'était encore jamais entré dans sa maison. C'était petit, douillet et aussi encombré que la boulangerie à une exception près. Et même plusieurs.

Il haussa les sourcils.

— Mais combien as-tu de chats, Seigneur ?

— Sept, dit Darlène avec un sourire béat. Et un mari en plus. Dick, viens voir qui est là.

Dick était programmeur et d'une corpulence égale à celle de sa femme, mais Lex ne se souvenait pas de l'avoir entendu prononcer plus d'un ou deux mots de suite.

— Joyeux Noël, marmonna Dick avant de quitter la pièce.

— Je ne voulais pas le faire fuir.

— Oh, ne t'inquiète pas pour lui. Il a rendez-vous le lundi soir sur le Web avec son groupe de programmeurs de Linux. Alors, que m'apportes-tu là ?

— Oh, juste un truc qui t'amusera.

Les yeux brillants d'impatience, elle lui arracha le paquet des mains, fit sauter le ruban, déchira le papier matelassé. Et ouvrit de grands yeux devant son cadeau.

C'était une photo de sa pâtisserie prise à travers la vitrine, où se voyaient les pyramides de beignets, de croissants et de muffins ; les clients qui bavardaient en buvant leur café, et Darlène derrière son comptoir, telle une reine entourée de sa cour, qui souriait si largement qu'on l'entendait presque rire.

— Oh, Lex, soupira-t-elle en battant des paupières.

— Je l'ai tirée sur du papier toilé pour lui donner ce côté sépia. Tu voudras peut-être changer le cadre, mais je pensais que tu pourrais l'accrocher quelque part dans ta pâtisserie.

— Je l'adore telle quelle. Pas question de changer.

Elle l'étreignit avec force et regarda de nouveau la photo.

— Et tout le monde est là. Le révérend Richard, Tanya et Harry Lonnroth et…

Keely. Ses cheveux blonds étincelants, ses yeux rieurs et son air espiègle au moment où elle attrapait ses beignets. Il l'avait tout de suite reconnue sur le négatif, et failli jeter la photo, mais c'était la meilleure de toutes celles qu'il avait prises de Darlène. Alors, il n'avait pas pu faire autrement que de la lui offrir.

— Elle est vraiment photogénique, tu ne trouves pas ? dit Darlène. Là-dessus du moins. Mais je ne sais pas ce que cela donnerait maintenant. On dirait un zombie.

Elle lui jeta un coup d'œil.

— Toi aussi, d'ailleurs. Je peux savoir ce qui se passe ?

Il secoua la tête.

— Il ne se passe rien. On n'a pas eu de chance, c'est

tout. Nous n'avons pas trouvé les preuves dont nous avons besoin.

— Dommage. Enfin, en un sens. Car si vous les trouvez, je suppose que tu partiras immédiatement. Alors, ce n'est peut-être pas plus mal comme ça.

— Nous avons déjà parlé de cela dimanche dernier.

— Et il me semble t'avoir dit que c'était bon de te voir ici. Et de vous voir, Keely, et toi, vous regarder comme si vous étiez prêts à faire des claquettes sur la lune.

— Je ne suis pas prêt à prendre racine.

Sinon les liens tissés autour de lui par sa mère, Flaherty, Darlène, Keely se resserreraient autour de lui, impitoyablement. Ils n'étaient pas censés compter pour lui. Il était de ceux qui partent sans regarder en arrière. Sans rien regretter. Ni personne.

Vraiment ? Alors, pourquoi avait-il envoyé tant de cartes postales à Darlène pendant des années ?

« Tu as beau dire que tout ce que tu veux, c'est vivre sans attache, tu te mens à toi-même. »

Il pouvait encore entendre la voix de Keely.

— La liberté aussi peut être un piège, murmura Darlène.

Il regarda de nouveau le visage rieur de Keely sur la photo, et se demanda ce qu'il était en train de faire.

— Peut-être. Mais au moins c'est un piège que je connais bien maintenant.

Darlène secoua la tête.

— Pourquoi ne veux-tu pas…

Elle poussa un cri. La pièce venait de plonger dans le noir.

— Dick ! Tu as encore fait disjoncter le compteur ?

Ils entendirent une série de bruits sourds, puis Dick arriva du sous-sol, une torche à la main.

— Je n'y suis pour rien. Je crois que c'est une coupure de courant. Regarde.

Il alla à la fenêtre. Les rues aussi étaient dans le noir.

— Je chattais quand, boum, tout s'est éteint, sauf

l'écran de l'ordinateur portable. Apparemment, tout n'est pas coupé. La Wi-Fi de la ville marche encore.

Lex pensa aussitôt à sa mère.

— Je ferais mieux d'y aller, dit-il, un peu soulagé. Ma mère est seule et je veux m'assurer que tout va bien.

— Ne roule pas trop vite. La route est déjà assez mauvaise comme ça, même sans coupure de courant. L'essentiel est de rentrer chez toi sans casse.

Elle l'embrassa sur la joue.

— Merci pour ton cadeau.

— De rien, Darlène. Joyeux Noël.

L'odeur du sapin, le crépitement du feu, les cadeaux au pied de l'arbre, les vieux Noël chantés par Nat King Cole, la neige qui tombait toujours. La veillée aurait dû être parfaite, magique. Mais, pour Keely, cela signifiait simplement qu'un autre jour allait se lever.

Lovée dans un fauteuil, elle essayait de lire, mais ce que lui avait suggéré Darlène lui revenait sans cesse à l'esprit. Rester à Chilton. Monter sa propre affaire. L'idée lui avait paru absurde il y a deux jours. Et aurait été impensable il y a un an, ou même un mois plus tôt.

Et maintenant ?

Maintenant, c'était ce qu'elle voulait, réalisa-t-elle tout à coup. Oh, pas pour vivre chez ses parents et travailler à plein temps avec sa mère, bien sûr. Mais si elle cherchait un logement et montait sa propre affaire ici, elle pourrait se construire une vie qu'elle aimerait.

Juste au moment où elle ouvrait la bouche pour en parler à ses parents, les lumières s'éteignirent. Seul le feu empêchait la pièce d'être plongée dans l'obscurité complète.

— Je vais chercher une torche, dit Carter.

Jeannie alluma les bougies disposées sur la cheminée.

— Décoratives et fonctionnelles, tu vois ?

— Affreuses, mais fonctionnelles, dit Carter qui revenait en brandissant trois torches. A chacun la sienne, mes jolies.

Avec l'arrêt de la musique et des lumières clignotantes du sapin, l'ambiance n'était plus à la fête. Et des ombres chagrines cernèrent de nouveau Keely.

Elle se dépêcha d'aller chercher son iPod dans la chambre d'amis. Il lui fallait quelque chose pour ne pas s'effondrer. De la musique disco. Quelque chose de très rythmé.

De retour dans son fauteuil, elle chercha les morceaux des OK Go. Rapides, accrocheurs, intelligents. Mais, en déroulant le menu, impossible de trouver les titres de l'album.

— Je ne me ferai jamais à ce truc-là.

— De quoi parles-tu, chérie ? demanda Jeannie.

— De mon iPod.

— Bon, moi je vais chercher un verre, du moins si je trouve le bar dans le noir, dit son père. Vous en voulez un ?

— Un bailey, s'il te plaît, dit Jeannie.

— Keely ?

Levant les yeux, elle rata de nouveau le nom du groupe.

— Euh, moi aussi. Cela ne me fera pas de mal.

Agacée, elle déroula encore une fois le menu en faisant bien attention à ne pas le rater cette fois.

Les OK Go n'y étaient pas.

Les sourcils froncés, elle remonta au début du menu. Non, ils n'y étaient pas. En y regardant de plus près, elle vit qu'un autre de ses préférés manquait. Un autre aussi, encore un autre. Et un autre encore. Pourtant, c'était bien un iPod bleu qu'elle avait en main ?

Oui. Mais manifestement, ce n'était pas le sien.

Peut-être celui de Bradley ? Elle ignorait qu'il en avait acheté un bleu lui aussi.

Et zut ! Il devait bien y avoir quelque chose d'audible dans celui-là. Même si Bradley aimait des choses insipides et commerciales, elle trouverait bien un morceau agréable à écouter pour se remonter le moral.

Encore une chose qui les différenciait. Elle préférait les musiques excentriques, alternatives. Bradley aimait Ashlee Simpson et Britney Spears. Plus pour leur physique que pour leur musique, peut-être. Cela l'aurait mise hors d'elle il y a peu, mais il n'avait plus le pouvoir de la blesser.

La douleur que lui infligeait Lex ne laissait de place à nulle autre.

Et ce soir, il n'y avait rien pour l'en distraire. Pas de jeux, de téléfilms, sans électricité. Restait la musique de Bradley, lire à la lueur de la torche ou écouter le tic-tac de l'horloge qui égrenait inexorablement le temps.

Il lui manquait. Il lui manquait tellement. Lex était le seul avec qui elle pouvait parler, le seul qui la comprenait, qui la faisait rire et pouvait la faire crier de plaisir un instant plus tard. Peu importe qu'il soit loin d'elle. Elle l'aimait. Oui, elle l'aimait. Et le souvenir de ce qu'elle ressentait quand elle était dans ses bras fut si vif durant un instant qu'elle en perdit le souffle.

Elle pressa sa main contre son front et ferma les yeux, luttant contre la douleur. Il était différent, sa vie était ailleurs. Ils n'étaient pas faits l'un pour l'autre. C'était aussi simple que ça. Quand bien même leur ADN prouverait qu'ils étaient faits l'un pour l'autre, cela ne marcherait pas. Elle devait l'accepter et continuer son chemin.

— Tu vas bien ?

Elle leva les yeux, vit le verre d'alcool, son père et sa mère réunis pour la veillée traditionnelle de Noël, et ne put s'empêcher d'esquisser un sourire.

— Merci, papa.

— De rien, ma chérie.

Il se pencha et l'embrassa sur le front.

Elle retourna à son iPod et réprima un soupir d'exaspération en voyant s'afficher le mauvais menu. Elle avait cliqué de nouveau sur la mauvaise ligne, sélectionnant les Extra à la place des Genres. Elle allait changer lorsqu'elle vit une entrée appelée « Notes » sous la ligne des Extra.

Elle cliqua dessus par curiosité et un petit nombre d'entrées s'afficha :

BRD, MTG, TREE, MP, VMP.

MP… Mot de passe ? Le cœur battant, Keely cliqua et deux lignes s'affichèrent sur l'écran.

Utilisateur : Balexander.

Mot de passe : All in.

Ses cheveux se hérissèrent sur sa nuque. Elle revint sur la liste précédente. « VMP ».

« VoIP mot de passe ». Oui, cela devait être ça.

Elle se retrouva debout sans y penser.

— Keely, où vas-tu ? demanda sa mère en sursautant.

— Je vais utiliser l'ord…

Elle s'interrompit. Le courant était coupé. Autrement dit, aucun des ordinateurs de ses parents ne fonctionnait. Il lui fallait un ordinateur portable. Tout de suite. Elle ne pouvait pas attendre alors qu'elle avait peut-être trouvé la clé.

Après tout, qu'avait-elle d'autre à faire ?

— Je peux prendre la voiture ? demanda-t-elle, haletante.

— Mais où vas-tu à cette heure ?

— J'emporte la torche. Je dois vérifier quelque chose, dit-elle en courant dans le garage. Je reviens tout de suite.

- 14 -

Une tasse de thé à la main, Olivia écoutait un concerto de Mozart dans le bureau de Pierce. Le groupe électrogène s'était enclenché peu après la coupure de courant, mais la lumière était si faible que la maison avait l'aspect angoissant d'une caverne. En l'absence de Lex et de Corinne, partie en vacances, elle était mal à l'aise, un peu anxieuse même.

Ce n'était pas une raison pour bondir comme elle l'avait fait en entendant frapper à la porte d'entrée. Elle avait été surprise, c'est tout. Et plus encore en voyant Keely Stafford sur le seuil. Mais elle avait été plus qu'aimable. Trey aurait été fier de la voir faire entrer si gentiment Keely dans le bureau de Pierce — Dieu seul sait ce qu'elle voulait y faire.

Encore sous le coup des reproches de Trey, elle n'était pas d'humeur à lui poser des questions. Ce n'était pas facile de vivre avec un fils qui vous tenait tête.

Encore moins quand ce fils avait raison.

Une fois que Keely fut rentrée chez elle, Olivia se concentra sur le rapport annuel des Technologies Alexander. A tant à faire, autant bien le faire, et remonter l'historique de la société jusqu'au jour où Pierce en avait pris les rênes.

Mais, dès qu'elle entendit s'ouvrir la porte d'entrée, elle se leva avec soulagement. Elle prenait son travail au sérieux, mais n'en était pas moins humaine. Et préférait de beaucoup se détendre en compagnie de son fils le soir de Noël.

— Je suis là, Trey. Est-ce qu'il y avait de la circul…

Elle se figea comme une pierre. C'était bien son fils qui était devant elle, mais ce n'était pas Trey. C'était Bradley, un peu pâle et le visage bouffi. Près de lui se tenait un homme trapu et impassible, qu'elle ne connaissait pas.

— Bradley, murmura-t-elle.

Elle s'avança pour le prendre dans ses bras, mais Bradley recula légèrement et elle s'arrêta devant lui, les bras ballants.

— Tu es revenu… Nous étions si inquiets.

— Tout va bien, maman. Joyeux Noël.

— Joyeux Noël, dit-elle d'une voix faible.

— Voici…

— Pas de présentations, ordonna l'homme avec une pointe d'accent étranger.

Il avait l'air d'une brute, d'un homme impitoyable, qui n'hésitait pas à utiliser sa force et sa taille pour intimider.

— Je ne reste pas, maman. Je pense que tu sais pourquoi.

— Qu'as-tu fait, Bradley ? On m'a dit tant de choses sur toi, des choses terribles. As-tu vraiment pris tout cet argent ? Pourquoi t'es-tu enfui ?

— Tu poses trop de questions.

Il esquissa un vague sourire et, soudain, elle sut.

Tout était vrai.

— Rends-toi, Bradley. Nous te trouverons de bons avocats, les meilleurs…

— Tu sais bien que je ne peux pas faire ça.

Il la prit par l'épaule et la conduisit dans le salon.

— Maintenant, assieds-toi et…

— Non. Elle vient avec nous, intervint l'inconnu.

Bradley tourna la tête pour le regarder.

— D'accord.

Olivia eut la chair de poule en allant avec eux jusqu'au bureau de Pierce, et se tint le plus loin possible de l'homme impassible, en attendant, devant la porte ouverte, le retour de son fils.

— Où est-elle ? demanda-t-il en levant les yeux du contenu de la coupe qu'il avait éparpillé sur le bureau.

— Quoi donc ?

— Tu le sais très bien. La clé. Vite.

Elle cligna des yeux.

— Quelle clé ? Je ne sais pas de quoi tu parles.

— Qui est venu ici ?

— Qu'importe, Bradley. Tu dois te rendre. Nous sommes prêts à t'aider.

— Alors, aide-moi, trancha-t-il. Qui est venu ici ?

— Trey, Keely, dit-elle d'une voix désespérée. Et Corinne pour faire le ménage, mais…

— Il nous faut la clé, dit son compagnon. Partons.

— Tu ne veux pas…

— Partons, répéta l'homme.

Bradley hocha la tête et ils quittèrent le bureau.

— Où vas-tu ? demanda Olivia en courant derrière eux. Cela ne va pas arranger tes affaires. Il faut te livrer. Avec de bons avocats, nous pourrons conclure un marché.

Déjà arrivé à la porte d'entrée, il se tourna vers elle.

— Trop tard. Il n'y a plus de marché possible, maman.

— Mais…

— Je dois y aller,

Il l'embrassa sur le front.

— Joyeux Noël.

Aller toute seule dans une maison isolée, en pleine nuit, n'était pas ce qu'elle avait fait de plus intelligent dans sa vie, reconnut Keely. Conduire sur cette route en lacet était déjà un défi le jour. De nuit, c'était pire ! Le quatre-quatre de ses parents patinait sur la neige et avait du mal à gravir la côte. Pourquoi n'avait-elle pas attendu Lex ?

Parce qu'elle craignait de ne pas supporter de le revoir.

Elle avait roulé jusque chez Olivia en croisant les doigts et été très soulagée d'apprendre qu'il était sorti. Une minute lui avait suffi pour prendre la clé et, sitôt après, elle avait filé vers le repaire de Bradley. Avec un peu de chance, elle ne tomberait pas sur lui, ouvrirait ses dossiers et rentrerait après avoir envoyé les données à Stockton. Et, une fois résolus ses problèmes et ceux d'Olivia, elle reconstruirait sa vie.

Vu sous cet angle, tout semblait réglé.

Mais, au fond d'elle-même, elle savait que ce n'était pas vrai.

Les essuie-glaces fouettaient les gros flocons de neige qui s'accumulaient sur le pare-brise. Un Noël blanc était toujours de bon augure.

Mais, cette fois encore, il n'en était rien.

Lex referma la porte d'un air sombre. La route avait été encore plus mauvaise que Darlène ne l'avait dit. Des lignes électriques s'étaient abattues et bloquaient des intersections. Faute de feux rouges, une BMW avait embouti une Volvo et leurs débris jonchaient la rue. Dire qu'en temps normal le trajet ne demandait pas plus de quinze minutes…

Mais bon, il était là. Et c'était le soir de Noël, se rappela-t-il tout à coup. Il devait aller présenter ses vœux à sa mère.

— Trey ?

Il entendit d'abord claquer ses talons. Elle arrivait en courant et se jeta dans ses bras.

— Grâce à Dieu, tu es rentré ! Il est venu.

— Qui ?

— Bradley.

— Bradley est dans la maison ?

Elle secoua la tête.

— Non, il n'y est plus. Mais il est venu. Avec un homme qui a un drôle d'accent.

Skele, pensa-t-il tout de suite, atterré.

— J'ai essayé plusieurs fois de t'appeler.

— Le courant est coupé. Le réseau ne fonctionne plus.

Il sentit sa mère frissonner de terreur.

— Que t'a dit Bradley ? demanda-t-il en l'entraînant vers un canapé. Maman, essaie de te calmer. Que s'est-il passé ?

— Il… il était si différent. Je ne sais pas, fermé, dur. Je l'ai supplié de se rendre, mais il a refusé. Il voulait quelque chose dans le bureau de Pierce.

La clé.

— Tu es allée avec lui dans le bureau, maman ? Qu'a-t-il pris ? Réponds, voyons. A-t-il pris la clé ?

— Je ne sais… quelle clé ?

Il souffla lentement et lutta pour garder son calme.

— Dis-moi exactement ce qu'il t'a dit. C'est très important.

— Il m'a demandé qui était venu dans le bureau. Il avait l'air furieux. J'ai dit que tu y étais allé et Keely aussi. Oh, elle est venue ici tout à l'heure. Et partie très vite en disant qu'elle devait se rendre dans je ne sais quelle maison.

Seule dans la maison de la forêt, avec Bradley et Skele ?

— Seigneur…

— Qu'y a-t-il, Lex ?

Avant même qu'elle ait fini sa phrase, il était debout.

— Appelle la police, cria-t-il en courant vers la porte. Dis-leur d'aller au 28 Candlewood Highway.

— Lex, attends. Je ne *peux* pas le livrer à la police.

— Fais ce que je te dis ! Dis aux policiers qu'une femme est en danger de mort là-bas. Dis-leur ce que Bradley a fait. Dis-leur aussi d'appeler Stockton. *Tout de suite.*

Il ouvrit la porte et fonça vers sa jeep.

Les roues de la voiture crissèrent en stoppant devant la maison, et Keely poussa un soupir de soulagement. Elle s'en était bien tirée finalement. Mais qu'est-ce qui lui avait pris de quitter le confort du salon de ses parents au lieu d'attendre que le jour se lève. Qu'est-ce que dix ou douze heures de plus auraient changé ?

Elle frissonna en sortant de la voiture. Dans la nuit noire, le silence était presque oppressant. On n'entendait rien d'autre que le son ouaté de la chute des flocons de neige.

La torche de son père avait beau être puissante et de la taille d'une batte de base-ball, son faisceau n'arrivait pas à percer l'épaisseur du bois. Comme si la nuit était profonde au point d'en absorber la lumière. Une brindille craqua dans le noir. Les cheveux de Keely se hérissèrent. Un raton laveur ou un chat, se raisonna-t-elle, ou un nocturne en chasse, vaquant à sa petite vie sanguinaire sans se soucier de la peur bleue qu'il venait de lui faire.

Resserrant étroitement le col de sa veste, elle pressa le pas vers le porche. Plus tôt elle entrerait, mieux ce serait.

Sauf que mille frissons la parcoururent quand elle quitta l'obscurité de la nuit pour entrer dans la maison tout aussi obscure. Le cœur battant, elle referma la porte. Seule ici, dans le noir, elle avait encore plus peur. Ce qu'il lui fallait pour ne pas perdre la tête, c'était une douzaine de flambeaux ou de projecteurs.

Et tout ce qu'elle avait, c'était une torche…

Elle la cala sur le bureau de façon à ce qu'elle illumine le plafond. L'éclairage était faible, mais relativement uniforme. Dieu merci, Bradley avait acheté un ordinateur portable dernier cri, dont la batterie lui permettrait au moins trois ou quatre heures de recherches… si le mot de passe était juste.

Keely régla l'antenne de la Wi-Fi et la laissa chercher le réseau, entra le nom de l'utilisateur, puis le mot de passe. Et le site VoIP s'afficha sur l'écran.

Elle aurait donné n'importe quoi pour que Lex soit là !

Le cœur battant à tout rompre, elle tapa les codes dans les deux champs d'authentification et appuya sur Entrée.

— Allez, Bradley, sors de ta cachette, marmonna-t-elle en priant pour que la fenêtre s'efface.

Et, tout à coup, elle s'effaça !

Keely poussa un cri de victoire qui résonna dans la maison vide. Elle avait trouvé la clé du jardin secret de Bradley. Elle était entrée dans ses dossiers VoIP. La liste de ses messages vocaux se déroulait à toute allure sous ses yeux, il y en avait bien deux douzaines, sinon plus. Certains, d'une durée de cinq ou dix minutes, dataient de six mois.

Intriguée, elle en ouvrit un, augmenta le volume du son, et entendit Bradley comme s'il était là.

— Tu as un code de banque pour les transferts ?

— Oui, bien sûr. J'ai tout ce qu'il te faut.

Son interlocuteur avait un accent slave prononcé. Skele, cela ne pouvait être que lui. Bradley et lui discutaient des moyens de transférer l'argent d'une société appartenant à Skele dans les coffres dudit Skele.

Ce n'était pas un simple message, mais une conversation complète. Bradley avait enregistré et stocké les messages de Skele dans sa messagerie. Ils y étaient à l'abri, car les serveurs de la VoIP les conservaient. Une connexion internet suffisait pour y accéder, quels que soient le lieu et l'heure, sans que Bradley ait besoin pour cela de son ordinateur, ni de clé USB ou de cassette.

Comme moyen de pression, c'était ingénieux.

Keely écouta les messages un à un. Chacun d'eux contenait une preuve de la culpabilité de Skele. Au milieu de la liste, elle décrocha le gros lot. La voix sourde et l'accent de Skele étaient parfaitement reconnaissables.

— Je compte sur toi pour laver la moitié du fric d'ici à la fin de l'année. Il me faut davantage de LLC.

La réponse de Bradley était inintelligible.

— Alors, sois plus convaincant, dit Skele d'un ton irrité. Il nous faut plus de noms américains au conseil des dirigeants.

— Je n'ai pas d'autres noms.

— Utilise ceux de ta mère et de ta petite amie.

— Elles n'accepteront jamais.

— Mais elles ne le sauront pas, idiot !

« Elles ne le sauront pas… »

Elle en eut le tournis. Ça y était ! Elle tenait la preuve de leur innocence à toutes deux. Ces mots ouvraient en grand devant elle les portes de la vie.

Elle fouilla fébrilement dans son sac et en sortit la carte de Stockton. Son téléphone étant inutilisable, en quelques clics, elle enregistra un message vocal dans un dossier audio, le lui envoya par mail et reprit sa lecture.

Le message suivant était plus ancien. Cette fois, ils se disputaient. Skele voulait accélérer les opérations et Bradley se montrait frileux.

— J'ai cent millions de dollars qui arrivent de Syrie la semaine prochaine. Je dois laver cet argent tout de suite.

— Je ne peux pas le faire si vite que cela, dit Bradley. A moins que tu ne tiennes à te faire pincer.

Malgré le bruit de la boîte vocale, Keely entendit la porte s'ouvrir. Elle bondit sur ses pieds, se retourna et vit Bradley — *Bradley !* — tapi dans l'ombre du couloir.

— Tiens, Keely. Quelle surprise…

Il avait changé. Moins bronzé, plus bouffi, peut-être ? Plus dur surtout. Son visage avait même quelque chose de sinistre. La pénombre qui régnait dans le couloir cachait son regard.

Mais pas l'arme qu'il avait à la main.

Il n'était pas seul. Keely sut tout de suite qui était avec lui. Skele. Armé lui aussi. Mais si Bradley tenait son revolver comme un gosse qui joue au cow-boy, l'arme paraissait être le prolongement naturel de la main du tueur. Elle ne l'avait jamais vu, mais les traits de son visage — front bas, lèvres charnues, mâchoire épaisse — dégageaient une sensualité dérangeante, presque brutale, qui lui déplut.

Mais ce qui la glaçait, c'était ses yeux.

Elle avait déjà vu ce regard, pire qu'indifférent, dans les yeux d'un alligator, lors d'un voyage en Floride. Et senti que cette créature à la conscience primaire ne voyait rien de plus en elle qu'un objet en mouvement, et non un être vivant.

— Bradley, dit-elle en se tournant vers lui. Que fais-tu ici ?

Elle cacha la panique qui lui montait à la gorge. Son cœur martelait ses côtes, mais la seule solution était de les faire parler et de saisir la moindre occasion de s'enfuir à travers bois… seule dans la nuit et le froid. *Bonne chance !*

— Ce que je fais ici ? Eh bien, c'est Noël.

Bradley s'avança, suivi par Skele.

— Tout le monde rentre chez soi pendant les vacances, non ? Et puis, j'ai une bonne raison d'être ici. Pas toi.

— Aux dernières nouvelles, c'est chez moi ici.

Il cilla. Son regard se durcit.

— Je vois que tu n'as pas chômé, ma belle.

Il avait dû voir ce qu'elle faisait et tout entendre.

— Tu ne m'as pas laissé le choix.

— La maison te plaît ? Je ne savais pas quoi t'offrir comme cadeau de mariage. De toute façon, il n'est plus question de nous marier à présent, n'est-ce pas ?

Mais comment avait-elle pu croire qu'elle l'aimait ?

— Cela dépend de toi, dit-elle, surprise par la fermeté de sa voix. Partir avec toi est ce que j'ai de mieux à faire. Car, si je reste, j'irai probablement en prison. Ta mère aussi d'ailleurs.

Il la toisa dédaigneusement.

— Avec tout l'argent qu'elle a, elle s'en sortira.

— Ah, l'argent. Sais-tu que tout celui que tu as détourné en te servant de son compte va être confisqué ?

Du coin de l'œil, elle vit Skele tourner la tête vers lui.

— Quel argent ? demanda-t-il d'une voix doucereuse.

— Cela ne te regarde pas.

— J'ai vingt-cinq millions de dollars sur des comptes gelés à cause de toi. Et tu oses dire que ça ne me regarde pas ?

Lentement, millimètre par millimètre, Keely glissait sa main vers la torche toujours calée à la verticale sur le bureau. Maintenant, la pénombre était son amie.

— L'argent dont elle parle n'est pas le tien, dit Bradley.

— Tout est à moi.

Skele s'approcha de l'ordinateur, les dents serrées. Elle s'était trompée en disant qu'il avait une vision primaire des choses. Ses yeux abritaient aussi une lueur cruelle.

— Et ça, c'est quoi ? dit-il en montrant l'écran. Toi et moi en train de parler affaires.

— Ce sont des registres commerciaux, lâcha Bradley.

— Ouais… et qui n'ont qu'un seul but selon moi.

Il regarda Bradley, puis l'écran. Une grosse veine battait à sa tempe. La main de Keely rampait toujours vers la torche. Son sang tempêtait à ses oreilles. Pris par leur affrontement, Bradley et Skele s'étaient à demi détournés d'elle. Elle tendit les doigts. C'était sa dernière chance.

— Vilis, ne t'énerve pas, dit Bradley d'une voix trop forte, trop cordiale. C'est bien pour cela que nous sommes là, non ? Pour nettoyer l'ordinateur et ne laisser aucune trace.

— Oui. Et le meilleur moyen de ne laisser aucune trace…

Il braqua son arme sur Bradley.

Keely prit la torche et l'abattit de toutes ses forces sur la nuque de Skele. Il tomba comme une pierre sur le sol. Mais l'impact se répercuta si fortement dans sa main qu'elle lâcha sa massue improvisée. Les yeux fous, Bradley se rua vers elle, l'arme pointée sur son cœur, prêt à l'abattre.

Keely avala sa salive et tenta de le calmer.

— Bradley…

Il ramassa la torche et passa le faisceau de lumière sur le corps de Skele.

— Je suppose que je devrais te remercier. Je crois qu'il avait vraiment l'intention de me tuer.

Il paraissait surpris, mais ne baissait pas son arme.

— Tu n'aurais pas été le premier, tu sais ? Tu devrais être plus prudent dans le choix de tes associés.

Il fronça les sourcils.

— Et toi, tu ne devrais pas être là. Si tu n'étais pas venue ici, tout se serait bien passé. Tu as voulu être la plus maligne, une fois de plus. Une fois de trop, Keely.

Elle s'y reprit à deux fois avant de pouvoir parler.

— Tu ne gagneras rien à me tuer. Ils n'ont pas de preuve.

— Pas sans toi ni sans l'ordinateur, en effet. Tu as entendu Skele ? Il ne faut laisser aucune trace.

Son regard s'assombrit encore.

— Ne me tue pas, Bradley, murmura-t-elle.

— Je le dois, dit-il d'un ton presque implorant.

Il fit sauter le cran de sûreté. Il y eut un déclic, mais aussi un autre bruit. Et Lex n'eut que le temps de relever le canon et d'arracher l'arme au moment où Bradley appuyait sur la détente.

La détonation fut assourdissante. La balle se logea dans le plafond et en pulvérisa le plâtre. L'arme ricocha loin d'eux. Et Keely, horrifiée, vit les deux frères s'empoigner, rouler sur le sol et lutter désespérément pour la récupérer, en heurtant au passage le corps inanimé de Skele.

— Arrêtez ! cria-t-elle.

Elle ramassa la torche et essaya frénétiquement de trouver un moyen de faire cesser ce cauchemar. Un reflet métallique brilla soudain dans la main de Skele. Son revolver…

Elle s'en empara et en débloqua le cran de sûreté.

En entendant le déclic, Lex et Bradley se figèrent sur le plancher et tournèrent la tête vers elle avec un bel ensemble.

— Arrêtez ! Tout de suite.

Elle tenait l'arme à deux mains et tremblait de tous ses membres, sa voix aussi, mais son regard était ferme.

— Assez, Bradley. C'est fini.

Sa voix se raffermit.

— C'est fini, répéta-t-elle en entendant hurler au loin les sirènes des voitures de police.

En sortant du poste avec Lex, Keely se dit qu'il y avait des moments dans la vie qu'on était sûr de ne jamais oublier. Bradley brandissant son arme et Lex se jetant sur lui était de ceux-là. Elle avait pourtant bien du mal à croire que, moins de douze heures plus tôt, deux hommes avaient voulu la tuer. Il était encore plus difficile d'y croire en regardant poindre l'aube du jour de Noël. Et que des enfants, réveillés par l'appel magique des cadeaux, riaient de joie dans les maisons environnantes.

On avait transporté Skele à l'hôpital, ainsi que Bradley, en état de choc. L'ordinateur était dans les mains de Stockton. Ses collègues et lui les avaient interrogés toute la nuit, Lex et elle. Réprimandés, remerciés, félicités, disculpés, ils étaient enfin dehors. Et maintenant qu'elle était seule avec lui, elle ne savait que dire après tant d'émotions… et ce qui s'était passé entre eux avant les événements.

Lex lui avait brisé le cœur et probablement sauvé la vie. Il lui avait sauvé la vie, mais il partirait au coucher du soleil pour ne plus revenir, et elle ne le reverrait jamais.

Et ça, elle ne pouvait pas le supporter.

Elle s'arrêta et se tourna vers lui. Leurs souffles mêlés se perdaient dans l'air vif comme de légers flocons de neige.

— Te dire merci n'est pas à la hauteur des faits, mais c'est tout ce que je trouve à dire. Tu as été magnifique, Lex.

— C'est moi qui devrais te remercier de leur arrestation.

— Tu y as largement contribué.

— Nous formons une sacrée équipe.

— Formions, dit-elle en luttant pour que sa voix ne tremble pas. Merci encore. Je te dois la vie.

Elle se pencha et embrassa sa joue.

Lex la saisit à bras-le-corps et l'étreignit si fort qu'elle en perdit le souffle.

— Je suis un imbécile, dit-il férocement.

— Quoi ?

— Je suis un imbécile. J'aurais pu te perdre. Je t'aime et j'aurais pu te perdre.

Elle le regarda, abasourdie.

— Que veux-tu dire ?

— Oh, mon Dieu, Keely, j'ai roulé comme un fou quand j'ai su que Bradley et Skele étaient là, et toi en danger. Je me suis tellement trompé. J'avais peur. J'ai vécu si longtemps seul que je ne comprenais pas ce qui m'arrivait.

Il reprit son souffle et enchaîna.

— Mais cette nuit, quand j'ai compris que j'allais peut-être te perdre, j'ai découvert ce qu'était vraiment la peur et que la vie sans toi n'avait pas de sens. Si tu n'es pas avec moi, plus rien n'a d'importance en ce monde.

Il avala sa salive et lui prit la main.

— Je t'aime Keely. C'est cela que tu as vu sur mon visage lors du gala. Mais moi, j'étais trop bête pour le comprendre. Maintenant, je sais et je te jure que cela marchera entre nous.

Elle se mit à rire et noua ses bras autour de son cou.

— Oh, tu le penses vraiment ?

— Je n'ai jamais été plus sûr d'une chose de ma vie.

Et pour la première fois de sa vie, Keely sut ce que c'était que d'être pleinement heureuse. Il était là, solide comme un roc, sûr de lui et d'elle. Mais il fallait que tout soit clair entre eux. Elle le regarda dans les yeux.

— Moi aussi, je pensais vraiment ce que j'ai dit la semaine dernière. Je t'aime, Lex, mais je ne veux pas que tu renonces à ta carrière, ni à quoi que ce soit pour rester avec moi. Cela ne peut pas marcher ainsi.

— J'ai l'occasion d'avoir un job à New York pendant un an, dans une agence de transmission. Ce qui nous donne le temps de prendre un bon départ et construire du solide.

— Ne renonce pas à ce que tu aimes. C'est trop important, c'est une partie de toi. Nous trouverons un autre moyen.

Elle lui adressa un sourire en coin.

— Je serais peut-être très mignonne en burka, qu'en dis-tu ?

— Que je suis décidé à accepter ce job. Le type de mission que j'accepte peut te réduire en poudre. Et j'ai besoin d'un break.

— Oui, mais n'est-ce pas trop long pour un break ?

Elle s'accrochait à lui, toujours incrédule.

— Un an de repos me fera du bien. Après, nous verrons. Je peux repartir en mission et courir encore le monde, mais j'aurai un endroit où revenir. Où que tu sois.

Il l'embrassa sur le front.

— Nous trouverons un moyen. Peut-être que je déciderai que je me plais bien ici.

— Ici à New York ou ici, à Chilton ?

— Que veux-tu dire ?

— Que moi aussi, j'ai compris une chose la nuit dernière. Et décidé de quitter New York.

Négligeant sa réaction, elle poursuivit.

— Je veux revenir vivre ici, me mettre à mon compte. J'ai déjà Darlène comme cliente et elle dit qu'elle m'en trouvera d'autres. Et… enfin, je sais que tu vas trouver ça bête…

— Quoi ?

— La maison, dit-elle tout à trac. Elle est si belle à sa manière. Elle sera probablement vendue aux enchères quand cette affaire sera classée. Et je… je voudrais l'acheter.

— Tu veux acheter un endroit où mon frère a failli te tuer ? dit-il en riant à moitié.

— Je veux acheter l'endroit où nous avons fait l'amour pour la première fois. Bien entendu, il faudra faire un grand ménage pour en chasser les ondes négatives.

Il l'attira à lui.

— Je connais très bien le moyen de le faire. C'est un vieux rituel africain qui exige d'être tout nus et de faire l'amour cent fois dans toutes les pièces de la maison.

— Cent fois ? Si nous voulons y arriver, nous avons intérêt à nous entraîner.

Il se pencha vers elle avec un grand sourire.

— Alors, qu'est-ce qu'on attend ? C'est Noël. Il est temps de déballer tes cadeaux.

— Mon plus beau cadeau, c'est toi.

Retrouvez en janvier 2020,
dans votre collection

Passions

Vengeance et plus si affinité, de Cat Schield - N°839

La mission de Zoe pour honorer le pacte qu'elle a conclu avec deux amies : faire souffrir le sulfureux Ryan Dailey en sabotant la campagne politique de sa sœur jumelle. Aussi Zoe est-elle troublée lorsque Ryan l'invite au restaurant, alors qu'ils viennent à peine de se rencontrer dans l'antichambre du quartier général du parti de sa sœur. Refuser ferait échouer son plan, mais risquer d'être séduite ne serait-il pas pire encore ?

Une affaire d'amour, de Rochelle Alers

Fermer temporairement son bed & breakfast ? Viviana ne décolère pas en apprenant de la bouche si tentatrice de Noah Wainwright que son avenir est compromis. Si elle s'est résolue à vendre une partie de son domaine à ce promoteur immobilier, c'était parce qu'elle avait urgemment besoin d'argent. Et non pour que ce fils à papa pourtant si charmant lui dicte sa loi.

Un bébé dans le Colorado, de Michelle Major - N°840

Alors qu'elle s'était préparée à haïr de tout son être Shep Bennett, l'homme à qui sa mère a vendu l'hôtel familial qu'elle voulait restaurer, Paige est décontenancée par le marché qu'il lui propose. Emménager sous le même toit durant un mois pour lui apprendre à s'occuper de Rosie, sa fille d'un an, dont il vient de découvrir l'existence. En échange de quoi, Paige pourrait continuer à gérer l'hôtel familial, même s'il ne lui appartient plus…

Retrouvailles mouvementées, de Joss Wood

Vivi manque de faire un malaise en apercevant Camden McNeal à son chevet. Comme si survivre à un accident de voiture au cœur d'une tempête ne suffisait pas… Bien sûr, Vivi n'avait d'autre choix que de le désigner comme contact en cas d'urgence. Mais, désormais qu'il lui fait face, comment peut-elle lui annoncer après trois ans de silence, qu'il est le père de son enfant ?

Impossible adieu, de Catherine Mann - N°841

Naomi tient pour la première fois ses adorables jumelles dans ses bras. Un sentiment inédit gonfle son cœur. Tout cela, elle le doit à Royce Miller, l'éminent scientifique qui l'a aidée à accoucher dans sa voiture alors qu'elle était bloquée au cœur d'une tempête en Alaska. Royce, l'homme torturé avec qui elle a vécu une passion dévastatrice quelques mois plus tôt. Un impossible amour, alors qu'elle le voudrait pour époux et père de ses petites filles.

Sulfureux arrangement de Joanne Rock

Lorsque James Harris, le président du club des éleveurs du Texas, lui a proposé un accord, Lydia n'était pas en mesure de refuser. Pour effacer l'ardoise de sa sœur – qui a enchéri 100 000 dollars pour passer la soirée avec un homme lors d'une vente caritative organisée par ce club –, elle accepte de garder à titre gracieux le bambin dont James est devenu tuteur. Un marché qui lui permettra d'annuler la note familiale tout en côtoyant le séduisant célibataire…

Un héros pour elles, de Sarah M. Anderson - N°842

Jeannie est abasourdie. Non seulement le Dr Robert Wyatt – un client régulier du bar où elle exerçait – vient de lui dérober un baiser, mais encore semble-t-il déçu par cette parenthèse voluptueuse. Comment a-t-il trouvé son adresse et pourquoi, alors qu'elle le connaît à peine, se propose-t-il de l'aider à assumer la garde de sa nièce, depuis peu orpheline ?

Leçon de séduction, de Marie Ferrarella

Bourru, têtu, désagréable, Clint Washburn a tout pour déplaire au point que leur première rencontre est explosive. Car, de son côté, Wynona est déterminée à protéger son élève contre le cow-boy qui lui sert de père. Peut-être pourrait-elle aussi mettre à profit ses compétences pour sauver Clint des démons qui semblent l'habiter, même s'il s'en défend ?

Un patron pour amant, de Teri Wilson - N°843

SÉRIE : IDYLLES À NEW YORK

Entre luxe et volupté, l'incroyable destin d'une famille…

Oublie ta nuit de passion avec Ryan. Evangeline n'a de cesse de se le répéter en passant l'examen pour devenir sommelière dans l'hôtel de luxe Bennigton. Pourtant, être de nouveau sous le regard de Ryan, directeur financier de l'établissement, la déstabilise au plus haut point. Décrocher ce travail serait pour elle salvateur même si cela implique d'avoir Ryan pour nouveau patron, alors qu'elle lui cache un terrible secret…

Un Fortune pour espoir, de Nancy Robards Thompson

Felicity doit partir. Remettre sa démission aujourd'hui. Pour son propre bien, elle ne peut plus fantasmer sur son séduisant patron, Austin Fortune, et gaspiller ainsi son temps. Cela fait cinq ans qu'elle le seconde et met sa vie en pause en espérant secrètement qu'il la considère davantage que comme une simple secrétaire. Alors, quoi qu'Austin puisse lui proposer, sa décision sera sans appel…

La tentation d'un homme, de Emily McKay - N°844

Cooper Larson pensait ne jamais plus avoir affaire aux Cain – en tant que fils illégitime de cette illustre et richissime famille, il n'y a jamais été le bienvenu. Pourtant, quand Portia, son ex-belle-sœur, sollicite son aide pour tirer au clair un secret de famille, il accepte de lui prêter secours. Non pas en raison de son attachement pour les Cain, mais bien de l'intérêt qu'il porte à Portia, cette reine de glace de la haute société qui, depuis qu'ils se sont rencontrés, éveille en lui un désir brûlant…

Le plus précieux des secrets, de Tracy Madison

Nous nous marierons, que tu le veuilles ou non. Face à la colère de Seth Foster, Rebecca frémit. Certes, elle n'avait pas imaginé revoir celui à qui elle s'est offerte, quelques mois plus tôt, et encore moins recevoir une telle injonction de sa part. Mais, au fond, comment pourrait-elle lui en vouloir ? Si Seth s'est présenté chez elle aujourd'hui, c'est qu'elle a brutalement rompu tout contact avec lui. S'il lui en veut tant, c'est qu'elle lui a caché son précieux secret…